Boris Akunin
Das Geheimnis der Jadekette

atb aufbau taschenbuch

Boris Akunin ist das Pseudonym des Moskauer Philologen, Kritikers, Essayisten und Übersetzers Grigori Tschchartischwili (geboren 1956). 1998 veröffentlichte er seine ersten Kriminalromane, die ihn in kürzester Zeit zu einem der meistgelesenen Autoren in Russland machten. Heute genießt er in seiner Heimat geradezu legendäre Popularität. 2001 wurde er dort zum Schriftsteller des Jahres gekürt, seine Bücher wurden in 30 Sprachen übersetzt.

»Ich spiele leidenschaftlich gern. Früher habe ich Karten gespielt, dann strategische Computerspiele. Schließlich stellte sich heraus, dass Krimis schreiben noch viel spannender ist als Computerspiele. Meine ersten drei Krimis habe ich zur Entspannung geschrieben ... «
Akunin in einem Interview mit der Zeitschrift Ogonjok

Mehr Informationen zum Autor unter akunin.ru.

Ein Moskauer Antiquitätenhändler wurde erschlagen, sein Laden verwüstet, doch gestohlen wurde offenbar nichts. Auf einem Landgut verschwindet auf geheimnisvolle Weise ein adliges Fräulein. Bei einer Jagd wird einer der Jäger von hinten erschossen. Bei den Altgläubigen in den nördlichen Wäldern kommt es zu einer gehemnisvollen Serie von Doppelmorden. Diese und andere Fälle löst Fandorin mit Geschick, Charme und Bravour. Dabei hat er nicht nur Glück im Spiel, sondern bezaubert nebenbei auch die gesamte Damenwelt.

Boris Akunin

Das Geheimnis der Jadekette

Fandorin ermittelt

Kriminalerzählungen

*Aus dem Russischen
von Renate und Thomas Reschke*

aufbau taschenbuch

Die Originalausgabe unter dem Titel
Нефритовые чётки
erschien 2007 bei Sacharow-AST, Moskau.

ISBN 978-3-7466-1760-2

Aufbau Taschenbuch ist eine Marke der
Aufbau Verlage GmbH & Co. KG

4. Auflage 2025
© Aufbau Verlage GmbH & Co. KG, Berlin 2008
www.aufbau-verlage.de
10969 Berlin, Prinzenstraße 85
© B. Akunin 2007
Umschlaggestaltung Dagmar & Torsten Lemme, Berlin
unter Verwendung des Gemäldes »Der Student« von Nikolai Alexandrowitsch
Jaroschenko und des Gemäldes »The Gallery of H.M.S. Calcutta«
von James Jacques Tissot, 1876
Der Verlag behält sich das Text- und Data-Mining nach § 44b UrhG vor,
was hiermit Dritten ohne Zustimmung des Verlages untersagt ist.
Bei Fragen zur Sicherheit unserer Produkte wenden Sie sich bitte an
produktsicherheit@aufbau-verlage.de.
Druck und Binden CPI books GmbH, Leck, Germany

Printed in Germany

Inhalt

Das Geheimnis der Jadekette 7
Table Talk 1882 44
Aus dem Leben der Späne 62
Die Skarpea der Baskakows 122
Ein Zehntel Prozent 178
Vor dem Ende der Welt 200

Dieses Buch ist gewidmet
Robert van Gulik
Edgar Allen Poe
Georges Simenon
Arthur Conan Doyle
Patricia Highsmith
Umberto Eco

Das Geheimnis der Jadekette

1

Erast Petrowitsch Fandorin unterdrückte höflich ein Gähnen – die Flügel seiner feingeschnittenen Nase bebten kaum merklich, das marmorglatte Kinn senkte sich leicht, doch die Lippen öffneten sich auch nicht für einen Moment, und der Blick der ruhigen blauen Augen blieb wohlwollend und zerstreut. Die Kunst, unauffällig zu gähnen, war ein absolutes Muss für einen weltläufigen Mann, der zudem Beamter für Sonderaufträge beim Generalgouverneur war. Die obligatorische Anwesenheit auf Bällen und Empfängen war eine der schwersten Pflichten in seinem Dienst, der im übrigen nicht sehr beschwerlich und zuweilen sogar spannend war.

Der Hofrat fing einen vielsagenden Blick von Peggy Nemtschinowa auf und widmete sich sogleich mit konzentrierter Miene dem Kristallüster, der im flackernden Gaslicht funkelte. Der Blick der Schönen, die in der gegenwärtigen Saison Furore machte und schon drei Anträge erhalten und wegen mangelnder Solidität abgewiesen hatte, bedeutete: Warum bitten Sie mich nicht um die Quadrille? Fandorin war nämlich so unvorsichtig gewesen, die hübsche Debütantin zum Walzer aufzufordern, was er sogleich bereut hatte: Sie tanzte wie eine Aufziehpuppe, und ihr Verstand erwies sich als äußerst bescheiden. Als Fandorin Mademoiselle Nemtschinowa jetzt wie zufällig näher kommen sah, eindeutig in der Absicht, in die Offensive zu gehen, neutralisierte er dieses gefährliche Manöver, indem er in die Ecke des Saals wechselte, wo sich die Blüte der nichttanzenden Gesellschaft versammelt hatte. Hier waren Fürst Dolgorukoi höchstpersönlich, gewichtige Greise mit geflammten Ordensbändern und korpulente Generäle mit goldflirrenden Epauletten.

Zu Letzteren gehörte auch Oberpolizeimeister* Baranow, der mit herablassendem Lächeln einem lebhaft gestikulierenden Herrn in schlecht sitzendem Frack und verrutschter weißer Krawatte zuhörte. Der Herr war der in ganz Moskau bekannte Sonderling und Exzentriker Graf Chruzki, der als menschenscheu galt und sonst nie Bälle besuchte. Über ihn erzählte man sich, dass er viele Jahre den Orient bereist und einige Zeit in einem Bergkloster gelebt habe, um die Geheimnisse des Lebens zu ergründen. Angeblich hatte er sie ergründet und beabsichtigte nun, ein Buch darüber zu schreiben, das die gesamte westliche Zivilisation von den Füßen auf den Kopf stellen würde, doch er fand einfach keine Zeit dazu: Mal sammelte er Unterschriften für die Errichtung eines buddhistischen Tempels in Moskau, mal hielt er an der Universität Vorlesungen über den östlichen Mystizismus, dann wieder erheiterte er ganz Moskau mit dem närrischen Projekt, eine Eisenbahnlinie zum Stillen Ozean zu bauen. Im Winter nahm er bei beliebigem Frost Schneebäder auf dem Hof seines halbverfallenen Anwesens am Arbat, wozu der Hausmeister eine besonders hohe, lockere Wehe aufzutürmen hatte, denn die Passanten begafften den halbverrückten Herrn durch das altertümliche Eisengitter.

Erast Fandorin war dem Grafen schon vor längerem vorgestellt worden und hatte sogar mit ihm ein sehr interessantes Gespräch über die praktische Möglichkeit der Unsterblichkeit geführt, aber nähergekommen war man sich nicht, obwohl sich der Hofrat auch für den Orient interessierte und Schneebäder nahm, wenngleich nicht ganz so öffentlich.

»Herr Fandorin!« rief Chruzki energisch. »Sie kommen wie gerufen! Ich erzähle dem General schon eine geschlagene Stunde von einer geheimnisvollen Geschichte, aber er hört mir nicht zu.« Der

* Entspricht dem Polizeipräsidenten in Deutschland. (Anm. d. Übers.)

Graf wandte sich sofort wieder an den Oberpolizeimeister, hielt ihn an einem Wappenknopf seiner Uniformjacke fest und rief hitzig: »Ich sage Ihnen, mein Herr, das ist kein gewöhnlicher Raubmord! Erast Petrowitsch ist ein scharfsinniger Mensch. Soll er seine Meinung dazu äußern.«

Der General warf Fandorin einen gequälten Blick zu, befreite vorsichtig seinen Knopf und sagte in gutmütigem Bass: »Was soll daran geheimnisvoll sein, Lew Aristarchowitsch? Jemand hat dem Trödler eins mit dem Beil über den Schädel gehauen. In Sucharewka passieren solche Dinge fast täglich. Ein normaler Fall für die Polizei, der Reviervorsteher wird sich darum kümmern.«

»Trödler?«, fragte Fandorin. »Meinen Sie den Antiquitätenhändler Prjachin? Ich habe in den ›Polizeinachrichten‹ davon gelesen. Sieht nach einem Raubüberfall im S-Suff aus.«

»Ohne jeden Zweifel.« Baranow nickte. »In dem Lädchen gibt's nur Plunder, darauf sind die Profis nicht erpicht. Die Einbrecher haben den Besitzer umgebracht und irgendwelchen Trödel mitgenommen.«

»Ich habe Prjachin sehr gut gekannt!«, unterbrach Chruzki den General erregt. »Ich war oft bei ihm. Er hat von opiumsüchtigen Chinesen alle möglichen Sächelchen aufgekauft und für mich aufgehoben. Größtenteils wirklich Plunder, aber manchmal war auch was Interessantes dabei. Hören Sie, Erast Petrowitsch, vor drei Tagen wurde der Laden schon mal überfallen. Am späten Abend, als nur noch der Gehilfe da war. Er bekam einen Schlag auf den Hinterkopf und verlor das Bewusstsein. Dann haben die Gauner alles durchwühlt und sind gegangen, ohne etwas mitzunehmen. Wie finden Sie das?«

»Recht merkwürdig«, gab Fandorin zu, während er mit einem Auge sah, dass Mademoiselle Nemtschinowa sich den Plaudernden bis auf ein paar Meter genähert hatte und unschlüssig stehenblieb.

Eine äußerst besorgte Miene aufsetzend, wandte sich der Hofrat dem Grafen zu und fragte: »Die haben wirklich nichts mitgenommen?«

»Prjachin hat mir erzählt, dass sie das Unterste zu oberst gekehrt, aber nur eine große bunte Fayencevase mitgenommen haben, die höchstens fünf Rubel wert ist. Das japanische Netsuke aus Achat, die größte Kostbarkeit, haben sie nicht angerührt. Darüber hat sich der Ärmste noch so gefreut!«

»Wurde diesmal etwas gestohlen?«

»Ich habe mit Nikifor gesprochen, das ist der Gehilfe«, teilte Chruzki mit. »Die Strolche haben wieder den ganzen Laden durchwühlt, sogar die Bodenbretter herausgerissen, aber nur ein paar billige Hongkong-Tücher und eine arabische Messingpfeife mitgenommen. Nein, meine Herren, da steckt etwas anderes dahinter. Ich versichere Ihnen, die Mörder haben etwas Bestimmtes gesucht!«

Fandorin hob verwundert die Brauen.

»Wie kommen Sie darauf, dass es mehrere waren?«

»Die Polizei nimmt es an«, antwortete Baranow für den Grafen. »Eine solche Verwüstung kann einer allein kaum anrichten. Höchstens in einer extremen Raserei. Der arme Händler wurde mit dem Beil fast in Stücke gehackt.«

»Die Geschichte ist in der Tat m-merkwürdig.« Von hinten waren leichte Schritte und das Rascheln eines Spitzenkleides zu hören, weshalb Fandorin noch einen Schritt auf den General zutrat, als wolle er ihm eine höchst wichtige Mitteilung machen. »Zwei Überfälle auf einen bescheidenen Laden, noch dazu mit allen Anzeichen einer Durchsuchung. Das sieht nicht nach einem gewöhnlichen Raubüberfall im Suff aus.«

»Finden Sie?«, Baranow war es gewohnt, die Schlußfolgerungen des Beamten für Sonderaufträge sehr ernstzunehmen, und schlug darum vor: »Vielleicht sollte man den Fall der Kriminalpolizei übergeben?«

»Das ist vorerst nicht nötig. Ich schaue mir morgen früh den T-Tatort an. Dann sehen wir weiter. Wer ist dort Reviervorsteher? Nebaba?«

»Ja, Makar Nebaba*.« Der General schmunzelte. »Komischer Name. Wie ein Weib sieht er wirklich nicht aus. Vor seinen pudschweren Fäusten zittern alle Clochards von Sucharewka. Natürlich ein Halunke, aber er hält Ordnung.«

Da fiel der Blick Seiner Exzellenz auf etwas hinter Fandorins Rücken, sein Gesicht nahm einen zuckersüßen gerührten Ausdruck an, der gezwirbelte Schnurrbart bauschte sich galant, woraus zu schließen war, daß Peggy zum Sturm ansetzte.

Fandorin hörte ein leises Klacken, begleitet von einem melodischen »Ach!« Mit einem schicksalsergebenen Seufzer drehte er sich um und hob den heruntergefallenen Fächer auf. Die Quadrille war nicht zu umgehen.

2

»Um wie viel Uhr ist das passiert?«, fragte Fandorin, hockte sich hin und untersuchte aufmerksam das Türschloss.

»So zwischen neun und zehn Uhr abends«, rapportierte der in ganz Sucharewka bekannte Reviervorsteher Makar Nilowitsch Nebaba, ein muskulöser Mann mit langen Armen und derbem, finsterem Gesicht. »Der Laden hatte schon zu, aber der Besitzer war noch zugange. Wahrscheinlich hat er seine Einnahmen gezählt. Der da war nicht im Laden.«

Der Polizist deutete mit dem Kopf auf den Gehilfen Nikifor Nilowitsch Kljujew, ein krummes und nervöses Männlein um die vierzig. Dessen Kopf war mit einem nicht sehr sauberen Lappen umwickelt – bei dem vorigen Überfall hatte er einen mächtigen Schlag auf den Schädel bekommen.

* Nebaba (russ.) – etwa: Keinweib. (Anm. d. Übers.)

»Danach hab ich lange flach gelegen«, klagte der Gehilfe. »Und auch jetzt noch taumle ich hin und her. Der Feldscher hat gesagt, ein himmlisches Wunder, dass meine Schädeldecke nicht in zwei Hälften zersprungen ist. Gott der Herr hat mich bewahrt. Aber wenn ich vorgestern hier gewesen wär, dann hätten die mich, genau wie meinen Chef ...« Er bekreuzigte sich, fing einen strengen Blick des Reviervorstehers auf und wickelte sogleich den Lappen ab. »Da, Makar Nilowitsch, bitte sehr, wenn Sie sehen wollen. Eine Beule, groß wie eine Butterbirne.«

Kljujew neigte den höckerigen Kahlkopf und wies den Beweis seines Martyriums vor. Die Beule war überzeugend: blaurot, Birne hin, Birne her, aber allemal so groß wie eine reife Pflaume.

»Zwischen neun und zehn?«, wiederholte Fandorin und trommelte mit den Fingern gegen die Tür.

Der Reviervorsteher beugte sich zu dem Beamten herab, hielt höflich die riesige Hand vor den Mund, durch die dennoch ein Knoblauch- und Wodkaschwaden drang, so dass Fandorin leicht die Nase rümpfte, und flüsterte laut: »Ich habe selber gestaunt. Es war schon spät. Prjachin hätte längst die Tür verriegeln müssen. Sie verstehen, Euer Hochwohlgeboren, wir sind in Sucharewka. Aber das Schloss wurde nicht aufgebrochen – also hat Prjachin selber aufgemacht. War wohl ein Bekannter.«

»Gestaunt?« Fandorin warf dem Polizisten einen Seitenblick zu. »Und warum steht das nicht im Bericht?«

»Entschuldigung ...«

Nebabas Gesicht wurde sofort undurchdringlich, die Augen bekamen einen besonderen Glanz. Fandorin begriff: Der Reviervorsteher von Sucharewka wollte nicht, dass die Herren von der Kriminalpolizei in seinem Revier herumschnüffelten, darum hatte er den verdächtigen Umstand verschwiegen. Das war normal.

Der Beamte wandte sich an den Gehilfen.

»Kljujew, erzählen Sie mal etwas genauer, wie Sie zu dem

P-Prachtstück auf dem Kopf gekommen sind. Wann ist das passiert? Vor drei Tagen?«

»Ich werde alles ausführlich darlegen, so wie es war«, erwiderte der Geschädigte bereitwillig, reckte die schmalen Schultern, räusperte sich und begann: »Es dunkelte. Am Himmel tobte ein Sturm, Blitze zuckten, und es goß wie aus Eimern. Mein Chef, Silanti Michailowtsch Prjachin, nahm Rapstropfen gegen sein Nierenleiden, wünschte mir erholsame Träume und entfernte sich, um sich nach dem arbeitsreichen Tag der wohlverdienten Ruhe hinzugeben. Ich trank ein Tässchen Tee und wollte den Laden zusperren. Als ich auf die Straße trat, die von einem Regenschleier verhangen war …«

»Sie lesen wohl gern das ›Sonntagsblatt‹?« unterbrach Fandorin den Erzähler. »Bitte ohne Naturbeschreibungen, zur Sache.«

»Zur Sache?« Kljujew verlor den Faden. »Das war so, gnädiger Herr. Ich hab mich umgedreht, um abzuschließen, von da ab weiß ich nichts mehr. Als ich wieder zu mir kam, lag ich auf der Schwelle, es war stockdunkel, und ein streunender Hund leckte mir die Rübe.«

»Ein Schlag von hinten, mit einem schweren stumpfen Gegenstand«, konstatierte der Reviervorsteher gewichtig.

»Haben Sie nicht näher kommende Sch-Schritte gehört? Versuchen Sie sich zu erinnern. Die Straße hat doch Kopfsteinpflaster.«

Kljujew runzelte die Stirn, um zu zeigen, dass er sich nach Kräften bemühte, schüttelte dann aber den Kopf.

»Nein. Ich kann mich nicht erinnern. Hier treibt sich so viel Gesindel herum, viele tragen gar keine Schuhe. Der Unmensch muss barfuß gewesen sein«, vermutete der Gehilfe, widersprach sich aber gleich selbst: »Nein, dann wäre ein Patschen zu hören gewesen, war aber nicht.«

»Vielleicht Chinesen?«, warf Nebaba ein. »Die tragen Latschen, die kein Geräusch machen.«

Der Geschädigte griff diese Version bereitwillig auf.

»Das kann gut sein. Die Schlitzaugen kommen oft zu uns in den Laden. Es gibt ja genug Bekloppte, die das chinesische Kraut rauchen.«

Der Reviervorsteher schob den schwächlichen Zeugen mit seiner mächtigen Pranke beiseite, damit der nicht zwischen ihm und der Obrigkeit stand.

»Euer Hochwohlgeboren, ich denke Folgendes. Prjachin wurde vorgestern von einem chinesischen Opiumraucher umgebracht. Unsre Rechtgläubigen verstümmeln nicht mal im Suff jemanden derart bestialisch. Da muss einer völlig weggetreten sein. Nicht nur, dass man ihn erschlagen hat, man hat ihn danach auch noch mit dem Beil zerstückelt, die abgehackten Finger lagen auf dem Boden verstreut, eine Hüfte war voller Einstiche, der Bauch aufgeschlitzt, und um ihn war ein Meer von Blut. Das muss ein total zugedröhnter Opiumraucher gewesen sein. Aber den finden wir nie im Leben. Die Chinesen reden nicht mit uns Polizisten, die machen alles unter sich ab. Außerdem sehen die alle gleich aus, da krieg mal raus, ob solch einer Men Hy heißt oder Hy–men Peng.«

Fandorin ging in den engen Verkaufsraum und blieb vor dem riesigen braunen Fleck getrockneten Blutes stehen, der sich vom Ladentisch bis fast zur Tür ausbreitete.

»Was ist mit F-Fußspuren?«

»Es wurde keine einzige entdeckt.«

Der Beamte ging um den Fleck herum und schüttelte den Kopf.

»Kein einziger blutiger A-Abdruck? Der ganze Boden ist doch voller Blut. Hat der Verbrecher sein Opfer dort am Ladentisch erschlagen?

»Jawohl. Und hier, sehen Sie bitte, alle Waren herumgeworfen und zerbrochen.«

»Wie ist er d-danach zur Tür gekommen, ohne ein einziges Mal in die Lache zu treten?«

Der Polizist dachte nach und zuckte die Achseln.

»Er muss drübergesprungen sein.«

»Eine erstaunliche Umsicht für einen völlig Benebelten. Und der Sprung ist auch nicht von P-Pappe – knapp drei Meter, ohne Anlauf.«

Fandorin sah sich hinter dem Ladentisch um, wo aller möglicher Plunder lag. Er hob eine Papierrolle mit chinesischen Schriftzeichen vom Boden auf, entrollte sie, las sie, legte sie dann sorgsam aufs Schreibpult und warf einen flüchtigen Blick auf den abgeschabten Balg eines kleinen Krokodils, der über der Petroleumlampe an der Wand hing. Er hockte sich hin und untersuchte die herumgeworfenen, zum Teil zerschlagenen oder zertrampelten Waren. Besonderes Interesse zeigte er für eine gelbe Elfenbeinkugel, etwas kleiner als eine Billardkugel, schartig und schäbig, mit verschnörkelten Schriftzeichen. Doch diese beachtete er nicht, stattdessen kratzte er mit dem Fingernagel an den Scharten und betrachtete sie sogar durch die Lupe.

Der Reviervorsteher ging unterdessen vor den zertrümmerten Regalen auf und ab. Er nahm einen kleinen messinggerahmten Handspiegel mit gebogenem Griff, behauchte die fleckige Oberfläche, wischte mit dem Ärmelaufschlag darüber und steckte das Spielzeug in die Tasche. Der Gehilfe stieß einen Seufzer aus, wagte aber nicht zu protestieren, und außerdem, was ging ihn die Habe seines Herrn noch an?

»Sagen Sie, Nebaba, wie kommen Sie darauf, daß Prjachin zuerst getötet und dann mit dem B-Beil zerstückelt wurde?«, fragte Fandorin plötzlich und richtete sich auf.

Der Gebieter über Sucharewka blickte den unkundigen Beamten herablassend an und strich den scheckigen Schnurrbart glatt.

»Wie soll's denn anders gewesen sein, Euer Hochwohlgeboren? Hätten die Verbrecher den Prjachin bei lebendigem Leibe zerhackt, dann hätte der so gebrüllt, dass man's in den Nachbarhäusern gehört hätte. Aber keiner hat Gebrüll gehört, das hab ich überprüft.«

»Verstehe.« Fandorin hielt dem Polizisten die Kugel vor die Nase. »Was sind das für Abdrücke?«

»Woher soll ich ... Je, Zähne!« Nebaba ächzte auf. »Wer hat denn an dem Ding geknabbert? Da kann man nicht reinbeißen.«

Er nahm die Kugel und versuchte mit seinen kräftigen gelben Zähnen hineinzubeißen – unmöglich, zu hart.

»Haben Sie die Zähne des Getöteten untersucht? Nein?« Fandorins Stirn verdüsterte sich. »Ich bin sicher, dass einige abgebrochen oder zerbröckelt sind. Diese Kugel hat der Mörder dem Händler in den Mund gesteckt.«

»Wozu?«, wunderte sich der Reviervorsteher, während der Gehilfe aufstöhnte, sich bekreuzigte und die Hand vor die schmalen blassen Lippen hielt.

»Damit in den Nachbarhäusern nicht sein Gebrüll, wie Sie sich ausdrückten, zu hören war. Das Opfer wurde bei lebendigem Leib mit dem Beil zerstückelt, und zwar nach und nach. Vor Schmerzen hat der Händler diese unappetitliche Kugel angeknabbert.«

Jetzt bekreuzigte sich auch Nebaba.

»Grauenhaft! Aber weshalb haben die Prjachin so gequält?«

»Damit er ein Versteck preisgibt«, antwortete Fandorin knapp und sah sich wieder im Zimmer um, reckte den Kopf sogar zur Decke. »Es liegt auf der Hand, dass Prjachin ein besonders wertvolles Stück besaß. Beim ersten Mal, vor drei Tagen, hat der V-Verbrecher (ich nehme an, es war nur einer) versucht, ohne Mord auszukommen: Er schlug den Gehilfen nieder und durchsuchte den Laden, fand jedoch nicht den begehrten Gegenstand. Da kam er ein zweites Mal und folterte Prjachin. Doch der gab das Versteck nicht preis.«

»Woher wollen Sie das wissen?« Nebaba zweifelte. »Wer hält denn solche Qualen aus?«

»Es gibt Menschen, deren Standhaftigkeit oder Habgier den Schmerz überwindet und sogar die Todesangst. Hätte Prjachin dem

Verbrecher das Verlangte ausgeliefert, dann hätte der nicht die Regale durchwühlen und den Fußboden aufbrechen müssen. Sehen Sie in der Ecke die herausgerissenen Bretter? Nein, Prjachin hat sein Geheimnis mit ins Grab genommen.«

»Mein Gott, mein Gott«, wehklagte Kljujew und bekreuzigte sich pausenlos.

Der Polizist dachte kurz nach und sagte: »Aber vielleicht hat dieses Ungeheuer, das den Prjachin kaltgemacht hat, das Versteck doch noch gefunden?«

»Wohl kaum«, murmelte Fandorin zerstreut und drehte rasch den Kopf nach allen Seiten. »Ein einfaches Versteck hätte der Verbrecher gleich beim ersten Mal entdeckt. Na, dann w-wollen wir's mal versuchen.«

Er ging durch den langgestreckten engen Raum und klopfte mit den Fingerknöcheln gegen den Putz. Dann machte er auf dem Absatz kehrt und klatschte seltsamerweise dreimal in die Hände.

»Sagen Sie, Kljujew, einen Geldschrank gibt's hier wohl nicht?«

»Nein, hat's nie gegeben.«

»Und wo hat Ihr Herr Geld und Wertsachen aufbewahrt?«

»Das kann ich Ihnen nicht sagen, Euer Hochwohlgeboren. Prjachin war sehr misstrauisch.«

»Was denn, in all der Zeit, die Sie für ihn gearbeitet haben, haben Sie nie gesehen, wo er das Wechselgeld hernahm und wo er die Einnahmen hintat?«

»Freilich hab ich das gesehen. In die Hosentasche, wohin sonst. Aber dort ist es nicht lange geblieben. Er ist auch nie mit mehr als drei Rubeln auf die Straße gegangen. Er sagte immer: ›Alle sind Gauner und Spitzbuben‹, das war seine Meinung, oder, wissenschaftlich ausgedrückt, sein Credo.«

»Credo, Credo …«, wiederholte Fandorin gedehnt, beugte sich herab und zerrte an der Scheuerleiste.

»Vielleicht im Keller«, mutmaßte der Reviervorsteher.

»Wohl kaum.« Fandorin drehte sich zum Ladentisch um. »Er wird ja nicht jedesmal in den Keller gestiegen sein, um einen Dreirubelschein zu verstecken. Wozu ist das hier?«

Fandorin zeigte auf das ausgeblichene Krokodil, das ihm seinen halb geöffneten zähnebewehrten Rachen zuwandte. Der Bewohner schlammiger Flüsse und warmer Sümpfe war am Schwanz aufgehängt, reckte seinen Eidechsenkopf aber im rechten Winkel nach oben, und es sah aus, als starre er den Hofrat mit seinen fröhlichen Äuglein an.

»Das ist ein Tier namens Karkadil«, erklärte der Gehilfe.

»Ich sehe, dass es ein Krokodil ist. Aber was hat es hier zu suchen?«

»Es hängt schon immer hier, noch bevor Prjachin mich eingestellt hat. Sozusagen zur Zierde. Prjachin hat dieses Scheusal vergöttert und jeden Abend mit einem Lappen abgewischt. Es hat sogar einen Namen – Herodes.«

Fandorin stieß einen Seufzer aus, wie um die Absonderlichkeiten der menschlichen Natur zu beklagen, und steckte ohne Zögern die Hand in den Schlund des Krokodils.

Der Reviervorsteher ächzte unwillkürlich – gar zu spitzzahnig und unfreundlich wirkte der Rachen des fremdländischen Ungetüms.

»Ach, was haben wir denn da«, sagte Fandorin zu sich selbst und schien etwas zu ertasten. »Sehr praktisch. Immer zur Hand und unverdächtig. Der Mörder hat offensichtlich nicht Edgar Allan Poe g-gelesen.«

Er zog aus dem bizarren Gefäß vorsichtig zuerst ein Päckchen kleiner Banknoten und dann ein Samtbündel, in dem es leise klapperte. Das Geld warf der Beamte achtlos aufs Schreibpult, das Samtbündel wickelte er auf. Nebaba und Kljujew, die dicht herangetreten waren, zeigten sich enttäuscht: Es kamen keine Edelsteine und kein Gold zum Vorschein, sondern runde grüne Steinchen, die auf einem Faden aufgereiht waren, eine gewöhnliche Kette. Nach den kleinen Quasten zu urteilen, wohl eher eine Gebetskette, aber keine christliche, sondern eine muselmanische.

Der Reviervorsteher wartete, bis der Beamte den Fund gründlich betrachtet hatte, und fragte dann halblaut: »Ein kostbares Stück?«

»Nicht besonders. Eine gewöhnliche J-Jadekette. Wie es sie in China und Japan massenhaft gibt. Diese hier scheint freilich sehr alt zu sein. Kljujew, haben Sie die früher schon mal gesehen?«

Der Gehilfe breitete die Arme aus.

»Nein, nie.«

»Ich nehme sie mit«, entschied Fandorin. »Sie zählen das Geld und geben es zu Protokoll.«

Nebaba warf einen abschätzenden Blick auf die Scheine, betastete sie kurz und sagte überzeugt: »Siebenunddreißig Rubelchen. Euer Hochwohlgeboren ...«

»Ja?«

»Sollte man die Kette nicht dem Grafen Chruzki zeigen? Seine Erlaucht kennt sich mit orientalischen Sachen sehr gut aus.«

»Nicht nötig.« Fandorin winkte leichtfertig ab und steckte das Samtbündel in die Jackentasche. »Ich verstehe auch was von ›orientalischen Sachen‹.«

Und er schritt, begleitet vom misstrauischen Blick des Reviervorstehers, zum Ausgang.

3

Der Hofrat verbrachte den ganzen Tag mit konzentriertem Nachdenken. Ab und zu nahm er die Kette aus der Tasche und ließ die glatten Jadekügelchen in der Hand hin und her rollen, ihr leises, heimeliges Geklacker bereitete ihm ein unerklärliches Vergnügen.

Als er zum nachmittäglichen Vortrag beim Generalgouverneur

erschien (eigentlich hätte man das tägliche Ritual auch als »Teestunde« bezeichnen können, zumal nichts Besonderes zu berichten war) erkundigte sich Fürst Dolgorukoi: »Was haben Sie denn da für ein Spielzeug, mein Lieber? Eine neumodische Erfindung? Sie sind ja ein Anhänger des technischen Fortschritts. Lassen Sie mal sehen.« Er klemmte sich den Kneifer auf die Nase und betrachtete neugierig die orientalische Rarität.

»Nein, Euer Hohe Exzellenz«, antwortete der Beamte für Sonderaufträge respektvoll. »Das ist eine uralte Erfindung. Erdacht, um die gedankliche und seelische E-Energie zu konzentrieren.«

»Ah, eine Art Rosenkranz«, sagte der Fürst. Er fingerte die Kette, ließ rhythmisch die grünen Steinchen klackern, und plötzlich schlug er sich an die Stirn. »Heureka! Seit dem Morgen zermartere ich mir den Kopf, wie ich mich in meinem Bericht für Seine Majestät zur afghanischen Frage äußern soll. Sie zu verschweigen wäre unredlich – die Tollköpfe wollen das Land in ein Abenteuer hineinziehen, aber die Wahrheit wage ich nicht zu schreiben, denn die Anglophobie des Zaren ist allgemein bekannt. Also werde ich über den Aufenthalt des Thronfolgers in der alten Residenzstadt berichten und beiläufig meine Position zur Kuschka-Expedition darlegen. Das ist eindeutig und zugleich unaufdringlich. Ein heller Kopf, der Dolgorukoi! Nehmen Sie Ihre Kette, Erast Petrowitsch. Sie hat mir wirklich geholfen, meine Gedanken zu konzentrieren. Bringen Sie sie öfter mit.«

Fandorin lächelte über den Scherz und lenkte das Gespräch auf den russisch-englischen Konflikt, der einen so spezifischen Charakter angenommen hatte, dass es einem Uneingeweihten ganz unmöglich war, sich in all den politischen Feinheiten und Winkelzügen zurechtzufinden.

Am Abend, als Fandorin zu Hause in der Kleinen Nikitskaja-Straße am Schreibtisch saß, um dem Bericht für Seine Majestät den letzten Schliff zu geben, fielen ihm die scherzhaften Worte des Generalgouverneurs wieder ein. Die Formulierung des Schreibens erforderte Umsicht und Takt – schon der kleinste Fehler könnte für den Fürsten die schlimmsten Folgen haben. Der Hofrat hielt öfter inne, überlas das Geschriebene, und seine Hand griff immer wieder in die Tasche nach der Kette – zuerst rein mechanisch. Doch bald machte er eine erstaunliche Entdeckung: Er brauchte die Jadekügelchen nur ein paar Augenblicke durch die Finger gleiten zu lassen, und der komplizierteste Satz fügte sich wie von selbst, noch dazu in optimaler Form.

Das wiederholte sich mehrmals, und schließlich legte Fandorin, von dem Phänomen fasziniert, die Schreibutensilien beiseite und untersuchte die Kette mit Forscherblick.

Es war ein außergewöhnlich heißer und schwüler Abend, darum saß der Hofrat in seinem hohen Voltaire-Sessel am geöffneten Fenster zur Hofseite, bei aufgezogener Gardine. Draußen war es stockdunkel, im Apfelgarten nebenan sägten die Zikaden. Fandorin hätte gern Tee getrunken, aber sein Kammerdiener Masa hatte wie gewöhnlich ein Stelldichein. Um die Ehre der Dame zu schützen, hielt der Japaner ihren Namen geheim, aber aus den Krümeln und Rosinen, die dem wollüstigen Asiaten in letzter Zeit ständig aus den Taschen fielen, schloss Fandorin, daß Masa nun doch nähere Bekanntschaft mit der Bäckerin geschlossen hatte, die er seit längerem anschmachtete und der er sogar einen gefühlvollen Dreizeiler gewidmet hatte:

> Um eine üppige Blüte
> Schwirrt eine gelbe Biene.
> Oh, welch betörender Duft!

Wie auch immer, der Diener war nicht zu Hause, und Fandorin hatte keine Lust, sich selbst um den Samowar zu kümmern, darum begnügte er sich mit einer Zigarre. Blauen Rauch ausstoßend, zählte er die Perlen. Es kam eine Zahl heraus, die für den Orient ungewöhnlich war – fünfundzwanzig. Vierundzwanzig wäre verständlich gewesen: drei Achten, also dreimal die Zahl, die Glück und langes Leben verhieß. Aber fünfundzwanzig? Fünfmal fünf – das ist etwas Hartes, Logisches, Europäisches.

Fandorin drehte die Kette hin und her, leckte sogar an einem der Steinchen (zum Glück war niemand im Zimmer) und roch auch noch daran. Die Zunge ermittelte keinerlei Geschmack, doch ein Geruch war da – kaum wahrnehmbar, aber unzweifelhaft. Fandorin erkannte ihn. Ein Geruch von unverfälschtem, wahrem Altertum, wie bei den byzantinischen Mosaiken oder den Ruinen des Kolosseums. Ein solches Aroma verströmt die Zeit, wenn sie sich aufgestaut hat: Die verdichtete Zeit riecht nach Ruhe, Staub und etwas Wermut.

Die Finger klapperten von selbst mit den Kugeln, und plötzlich kam ihm ein nicht ganz verständlicher Gedanke: Fünfundzwanzig – das ist dreimal langes Leben plus eine Eins. Das heißt, mehr als dreimal Langlebigkeit? Was mochte das bedeuten?

Plötzlich ein leises Knacken – der Faden war gerissen, und die Perlen fielen als grüner Regen hinunter, aber nicht bis auf den Boden, denn Fandorin reagierte blitzschnell. Er ließ sich sofort auf die Knie nieder, legte die hohlen Handflächen zusammen und fing alle Kugeln auf, bis auf eine – die fünfundzwanzigste. Sie schlug mit einem seltsamen schmatzenden Laut auf dem Parkett auf und rollte zur Seite. Seltsam war nicht nur das Schmatzen, das bei einem Zusammenstoß von Stein und Holz nicht entstehen kann. Genau so erstaunlich war, dass der Laut nicht von unten kam, sondern von oben.

Der kniende Beamte hob den Kopf und sah, dass im Sessel an der Stelle, wo eben noch sein Kopf gewesen war, ein dicker kurzer Pfeil vibrierte, der fast bis zur Befiederung in die Polsterung eingedrungen war.

Dieser rätselhafte Vorfall verblüffte Fandorin derart, dass er den Kopf schüttelte, erst dann die Kugeln in den Sessel legte und den gefiederten Gast aus dem Polster zog. Solche Pfeile hatte er schon gesehen – sie werden mit kleinen, aber wirkungsvollen Armbrüsten abgeschossen, wie sie seit Urzeiten professionelle Mörder in Japan, Korea und China benutzen.

Ohne einen Moment zu überlegen, sprang Fandorin aus dem Fenster, landete federnd auf dem weichen Beet und drückte die Finger gegen die Augäpfel, damit sich die Augen schneller an die Dunkelheit gewöhnten.

Aber noch bevor sich die Pupillen weiteten, erfasste Fandorins Gehör ein Geräusch – da lief ein Mensch in eng anliegender Kleidung gebückt zu der Einfriedung, die das Anwesen des Barons Ewert-Kolokolzew, bei dem Fandorin den Seitenflügel gemietet hatte, von dem schon erwähnten Apfelgarten trennte. Der Beinahe-Mörder rannte leicht und behende durch die Dunkelheit, seine Füßen berührten den Boden fast lautlos.

Einen Revolver hatte der Hofrat nicht bei sich, und wenn er ihn gehabt hätte, würde er nicht geschossen haben. Erstens wollte er sich mit dem unbekannten Feind auseinandersetzen, und zweitens beging dieser einen unverzeihlichen topographischen Fehler – offensichtlich aus mangelnder Ortskenntnis. An der Stelle, wohin er jetzt so schnell lief, erwartete ihn kein gewöhnlicher Zaun, sondern eine gut drei Meter hohe Mauer. In dem Wissen, dass der neue Wilhelm Tell ihm nicht entkommen konnte, folgte ihm Fandorin ruhig und ohne Eile.

Aber da erlebte er noch eine Überraschung. Ohne den Lauf zu verlangsamen, stieß sich der Attentäter von der Erde ab und sprang so hoch, dass er mit den Händen den Rand der Mauer fassen konnte. Mühelos zog er sich hinauf, hockte sich hin und verschwand auf die andere Seite. Bevor er in den Apfelgarten sprang, verharrte er einen Augenblick auf der Mauer, und Fandorin konnte die schwarze Silhouette deutlich sehen: enganliegende Hose, kurze Jacke und ein konusförmiges Mützchen. Ein Chinese!

Fandorin nahm Anlauf und versuchte, die Mauer auf die gleiche Weise zu überwinden, aber wegen des Hausmantels und der Hausschuhe gelang ihm das nicht auf Anhieb. Als er schließlich rittlings auf dem Hindernis saß, hatte es keinen Sinn mehr, die Verfolgung fortzusetzen: Der Apfelgarten empfing ihn mit ruhiger Reglosigkeit – kein Zweig bewegte sich, das Gras raschelte nicht, und den Fluchtweg des Verbrechers festzustellen, war ganz unmöglich.

Enttäuscht und ratlos kehrte Fandorin in seine Wohnung zurück. Für alle Fälle zog er die Stores zu, obwohl es im Zimmer sogleich stickig wurde. Er ging auf und ab, klatschte mehrmals in die Hände, massierte sich die Schläfen, aber ihm fiel nichts Vernünftiges ein. Aus Erfahrung wusste er, dass eine mechanische Arbeit die stockenden Gedanken am besten wieder in Gang bringt. Und er fand auch gleich eine Beschäftigung.

Er ging in Masas Zimmer und kramte in einer Schatulle mit Nadeln und Garnen. Seine Wahl fiel auf eine Rolle mit dem rotgoldenen Etikett *Außerordentlich reißfester Seidenzwirn der Firma »Pusyrew und Söhne«*.

Er setzte sich in den Sessel, warf einen Blick auf das Loch, das der Pfeil im Bezug hinterlassen hatte, und begann die Perlen aufzufädeln. Ach ja, eine fehlte.

Die fünfundzwanzigste Perle war unter den Schreibtisch gekullert. Fandorin hob sie auf, da ertastete er plötzlich mit dem Daumen ein eingeritztes Muster. Unter der Lampe entzifferte er auf dem Steinchen das schon stark abgegriffene Schriftzeichen für »Eisen« – auf japanisch »tetsu«, auf chinesisch »te«. Was mochte das bedeuten?

Nachdem er die letzte Kugel zu den anderen gefügt und den Faden verknotet hatte, prüfte er, ob es die grünen Steinchen in der neuen Reihenfolge bequem hatten. Ja, sehr bequem. Sie klackerten fröhlich gegeneinander.

»Eisen«, »te«? Sollte ...

Fandorin sprang auf und stürzte zum Schrank mit den altertümlichen Büchern, die er seinerzeit aus dem Reich der Aufgehenden Sonne mitgebracht hatte.

4

Tags darauf ging Fandorin nicht zum Dienst. Er ließ dem Büro eine kurze Nachricht zukommen, in der er sich auf unaufschiebbare Arbeiten berief. Daran war nichts Verwunderliches, denn der Hofrat hatte keine festen Anwesenheitsstunden und befand sich überhaupt in der beneidenswerten Lage eines freien Vogels. Die Merkwürdigkeiten begannen gegen Abend.

Der junge Herr, der immer elegant gekleidet war und als einer der größten Stutzer Moskaus galt, zog einen abgewetzten Gehrock an, entnahm einem besonderen Fach des Kleiderschranks ein schmuddeliges Hemd, das er dort speziell für solche Fälle aufbewahrte, ergänzte seine Toilette mit dazu passenden Accessoires und ging zu Fuß in Richtung Sucharewka-Markt. Ein nicht gerade kurzer Weg, aber Fandorin ließ sich Zeit und genoss den sanften Atem des heiteren Sommertags.

Offensichtlich brauchte der Beamte einen so ausgedehnten Spaziergang zur Anregung des Appetits. Jedenfalls steuerte er, in Sucharewka angekommen, sogleich eine der schäbigsten Garküchen des chinesischen Viertels an, das nur aus einigen krummen und schmalen Gassen bestand, bewohnt von kleinen chinesischen Händlern und Gelegenheitsarbeitern, die sich erst seit kurzem in Moskau angesiedelt hatten.

In dem schmutzigen dunklen Raum saß kein einziger Europäer. Es roch durchdringend nach gebratenem Hering und ranzigem Öl, an den niedrigen Tischen saßen kleinwüchsige schlitzäugige Männer mit langem Zopf und aßen fingerfertig mit Stäbchen; alle trugen dunkelblaue oder schwarze Jacken mit Stehkragen. Höflichkeit und die Befürchtung, sich die Lippen zu verbrennen, geboten, die Suppe zu schlürfen und die Nudeln pfeifend in den Mund einzuziehen, weshalb von allen Tischen ein geschäftiges Schlürfen und Schmatzen kam, wie es nicht einmal in der allerletzten Schenke von Chitrowka zu hören war.

Fandorin bestellte Haifischflossensuppe und kleine, mit Ei und Kraut gefüllte Plinsen. Während er wartete, spielte er unbekümmert mit der Jadekette. Seitenblicke beantwortete er mit einem leichten Nicken, und als ihm die Schale mit der Suppe und ein Tellerchen mit knusprigen zusammengerollten Plinsen gebracht wurde, schlürfte und schmatzte er nicht schlechter als die übrigen Esser.

Er aß lange und mit Appetit, danach trank er mindestens eine Dreiviertelstunde Jasmintee aus einer verräucherten Messingkanne. Schließlich stand er auf, wischte sich die schweißige Stirn mit einem schmutzigen Taschentuch, legte ein Fünfzehnkopekenstück auf den Tisch und wechselte in die Nachbarkaschemme, wo es Süßigkeiten gab und Mah-Jongg gespielt wurde.

Seine chinesische Erkundungstour dauerte bis in die Dunkelheit, da war er bereits in einem finsteren Keller im Gewirr der Sucharewka-Höfe. Es war ein recht großer Raum mit niedriger feuchter Decke und fast ohne Beleuchtung, bis auf ein paar Öllämpchen.

Auf dem Boden waren in mehreren Reihen Wattematratzen ausgebreitet, auf denen Menschen saßen oder lagen – vorwiegend Chinesen, aber auch ein paar Europäer. Es roch nach süßlichem, die Nase kitzelndem Rauch, der unter der Gewölbedecke waberte. Niemand sprach, hier herrschte Stille, nur hin und wieder war gedämpftes, undeutliches Murmeln zu vernehmen.

Fandorin setzte sich nicht ohne Ekel auf eine speckige Matratze, und sofort war ein schweigsamer Chinese zur Stelle und reichte ihm mit einer Verbeugung eine qualmende Elfenbeinpfeife mit einem langen, drachenverzierten Mundstück. Der Hofrat sah sich verstohlen um (links schlummerte ein blasser bärtiger Herr in Beamtenuniform mit abgetrennten Knöpfen, rechts thronte ein pausbackiger Chinese mit selig zugekniffenen Äuglein) und legte die Kette an den Rand der Matratze, wischte dann mit dem Taschentuch sorgfältig das Mundstück ab und nahm vorsichtig einen Zug – aus rein wissenschaftlichem Interesse. Nichts Besonderes geschah – nicht nach dem ersten Zug, nicht nach dem zweiten, auch nicht nach dem dritten.

Fandorin war beruhigt und tat, als schlummerte er, betrachtete jedoch unter gesenkten Lidern – die Augen hatten sich schon an das Schummerlicht gewöhnt – unauffällig die Gesichter der Raucher. Merkwürdige Gesichter, gleichsam ihres Alters beraubt, alle mit leicht herabgesunkenem Kinn und dunklen Gruben an Stelle der Augenhöhlen. Fandorins Aufmerksamkeit erregte ein alter Chinese mit langem grauem Bärtchen, der ihm genau gegenübersaß. Der Hofrat wunderte sich, wie gestochen scharf er alles sah – jede Runzel im gütigen Gesicht des Alten. Plötzlich öffneten sich die Augen des Chinesen ein wenig, und es zeigte sich, dass sie keineswegs schläfrig und glasig waren, sondern sehr lebendig, klar und wohl sogar fröhlich. Er zwinkerte Fandorin zu und fragte mit freundlicher, unglaublich angenehmer Stimme, ohne jeden Akzent:

»Na, schwer?«

Fandorin begriff sofort, dass der Chinese ihn nicht nach einer belanglosen Misslichkeit wie dem ungewohnten Sitzen auf der klumpigen Matratze fragte, sondern danach, ob ihm, Fandorin, das Leben schwerfalle.

»Nein«, antwortete der Beamte.

Er dachte nach und sagte: »Ja.«

Es duftete nach blühenden Apfelbäumen, und plötzlich stellte sich heraus, dass sie beide – Fandorin und der sympathische Alte – keineswegs in einem feuchten Keller saßen, sondern auf dem

Gipfel eines kleinen Berges. Unten erstreckte sich eine grüne Ebene, glitzerten die Quadrate überschwemmter Reisfelder, die Hänge waren mit Bäumchen bestanden, die über und über blühten, in der Ferne schimmerte ein weißsteinernes Kloster mit bizarren Türmchen und einer fünfstöckigen Pagode, und der vorabendliche Himmel hatte eine lila-grüne Färbung, wie man sie in den mittleren Breiten Russlands niemals sieht.

Der Ortswechsel setzte Fandorin nicht in Erstaunen – im Gegenteil, er hielt ihn für angemessen, ja, für selbstverständlich. Er wusste, daß der Alte Te Huanji hieß und der Berg – Taischan.

Sie schwiegen.

»Fürchtest du dich vor dem Tod?«, fragte der Alte.

Und wieder antwortete Fandorin zuerst mit »Nein« und dann mit »Ja«.

»Fürchte dich nicht vor ihm.« Te Huanji lächelte. »Er hat nichts Schreckliches. Wenn du willst, gibt es ihn überhaupt nicht. Soll ich dich in dieses Geheimnis einweihen?«

»Ja, weiser Mann!«, rief Fandorin. »Weihe mich ein!«

»Hör mir zu, aber nicht mit dem Verstand, sondern mit der Seele, denn der Verstand ist wie ein Blatt, das sich im Frühling entfaltet und im Herbst abfällt, die Seele dagegen ist ein mächtiger Baum, der tausend Jahre lebt.«

»Ich will nicht tausend Jahre leben«, sagte Fandorin. »Aber ich will das Geheimnis wissen.«

»Gleich wirst du es erfahren.« Der Zauberer lächelte noch freundlicher. »Es ist einfach. Denn was ist der Tod?«

Der Beamte beugte sich vor, um sich kein Wort entgegen zu lassen, aber der Weise senkte die Lider und streckte die Hand aus, sehr weit, über zwei Meter. Die sich wundersam verlängernde Hand packte Fandorin an der Schulter und schüttelte sie kräftig.

»Herr, Herr, ssnell, er lennt weg!«, hörte Fandorin eine Stimme, die mit fürchterlichem japanischem Akzent Russisch sprach.

»Warte, Te Huanji«, bat der Hofrat, »geh nicht fort. Das ist Masa, ich schicke ihn gleich weg, damit er nicht stört.«

Aber zu spät. Der Zauberer, der mit Apfelbäumen bewachsene Berg und die grüne Ebene waren verschwunden.

Fandorin jedoch saß noch immer auf der Matratze, in dem verräucherten Keller, und Masa beugte sich über seinen opiumbenebelten Herrn und rüttelte ihn an der Schulter.

»Kette!«, sagte Masa – derselbe rundgesichtige Asiat, der eben noch neben dem Beamten gesessen hatte. »Hat Kette getsohlen!«

Tatsächlich, die Jadekette, die Fandorin neben sich gelegt hatte, war weg.

»Wer hat sie gestohlen? Te Huanji?«, fragte Fandorin träge.

»Meinetwegen. Sie gehört ihm.«

»Wieso Te Huanji? Hat getsohlen alte Mann, der dot auf die Matasse lag.«

Masa zeigte auf den Platz, den eben noch der wunderbare Alte eingenommen hatte. Die Matratze war leer.

»Ach, Masa, du kommst ganz ungelegen«, murmelte der Beamte, aber der Diener riss ihn rücksichtslos hoch, stellte ihn auf die Beine und zerrte ihn zum Ausgang.

Masa wechselte in seine Muttersprache. Übrigens: Selbst wenn jemand der hier Sitzenden Japanisch verstanden hätte, wäre er aus der verworrenen Erzählung doch nicht schlau geworden.

»Als Sie den Verstand einbüßten, Herr, mit den Lippen mümmelten und auf Ihrem Gesicht das dümmliche Lächeln erschien, das immer noch da ist und, wie ich fürchte, nun für immer bleiben wird, ist er aufgestanden, hat sich in den Durchgang gestellt, neben Ihrer Matratze, und hat die Pfeife fallen lassen. Er hat sich gebückt, um sie aufzuheben, und dabei die Kette gegriffen. Umbringen wollte er Sie nicht, ich habe aufgepasst. Er kann noch nicht weit sein! Wir holen ihn ein!«

»Wer ist *er*?« Fandorin lächelte strahlend. Er fühlte sich angenehm besänftigt und hatte nicht die geringste Lust, irgendwem hinterherzujagen.

»Der alte Chinese, der Ihnen gegenübersaß, wer denn sonst! Sie sind total bedudelt von diesem gemeinen Kraut! Wahrscheinlich ist das der Verbrecher, der den Pfeil auf Sie abgeschossen hat und dann über die Mauer gesprungen ist!«

Fandorin machte ein tiefsinniges Gesicht, um zu zeigen, dass er bei klarem Verstand war.

»Wie sieht er aus?«

Masa dachte kurz nach, zuckte die Achseln und sagte: »Eben ein Chinese.«

Dann fügte er hinzu: »Alt. Uralt.«

»Und ich dachte, er wäre jung«, teilte Fandorin mit und bekam einen Lachanfall – so komisch fand er, dass der Chinese, der mühelos die hohe Mauer bezwungen hatte, uralt sein sollte: ein Sprung, und hopp, schon war er auf der anderen Seite. Das war kein Opa, sondern ein Springinsfeld.

Der Diener drehte sich kurz um und verpasste dem Hofrat zwei schallende Ohrfeigen, worauf dieser zu lachen aufhörte und einschnappen wollte, aber dazu war er zu faul.

Sie waren inzwischen draußen. Es war dunkel und windig, das Straßenpflaster glänzte regennass, gegen das Gesicht prasselten Tropfen. Durch die Frische und Feuchtigkeit kam Fandorin teilweise zu sich.

»Da ist er!«, sagte Masa und zeigte nach vorn.

In dreißig Schritt Entfernung trippelte hastig ein gebeugtes Männlein. Es hielt die Ellbogen dicht am Körper, als sei ihm kalt oder als presse es etwas an die Brust. Seine Schritte waren nicht zu hören.

»Ihm nach, a-aber vorsichtig«, sagte Fandorin. Sein Kopf funktionierte jetzt besser, doch die Zunge war schwer, und die Knie gehorchten ihm nicht recht. »Mal sehen, wohin er geht.«

Der Alte bog nach links, noch einmal nach links und kam auf den Sucharew-Platz, wo Laternen brannten und wo immer noch gehandelt wurde, woraus Fandorin, der jedes Zeitgefühl verloren hatte, schloss, dass es nicht sehr spät war.

Der Dieb schlängelte sich am Rand des Platzes entlang und tauchte wieder in ein enges Sträßchen ein. Die Verfolger beschleunigten den Schritt.

»Euer Hochwohlgeboren, Sie?«, vernahm der Beamte eine volltönende Stimme, die ihm bekannt vorkam.

Er drehte sich um, verlor bei dieser nicht gerade komplizierten Bewegung beinahe das Gleichgewicht und erblickte den Reviervorsteher Nebaba, der einen zerlumpten Mann mit verbundener Backe am Ohr festhielt. Nachdem sich Nebaba vergewissert hatte, dass er wirklich den Hofrat vor sich hatte, wies er mit dem Kopf auf den Festgenommenen.

»Ein Taschendieb. Auf frischer Tat erwischt.«

»Makar Nilowitsch, lass mich laufen«, ningelte der Dieb. »Verpass mir lieber eine Abreibung, aber schick mich nicht ins Kalte.«

Das trifft sich gut, dachte Fandorin. Der Chinese ist flink und wendig, Masa wird schwerlich allein mit ihm fertig, und auf mich ist in meinem jetzigen Zustand wenig zu hoffen. Da Nebaba nach so vielen Dienstjahren in Sucharewka immer noch lebt, ist er mit allen Wassern gewaschen und kann für sich einstehen. Außerdem kennt er die Gässchen hier besser als jeder Chinese. Den schickt mir der Himmel.

»Den Mann laufen lassen«, befahl Fandorin knapp. »Mir nach. Aber leiser mit den Stiefeln.«

Im Gehen erklärte er dem Polizisten kurz, worum es ging.

Der Alte trippelte durch das Sträßchen, bog in die Andrianowski-Gasse ab und verschwand plötzlich in einem engen Durchgang.

»Das war's, Euer Hochwohlgeboren!«, hauchte Nebaba dem Beamten ins Ohr. »Wir müssen ihn festnehmen. Dort vorn gehen drei Torwege ab, außerdem die Mokejewschen Keller. Da entwischt er.«

Ohne einen Befehl abzuwarten, stürmte er vor und stieß obendrein in seine Trillerpfeife.

Masa und Fandorin liefen hinterher.

In einem schmalen Hof holte der Polizist den Chinesen ein und packte ihn an der Schulter.

»Vorsicht!«, rief Fandorin.

Woher sollte ein schlichter Polizist wissen, welche Überraschungen magere chinesische Greise bereithalten können?

Doch Nebaba wurde mit der Aufgabe spielend fertig – der Dieb versuchte weder zu fliehen noch Widerstand zu leisten. Als Fandorin und sein Kammerdiener näher kamen, stand der Chinese friedlich da, den Kopf zwischen die Schultern gezogen, und wiederholte mit zitternder Stimme: »Mei shi! Mei shi!«

Masa bog die Finger des Verhafteten auf, nahm die Jadekette (der Alte hatte sie tatsächlich an die Brust gedrückt) und gab sie Fandorin.

Der Beamte starrte den Chinesen gespannt an. Ein alter Mann, weiter nichts. Da war weder die Weisheit des Te Huanji im erschrockenen Gesicht noch die Gewandtheit des gestrigen Schützen im schwächlichen Körper. Etwas stimmte hier nicht.

Der Polizist, der hinter dem Verhafteten stand, bemerkte skeptisch:

»Wie Sie meinen, Herr Fandorin, aber es sieht nicht so aus, als ob diese halbe Portion Prjachin mit dem Beil zerstückelt hat. Der kann doch nicht mal ein Beil hochheben.«

Noch ehe Fandorin antworten konnte, kam ein Rascheln aus der Dunkelheit, ein kurzer Atemstoß, dann schlug etwas Weiches gegen etwas Weiches. Nebaba knallte mit dem Gesicht auf den Boden, die langen Arme von sich gestreckt. Wo er eben noch gestanden hatte, zeichnete sich eine Silhouette ab, in der Fandorin sofort den gestrigen Mauerspringer erkannte: die eng anliegende Kleidung, die federnde Haltung, das konische Mützchen. Masa fauchte wütend und machte sich zum Kampf bereit, aber da warf der schwarze Mann mit einer blitzartigen Bewegung ein Bein hoch und traf den Japaner punktgenau am Kinn. Der Stoß erfolgte so unglaublich schnell, dass er den treuen Diener Fandorins, einen erfahrenen und gefährlichen Kämpfer, überrumpelte.

Ohne auch nur einen Laut von sich zu geben, ging Masa zu Boden, damit war Fandorins Streitmacht schon in den ersten Sekunden der Schlacht niedergeworfen, und der Heerführer fühlte sich dem Kampf mit solch einem bedrohlichen Gegner, genauer, mit zweien, nicht gewachsen.

Nein, es war doch nur einer – der alte Chinese machte keine Anstalten, sich auf den Beamten zu stürzen. Er wich zur Wand zurück, umfaßte den Kopf mit den Händen und wehklagte: »Sanshen, bu yao!«

Wäre Fandorin in seiner üblichen Verfassung gewesen, so hätte er ohne Zögern den Zweikampf mit diesem Meister der Kampfkünste aufgenommen, oder er hätte ihm mit seinem Herstal einfach in den Knöchel geschossen. Doch nach der Revolvertasche zu greifen, war keine Zeit – bei der geringsten Bewegung würde der Gegner sofort einen Präventivschlag führen. An ein Handgemenge war auch nicht zu denken. Fandorin versuchte, eine Kampfstellung einzunehmen, und sofort schwankte die Erde unter seinen Füßen. Wenn ich am Leben bleibe, rühre ich nie wieder dieses Mistzeug an, schwor er sich, während er langsam zurückwich.

Die Kampfstellung schien den Gegner doch zu beeindrucken: Er beschloss, sich nicht nur auf seine Hände und Füße zu verlassen. Mit leichter Bewegung zog er etwas Langes, Geschmeidiges aus dem Ärmel und ließ es pfeifend und blitzend durch die Dunkelheit kreisen. Eine Stahlkette, erriet Fandorin. Die konnte einem Menschen einen Knochen durchschlagen und die Kehle zerfetzen.

Fandorin hatte leider nichts in den Händen außer der unseligen Jadekette. Vor dem ersten Hieb der Stahlschlange konnte er sich wegducken, wäre dabei aber fast gestürzt, und er sprang noch ein paar Schritte zurück. Weiter konnte er nicht – hinter ihm war die Mauer. Er schwenkte die Kette und beschrieb in der Luft eine sirrende Acht. Mochte der Feind denken, dass auch er eine Stahlkette hatte, dann hielt er sich vielleicht zurück. Aber das Schwenken bewirkte nur, dass der außerordentlich reißfeste Zwirn der Firma »Pusyrew und Söhne« zerriss und die Jadekügelchen unrühmlich nach allen Seiten flogen.

Der Mann in Schwarz machte einen kleinen Schritt nach vorn, bereit zum entscheidenden Angriff. Als Fandorin hörte, wie die todbringende Kette die Luft zerschnitt, fiel ihm eine taoistische Maxime ein: Die Kraft des Geistes besiegt das Schwert. Bloß schade, dass es im übertragenen Sinn gemeint war. Aber ein Versuch konnte nicht schaden, zumal ihm in dieser Situation gar nichts anderes übrigblieb. Er bündelte das zerfließende Gewebe seines Geistes, streckte die weichen, wie aus Watte bestehenden Arme vor und sagte genau in dem Moment, als der Gegner zum Vorstoß ansetzte, das magische Wort »Tien«, was geistige Kraft bedeutete (denn auf die körperliche war nicht zu hoffen).

Es wirkte!

Der Mann in Schwarz benahm sich wie eine vom Faden abgerissene Marionette: Er klatschte in die Hände, ein Bein schnellte sonderbarerweise nach vorn, das andere nach oben, und schon schlug er mit dem Hinterkopf so hart auf die Pflastersteine, dass es widerlich knirschte.

Da begriff Fandorin, dass es das alles gar nicht gab – den Raub der Kette, die Verfolgung des Alten, den phantastischen Zusammenstoß im dunklen Hof. Das waren nur Trugbilder im Opiumrausch. Gleich würden sich die Halluzinationen verflüchtigen, und er würde wieder im Halbdunkel sitzen, umgeben von grauem Rauch und den unbeweglichen Silhouetten der Raucher.

Er schüttelte den Kopf, um schneller zu sich zu kommen, aber es half nicht.

Statt dessen kam Makar Nebaba zu sich, und auch Masa regte sich – er griff sich ans blessierte Kinn und sagte ein paar unschöne Wörter auf japanisch und auf russisch. Doch als erster berappelte sich der Polizist. Er setzte sich stöhnend auf, rieb sich das Genick und fragte heiser: »Womit hat er mich? Mit dem Beilrücken?«

»Mit der Handkante«, erklärte Fandorin und sah den Polizisten neugierig an – wenn der sich nun plötzlich in den Zauberer Te Huanji verwandelte oder etwas noch Verrückteres anstellte?

Der Polizist erhob sich ächzend, machte ein paar Schritte, rutschte aus und fiel beinahe hin.

»Verdammt! Da liegen irgendwelche Kügelchen. Außerdem kann ich den Hals nicht drehen.«

Er trat zu dem hingestreckten Mann in Schwarz. Bückte sich und zündete ein Streichholz an. Und stieß einen Pfiff aus.

»Das ist ein Ding! Seine Erlaucht Graf Chruzki in höchsteigener Person!«

5

Das Verhör der Verhafteten sollte erst nach der Ankunft des Untersuchungsführers stattfinden, zu dem Nebaba vom Revier aus einen Eilboten geschickt hatte. Aus der provisorischen Aufenthaltsgenehmigung, die der Chinese vorwies, ging hervor, dass er Fang Chen hieß, siebenundsechzig Jahre alt war und im Haus des Grafen Chruzki wohnte, wo er das Amt des Kochs versah. Er konnte nur ein paar Brocken Russisch, und den gelehrten

Orientalisten dolmetschen zu lassen, wäre unter den gegebenen Umständen zumindest merkwürdig gewesen.

»Sperren Sie den Chinesen vorerst in eine Z-Zelle«, befahl Fandorin dem Reviervorsteher. »Seine Rolle in dieser Geschichte ist mehr oder weniger klar. Sein Herr hat ihm befohlen, mir zu folgen, bei der ersten Gelegenheit die Kette zu entwenden und zu dem vereinbarten Treffpunkt zu bringen. Nicht wahr, Lew Aristarchowitsch?«

Graf Chruzki saß in der Ecke auf einem wackligen Hocker und war in Anbetracht seiner ungewöhnlichen Sportlichkeit an den staubigen gusseisernen Ofen gekettet. Er war wieder bei vollem Bewusstsein und saß ungezwungen da, die Beine in den engen Leinenhosen übereinandergeschlagen. An seinen unglücklichen Sturz erinnerte nur ein graues Handtuch, mit dem ihm der verletzte Hinterkopf verbunden worden war. Das chinesische Samtmützchen lag am Boden, die schwarze Stoffjacke hatte der Graf aufgeknöpft, so dass nicht nur seine Brust entblößt war, sondern auch der muskulöse Bauch, aber das schien Chruzki nicht im geringsten zu genieren.

»Die reine Wahrheit, Erast Petrowitsch«, antwortete der Arretierte und betrachtete den Hofrat mit Interesse. »Fang hat nichts gewusst. Ich habe ihm gesagt, dass die Kette mir gehört und dass Sie mich darum geprellt haben. Er ist ein lieber, harmloser alter Mann und ein vorzüglicher Kenner der klassischen Sichuan-Küche.«

»Was hat es mit der Kette auf sich, Euer Erlaucht?«, mischte sich der Reviervorsteher ein. »Was ist an diesen Steinchen bloß so wertvoll, dass Sie ihretwegen zum Berserker geworden sind? Sie haben Prjachin mit dem Beil zerstückelt, und ums Haar hätten Sie auch Herrn Fandorin und mich kaltgemacht. Sie gehen zur Zwangsarbeit, für zwanzig Jahre! Wofür?«

Statt zu antworten, sah Chruzki Fandorin fragend in die Augen, als wolle er ergründen, wie viel dieser wusste.

»Das ist nicht mit zwei Worten gesagt, Makar Nilowitsch«, sagte Fandorin. »Diese Kette gehörte einem chinesischen W-Weisen, der vor vielen Jahrhunderten lebte. Er hieß Te Huanji. Zumindest glaubt Graf Chruzki, dass es seine Kette ist. Obwohl Te Huanji wahrscheinlich gar nicht existierte und die Geschichte mit der Jadekette nichts weiter als eine Legende ist.«

»Bravo, Fandorin, ich habe Sie unterschätzt«, flüsterte der Graf und fuhr mit erhobener Stimme fort: »Aber Te Huanji hat existiert, und es ist tatsächlich seine Kette.«

Fandorin breitete die Arme aus.

»Ich bin kein Kenner von taoistischen Legenden und will nicht mit Ihnen streiten. Außerdem sind wir nicht zu einem wissenschaftlichen Disput hier, sondern aus ganz anderem Anlass. Als ich auf einer der Kugeln das halbverwischte Schriftzeichen ›te‹ las, fiel mir plötzlich die Legende von dem Taischan-Zauberer ein, dessen Name mit diesem Zeichen beginnt. Ich habe in einem Buch über Zauberlegenden des Altertums nachgelesen und begriffen, was diese bescheidenen Perlen für einen Menschen, der von einer Wahnidee besessen ist, bedeuten können. Nur in einem habe ich mich geirrt – ich war mir sicher, dass der Verbrecher ein Chinese ist. Aber ich hätte auch an die Chinakenner denken müssen.«

Der Graf lachte verstehend auf.

»Sie sind also ins chinesische Viertel gegangen, um den Bösewicht mit dem Köder zu fangen?«

»Natürlich. Denn Chinesen gibt's in M-Moskau nicht allzu viele, zwei- bis dreitausend, und die leben alle auf einem Haufen. Ein Weißer, der sich mit einer Jadekette in der Hand in chinesischen Garküchen und Spelunken herumdrückt, kann nicht unbemerkt bleiben ... Sagen Sie, Lew Aristarchowitsch, Sie sind doch vorgestern mit einer ganz bestimmten Absicht auf dem Ball erschienen? Sie wussten, dass ich dort sein würde, und wollten mein

Interesse für die Ermordung des Antiquitätenhändlers wecken? Was haben Sie sich davon versprochen, mich in diese Geschichte hineinzuziehen? Warum sind Sie ein solches R-Risiko eingegangen?«

»Man sagt, dass Sie sieben Werst unter die Erde blicken können und jedes Rätsel lösen. Ich erinnere mich an ein länger zurückliegendes Gespräch mit Ihnen – Sie haben damals auf mich den Eindruck eines höchst scharfsinnigen Beobachters gemacht ...«

»Und da dachten Sie, dass ich das finde, wonach Sie vergeblich suchten?«

»Ich hab's ja gesagt – Sie sind scharfsinnig«, sagte der Graf halb im Ernst, halb spöttisch.

»Na schön. Aber wie haben Sie erfahren, daß ich die K-Kette gefunden habe? Am Morgen habe ich Prjachins simples Versteck entdeckt, und schon am Abend haben Sie versucht, mich umzubringen.«

Hier räusperte sich Nebaba, und zwar so angestrengt, dass Fandorin sich zu ihm umdrehte.

»Sie? Sie haben es ihm erzählt? Aber w-wozu? Wollten Sie von dem Experten erfahren, was die Kette wert ist? Sind Sie vom Laden schnurstracks zu Chruzki gegangen?«

»Nicht doch«, rief Nebaba verlegen im Bass. »Das heißt, ehrlich gesagt, ich hatte es vor, aber es war nicht nötig. Als ich mich von Ihnen verabschiedet hatte, wollte ich ins Revier, um das Protokoll zu schreiben, da kam mir Seine Erlaucht entgegen. Ich Trottel freu mich noch. Na, denk ich, was für ein glücklicher Zufall ...«

»Ja, sehr glücklich«, bestätigte Fandorin giftig und wandte sich wieder dem Grafen zu. »Sie waren wohl ungeduldig, Lew Aristarchowitsch? Und zogen Ihre K-Kreise um den Laden? Selbstverständlich sagten Sie dem Reviervorsteher, dass die Kette fünf Rubel wert ist, oder?«

»Drei«, antwortete Chruzki. »Drei Rubel und fünfundzwanzig Kopeken. Für eben diese Summe hat der verblichene Prjachin vor einer Woche die Jadekette von einem opiumsüchtigen Chinesen erworben. Ich habe über diesen heiligen Gegenstand viel gehört und gelesen, als ich ein Probejahr in einem Schan-Kloster war. Fünfundzwanzig von der Zeit abgeschliffene Jadekügelchen, jedes mit einem Durchmesser von einem Sun, und auf einem ist das erste Schriftzeichen vom Namen des Ewiglebenden ... Die Kette ist während des mandschurischen Einfalls verschollen und galt als unwiederbringlich verloren. Wie oft habe ich sie mir vorgestellt, wenn ich im Hochgebirgsschnee in der Haltung ›Jia chi‹ saß oder mit der Handkante meine täglichen achthundertachtundachtzig Bambusstäbe durchschlug ...« Die Stimme des Grafen wurde träumerisch, die Augen umflorten sich, die Lider gingen herunter.

Fandorin wartete etwas und zerstörte dann taktlos die Erinnerungen des Orientexperten.

»Also, Sie sind zu Prjachin gegangen, um zu sehen, ob er etwas Neues hatte, und entdeckten die Jadekette. Sie konnten Ihr Glück nicht fassen, griffen mit zitternder Hand nach der Lupe, dankten dem Himmel und so weiter und so fort. Was geschah dann?«

Chruzki öffnete die Augen und stieß einen tiefen Seufzer aus.

»Ja, als Prjachin mir die Kette zeigte und fragte, ob er dem Opiumsüchtigen nicht zu viel gezahlt habe, hatte ich mich nicht in der Gewalt. Ich hätte achtlos die Achseln zucken und die Kette mit herablassender Miene für fünf Rubel kaufen sollen. Aber ich hatte völlig den Kopf verloren, weinte wohl sogar ... Ich bot Prjachin auf Anhieb fünfhundert, aber er lachte nur. Mit vor Glück bebender Stimme versprach ich ihm tausend – er lehnte ab. Da erhöhte ich gleich auf zehntausend, obwohl, um eine solche Summe aufzubringen, hätte ich meine Sammlung verkaufen und außerdem das Haus verpfänden müssen. Aber Prjachin schnappte über. Jeder Antiquitätenhändler hat einen Traum: einmal im Leben eine

Rarität von märchenhaftem Wert zu ergattern. Ich versuchte ihm zu erklären, dass ich der einzige Mensch in Russland bin, für den diese Kette eine Kostbarkeit darstellt. Er glaubte mir nicht. Er sagte:

›Wenn Sie als unvermögender Mann zehntausend geben wollen, rückt ein Millionär wie Mamontow oder Chludow hunderttausend heraus ...‹ Ich sann lange darüber nach, wie ich in den Besitz der Kette kommen könnte, und beschloss zu guter Letzt, sie zu stehlen. Ich betäubte den Gehilfen, kehrte das Unterste zuoberst, fand sie aber nicht. Prjachin erzählte mir dann, man habe ihn bestohlen. Dem Ärmsten wäre natürlich nie in den Sinn gekommen, dass Graf Chruzki zu einem Raubüberfall fähig sein könnte ...«

»Sie brauchen nicht fortzufahren«, stoppte Fandorin den Grafen. »Das Weitere ist klar. Als Sie die Kette nicht fanden, gerieten Sie in Raserei und beschlossen, die Reliquie um jeden Preis, und sei es um einen b-blutigen, in Ihren Besitz zu bringen. Aber Prjachin erwies sich als harte Nuss ... Herrgott, Lew Aristarchowitsch, Sie haben die Universität absolviert! Wie kann man, aus welchem Grund auch immer, und sei es, um hinter das Geheimnis der Unsterblichkeit zu kommen, einen lebendigen Menschen mit dem Beil zerstückeln? Außerdem ist es eines Gelehrten unwürdig, an solche Albernheiten zu glauben.«

»Euer Hochwohlgeboren«, flehte der Reviervorsteher. »Seien Sie so gut und erklären Sie mir, worum es geht! Was für Albernheiten? Was für ein Geheimnis?«

»Dummheiten eben!« Fandorin winkte ärgerlich ab. »Märchen. Laut Überlieferung hat Te Huanji viele Jahre lang versucht, das Geheimnis des ewigen Lebens zu finden, seinerzeit entdeckt von dem großen Lao-tse, der somit unsterblich geworden war. In einem alten Buch steht geschrieben, dass Te Huanji die Erleuchtung zuteil wurde, die höchste Weisheit, und dass er den Tod besiegte, indem er eine grüne Jadekette durch die Hände gleiten ließ. Er lebte dreimal je achtzig Jahre, dann überwand er sogar die Schwelle zur Ewigkeit, was die Zahl fünfundzwanzig symbolisiert – dreimal Langlebigkeit plus eins.«

Der Graf schüttelte den Kopf und sah den Beamten mit echtem Mitgefühl an.

»Verstand und Logik sind nichts vor der Größe des Geistes. Armer glückhafter Erast Petrowitsch, wie blind Sie doch sind! Was hat Sie zweimal vor dem sicheren Tod gerettet, wenn nicht der Besitz der heiligen Kette? Warum, warum nur wurde sie einem gleichgültigen Laien zuteil und nicht mir?«

»Weil Sie, Euer Erlaucht«, erwiderte der Hofrat streng, getroffen von dem Wort »Laie«, »das Wesentliche der Legende nicht begriffen haben. Die Kette des Te Huanji gibt sich nicht in die Hände eines Menschen mit bösem Herzen. Ich fürchte, dass Sie in Ihrem Kloster das Geheimnis des Lebens doch nicht ergründet haben – Sie waren zu sehr mit dem Zerhauen von Bambusstäben beschäftigt.«

Vor den dunklen Fenstern hielt polternd eine Droschke, ein Wagenschlag klappte.

»Der Untersuchungsführer ist eingetroffen«, erklärte der Reviervorsteher und erhob sich.

Herein kam ein magerer Herr mit Zwicker, mit galligem verschlafenem Gesicht – Sergej Sergejewitsch Lemke von der Staatsanwaltschaft. Er begrüßte Fandorin mit Handschlag, verneigte sich vor dem Verhafteten und nickte dem Reviervorsteher zu.

»Wohin?«, fragte Fandorin. »In die Kleine Gouverneurstraße?«

»Nein.« Lemke unterdrückte ein Gähnen. »Dort sind alle Adelszellen belegt. Ich bringe ihn auf die Hauptwache der Krutizkaja-Kaserne. Dort verhören wir ihn. Kommen Sie mit?«

»Mit Ihrer Erlaubnis etwas später«, antwortete Fandorin. »Der Hergang des V-Verbrechens ist klar. Erledigen Sie schon mal die Formalitäten. Ich komme bald nach.«

Zwei Polizisten, die mit dem Untersuchungsführer gekommen waren, führten den Häftling zum Ausgang.

An der Schwelle blieb der Graf stehen, drehte sich zu Fandorin um und fragte flehend: »Darf ich sie wenigstens noch einmal ansehen?«

Ein Polizist stieß ihn sacht in den Rücken.

»Ein Jammer. Da muss ein so gelehrter Mann zur Zwangsarbeit«, bedauerte Nebaba den Mörder, als der Gefängniswagen abgefahren war.

»An Zwangsarbeit ist nicht zu denken«, tröstete ihn Fandorin. »Sehen Sie nicht, dass er wahnsinnig ist? Ihn erwartet das Gefängniskrankenhaus, Abteilung T-Tobsüchtige.«

Nebaba setzte sich hin, um den Rapport über die Aufklärung des Verbrechens und die Festnahme des Mörders zu schreiben. Er schnaufte, kratzte wütend mit der Feder und wischte sich mit dem Taschentuch pausenlos die himbeerrote Stirn – kurzum, er war beschäftigt. Der Beamte für Sonderaufträge ging in dem tristen Raum auf und ab. Er seufzte, knackte nervös mit den Fingern, schaute hinaus in die Dunkelheit, öffnete sogar einmal die Tür, als wolle er gehen, aber der Reviervorsteher hob den Kopf von der Schreiberei und riet ab: »Stockdunkel heute, man sieht die Hand vor Augen nicht. Ihr Asiat wird kommen, der geht nicht verloren.«

Masa kam erst nach einer Stunde.

»Und?«, fragte Fandorin ungeduldig. »Warum hat das so lange gedauert? Hast du alle gefunden?«

»Funfunswansich«, antwortete der Diener stolz. »Eine Pele lag in eine Pfüsse.«

Seine Ellbogen und Knie waren tatsächlich nass und schmutzig.

»Morgen fädelst du sie auf einen d-doppelten Faden«, befahl Fandorin. »Und den Schund der Firma ›Pusyrew‹ wirfst du weg. Doch nein, gib mir die Perlen. Ich fädle sie selber auf.«

Als er den verwunderten Blick des Reviervorstehers auffing, erklärte er nicht ohne Verlegenheit: »Dass ich mit Hilfe der Kette zweimal gerettet wurde, ist Zufall. Was die Unsterblichkeit angeht – nichts als Aberglauben und Blödsinn. Und das mit der höchsten Weisheit ist auch anzuzweifeln. Aber ich konnte mich überzeugen, dass man beim Geklapper der Steine besser denken kann … Sie brauchen mich gar nicht so a-anzugucken.«

Table Talk 1882

Nach Kaffee und Likör kam das Gespräch im Salon, wie sich das am Weihnachtsabend gehört, auf Geheimnisvolles.

Die Hausherrin, Lidia Nikolajewna Odinzowa, blickte geflissentlich nicht zu ihrem neuen Gast, dem gefragtesten Mann der Saison, als sie sagte: »Ganz Moskau spricht davon, dass Bismarck den armen Sobolew vergiftet hat. Werden wir denn nie die Hintergründe dieser furchtbaren Tragödie erfahren?«

Der Mann, den Frau Odinzowa heute ihren Stammgästen vorsetzte, hieß Erast Petrowitsch Fandorin. Er sah umwerfend gut aus, war von einer Aura der Rätselhaftigkeit umweht und überdies Junggeselle. Um ihn in ihren Salon zu locken, hatte Frau Odinzowa eine höchst komplizierte, mehrstufige Intrige eingefädelt, worin sie unübertroffene Meisterin war.

Ihre Bemerkung war an Archip Hyanzintowitsch Mustafin gerichtet, einen langjährigen Freund des Hauses. Als Mann von scharfem Verstand erfasste er auf Anhieb ihren Hintergedanken und sagte, dem jungen Kollegienassessor Fandorin unter geröteten wimperlosen Lidern einen Seitenblick zuwerfend: »Ich habe gehört, unserem Weißen General sei eine fatale Leidenschaft zum Verhängnis geworden.«

Die Anwesenden hielten den Atem an, denn Gerüchten zufolge war Fandorin, seit kurzem Beamter für Sonderaufträge beim Moskauer Generalgouverneur, ganz unmittelbar damit befasst, die Todesumstände des großen Heerführers aufzuklären. Doch die Gäste wurden enttäuscht: Der brünette Beau hörte Mustafin höflich zu und tat, als hätte er zu dem Gesagten nicht die geringste Beziehung.

Eine peinliche Pause trat ein – eine Situation, die eine erfahrene Gastgeberin nicht zulassen darf. Frau Odinzowa bewies auch sogleich Geistesgegenwart. Mit einem reizenden Augenaufschlag kam sie Mustafin zu Hilfe. »Da muss ich an das mysteriöse Verschwinden der armen Polinka Karakina denken! Sie erinnern sich gewiss an diese schreckliche Geschichte, mein Freund?«

»Und ob ich mich erinnere«, nahm Mustafin den Faden auf und dankte mit einem leichten Zucken der Augenbraue für die Hilfestellung.

Einige nickten, doch die meisten hatten noch nie von Polinka Karakina gehört. Da Mustafin im Ruf eines vorzüglichen Erzählers stand, war es auch kein Malheur, aus seinem Munde eine bereits bekannte Geschichte zu hören. Im rechten Moment fragte Molly Sapegina, eine bezaubernde junge Frau, deren Mann leider vor Jahresfrist in Turkestan gefallen war, voller Neugier: »Mysteriöses Verschwinden? Wie interessant!«

Die Gastgeberin gab sich den Anschein, es sich auf ihrem Stuhl bequem zu machen, womit sie Mustafin bedeutete, dass sie das Ruder des Table talks in seine erprobten Hände legte.

»Viele von uns kennen natürlich noch den alten Fürsten Lew Lwowitsch Karakin«, begann Mustafin seine Erzählung. »Er war ein Mann der alten Zeit, ein Held des Ungarnfeldzugs. Die liberalen Tendenzen des vorigen Zaren lehnte er ab; er reichte seinen Abschied ein und lebte fortan auf seinem Anwesen Sosnowka bei Moskau wie ein indischer Nabob. Sein Reichtum war unermesslich, derartige Vermögen besitzt die Aristokratie heutzutage nicht mehr.

Der Fürst hatte zwei Töchter, Polinka und Anjuta. Beachten Sie: Nicht Poline oder Annie – der Graf vertrat die strengsten patriotischen Ansichten. Die Mädchen waren Zwillinge. Gesicht, Figur und Stimme waren vollkommen identisch. Dennoch konnte man sie nicht verwechseln, denn Anjuta hatte auf der rechten Wange, hier, ein Muttermal. Die Gattin des Fürsten war im Kindbett gestorben, und er hatte nicht wieder geheiratet. Er pflegte zu sagen, das sei zu aufwendig, und wozu auch, schließlich gebe es unter dem Gesinde genug junge Frauen. An denen mangelte es ihm wirklich nicht, auch nicht nach Aufhebung der Leibeigenschaft. Ich sage ja, der Fürst lebte wie ein Nabob.«

»Sie sollten sich schämen, Archip. Geht es nicht ohne Frivolitäten?«, sagte die Gastgeberin mit vorwurfsvollem Lächeln, obwohl sie sehr wohl wusste, daß eine gute Geschichte nur gewinnt, wenn sie, wie die Engländer sagen, etwas gesalzen wird.

Mustafin drückte reuevoll die Hand an die Brust und setzte seine Erzählung fort: »Polinka und Anjuta waren keineswegs hässlich, aber auch keine Schönheiten. Bekanntlich ist jedoch eine millionenschwere Mitgift das beste aller kosmetischen Mittel, darum lösten die beiden Mädchen in der einzigen Ballsaison, die sie besuchen durften, unter den Moskauer Heiratsanwärtern eine Art Fieberepidemie aus. Doch dann nahm der alte Fürst unserem verehrten Generalgouverneur etwas übel, fuhr zurück auf sein Gut Sosnowka und rührte sich von dort nicht mehr weg.

Fürst Karakin war fettleibig, kurzatmig und hochrot im Gesicht, kurzum, ein apoplektischer Typ, und es blieb zu hoffen, dass die Gefangenschaft seiner Töchter bald beendet sein würde. Doch die Jahre gingen dahin, der Fürst wurde immer dicker und schnaufte immer lauter, machte aber keine Anstalten zu sterben. Die Heiratsanwärter warteten und warteten, bis sie die armen eingekerkerten Mädchen vergaßen.

Man sagt zwar: Sosnowka bei Moskau, doch es liegt in den tiefen Wäldern des Kreises Saraisk, wo keine Eisenbahn hinführt, und selbst bis zur nächsten Landstraße sind es mindestens zwanzig Werst. Kurzum, eine Einöde. Aber eine paradiesische Gegend. Ich besitze in der Nachbarschaft ein kleines Dorf und habe darum den

Fürsten ziemlich oft besucht. Es war eine Lust, in Sosnowka auf Birkhuhnjagd zu gehen. Und in jenem Frühling lief einem das Wild von selbst vor die Flinte – eine solche Balz hatte ich mein Lebtag noch nicht gesehen. Ich hielt mich damals längere Zeit bei dem Fürsten auf, so dass sich die ganze Geschichte vor meinen Augen abspielte.

Karakin trug sich seit langem mit der Idee, in seinem Park ein Belvedere im Wiener Stil zu errichten. Zuerst lud er einen berühmten Architekten aus Moskau ein, der eine Zeichnung machte und auch mit dem Bau begann, ihn aber nicht zu Ende führte – er hielt die Selbstherrlichkeit des Fürsten nicht aus und reiste ab. Mit den restlichen Arbeiten wurde ein minder guter Architekt betraut, ein Franzose namens Renard. Er war jung und sah nicht übel aus. Freilich hinkte er recht auffällig, aber seit Lord Byron galt das bei unseren Damen nicht als Makel.

Das Weitere können Sie sich denken. Die beiden Mädchen sitzen schon zehn Jahre tagein, tagaus auf ihrem Anwesen. Beide sind achtundzwanzig, und sie haben keinerlei Gesellschaft, höchstens dass ein alter Trottel wie ich zur Jagd vorbeikommt. Und auf einmal erscheint ein schöner junger Mann, lebhaften Verstandes, gebürtiger Pariser.

Ich muss dazu sagen, dass die Zwillinge bei all ihrer äußeren Ähnlichkeit grundverschieden in ihrem Temperament und ihrer Gemütsart waren. Anjuta glich Puschkins Tatjana: elegisch, melancholisch, ein wenig grüblerisch und, frei heraus gesagt, langweilig. Dafür sprühte Polinka vor Übermut und Frohsinn, ›unschuldig wie des Dichters Freuden und wie ein Kuss, den Liebe bot‹. Und das Altjüngferliche war bei ihr weniger ausgeprägt als bei ihrer Schwester.

Renard lebte sich etwas ein, verschaffte sich einen Eindruck und gab selbstverständlich Polinka den Vorzug. Ich beobachtete das alles als Außenstehender und amüsierte mich köstlich, ohne zu ahnen, was für ein unwahrscheinliches Ende dieses Pastorale nehmen sollte. Die verliebte Polinka, der vom Geruch der Millionen benebelte Franzose, die vor Eifersucht glühende Anjuta, die wider Willen die Rolle der Anstandsdame spielen musste – ich muss gestehen, dass mich die Komödie nicht weniger fesselte als die Birkhuhnbalz. Der aristokratische Vater wusste von all dem nichts, denn in seinem Hochmut wäre er nicht im Traum darauf verfallen, dass seine Tochter, eine Karakina, sich in einen kleinen Architekten verlieben könnte.

Naturgemäß endete es mit einem Skandal. Eines Abends blickte Anjuta zufällig (oder auch nicht zufällig) in die Gartenlaube, ertappte dort ihre Schwester und Renard in flagranti delicto und petzte es unverzüglich dem Papa. Der furchtgebietende Fürst, der wie durch ein Wunder keinen Schlaganfall erlitt, wollte den Missetäter auf der Stelle davonjagen. Der Franzose bettelte, wenigstens bis zum Morgen auf dem Gut bleiben zu dürfen – in den Wäldern um Sosnowka kann es durchaus geschehen, dass ein einzelner Mann zu nächtlicher Stunde von den Wölfen gefressen wird. Hätte ich mich nicht eingemischt, so wäre der Verführer nur im Gehrock vor das Tor gesetzt worden.

Die heulende Polinka wurde ins Schlafzimmer geschickt, unter Aufsicht ihrer vernünftigen Schwester, der Architekt zog sich in seinen Seitenflügel zurück, um die Koffer zu packen, die Dienerschaft verkroch sich, und so ging die ganze Wucht des fürstlichen Zorns auf meine Wenigkeit nieder. Karakin tobte fast bis Tagesanbruch, ich war völlig zermürbt und fand in dieser Nacht nur wenig Schlaf. Als ich am Morgen aus dem Fenster schaute, sah ich, wie der Franzose in einem einfachen Leiterwagen zur Bahnstation gefahren wurde. Der Ärmste drehte sich immer wieder nach den Fenstern um. Doch niemand scheint ihm zum Abschied gewunken zu haben – der junge Mann sah sehr verzagt aus.

Im Weiteren geschahen Wunder. Die Mädchen erschienen nicht

zum Frühstück. Die Tür zu ihrem Schlafzimmer war verschlossen, auf Klopfen reagierten sie nicht. Der Fürst schäumte wieder vor Wut und zeigte Anzeichen einer unvermeidlichen Apoplexie; er befahl, die verdammte Tür aufzubrechen. Man brach sie auf und ging hinein. Jesus Christus! Anjuta lag im Bett, wie in tiefem Schlaf, von Polina fehlte jede Spur. Sie war weder im Haus noch im Park, als hätte sie sich in Luft aufgelöst.

Man versuchte auf jegliche Art, Anjuta zu wecken, vergeblich. Der Leibarzt, der ständig auf dem Gut gewohnt hatte, war kurz zuvor gestorben und ein neuer noch nicht in Dienst genommen. Es blieb nichts weiter übrig, als jemanden ins Kreiskrankenhaus zu schicken. Der Amtsarzt kam, einer von den Langhaarigen. Er tastete und knetete und sagte: ›Ein schweres Nervenfieber, sie wird nach einer Weile von selbst aufwachen.‹

Der Kutscher, der den Franzosen weggeschafft hatte, kam zurück. Ein verlässlicher Mann, der sein ganzes Leben auf dem Gut verbracht hatte. Er schwor bei Gott, daß er Renard zur Station gefahren und in den Zug gesetzt habe. Das gnädige Fräulein sei nicht bei ihm gewesen. Und wie hätte sie auch das Anwesen verlassen können? Der Park war von einer hohen Mauer umgeben, und am Tor standen Wachposten.

Am nächsten Tag erwachte Anjuta, doch was nutzte es? Sie hatte die Gabe der Rede eingebüsst, weinte nur, zitterte am ganzen Leib, klapperte mit den Zähnen. Nach einer Woche erlangte sie die Sprache wieder, aber an die bewusste Nacht konnte sie sich nicht erinnern. Wenn sie mit Fragen bedrängt wurde, bekam sie sofort Schüttelfrost. Der Arzt untersagte aufs strengste jede Befragung. Er sagte, es bestehe Lebensgefahr.

Polinka blieb verschwunden. Der Fürst verlor vollends den Verstand. Er schrieb an den Gouverneur, sogar an den Zaren, brachte die Polizei auf Trab. Renard wurde in Moskau beschattet, doch ohne Erfolg. Der Franzose bemühte sich, Auftraggeber zu finden –

vergebens, niemand wollte sich Karakins Zorn zuziehen. Da reiste der Ärmste zurück nach Paris. Der Fürst aber ließ sich nicht besänftigen. Er war von dem Gedanken besessen, dass der Unhold seine allerliebste Polinka umgebracht und in der Erde verscharrt hatte. Der ganze Park wurde umgegraben, der Teich abgelassen, so dass die kostbaren Karpfen verendeten. Umsonst.

Einen Monat später traf den Fürsten endlich der Schlag. Er saß am Mittagstisch, tat plötzlich einen Schnaufer und fiel mit der Stirn in den Suppenteller. Kein Wunder nach allem, was er durchgemacht hatte.

Nicht, dass Anjuta seit jener verhängnisvollen Nacht nicht mehr ganz richtig im Kopf gewesen wäre, aber sie hatte sich in ihrem Wesen doch stark verändert. War sie schon früher kein Ausbund an Fröhlichkeit gewesen, so bekam sie jetzt gar nicht mehr den Mund auf. Beim kleinsten Geräusch fuhr sie zusammen. Ich muss zu meiner Schande gestehen, dass ich kein Freund von Tragödien bin. Ich floh aus Sosnowka noch zu Lebzeiten des Fürsten. Später fuhr ich zur Beisetzung hin – heiliger Himmel, das Gut war nicht wiederzuerkennen. Gruslig sah es dort aus, gerade so, als hätte ein schwarzer Rabe seine Flügel darüber gebreitet. Ich weiß noch, dass ich bei dem Anblick dachte: Ein verlorener Ort. So war es auch.

Anjuta, die einzige Erbin, mochte nicht länger dort leben und reiste ab. Aber nicht in die Hauptstadt oder nach Europa, sondern ans Ende der Welt. Der Verwalter schickt ihr regelmäßig Geld nach Brasilien, in die Stadt Rio de Janeiro. Ich habe den Globus zu Rate gezogen – weiter weg von Sosnowka geht es nicht. So sehr ist ihr die Heimat verleidet. Man denke nur – Brasilien! Dort gibt es bestimmt keinen einzigen Russen«, beendete Mustafin seufzend seine ungewöhnliche Geschichte.

»Nicht doch. Ich habe in Brasilien einen Bekannten, einen ehemaligen K-Kollegen von der japanischen Botschaft – Karl Iwanowitsch Weber«, ließ Fandorin, der dieser unterhaltsamen Geschichte interessiert gelauscht hatte, nachdenklich fallen. Er hatte eine weiche, angenehme Art zu sprechen, und das leichte Stottern störte überhaupt nicht. »Weber ist derzeit Botschafter beim b-brasilianischen Kaiser Don Pedro. So aus der Welt ist Rio nicht.«

»Wirklich?« Mustafin wandte sich lebhaft Fandorin zu. »Dann kann das Rätsel vielleicht doch noch gelöst werden? Ach, verehrtester Erast Petrowitsch, man sagt Ihnen einen brillanten analytischen Verstand nach, der Sie befähigt, jedes Geheimnis zu knacken wie eine Nuß. Da haben Sie eine Aufgabe, für die es keine logische Lösung gibt. Einerseits ist Polinka Karakina verschwunden – das ist eine Tatsache; andererseits kann sie das Grundstück nicht verlassen haben – das ist auch eine Tatsache.«

»Ja, ja«, fielen einige Damen sogleich ein. »Herr Fandorin, Erast Petrowitsch, wir möchten zu gern wissen, was dort wirklich geschehen ist.«

»Ich wette, dass Erast Petrowitsch dieses Rätsel mühelos löst«, verkündete Frau Odinzowa.

»Sie wetten?«, vergewisserte sich Mustafin rasch. »Was setzen Sie?«

Es sei gesagt, dass sowohl die Hausherrin als auch Mustafin in ihrer Wettleidenschaft mitunter alle Vernunft fahren ließen. Die Gewitzteren unter den Gästen tauschten Blicke, denn sie argwöhnten, die rätselhafte Geschichte sei keineswegs zufällig zur Sprache gekommen und der junge Beamte solle das Opfer eines raffiniert geschmiedeten Komplotts werden.

»Mir gefällt Ihr kleiner Boucher«, sagte Mustafin mit einer leichten Verbeugung.

»Und mir Ihr großer Caravaggio«, antwortete im gleichen Ton die Gastgeberin.

Mustafin wiegte den Kopf, anscheinend entzückt vom unmäßigen Appetit der Dame, widersprach aber nicht – er glaubte wohl fest an seinen Sieg. Doch vielleicht hatten die beiden ihre Wette auch schon vorher abgeschlossen.

Fandorin, von solcher Zielstrebigkeit etwas verblüfft, breitete die Arme aus. »Aber ich war nicht am Ort des G-Geschehens, kenne die Beteiligten nicht. Soviel ich verstanden habe, konnte nicht einmal die Polizei, die über alle notwendigen Mittel verfügte, etwas ausrichten. Was kann ich da jetzt noch tun? Wahrscheinlich ist inzwischen viel Zeit vergangen.«

»Im Oktober waren es acht Jahre«, lautete die Antwort.

»Na sehen Sie ...«

»Erast Petrowitsch, Lieber, Guter«, beschwor ihn die Gastgeberin und legte ihre Hand auf die seine. »Lassen Sie mich nicht im Stich! Ich habe diesem Erpresser schon mein Wort gegeben! Er wird mir einfach meinen Boucher wegnehmen, und fertig! In diesem Herrn ist kein Tropfen Ritterlichkeit.«

»Ich stamme ja auch von einem tatarischen Fürsten ab«, bestätigte Mustafin fröhlich. »Bei uns in der ›Goldenen Horde‹ wurde mit Frauen nicht lange gefackelt.«

Für Fandorin hingegen schien Ritterlichkeit kein leeres Wort zu sein. Der junge Mann rieb sich die Nasenwurzel und murmelte: »Höchstens dass ... Sagen Sie, Herr M-Mustafin, wissen Sie noch, was für Gepäck der Franzose bei sich hatte? Sie haben doch gesehen, wie er abgefahren ist. Bestimmt war eine große Truhe dabei?«

Mustafin applaudierte lautlos. »Bravo, er hat das Mädchen in der Truhe versteckt und so hinausgeschmuggelt? Und zuvor hat Polinka ihrer tugendsamen Schwester irgendein scheußliches Gebräu eingeflößt, daher das Nervenfieber, nicht wahr? Sehr schlau. Aber ich muss bedauern. Da war keine Truhe. Ich erinnere mich nur an kleine Koffer und Bündel, ein paar Hutschachteln. Nein, mein Herr, Ihre Version taugt nicht.«

Fandorin dachte nach und fragte: »Sind Sie ganz sicher, dass das

Mädchen nicht mit den Wachposten übereingekommen ist oder sie einfach bestochen hat?«

»Völlig sicher. Das hat die Polizei als Erstes geprüft.«

Bei diesen Worten verfinsterte sich der Kollegienassessor und sagte: »Dann ist Ihre Geschichte noch übler, als ich dachte.« Und nach einer kurzen Pause fragte er: »Sagen Sie, gab es im Haus des Fürsten eine Wasserleitung?«

»Eine Wasserleitung? Auf dem Lande?«, fragte Molly Sapegina verwundert und kicherte, denn sie dachte, der schöne Beamte mache einen Scherz. Mustafin jedoch klemmte sich das goldene Monokel vors Auge und sah Fandorin so aufmerksam an, als nehme er ihn erst jetzt richtig wahr.

»Wie sind Sie darauf gekommen? Stellen Sie sich vor, eine Wasserleitung gab es tatsächlich. Ein Jahr vor den geschilderten Ereignissen hatte Karakin ein Pumpwerk und ein Kesselhaus bauen lassen. Er und seine Töchter hatten Badezimmer, und auch die Gästezimmer waren so ausgestattet. Aber was hat das mit unserer Geschichte zu tun?«

»Ich denke, dass Ihr R-Rätsel gelöst ist«, sagte Fandorin. »Aber die Lösung ist sehr unangenehm.«

»Inwiefern? Weshalb? Was ist denn nun passiert?«, erklang es von allen Seiten.

»Ich werde es gleich erzählen. Aber zuvor, Lidia Nikolajewna, würde ich Ihrem Lakaien gern einen Auftrag erteilen.«

Der Kollegienassessor, der die Anwesenden in höchste Spannung versetzt hatte, schrieb etwas auf einen Zettel und gab diesen dem Lakaien, wobei er ihm leise etwas ins Ohr sagte. Die Kaminuhr schlug Mitternacht, aber niemand dachte an Aufbruch. Alle sahen Fandorin erwartungsvoll an, doch der hatte es nicht eilig, seine analytischen Gaben vorzuführen. Frau Odinzowa, stolz auf ihr untrügliches Gespür, das sie auch dieses Mal bei der Wahl des wichtigsten Gastes sicher geleitet hatte, betrachtete den jungen Mann mit nahezu mütterlicher Rührung – der Beamte für Sonderaufträge hatte alle Chancen, ein Stern ihres Salons zu werden. Kati Polozkaja und Lili Jepantschina würden vor Neid platzen.

»Die Geschichte, die Sie uns erzählt haben, ist weniger g-geheimnisvoll als vielmehr abscheulich«, erklärte der Kollegienassessor und verzog das Gesicht. »Eines der ungeheuerlichsten Verbrechen aus Leidenschaft, das mir je untergekommen ist. Kein Verschwinden, sondern Mord, noch dazu ein ganz schändlicher, nach Art des Kain.«

»Wollen Sie sagen, dass die traurige Schwester die fröhliche umgebracht hat?«, präzisierte Sergej von Taube, der Vorsitzende des Akziseamtes.

»Nein, ich will das G-Gegenteil sagen: Die fröhliche Polinka hat die traurige Anjuta getötet. Und das ist noch nicht das Grauenvollste.«

»Aber erlauben Sie! Wie ist das möglich?«, rief Sergej von Taube verblüfft, und Frau Odinzowa hielt es für nötig zu bemerken: »Was kann grauenvoller sein als die Ermordung der eigenen Schwester?«

Fandorin erhob sich und ging im Salon auf und ab.

»Ich werde versuchen, die Abfolge der Ereignisse so zu reproduzieren, wie sie sich mir darstellen. Also, zwei sich langweilende F-Fräulein. Das verrinnende, schon beinahe verronnene Leben – ich meine das Leben als Frau. Müßiggang. Gärende seelische Kräfte. Unerfüllte Hoffnungen. Angespannte Beziehungen zu dem tyrannischen Vater. Schließlich physiologische Frustration – immerhin sind es gesunde, junge Frauen. Ach, ich bitte um Verzeihung ...«

Der Kollegienassessor begriff, dass er etwas Unschickliches gesagt hatte und verstummte verlegen, doch die Gastgeberin unterließ es, ihn zu rügen – er sah so entzückend aus mit den plötzlich erglühenden Wangen.

»Ich wage mir gar nicht auszumalen, was in der Seele eines jungen M-Mädchens vorgeht, das sich in solch einer Lage befindet«, sagte Fandorin nach einer Pause. »Und hier kommt noch eine Besonderheit hinzu: Beide hatten ständig einen lebendigen Spiegel vor Augen, die Zwillingsschwester. Es konnte nicht ausbleiben, dass ein bizarres Gemisch von Liebe und Hass entstand. Und da tritt ein gutaussehender junger Mann auf den Plan. Er bekundet Interesse für die jungen Damen, wohl nicht uneigennützig, aber welches Mädchen denkt schon darüber nach? Zwischen den Schwestern entbrennt zwangsläufig Rivalität, aber die W-Wahl ist schnell getroffen. Bis zu diesem Moment hatten Anjuta und Polinka das gleiche Los, doch von nun an lebten sie in grundverschiedenen Welten. Die eine war glücklich, zum Leben erweckt und wurde – zumindest dem Anschein nach – geliebt. Die andere fühlte sich zurückgewiesen, einsam und darum doppelt unglücklich. Glückliche Liebe ist egoistisch. Für Polinka existierte wahrscheinlich nichts mehr außer der in langen Jahren aufgestauten Leidenschaft. Das war das richtige, volle Leben, von dem sie so lange geträumt und auf das sie nicht mehr zu hoffen gewagt hatte. Und dann war von einem Augenblick zum andern alles vorbei, und zwar gerade zu dem Zeitpunkt, als die Liebe ihren höchsten Gipfel erreichte.«

Die Damen lauschten der Rede des bildschönen Mannes wie verzaubert, Molly Sapegina presste die schmalen Finger ans Décolleté und erstarrte in dieser Haltung.

»Und das Schlimmste – schuld an der T-Tragödie war die leibliche Schwester. Die man zugegebenermaßen auch verstehen kann: Im eigenen Unglück ein solches Glück neben sich zu ertragen, das erfordert eine besondere Seelenstruktur, die Anjuta offenbar nicht besaß. Also, Polinka, die eben noch in paradiesischen Gefilden schwelgte, wurde in den Abgrund gestoßen. Kein wildes Tier auf der Welt ist so gefährlich wie eine Frau, der man die Liebe genommen hat!«, rief Fandorin emphatisch und geriet wieder in Verlegenheit, denn er fürchtete, mit dieser Sentenz die schöne

Hälfte der Anwesenden gekränkt zu haben. Doch Prostest wurde nicht laut – alle warteten begierig auf die Fortsetzung, und Fandorin sprach in beschleunigtem Tempo weiter: »Da fasste Polinka in ihrer Verzweiflung einen Plan, der wahnwitzig und ungeheuerlich ist, aber von der gewaltigen Kraft des Gefühls zeugt. Übrigens ist nicht auszuschließen, dass die Idee von Renard stammt. Verwirklichen musste sie jedoch das Mädchen ... In der Nacht, als Sie, Archip Hyazintowitsch, bei den Tiraden des Hausherrn einnickten, wurde das Schlafzimmer der Mädchen zur Hölle. Polinka brachte ihre Schwester zu Tode. Ich weiß nicht, wie – ob sie Anjuta erwürgte oder vergiftete, jedenfalls floss kein Blut, sonst wären im Schlafzimmer Spuren zurückgeblieben.«

»Die Polizei hat auch die Möglichkeit eines Mordes erwogen«, sagte Mustafin mit unverhohlener Skepsis. »Aber da ergab sich die vernünftige Frage: Wo ist die Leiche?«

Der Beamte für Sonderaufträge antwortete ohne das geringste Zögern: »Das ist ja eben das G-Grauenvolle. Polinka hat die Schwester getötet, hat dann die Leiche ins Badezimmer geschleift, sie dort zerstückelt und das Blut ins Abflussrohr laufen lassen. Der Franzose kommt dafür nicht in Betracht, denn er hätte sich nicht für so lange Zeit unbemerkt aus seinem Seitenflügel entfernen können.«

Fandorin ließ geduldig einen Sturm entrüsteter Ausrufe über sich ergehen, in dem am häufigsten das Wort »unmöglich!« erklang, und sagte dann traurig: »Unmöglich ist leider jede andere Lösung. Besser, man versucht sich gar nicht erst vorzustellen, was in jener Nacht im Badezimmer geschah. Polinka besaß mit Sicherheit keine anatomischen Kenntnisse, und als Werkzeug dürfte sie ein aus der Küche entwendetes Messer benutzt haben.«

»Aber sie konnte doch nicht die Körperteile und die Knochen hinunterspülen, das würde ja das Abflussrohr verstopft haben!«, rief Mustafin mit einer ihm fremden Hitzigkeit.

»Nein, das konnte sie nicht. Die zerstückelten K-Körperteile warf sie, verpackt in die Koffer und Hutschachteln des Franzosen, aus dem Fenster. Sagen Sie, wie hoch lagen die Fenster des Schlafzimmers über dem Erdboden?«

Mustafin kniff nachdenklich die Augen ein und erinnerte sich: »Na, vielleicht mannshoch. Sie gingen auf den Garten, auf eine kleine Wiese.«

»Also erfolgte die Übergabe der Leichenteile durchs F-Fenster. Da auf dem Fensterbrett keine Spuren gefunden wurden, ist anzunehmen, dass Renard von außen die Behälter hochreichte; Polinka ging damit ins Badezimmer, füllte sie mit Leichenteilen und brachte sie ihrem Komplizen zurück. Als der grausige T-Transport beendet war, musste sie nur noch die Wanne reinigen und sich das Blut abwaschen ...«

Frau Odinzowa, obwohl sie sehr gern die Wette gewinnen wollte, sagte gleichwohl aus Gründen der Gerechtigkeit: »Erast Petrowitsch, das klingt alles sehr logisch – abgesehen von einem Umstand. Hätte Polinka eine solch monströse Operation ausgeführt, so wäre ihre Kleidung blutbefleckt gewesen, und Blut lässt sich nicht ohne weiteres herauswaschen, besonders, wenn man keine Wäscherin ist.«

Diese praktische Bemerkung brachte Fandorin zwar nicht aus der Fassung, berührte ihn aber peinlich. Er räusperte sich und sagte mit gesenkten Augen leise: »Ich n-nehme an, dass das Fräulein, bevor es an die Zerteilung der L-Leiche ging, sich ihrer Kleidung entledigte. Ganz und gar ...«

Einige Damen schrien leise auf, und Molly Sapegina hauchte erbleichend: »O mon Dieu ...«

Fandorin schien Ohnmachtsanfälle zu befürchten und fuhr rasch fort, nun im Ton trockener Wissenschaftlichkeit: »Durchaus möglich, dass die anhaltende Bewusstlosigkeit der vermeintlichen Anjuta nicht simuliert war, sondern die natürliche Reaktion der Psyche auf die schreckliche E-Erschütterung.«

Nun redeten alle auf einmal.

»Aber es ist ja nicht Anjuta verschwunden, sondern Polinka!«, erinnerte von Taube.

»Ach was, Polinka hat sich einfach ein Muttermal auf die Wange gemalt«, erklärte ungeduldig die scharfsinnige Gastgeberin, »und schon hielten alle sie für Anjuta!«

Der pensionierte Leibmedikus Stupizyn widersprach: »Ausgeschlossen! Nahe Angehörige können Zwillinge sehr wohl unterscheiden. Am Verhalten, am Klang der Stimme und schließlich am Augenausdruck!«

»Weshalb sollte sich Polinka für Anjuta ausgeben?«, unterbrach General Liprandi den Arzt.

Fandorin wartete, bis der Strom der Fragen und Ausrufe versiegte, und beantwortete sie der Reihe nach: »Wenn Anjuta verschwunden wäre, Exzellenz, wäre Polinka unweigerlich verdächtigt worden, ihre Schwester aus Rache beseitigt zu haben, und man hätte gründlicher nach Spuren eines Mordes g-gesucht. Erstens. Das Verschwinden des verliebten Mädchens, zeitgleich mit dem Franzosen, legte jedoch die Version nahe, dass es Flucht war und kein Verbrechen. Zweitens. Und schließlich hatte sie als Anjuta die Chance, irgendwann Renard zu heiraten, ohne sich im Nachhinein zu verraten. Genau das scheint im fernen Rio de Janeiro geschehen zu sein. Ich bin sicher, dass Polinka einen so fernen Wohnort gewählt hat, um sich dort gefahrlos mit dem Gegenstand ihrer Anbetung zu vereinen.« Der Kollegienassessor wandte sich an den Leibmedikus. »Ihr Argument, dass die nächste Umgebung Zwillinge unterscheiden könne, ist durchaus zutreffend. Aber bedenken Sie, dass der H-Hausarzt Dr. Karakinych, den zu täuschen unmöglich gewesen wäre, kurz zuvor verstorben war. Hinzu k-kommt, dass sich die angebliche Anjuta nach der verhängnisvollen Nacht von Grund auf verändert hatte – sie war gleichsam ein anderer Mensch gew-worden. Nach den Geschehnissen fanden das alle ganz natürlich. In Wirklichkeit jedoch vollzog sich die Verwandlung mit Polinka, aber ist es denn verwunderlich, dass sie ihre frühere Lebhaftigkeit und Fröhlichkeit einbüßte?«

»Und der Tod des alten Fürsten?«, fragte Sergej von Taube. »Er kam der Verbrecherin ja sehr gelegen.«

»Ein äußerst verdächtiger Tod«, stimmte Fandorin zu. »Höchstwahrscheinlich war Gift im Spiel. Eine Obduktion wurde nicht vorgenommen, denn man führte sein plötzliches Ende auf seinen tiefen Kummer und seine apoplektische Veranlagung zurück, aber es ist durchaus denkbar, dass Polinka nach der grausigen Nacht die Vergiftung des leiblichen Vaters nur noch für eine Lappalie hielt. Übrigens ist es für eine Exhumierung nicht zu spät. Gift hält sich lange im Knochengewebe.«

»Ich wette, dass der Fürst vergiftet wurde«, wandte sich die Hausherrin sogleich an Mustafin. Der tat, als hätte er nicht gehört.

»Eine originelle Version. Und sehr geistreich«, sagte er bedächtig. »Man muss jedoch eine blühende Phantasie haben, um sich vorzustellen, wie die Fürstentochter Karakina im Evakostüm mit einem Brotmesser die Leiche der eigenen Schwester zerstückelt.«

Wieder redeten alle durcheinander, verteidigten mit gleicher Heftigkeit beide Standpunkte, wobei die Damen im Wesentlichen Fandorins Version zustimmten, während die Männer sie für unwahrscheinlich hielten. Der Urheber des Streits beteiligte sich nicht an der Diskussion, lauschte aber den Argumenten mit großem Interesse.

»Warum schweigen Sie?«, sagte Frau Odinzowa zu ihm. »Er (sie zeigte auf Mustafin) leugnet doch das Offensichtliche, nur um die Wette nicht zu verlieren! Beweisen Sie es ihm. Geben Sie noch eine Begründung, die ihn mundtot macht!«

»Ich warte auf die Rückkehr Ihres Matwej«, antwortete Fandorin knapp.

»Wohin haben Sie ihn denn geschickt?«

»In die Kanzlei des Generalgouverneurs, dort ist die Telegraphenstelle r-rund um die Uhr besetzt.«

»Das ist doch auf der Twerskaja, fünf Minuten Fußweg, inzwischen ist aber mehr als eine Stunde vergangen«, wunderte sich jemand.

»Matwej hat den Auftrag, auf die Antwort zu warten«, erklärte Fandorin und verstummte wieder. Dafür zog Mustafin die allgemeine Aufmerksamkeit auf sich, indem er zu einer weitschweifigen Rede ansetzte und nachzuweisen suchte, dass Fandorins Theorie mit der weiblichen Psyche unvereinbar sei.

An der effektvollsten Stelle, als Mustafin gerade eindringlich davon sprach, dass Frauen sich von Natur aus der Nacktheit schämten und kein Blut sehen könnten, öffnete sich leise die Tür, und herein kam der langerwartete Matwej. Lautlos trat er zu dem Kollegienassessor und überreichte ihm mit einer Verbeugung ein Blatt Papier.

Fandorin faltete es auseinander, las und nickte. Die Gastgeberin, die das Gesicht des jungen Mannes aufmerksam beobachtete, konnte ihre Neugier nicht bezähmen und rückte mit ihrem Stuhl näher an ihn heran.

»Na, was steht da?«, flüsterte sie.

»Ich hatte recht«, antwortete Fandorin, ebenfalls flüsternd.

Triumphierend unterbrach Frau Odinzowa den Redner: »Genug Unsinn geschwatzt, Archip Hyazintowitsch! Was wissen Sie schon von der weiblichen Natur, Sie waren ja nie verheiratet! Erast Petrowitsch hat den schlüssigen Beweis!« Sie nahm dem Kollegienassessor das Papier aus der Hand und ließ es herumgehen.

Die Gäste lasen befremdet die Depesche, die aus nur drei Wörtern bestand: »Ja. Ja. Nein.«

»Das ist alles? Was bedeutet das? Wo kommt es her?«

»Das Telegramm kommt aus der russischen Gesandtschaft in B-Brasilien«, erklärte Fandorin. »Sehen Sie den Diplomatenstempel?

Bei uns in Moskau ist es Nacht, in Rio de Janeiro jedoch Arbeitszeit. Darauf habe ich gerechnet, als ich Matwej anwies, auf die Antwort zu warten. Was die Depesche angeht, so erkenne ich Karl Webers lakonischen Stil. Mein Schreiben lautete folgendermaßen. Matwej, ich bitte um den Zettel, den ich Ihnen mitgab.« Fandorin nahm dem Lakaien das Blatt aus der Hand und las: »›*Karluscha, teile umgehend folgendes mit. Ist die in Brasilien lebende Russin Anna Karakina, Tochter des Fürsten Lew Karakin, verheiratet? Wenn ja, hinkt ihr Mann? Und noch etwas: Hat sie auf der rechten Wange ein Muttermal? Ich brauche das alles für eine Wette. Fandorin.*‹ Aus der Antwort geht hervor, dass Anna K-Karakina mit einem hinkenden Mann verheiratet ist und dass sie kein Muttermal hat. Wozu sollte sie das jetzt noch brauchen? Im fernen Brasilien sind solche Tricks überflüssig. Sie sehen, meine Damen und Herren, Polinka lebt und ist mit Renard verheiratet. Das idyllische Ende einer schrecklichen Geschichte. Übrigens beweist das Fehlen des Muttermals, dass Renard an dem Mord beteiligt war und sehr genau weiß, dass er mit Polinka verheiratet ist und nicht mit Anjuta.«

»Dann lasse ich jetzt nach dem Caravaggio schicken«, sagte Frau Odinzowa mit einem sieghaften Lächeln zu Mustafin.

Aus dem Leben der Späne

Da hat einer Pech gehabt

Fünf Personen? Vielleicht etwas viel für ein »streng vertrauliches Gespräch« – das war das Erste, was Fandorin dachte, als er das Büro des Direktors der Eisenbahngesellschaft »von Mack und Söhne« betrat.

Der Kollegienassessor verbeugte sich vor den Anwesenden und ließ dann den Blick auf dem Mann ruhen, der am Kopfende des Tisches saß. Das war zweifellos Baron Sergej Leonardowitsch von Mack, zu dem ihn der Fürst zwecks eines streng vertraulichen Gesprächs geschickt hatte. Fandorin, Beamter für Sonderaufträge, erwartete, dass Baron von Mack ihn den Übrigen vorstellen würde: einem kahlköpfigen Herrn mit mürrischer Miene, einer verweinten Frau in vorgerücktem Alter und zwei jungen Männern mit etwas fischigen Augen (von Mack hatte die gleichen – also waren sie Brüder). Alle außer dem Kahlkopf trugen Schwarz, die drei Brüder hatten außerdem Trauerflore am Ärmel.

Merkwürdig, aber er wurde nicht vorgestellt. Als Antwort auf die Verbeugung nickte der Direktor nur kurz und erklärte dem mürrischen Herrn: »Sie können fortfahren. Das ist ... ein Freund der Familie. Hat weiter keine Bedeutung.« Dazu machte er auch noch eine geringschätzige Handbewegung. »Bitte, Herr Wanjuchin. Sie sprachen gerade von Stern.«

Fandorin war es nicht gewöhnt, wie eine Fliege oder Mücke behandelt zu werden, und zog eine Braue hoch, doch als er den Namen des mürrischen Herrn vernahm, senkte er sie wieder.

Ach, so ist das. Sossim Prokofjewitsch Wanjuchin persönlich.

Er hatte viel von diesem Mann gehört, sah ihn aber jetzt zum ersten Mal und war, ehrlich gesagt, einigermaßen enttäuscht. Eine lebende Legende der Polizeifahndung, glich er eher einem Lakaien aus reichem, aber nicht sehr weltläufigem Haus: Der kahle Schädel war auf beiden Seiten von einem hässlichen Backenbart eingerahmt, der Kragen leuchtete blütenweiß, die Krawatte war übertrieben prächtig, und die Perlennadel paßte nicht zu der himbeerfarbenen Weste. Aber sollte man einen Menschen, zumal einen Mann, nach der Kleidung beurteilen? Seinerzeit hatte Wanjuchin so manchen verworrenen Fall entwirrt. Immerhin hatte er sich vom einfachen Polizisten bis zum General hochgedient, zum Leiter der Petersburger Kriminalpolizei – und zwar dank seines angeborenen Scharfsinns und seines Bulldoggen-Zugriffs.

Wanjuchins stechende Augen saugten sich an Fandorin fest.

»Erlauben Sie die Frage, wo der ›Freund der Familie‹ am sechsten dieses Monats war«, erkundigte sich der Petersburger beim ältesten von Mack.

Wanjuchins Art zu sprechen war ausgesprochen unangenehm – so hämisch, als glaube er seinem Gesprächspartner von vornherein kein Wort. Er schien dem Direktor sagen zu wollen: Wenn du auch der bedeutendste Großindustrielle bist und hundertfacher Millionär, ich pfeife darauf, für mich sind alle Menschen gleich.

Obwohl Fandorin ein Feind jeglicher Unhöflichkeit war, imponierte ihm diese Demonstration. Offenbar stand Wanjuchin nicht umsonst in dem Ruf, ein unabhängiger Mann zu sein und sein Amt ohne Ansehen der Person auszuüben.

»Er ist nach längerer Abwesenheit gerade erst zurückgekehrt«, antwortete Sergej von Mack, und Wanjuchin verlor jedes Interesse an Fandorin, fragte nicht einmal nach dem Namen.

»Also sprach Sossim, jetzt wird's schlimm«, kalauerte Wanjuchin nicht sehr witzig (nach der leichten Grimasse zu urteilen, die das leidenschaftslose Gesicht des Direktors verzerrte, war dieser

Spruch hier nicht zum ersten Mal gefallen). »Ihr Herr Vater, folglich Ihr Gatte« – hier verneigte sich der Untersuchungsführer mit übertriebener Ehrerbietung vor der älteren Dame –, »fühlte sich in der Nacht vom sechsten zum siebenten unwohl und war schon eine Stunde später, wie man so sagt, bei den Engeln im Himmel.«

Die beiden jungen Männer, verletzt vom Ton des Ermittlers, wechselten einen empörten Blick, einer machte sogar eine heftige Bewegung, aber Sergej von Mack runzelte nur leicht die Stirn, und die jüngeren Brüder nahmen sich zusammen. In der Familie von Mack schien unbedingte Subordination zu herrschen.

»Eine halbe Stunde später gab in seiner Zwanzig-Rubel-Wohnung der Sekretär des Verblichenen, ein gewisser Nikolai Stern, unter entsetzlichen Krämpfen seinen Geist auf. Unter Krämpfen, weil sich die Doktoren für den unbedeutenden Mann kein Bein ausrissen und niemand seine Qualen mit Kampfer oder anderen modernen Mitteln linderte.« Wanjuchin machte eine Pause und bedachte die Mitglieder einer der reichsten Familien Russlands mit einem ironischen Blick. »Versetzen wir uns jetzt in Gedanken in das Kontor Ihres ehrwürdigen Unternehmens, also an den Ort, wo wir uns gerade befinden. Denn der dritte Akt der Tragödie hat sich hier abgespielt. Vor Sonnenaufgang hörte der Pförtner Schreie aus dem Korridor, wo Krupennikow, wie immer nachts, den Fußboden wischte. Bevor der Unglückliche seinen Geist aufgab, hatte er ein kurzes Gespräch mit dem Pförtner. Wenn man das überhaupt Gespräch nennen kann. Krupennikow schrie: ›Mir brennt's innen drin! Ich halt's nich mehr aus!‹ Der Pförtner fragte: ›Hast du was Unrechtes gegessen?‹ – ›Noch gar nischt‹«, ahmte der Ermittler mit sichtlichem Vergnügen die einfache Redeweise des Putzmannes nach, »›bloß 'n Schluck vom guten Tee des gnädigen Herrn hab ich getrunken, aus der Kanne.‹ Eine Minute später hatte sich Krupennikows Seele zu den beiden bereits davongeflogenen gesellt.«

Da alle diese Umstände Fandorin schon bekannt waren (nach

dem Gespräch mit dem Generalgouverneur hatte er sich kurz mit dem Fall vertraut gemacht), konzentrierte er sich weniger aufs Zuhören als aufs Beobachten.

Der älteste Sohn des Verstorbenen, der Erbe des Unternehmens, interessierte den Kollegienassessor am meisten. Er war ein recht gut aussehender, noch junger brünetter Mann mit ebenmäßigen, aber erstaunlich kalten Gesichtszügen. Das ursprüngliche Urteil hinsichtlich der »fischigen Augen« war Fandorin geneigt zu revidieren. Im Blick der jüngeren Brüder, ja, da schimmerte baltisches Heringsweiß, Sergej von Macks Augen aber leuchteten wie Stahl. Nach diesem Glanz zu schließen war das Unternehmen des vergifteten Großindustriellen in starke Hände übergegangen.

Die beiden jüngeren Brüder genauer zu betrachten, erübrigte sich – nichtssagende Jünglinge; die Witwe hingegen gefiel Fandorin: Diese Frau war fähig, mannhaft zu leiden und nach Frauenart Mitleid zu empfinden. Ein gutes Gesicht.

Auch die Einrichtung des Büros verriet manches über die Familie von Mack.

Von hier aus erstreckte sich über Tausende Kilometer ein stählernes Spinnengewebe, in dem das Blut des riesigen Staates pulsierte; hier befand sich das Hirn, das die Arbeit zehntausender Menschen lenkte; wie viele Millionen Rubel, Franken und Mark mochten an diesem Tisch, auf den Rechenbrettern der Buchhalter klappernd hin und her geschoben werden? Im Übrigen war die Ausstattung schlicht, ja, asketisch: alles Notwendige (Geldschrank, Regale für Papiere, ein Tisch, etliche Sessel und Stühle, Landkarten, das neueste Bell-Telephon) und nichts Überflüssiges (keine Bilder, keine Skulpturen, keine Teppiche). Das sorgsam hervorgehobene spartanische Prinzip besagte: Wir vergeuden kein Geld für Kinkerlitzchen, bei uns muß jede Kopeke arbeiten. Eine für das russische Unternehmertum außergewöhnliche, fast unerhörte Einstellung.

Aber was hatte der eigenartige Empfang zu bedeuten, der dem Beamten für Sonderaufträge zuteilgeworden war?

Doch jetzt musste sich Fandorin wieder auf den Bericht des Ermittlers konzentrieren, denn der leitete zu den Ergebnissen der Laboruntersuchung über, die er offenbar kurz zuvor erhalten hatte.

»Also sprach Sossim, nun zu der Kanne, aus der Krupennikow so folgenreich vom herrschaftlichen Tee kostete. Obwohl die Moskauer Polizei eine lange Leitung hat, ist sie doch auf die Idee gekommen, die Kanne ins Labor zu schicken. Zu unserem Glück war Krupennikow nicht der Fixeste und hatte das Geschirr noch nicht abgewaschen.«

Bei diesen Worten fixierte Wanjuchin den ältesten von Mack mit einem so drohenden Blick, dass Fandorin aufmerkte und ebenfalls den Baron ansah. Dessen Mundwinkel zuckte, sonst zeigte er keine Regung.

»Warum reden Sie dauernd um den heißen Brei herum?«, brach es aus dem jüngsten Bruder heraus, dem erster schwarzer Flaum auf der Oberlippe spross. »Was hat denn nun die Untersuchung der Teekanne ergeben?«

Wanjuchin beäugte den Jüngling mit majestätischem Unmut.

»Sie vergessen sich, junger Mann! In einer reichen Familie geboren zu sein, ist noch kein Verdienst. Sie sprechen mit einem Wirklichen Staatsrat, einem Träger des Wladimir-Sterns! Bei Ihnen in Moskau wird das goldene Kalb angebetet, ich aber bin nicht sein Anhänger, ich, liebwerter Herr, bin *Ankläger!* Ich bin ich hier, um in einem dreifachen Mordfall zu ermitteln! Und ich werde den Verbrecher stellen, *wer er auch sein mag.* Darauf können Sie sich verlassen!«

Es war zu spüren, dass Wanjuchin das alles seit langem hatte sagen wollen. Wahrscheinlich hatte er die Geduld der Familie von Mack nur deshalb auf die Probe gestellt, um einen Anlass zu bekommen, die Reichen auf ihren Platz zu verweisen und deutlich zu machen, wer hier die Hauptperson war.

»Wolodja wollte Sie nicht kränken, Euer Exzellenz«, sagte die Dame sanft. »Bitte, fahren Sie fort.«

Noch etwas schnaufend, sprach er in demselben gehässigen Ton weiter, wobei er vornehmlich Sergej von Mack ansah.

»In dem Pfefferminztee wurde Arsen gefunden. Der Mörder hat auf die aristokratischen Cyanide verzichtet. Übrigens ein geschickter Schachzug. Denn Arsen wird im Gegensatz zu raffinierteren Giften in jeder Apotheke verkauft, manchmal sogar in Eisenwarenhandlungen. Eine gängige Ware, da es bekanntlich in der Stadt mehr Ratten und Mäuse gibt als zweibeinige Bewohner. Das war sozusagen eine allgemeine Betrachtung. Kommen wir nun zu den Fakten.«

Der Untersuchungsführer raschelte mit den Papieren, als er seine Aufzeichnungen durchsah.

»Fakt Nummer eins: Der Baron hat jeden Abend Pfefferminztee getrunken, und zwar immer zur gleichen Zeit.«

»Leon hatte einen kranken Magen, Pfefferminze linderte die schneidenden Schmerzen«, sagte die Witwe traurig.

»Und das wusste der Verbrecher«, hakte Wanjuchin ein. »Fakt Nummer zwei: Punkt halb acht trug die Köchin Marja Ljubakina die Teekanne ins Kabinett. Das bestätigen die Mitarbeiter des Büros, die an dem Tag Überstunden machen mussten. Gegen neun waren alle gegangen, im Kabinett blieben nur der Direktor und der Sekretär. Laut Aussage des Pförtners machten sich die beiden fast gleichzeitig auf den Heimweg, um halb elf. Der Baron mit der Kutsche, Stern auf seinen zwei Beinen. Nach den Tassen zu urteilen, die auf dem Tisch stehenblieben, hat der Direktor den armen Stern großmütig mit Tee bewirtet. Da kann man wirklich sagen: Man hält sich lieber von der Herrschaft fern[*].«

---

[*] Zitat aus »Verstand schafft Leiden« von Alexander Gribojedow. (Anm. d. Übers.)

Das war selbst dem kaltblütigen Sergej von Mack zuviel.

»Bitte mäßigen Sie Ihren Ton, er ist verletzend«, sagte er dumpf, den Kopf gesenkt. »Vater war kein hochmütiger Mensch, er behandelte seine Angestellten mit Respekt. Wenn im Kabinett Tee getrunken wurde, hat er selbstverständlich auch dem Sekretär davon angeboten.«

Das war ohne Herausforderung gesagt, aber mit solcher Würde, dass selbst der alte Wolf Wanjuchin ein wenig friedlicher wurde.

»Von mir aus. Sie tranken also Pfefferminztee mit Arsen und gingen nach Hause, und die Reste schlürfte der unglückliche Krupennikow. Der Mörder hat mit einem solchen Ausgang nicht gerechnet. Wäre nur der Baron gestorben, so wäre das Verbrechen wahrscheinlich gar nicht aufgedeckt worden. Ihr Herr Vater hatte eine angegriffene Gesundheit; Anfälle von Übelkeit und Erbrechen kamen häufig vor. Der Polizei wäre es gar nicht in den Sinn gekommen, einen natürlichen Tod anzuzweifeln. Aber da hat einer richtig Pech gehabt. Drei Leichen auf einmal! Das kommt selbst der hiesigen Polizei verdächtig vor«, stichelte der Petersburger wieder gegen seine Moskauer Kollegen. »Dass sie nicht erst selber herumklügelten, sondern mich damit betrauten, ist löblich. Wanjuchin versteht sein Geschäft. Ein vorsätzlicher Mord und zwei nicht vorsätzliche – das bedeutet lebenslange Zwangsarbeit«, sagte der Ermittler nachdrücklich und sah dabei Sergej von Mack durchdringend an. »Wo ein Baum geschlagen wird, fallen Späne. Mit Hilfe dieser Späne werde ich den Verbrecher aufspüren. Das wird nicht lange dauern. Von ›Wem nützt es‹ bis zu ›Wer ist schuld‹ ist es ein kurzer Weg. Für heute empfehle ich mich. *Bis bald.*«

Mit dieser bedrohlich klingenden Ankündigung erhob sich Wanjuchin, neigte den Kopf vor der Witwe und ging hinaus. Die Brüder von Mack würdigte er keiner Verbeugung, und Fandorin sah er nicht einmal an.

Ein streng vertrauliches Gespräch

Zu diesem Zeitpunkt war Fandorin fest entschlossen, den Fall nicht zu übernehmen. Wanjuchins Grobheit hatte bei ihm zwar einen unangenehmen Nachgeschmack hinterlassen, dennoch konnte er den Ermittler verstehen. Sehr reiche Menschen ähneln Patienten, die an einer unschicklichen Krankheit leiden. Sie genieren sich vor ihrer Umgebung, und die Umgebung geniert sich vor ihnen. Wahrscheinlich sind ganz gewöhnliche menschliche Gefühle wie Liebe und Freundschaft für einen Mann wie Sergej von Mack völlig undenkbar. An seinem Herzen wird immer ein Wurm nagen: Die Braut liebt nicht mich, sondern meine Millionen; der Freund meint nicht mich, sondern meine Eisenbahnen.

Und dann, was für ein widerwärtiger Hochmut! Fürst Dolgorukoi hatte gesagt, der junge von Mack bitte Fandorin inständig, ihn zu einem streng vertraulichen Gespräch aufzusuchen. Nun hatte der Baron nicht einmal geruht, ihn zu begrüßen.

Fandorin fühlte sich brüskiert, und nachdem sich hinter Wanjuchin die Tür geschlossen hatte, machte er ebenfalls Anstalten, den Raum zu verlassen (ein Platz war ihm ohnehin nicht angeboten worden).

Aber der neue Direktor der Gesellschaft »von Mack und Söhne« durchkreuzte seine Absicht.

»Bitte, verzeihen Sie!«, rief er aus und erhob sich. »Gleich erkläre ich Ihnen mein seltsames Verhalten ... Mutter, das ist besagter Herr Fandorin, dessentwegen ich zum Gouverneur gefahren bin. Erast Petrowitsch – meine Mutter Lydia Filaretowna, meine Brüder Wladimir und Alexander.«

Die Dame lächelte freundlich, die beiden Jünglinge sprangen auf, machten höflich einen Diener und setzten sich wieder.

»Wenn ich bitten darf«, der Direktor wies auf den Sessel neben sich. »Ach, wenn Sie wüßten, wie sehr ich es bereue, nicht gleich auf den Rat des Fürsten gehört zu haben! Er sagte mir schon während der Beisetzung: ›Was hat Petersburg damit zu schaffen? Bitten Sie Fandorin, er klärt den Fall auf.‹ Aber ich wollte unbedingt, dass sich Wanjuchin damit befasst. Ach, wie wenig man in Russland auf Reputation vertrauen kann!«

Fandorin ging um den langen Tisch, der offenbar für Dienstsitzungen bestimmt war, und nahm Platz. Der Direktor betrachtete den Beamten von nahem und runzelte besorgt die Stirn.

»Sie sind aber sehr jung für Ihren Posten!«, bemerkte er unzufrieden (von weitem hatte Fandorin dank seiner weißen Schläfen älter ausgesehen, als er war).

»Wie auch Sie f-für den Ihren«, antwortete trocken der Kollegienassessor, dem die Äußerung des Direktors missfiel. »Sie wollten mir etwas erklären?«

Der Baron taxierte ihn. Offensichtlich ließ sich der Beamte nicht so leicht aus der Fassung bringen.

»Nun denn«, sagte er, nachdem er wohl einen Entschluss gefasst hatte. »Probieren wir es. Der Fürst hat versprochen, dass Sie mir auf unbegrenzte Zeit zur Verfügung stehen …«

Eine leichte Röte überzog Fandorins Wangen. Der Generalgouverneur hatte sich ihm gegenüber zwar taktvoller ausgedrückt, aber das änderte nichts am Wesen der Sache: Der Kollegienassessor wurde dem Millionär »zur Verfügung gestellt«.

Die erste Unhöflichkeit, das erste Anzeichen von Hochmut, und ich steige aus, sagte sich der Beamte. Auch wenn die Familie von Mack hunderttausend für eine Kirche gestiftet und zwei Obdachlosenheime gegründet hat, muss sich ein Staatsdiener noch lange nicht zum Laufburschen eines Geldsacks machen lassen.

Aber der Direktor war nicht hochmütig, nur sachlich und sehr beunruhigt.

»Ich habe die Aufmerksamkeit nicht auf Ihre Person gelenkt, damit Sie die Möglichkeit hatten, den Untersuchungsführer in Ruhe zu beobachten und sich ein Urteil über sein Vorgehen zu bilden. Es gibt noch einen Grund, aber davon später. Also, was denken Sie über den Wirklichen Staatsrat Wanjuchin?«

Bei der Erwähnung von Wanjuchins Titel klang vielleicht etwas Ironie durch, aber das Gesicht des Barons blieb finster.

Fandorin antwortete etwas unwillig: »Früher war Herr Wanjuchin sicherlich kein schlechter Ermittler, aber seine T-Talente sind Vergangenheit. Erstens. Er ist zu selbstbewusst, was das Blickfeld einengt. Zweitens. Er hat sich schon für eine Version entschieden und ist nicht gewillt, andere Versionen in Betracht zu ziehen. Drittens. Seine Version ist für Sie äußerst unangenehm. Viertens.«

»Dass ich meinen Vater vergiftet hätte, im Hinblick auf das Erbe?« Der Baron wechselte einen Blick mit seinen Angehörigen und nickte. »Hm, ja ... Wir brauchen dringend Ihre Hilfe, Fandorin.«

»Um Sie von dem Verdacht zu befreien?«

Der Baron verzog das Gesicht.

»Nicht doch. Mich beunruhigt nicht Wanjuchins Verdacht, sondern der Umstand, dass die Ermittlung in die falsche Richtung geht. Letzten Endes wird er die Idee, die ihm so logisch erscheint, verwerfen, aber dann ist es zu spät.«

»Ich verstehe nicht g-ganz. In welchem Sinn ›zu spät‹? Befürchten Sie, dass der wahre Schuldige der Strafe entgeht?«

»Nein, wieder falsch!« Die Stimme des Barons klang ärgerlich. »Der Schuldige muss natürlich bestraft werden, das fordern Gesetz und Gesellschaft. Aber das Wichtigste ist etwas anderes!«

»Was denn?«

»Das Business«, sagte der Baron hart. »Schade, dass es in unserer Sprache dieses Wort nicht gibt. Mein Vater hat für das Business gelebt, und ich bin sein Sohn. Wir von Macks sind alle so.«

Die jüngeren Brüder reckten auf die gleiche Weise die Kinnlade vor und zogen die Augenbrauen zusammen, die Witwe seufzte und bekreuzigte sich.

Über die Maßen reich zu sein, ist eindeutig ungesund für Hirn und Herz, dachte Fandorin. Laut fragte er: »Wenn ich Sie recht verstehe, haben Sie eine andere Version des Vorgefallenen?«

»Ja. Ich habe sie Wanjuchin vorgetragen, aber er sagte: ›Sie wollen mich dazu benutzen, einen Schatten auf Ihren Konkurrenten zu werfen? Da sind Sie an den Falschen geraten.‹«

Der Baron stand auf und trat zu der Landkarte, die fast die gesamte Wand einnahm.

»Im Eisenbahn-Business unseres Reiches herrscht eine erbitterte Konkurrenz. Schienen, Schwellen, Lokomotiven, Bahnstationen, Brücken – damit werden heutzutage riesige Vermögen gemacht oder vernichtet. Sehen Sie doch nur! Was für ein Betätigungsfeld! Was für Möglichkeiten! Was ist Amerika mit seiner Trans-American gegen Russland! Das ist kein Land, sondern ein Wunder! Wie viel Tausende Kilometer Schienen kann man hier verlegen!«

Auch dafür kann man Russland lieben, dachte Fandorin erstaunt, als er sah, wie sanft die Hand des Barons über den Ural, die Orenburger Steppen und Sibirien strich.

»Um einen Auftrag zu erhalten, werden millionenschwere Bestechungsgelder gezahlt, spioniert einer den andern aus, und wenn es sein muss, wird auch …« Der Baron fuhr sich vielsagend mit dem Finger über die Kehle. »Vater hat immer gesagt: ›Business, das ist Krieg, und ein Industrieunternehmen ist eine Armee.‹ Ich füge von mir aus hinzu: Der Tod des Heerführers auf dem Höhepunkt einer Schlacht bedeutet fast immer eine Niederlage … Aber nun zum Wesentlichen. Zurzeit wird in der Regierung beraten, wer den Auftrag für den Bau der Süd-Ost-Strecke bekommt. Kostenanschlag – 38 Millionen! Sogar für unser Unternehmen ist dieses Geschäft enorm wichtig, aber für Mossolow ist es eine Frage von Leben und Tod.«

»Mossolow – wer ist das?«, unterbrach ihn Fandorin, der sich in Industriellenkreisen schlecht auskannte.

»Unser Hauptkonkurrent. Der Besitzer der ›Dampfergesellschaft‹, das ist die ältesten Eisenbahngesellschaft.«

»Wieso heißt sie dann D-Dampfergesellschaft?«

»Früher, als alles anfing, sagte man nicht ›Dampfeisenbahn‹, sondern ›Dampfer‹«, erklärte der Baron dem Laien geduldig. Denken Sie an Glinka, erinnern Sie sich?«

Der Baron sang unvermittelt mit angenehmer Stimme:

> Aus dem Dampferschornstein quellen dicke Wolken.
> Tempo, Frohsinn, Drängen, Ungeduld ...
> Die Lust am Reisen wurzelt tief im Volke,
> Und schneller als des Menschen schwacher Wille
> Durchrast der Zug die abendliche Stille ...

»Ich e-erinnre mich«, sagte Fandorin etwas verdutzt; er hätte bei dem Stahlbaron keine musikalischen Fähigkeiten erwartet.

»Die ›Dampfergesellschaft‹ steckt bis zu den Ohren in Schulden und Anleihen«, fuhr von Mack fort. »Erhält Mossolow jetzt nicht diese achtunddreißig Millionen, so fällt sein Unternehmen zusammen wie ein Kartenhaus, und er selber landet vor Gericht ... Wenn Vater noch lebte, bekämen wir den Auftrag, das war schon so gut wie sicher. Aber jetzt hat sich alles geändert! Vater und Mossolow, das war wie Elefant und Maus. Jetzt ist Mossolow der Elefant, und ich bin die Maus. Wer vertraut einem Menschen meines Alters und meiner Erfahrung ein solches Vorhaben an, besonders, wenn es Mossolow gibt? Die Dampfergesellschaft kann triumphieren, sie ist gerettet.«

»Und Sie nehmen an, Herr M-Mossolow könnte wegen des Auftrags Ihren Vater vergiftet haben?«

»Natürlich nicht er selbst. Irgendwer in unserem Büro steht auf Mossolows Gehaltsliste. Das ist eine übliche Praxis, wir haben bei Mossolow auch ... einen Mann. Das ist natürlich nicht schön, aber anders geht's nicht im großen Business. Wer mehr über den

Konkurrenten weiß, der gewinnt. Die Informanten bekommen sehr viel Geld. Und in Sonderfällen, wie der Auftrag für die Süd-Ost-Strecke einer ist, werden von einem solchen Menschen auch Sonderdienste erwartet. Für eine Sonderbelohnung. Ich bin sicher: Einer von unseren engsten Mitarbeitern hat das Arsen in die Teekanne getan. Dieser Kreis ist sehr klein. Vater mochte keinen Aufwand und kein Menschengewimmel. Im Büro halten sich immer nur wenige Personen auf. Niemand außer ihnen hatte Zutritt zum Kabinett.«

»Interessant«, sagte Fandorin, außer Acht lassend, daß er eigentlich so schnell wie möglich aussteigen wollte.

»Für mich ist es noch interessanter!« Im feingeschnittenen Gesicht des Barons traten die Kaumuskeln hervor. »Also, das Motiv des Verbrechens ist bekannt, der Anstifter auch, die Verdächtigen sind an einer Hand abzuzählen. Ihre Aufgabe ist es, den Täter zu ermitteln und seine Verbindung zur ›Dampfergesellschaft‹ nachzuweisen. Dann wird die Gerechtigkeit triumphieren, und wir erhalten den Auftrag. Die Advokaten werden natürlich alles hinauszögern, aber niemand wird einem Mann, der unter Mordverdacht steht, einen wichtigen Staatsauftrag anvertrauen. Leider bleibt nur wenig Zeit, die Entscheidung fällt in einer Woche. Der Verbrecher wusste genau, wann er den Schlag führen muss!«

Der Baron verstummte und fragte dann plötzlich einen seiner Brüder, den älteren: »Sascha, hast du noch deine Studentenuniform?«

»Jawohl«, antwortete Alexander militärisch.

»Du bringst sie zu der Adresse, die Herr Fandorin dir nennt. Du schickst keinen Diener, sondern gehst selber.«

»Wird erledigt.«

Wirklich wie beim Militär, dachte Fandorin. Der Oberbefehlshaber ist gefallen, die Truppen scharen sich um den neuen Heerführer und sind bereit, jeden Befehl auszuführen.

»W-Was soll ich mit der Studentenuniform?«
»Sie haben eine ähnliche Statur. Ich denke, sie wird passen. Es ist doch gut, dass Sie so jung sind. Bei uns machen häufig Studenten vom Institut für Verkehrswesen ein Praktikum.«
Der Kollegienassessor neigte verstehend den Kopf.
»Ich soll mich in Ihrem Büro als Praktikant ausgeben. Darum haben Sie mich dem Untersuchungsführer auch nicht vorgestellt.«
»Wie angenehm, mit einem klugen Menschen zu reden.« Der Baron deutete ein Lächeln an. »Man braucht keine Zeit für überflüssige Erklärungen zu vergeuden. Nehmen wir an, Sie sind Saschas Kommilitone. Sie werden sich mit der Geschäftsführung vertraut machen. In unserem Unternehmen ist es üblich, dass jeder von der Pike auf dient, um eine Vorstellung zu bekommen, wie das System funktioniert. Ich habe mit siebzehn als Heizer angefangen. Wolodja arbeitet jetzt als Lokführer. Sascha hat sich schon zum Bahnhofsvorsteher hochgearbeitet. Sie werden mein Sekretär sein. An Stelle des verstorbenen Stern. Einverstanden?«
Fandorin schwieg. Ein interessanter Fall, aber er war nicht gewöhnt, dass man ihm sein Handeln vorschrieb.
Der Baron deutete Fandorins Schweigen auf seine Weise.
»Selbstverständlich erhalten Sie im Erfolgsfall eine Belohnung. An Ihrer Breguet-Uhrkette und den goldenen Manschettenknöpfen sehe ich, dass Sie kein armer Mann sind, dennoch werden Sie die Prämie kolossal finden.«
»Eine Person im Staatsdienst darf von einem P-Privatunternehmer keine Belohnung annehmen«, erklärte der Kollegienassessor, worauf der Direktor nur grinste.
»Wenn alle Beamten so dächten wie Sie, hätten wir ein anderes Land. Vielleicht sollte ich die Summe nennen? Wenn die Gesellschaft ›von Mack und Söhne‹ den Auftrag für die Süd-Ost-Strecke erhält ... Nein, anders. Wenn Sie im Laufe einer Woche den Mörder finden und die Hintergründe des Verbrechens aufdecken, werde

ich das Vergnügen haben, Ihnen eine Summe auszuhändigen, die einem Prozent des Auftragsvolumens entspricht.«

Fandorins Miene änderte sich nicht, und der Baron hielt es für nötig zu erklären: »Ein Prozent von achtunddreißig Millionen, das sind *dreihundertachtzigtausend*. Ich denke, so einen Betrag hat noch nie ein Ermittler bekommen. Außerdem handelt es sich dabei nicht um Schmiergeld, sondern um eine Belohnung für geleistete Arbeit.«

Die Antwort auf eine so unerhörte Großzügigkeit war ein tiefer Seufzer. Der Blick des Beamten für Sonderaufträge bekam einen Ausdruck von Wehmut.

»Sie zweifeln?« Der Baron zuckte gekränkt die Achseln. »Ein von Mack hält sein Wort. Aber ich kann es Ihnen auch schriftlich geben …«

Hier wurde der Direktor zum ersten Mal unterbrochen.

»Serjosha, sei still«, sagte die Witwe. »Du wirst noch alles verderben. Herr Fandorin nimmt kein Geld, wie viel du ihm auch anbietest.«

Der Beamte sah die Dame mit Interesse an. Gut möglich, dass das wahre Oberhaupt des Unternehmens nicht der stählerne Sergej von Mack war, sondern seine weise Mutter.

»So lehnen Sie ab?«, fragte der Baron mit erlöschender Stimme.

»Nein, ich übernehme den Fall. Doch eins muss ich klarstellen: Der Auftrag für Ihre Firma interessiert mich nicht, und ob eine Woche ausreicht, kann ich nicht versprechen. Aber der Mörder dreier Menschen muß ermittelt und dingfest gemacht werden.«

Weinen auf der Treppe

Das Kontor der Gesellschaft »von Mack und Söhne« war in einer unauffälligen Villa untergebracht, in bequemer, aber nicht zu repräsentativer Nähe zum Kalantschewskaja-Platz, wo die drei wichtigsten Eisenbahnstrecken zusammentrafen: die Nikolaus-, die Rjasaner und die Jaroslawler Strecke.

Das Haus, das einer mittleren Bahnhofsgaststätte ähnelte, stand in einer schmutzigen Straße mit schadhaftem Kopfsteinpflaster. Die Luft war getränkt von schwerem Ölgeruch und Lokomotivausdünstungen. Dafür herrschte im Innern des Kontors Sauberkeit und Ordnung, allerdings fehlte jeder Schmuck: keine Bilder an den Wänden, keine Geranien auf den Fensterbänken.

Das Erdgeschoß war ein einziger Saal mit dreißig Tischen. Über jedem Tisch ragte ein Schild mit der Bezeichnung dieser oder jener Streckenbahnmeisterei. Die Angestellten brüteten über Papieren, schrieben etwas in Kontorbücher. Für Fandorin interessierten sie sich nicht. Praktikanten in Studentenuniform waren hier wohl keine Seltenheit.

In einer Nische auf dem Treppenabsatz zwischen Erdgeschoss und Mezzanin war eine Telegraphenstelle mit mehreren Apparaten untergebracht. Sie alle zirpten wie aufgezogen.

Oben befand sich das Kabinett des Direktors, wohin Fandorin seine Schritte lenkte. Da er schon am Vorabend im Allerheiligsten gewesen war, kannte er den Weg: noch zwei Treppenläufe und dann durch die lederbeschlagene Tür.

Aber direkt vor der Tür sah sich der Kollegienassessor gezwungen stehenzubleiben. Durch den Türspalt drang Schluchzen und Seufzen – dort weinte jemand.

»Was gibt's da zu heulen?«, ertönte eine schroffe Männerstimme. »Sie haben selbst gesagt, dass Sie ihn nicht lieben, und nun so was. Haben Sie etwa gelogen?«

Lautes Schneuzen.

Darauf dieselbe Stimme mit derber Fürsorglichkeit: »Nehmen Sie mein Taschentuch, Ihrs ist ja ganz nass ... Ach, Mawra Lukinischna, Sie haben ihn überhaupt nicht geliebt. Drei Tage nach dem Begräbnis wollen Sie schon wieder malen. Das ist kein Vorwurf, ganz im Gegenteil. Ich hasse Verstellung. Sie haben ihn nicht geliebt, also brauchen Sie auch nicht zu flennen. Wenn's jemand anders wär, aber Stern. Pfui!«

Fandorin, der schon taktvoll zurückgehen wollte, blieb stehen und hörte gespannt zu.

»Hören Sie auf, das ist ja widerlich! Selber ›pfui‹ ... Außerdem weine ich nicht um Stern...«, antwortete eine näselnde Mädchenstimme. »Nicht nur um ihn. Wegen Paris tut's mir leid. Uuuu...«

Wieder Schluchzen.

»Dieses Paris hat's Ihnen aber angetan! Wenn ich Geld hätte ...«

»Merci«, unterbrach ihn die Weinende, »aber Ihre Frau werde ich bestimmt nicht. Da käme ich ja vom Regen in die Traufe.«

Sie lachte und offenbarte damit die Fähigkeit, blitzschnell die Stimmung zu wechseln.

Fandorin entschied, dass er nun hineingehen konnte. Er trat auf der letzten Stufe laut auf und öffnete die Tür.

Zwei Menschen blickten ihm entgegen: ein Fräulein mit einem breitkrempigen Strohhut auf dem Kopf und einem hölzernen Malkasten über der Schulter und ein hochgewachsener Mann mit dichter Mähne und einem nervös wirkenden, kantigen Gesicht.

Das Mädchen war zauberhaft. Genauer: hübsch, ja, aber ohne Lieblichkeit – ein scharfer, gerader Blick, Eigensinn und Entschlossenheit in der Lippenzeichnung.

Ein schönes, lebhaftes Mädchen mit Charakter, urteilte Fandorin.

»Entschuldigung, wie komme ich ins Büro?«, fragte er mit der einem Praktikanten geziemenden Schüchternheit.

»Wollen Sie wirklich ins Büro?« Der Mann musterte ihn von Kopf bis Fuß. »Vielleicht ins Kontor? Dann haben Sie sich umsonst hier herauf bemüht – das ist unten. Wenn Sie wegen eines Praktikums vorsprechen wollen, wenden Sie sich an Kronberg. Das ist so eine Kanzleiratte mit Zwicker, sitzt am Fenster, unten gleich links.«

»Nein, ich muss zu Herrn von Mack. Ich wurde als Sekretär eingestellt, vorübergehend ... Pomeranzew, Pawel Matwejewitsch.«
So hieß tatsächlich ein Kommilitone von Alexander von Mack (für den Fall, daß die Mossolow-Leute Nachforschungen anstellten). Bei dem Namen stotterte der Kollegienassessor kein einziges Mal, obwohl er so schwere Laute wie »p« und »m« enthielt. Erstaunlich: Sowie sich Fandorin im Zuge einer Ermittlung in eine andere Person verwandelte, war das verdammte Stottern spurlos verschwunden. Im Übrigen hatte er sich längst an dieses Phänomen gewöhnt und wunderte sich nicht.

»Landrinow, Maschinist an der ›Remington‹«, stellte sich der Zottelkopf vor, ohne Fandorin die Hand zu geben. »Das ist keine Lok, sondern eine Art Tischdruckerei.«

Fandorin wollte sagen, er wisse Bescheid (zu Hause besaß er selbst eine »Remington«-Schreibmaschine, ein Meisterwerk des technischen Fortschritts), aber da mischte sich das Fräulein ins Gespräch: »Was für ein interessantes Gesicht! Und diese Schläfen! Sind die von Geburt an so? Hören Sie, ich würde Sie gern malen.«

»Was soll daran interessant sein?«, fauchte Landrinow. »Schon graue Schläfen, aber immer noch Student. Wie alt sind Sie, mein Herr?«

Fandorin breitete verlegen die Arme aus.

»Schon siebenundzwanzig. Ein ewiger Student. Ich habe nämlich nicht genug Geld. Ein Jahr studiere ich, ein Jahr arbeite ich irgendwo. Wenn ich was angespart habe, studiere ich weiter ...«

»Na, wenn Sie ein ganzes Jahr hier arbeiten, werden wir uns noch oft sehen«, sagte das Mädchen. »Also denken Sie über das Porträt nach. In Öl, das kann ich gut. Ich bin Mawra. Ohne Vatersnamen. Einfach Mawra.«

Sie sieht wirklich einer Maurin* ähnlich, dachte Fandorin. Einer

---
* Mawr (russ.) – der Maure; Mawra – russischer Mädchenname. (Anm. d. Übers.)

Albino-Maurin: schwellender Mund, Stupsnase, helle Ringellocken. Nicht umsonst sagt man in Japan: Im Namen liegt das Schicksal. Wie ein Mensch heißt, so wird er.

Das Mädchen streckte ihm die Rechte hin – nicht für einen Kuss, sondern für einen Handschlag. Sie drückte die Hand des Kollegienassessors mit zarten, aber erstaunlich kräftigen Fingern, rückte dann den Traggurt zurecht und ging die Treppe hinunter.

»Sie gucken ihr hinterher? Hübsches Mädchen, oder?«, fragte der Remington-Schreiber betont unbeteiligt.

Fandorin antwortete nicht. Das Gute an unhöflichen Menschen ist, dass man mit ihnen auch nicht viel Umstände machen muss.

»Als ich die Treppe hochkam, hörte ich sie weinen. Ist etwas vorgefallen?«

Landrinow verzog das Gesicht.

»Sie hat ein paar Tränen zerquetscht. Bei uns hier ist so eine Geschichte passiert ... Davon haben Sie bestimmt schon gehört.«

»Sie meinen den Tod von Leonard von Mack?«

»Ja, jemand hat die alte Spinne kaltgemacht. Hat Gift in die Teekanne getan.«

In seiner Stimme war nicht ein Hauch von Mitleid. Sonderbarer Mann: Den einen nannte er »Pfui«, den andern Kanzleiratte, den dritten Spinne.

»Wer denn?«, fragte Fandorin flüsternd.

»Das ist für unsereinen zu hoch. Große Raubtiere haben große Feinde. Bei denen gibt's was zu holen. Da reckte sich eine gewaltige Eiche, nun ist sie umgestürzt. Im Fallen hat sie noch ein paar Ameisen zerquetscht, aber wen kümmern die schon?«

Der Kollegienassessor stellte sich unwissend.

Landrinow lachte böse.

»Na klar, das hat man Ihnen nicht erzählt. Außer von Mack sind noch zwei vergiftet worden, aber das Kroppzeug interessiert keinen. Ein Putzmann und ein gewisser Stern, der Bräutigam von

Mawra Lukinischna. Unter uns, ein mieser Mickerling. Wissen Sie, womit er die Braut geködert hat? Mit seinem Namen und Paris.«

Diesmal verstand Fandorin wirklich nicht.

»Wie bitte?«

»Mawra Lukinischna kann ihren Namen nicht ausstehen – Serdjuk*.«

»Warum nicht?«

»Das hab ich sie auch gefragt. Ein Name wie jeder andere, aber sie leidet darunter. Sie sagt: Was kann eine Frau in Russland werden, wenn sie Mawra Lukinischna Serdjuk heißt? Krämerin? Kaufmannsfrau? Im besten Fall Hebamme. Aber sie träumt von einem Leben als Künstlerin. Das hat Stern, dieser Hund, ausgenutzt. Er hat kürzlich was geerbt, von seiner Tante. Nicht viel, so fünftausend, aber er ist sofort hin zu Mawra und hat um ihre Hand angehalten. Wir fahren nach Paris, hat er gesagt, dort leben jetzt die berühmtesten Maler. Und Sie bekommen einen schönen Namen: Madame Stern. Da hat das Dummchen angebissen. Aber Gott hat anders entschieden. Sie kriegt weder den Namen noch Paris.«

Aus Landrinows Stimme klang Genugtuung. Ein richtiger Misanthrop, dachte Fandorin. Sein Gesicht schimmert ja schon gelblich, weil ihm ständig die Galle überläuft.

»Und warum war Mawra Lukinischna im Büro? Wohl wegen einer Zuwendung, weil ihr Bräutigam gestorben ist?«

Landrinow knurrte.

»Da kannst du bei den von Macks lange drauf warten. Sie war bei ihrem Papa, der ist hier Oberschriftführer. Sie bringt ihm das Frühstück und das Mittagessen. Die Familie hat gleich nebenan eine Dienstwohnung.«

Er musterte Fandorin immer noch und konnte sich nicht beru-

---

* Von (türk.) Surtuk – im 17./18. Jahrh. in der Ukraine Kosak, der als Söldner diente. (Anm. d. Übers.)

higen: »Trotzdem, was hat sie bloß an Ihnen gefunden? Keine tolle Statur, kein rosiger Teint, obendrein graue Schläfen. Höchstens die Größe. Aber ich bin kein bisschen kleiner. Und von mir wollte sie noch nie ein Porträt malen! Na schön, kommen Sie, ich zeige Ihnen den Weg. Hier durch den kleinen Korridor und dann gleich nach links.«

Am Vorabend, als der Kollegienassessor die Familie von Mack aufsuchte, war das Büro leer gewesen – die Dienstzeit war vorüber. Jetzt befanden sich in dem geräumigen Zimmer mit der niedrigen Decke vier Personen: Ein alter Mann mit verschlissenen Ärmelschonern und ein freundlicher junger Mann saßen an ihren Schreibtischen; in der Ecke döste im Sessel ein Mann mit Schnurrbart; an der gegenüberliegenden Tür stand gähnend eine rotwangige junge Frau.

Nun musste Fandorin herausfinden, wer hier wer war, und die Personen ermitteln, die die Möglichkeit gehabt hatten, das Gift in die Teekanne zu tun.

Ein langweiliges Leben

Damit verging der ganze Tag. Natürlich nicht mit dem Kennenlernen der Angestellten (das dauerte nicht einmal fünf Minuten), sondern mit der vorsichtigen Erkundung, wer an dem verhängnisvollen Dienstag, dem 6. September, wo gewesen war und was getan hatte.

Ein Alibi hatte keiner.

Der gallige Landrinow brachte die maschinegeschriebenen Blätter immer selbst ins Kabinett des Chefs, und wenn der nicht da war, legte er sie auf den Tisch. Er wäre an die Teekanne herangekommen.

Neben der sperrigen »Remington«, die mit ihrem Rattern das ganze Zimmer erfüllte, stand der Tisch des jungen Mannes mit dem freundlichen Gesicht. Er hieß Taissi Saussenzew und war auch Schriftführer. Jedes Mal, wenn die elektrische Klingel ertönte, eilte er ins Kabinett und kehrte mit Papieren zurück, die er unten, im Kontor, verteilte. Konnte Saussenzew das Gift in die Kanne geschüttet haben, während der Chef vielleicht gerade ein Dokument unterschrieb oder telephonierte? Nicht ausgeschlossen.

Der Schnurrbärtige, der beim Erscheinen des »Praktikanten« in seinem Sessel gedöst hatte, war kein Angestellter des Büros, sondern der Kammerdiener Fedot Fedotowitsch. Er hatte dem früheren Direktor gedient und war bei dem neuen geblieben. Er hatte auf einem Tischchen eine eigene Klingel; wenn die schellte, ging er ins Kabinett, um den Tisch für das Frühstück zu decken, seinem Herrn den Mantel zu reichen oder ähnliche Dienste zu verrichten. In der übrigen Zeit saß er im Sessel und las Zeitung oder döste. Fandorin bemerkte jedoch, dass der Kammerdiener, selbst wenn er friedlich schnarchte, unter gesenkten Wimpern das Zimmer im Auge behielt. Bei jedem privaten Gespräch senkten die Angestellten die Stimme und blickten zu dem Sessel. Eine Nebenfigur? Zweifellos.

Besondere Aufmerksamkeit verdiente die Köchin – ebenjene Marja Ljubakina, die dem Verstorbenen den unseligen Tee gereicht hatte. Die kräftige junge Frau hatte ein Kabuff neben dem Büro. Zu ihren Pflichten hatte es gehört, für den magenkranken Direktor besondere durchpassierte Speisen zu bereiten. Sergej von Mack, der keine Diät benötigte, wollte auf ihre Dienste verzichten, aber Fandorin bat ihn, Marja vorerst zu behalten. Sie litt unter der Untätigkeit, darum stand sie fast die ganze Zeit in der Tür und gaffte die Männer an.

Der fünfte Verdächtige schließlich war der Oberschriftführer und Bürovorsteher Luka Lwowitsch Serdjuk, der Vater der Malerin. Er lief ständig zwischen Büro und Kabinett hin und her. Während Fandorin ihn beobachtete, dachte er erstaunt, wie sehr doch mitunter der Name seinem Besitzer entspricht. Serdjuks Kopf, der sich nach oben verjüngte und in einem grauen Schopf mündete, erinnerte wirklich an eine Zwiebelknolle. Es wäre interessant, sich den Vater dieses Herrn anzusehen, dachte Fandorin. Vielleicht hatte er Ähnlichkeit mit einem Löwen*?

Auf solch sinnlose Gedanken verfiel Fandorin angesichts der entsetzlichen Monotonie der Beschäftigungen und der irgendwie staubigen Langeweile, die den ganzen Raum durchdrang. Der Pseudo-Sekretär hatte keine richtige Aufgabe – er legte Papiere von einem Stapel auf den andern und zeichnete mit besorgter Miene Hieroglyphen in seinen Notizblock. Dreimal ließ der Baron ihn rufen, angeblich in einer dringenden Sache, in Wirklichkeit wollte er wissen, zu welchen Schlussfolgerungen der Beamte neigte. In Ermangelung von Schlussfolgerungen wurde der »Sekretär« ins Büro zurückgeschickt. Er starrte leere Blätter an, fühlte bald diesem, bald jenem vorsichtig auf den Zahn. Die Zeit kroch.

Zu den erfreulichen Resultaten des Tages zählte, dass sich mit diesen fünf Personen der Kreis der Verdächtigen erschöpfte. Im Büro erschienen Boten und Telegraphisten, bei Fedot Fedotowitsch meldete sich der Kutscher des Barons oder ein Lakai mit einer Nachricht von zu Hause, aber sie alle kamen nicht in Betracht, weil keiner von ihnen ins Kabinett oder in Marjas Küche vordringen konnte.

Nachdem Fandorin die Nebenfiguren bestimmt hatte, ging er zu psychologischen Beobachtungen über.

Der Oberschriftführer Serdjuk. Der leibhaftige Gogolsche Akaki Akakijewitsch**. Obwohl er Bürovorsteher war, zitterte keiner vor ihm. Schüchtern. Kleinlich. Kümmerlich. Dieses fade,

---

* Luka abgeleitet von (russ.) luk = Zwiebel; Lwowitsch abgeleitet von (russ.) lew = Löwe. (Anm. d. Übers.)
** Gestalt aus Gogols Novelle »Der Mantel«. (Anm. d. Übers.)

duckmäuserische Männlein konnte man sich schwer in der Rolle des Giftmörders vorstellen, aber stille Wasser sind bekanntlich tief.

Der Remington-Schreiber Landrinow. Ein Mensch mit ungesunden Nerven – reizbar, streitsüchtig. Aber ein erstklassiger Arbeiter, der mit seinem ungefügen Apparat vorzüglich zurechtkam. Im Unterschied zu Serdjuk und Saussenzew sprach er, ohne die Stimme zu senken.

Der Kammerdiener Fedot Fedotowitsch. Er ließ nur selten ein Wort in die Unterhaltung einfließen, und auch das nur pro forma. In der Zeitung blätterte er ebenfalls nur zum Schein – er war Analphabet. Wenn er sich nicht schlafend stellte, sondern wirklich schlief, bewegten sich seine Schnurrbartenden rhythmisch. Beide Schriftführer fürchteten ihn.

Taissi Saussenzew. Er war stets beflissen: hob Serdjuk einen heruntergefallenen Radiergummi auf, blies Landrinow ein Stäubchen von der Schulter: »Liebster, Sie haben sich schmutzig gemacht.« Landrinow zischte: »Psst!«, der junge Mann kicherte und flatterte graziös davon. Verwunderlich: Er versteckte zwischen den Blättern seines Abreißkalenders einen kleinen Spiegel und betrachtete sich darin hin und wieder wohlgefällig.

Die Köchin. Wenn sie aus Langeweile auf die Idee kam, den Büroleuten Tee zu servieren, krachte sie die Gläser auf den Tisch, und aus ihrer Miene sprach gekränkte Würde. Sie brabbelte laut vor sich hin, dass sie früher nur »den Chef« bedient habe und sich jetzt »erniedrigen« müsse. Wohl eine außergewöhnlich dumme Frau. Aber vielleicht im Gegenteil eine besonders kluge?

Fandorin, an völlig andere Daseinsformen gewöhnt, fand das Leben im Büro merkwürdig und aufschlussreich. Anscheinend war es überhaupt kein Leben, sondern ein verschlafener Sumpf. Aber unter der ruhigen Oberfläche brodelten nicht weniger Emotionen als auf einem vornehmen Ball, in den Wandelgängen der Macht oder auf einem Diplomatenkongress. Die Leiden der erniedrigten Marja konnten es mit den Qualen der Kaiserin Josephine aufnehmen, als Napoleon sie verließ. Die Zeitung des Kammerdieners erinnerte an Kutusows berühmtes blindes Auge, vor das er während der Schlacht von Borodino das Fernglas hielt. Die Philippika, die Serdjuk gegen Personen ritt, »die nicht sparsam mit Büroklammern umgehen können«, war von echten Gefühlen diktiert. Der unergründliche Katzenblick des lieblichen Taissi barg ein Rätsel. Landrinow, der alles und jeden hasste, hätte dem antiken Menschenhasser Caligula hundert Punkte vorgeben können. Und einer von ihnen, das sei nicht vergessen, nahm es mit Cesare Borgia auf.

Fandorin geriet ins Philosophieren.

Ach, wie irrt die mitleidige russische Literatur, Nikolai Gogol wie auch Fjodor Dostojewski, was die »kleinen Leute« angeht. Die gibt es nicht und kann es nicht geben. Man muss kein Mitleid mit Akaki Akakijewitsch und Makar Dewuschkin* haben, muss ihretwegen keine Tränen vergießen, sondern ihnen Achtung und Aufmerksamkeit entgegenbringen. Das verdient jeder Mensch. Je stiller und unauffälliger er ist, desto tiefer ist in ihm ein Geheimnis verborgen.

Warum zum Beispiel interessiert sich niemand im Büro für den Neuen? Alle außer dem Remington-Schreiber sind höflich zu dem »Sekretär« und beantworten seine Fragen, aber sie selber fragen nichts. Sind sie schüchtern, genieren sie sich? Oder ist es etwas anderes?

Und wie erklärt sich das absolute Schweigen hinsichtlich des entsetzlichen Dramas, das sich hier vergangenen Donnerstag abspielte? Fandorin versuchte, erst mit dem einem und dann mit dem anderen Schriftführer darüber zu sprechen, aber jeder hatte unverzüglich eine dringende Arbeit außerhalb des Zimmers zu erledigen; der Kammerdiener fing an zu schnarchen, und Marja verzog sich in ihre Küche. Allein Landrinow ergriff nicht die Flucht, sondern

* Gestalten aus Dostojewskis Roman »Arme Leute«. (Anm. d. Übers.)

knurrte: »Lassen Sie mich in Ruhe! Stören Sie mich nicht bei der Arbeit!«

Aber Punkt ein Uhr schien die strahlende Sonne den Sumpfnebel zu zerstreuen – Mawra brachte dem Vater das Mittagessen. Sogleich belebten sich alle. Jeder holte sein mitgebrachtes Essen hervor, und Marja schenkte Tee ein, ohne zu murren.

Alle gruppierten sich wie von selbst um den Tisch des Bürovorstehers, der eine Frikadelle mit einem gekochten Ei und hausgemachte Piroggen aß. Landrinow kaute Brot mit billiger Wurst, Taissi trank Bouillon aus einer Thermosflasche, Fedot Fedotowitsch aß nichts (offensichtlich war das unter seiner Würde), hörte aber Mawras Geplapper mit sichtlichem Vergnügen zu.

»Ich habe eine Reproduktion gesehen – ›Frühstück im Freien‹! Als das Bild öffentlich ausgestellt wurde, war ganz Paris aus dem Häuschen. Entblößte Nymphen oder Odalisken kennt man ja, aber hier sind zwei Männer unserer Tage zu sehen, ein Tischtuch mit Flaschen und daneben, als wäre nichts dabei, eine splitternackte Madame, etwas weiter weg noch eine.« Das Fräulein schnappte sich vom Tisch ein Blatt Papier, drehte es um und skizzierte mit einem Bleistift die Anordnung der Figuren. »Ein Picknick im Grünen. Mit leichten Mädchen. Was für eine épatage!«

»Scheußlich.« Serdjuk bekreuzigte sich nach einem Blick auf die Skizze und regte sich plötzlich auf. »Was fällt dir ein! Auf einer Abrechnung der Strecke Saratow-Samara!«

»Halb so schlimm, Luka Lwowitsch«, Taissi flatterte herbei. »Ich radiere es weg, dann ist nichts mehr zu sehen. Zeichnen Sie nur, Mawra Lukinischna, soviel Sie wollen. Ich habe einen österreichischen Radiergummi, das geht ganz leicht.«

Landrinow schubste Taissi beiseite und griff sich das Blatt.

»Ich werd dir gleich was radieren! Das behalt ich zur Erinnerung, und die Abrechnung schreibe ich neu.«

»Wie der Maler heißt, hab ich vergessen, aber in Paris kennt ihn wirklich jeder«, sagte Mawra träumerisch. »Ach, ich würde alles drum geben, seine Schülerin zu werden!«

»Das ist unmöglich ...«, setzte Fandorin an, er wollte sagen, dass Edouard Manet vor einigen Monaten gestorben sei, doch das sprunghafte Mädchen ließ ihn nicht ausreden, sie winkte bekümmert ab und sagte: »Ich weiß, ich weiß! Für mich gibt's kein Paris! Aber davon träumen werd ich doch dürfen.«

Dabei sah sie den »Praktikanten« ohne Groll an und lächelte sogar.

»Haben Sie es sich überlegt mit dem Porträt?«

Sie skizzierte etwas auf einem neuen Blatt – der Vater ächzte nur.

»Wann denn?«, fragte Fandorin lächelnd. »Ich bin doch im Dienst.«

»Kein Problem. Sie arbeiten, und ich setze mich in eine Ecke. Daran sind hier alle gewöhnt. Ich habe auch Papa gemalt und Marja. Morgen bringe ich die Staffelei mit. Aber kommen Sie in Uniform. Schwarz mit Silberstickerei, das steht Ihnen.«

Als das Fräulein davongeschwebt war, schien es im Zimmer wieder dunkler zu werden. Trübsinnig kratzten die Federn übers Papier, die Remington klapperte, der Kammerdiener deckte sich mit den »Moskauer Nachrichten« zu und schlief ein.

Fandorin aber fand zu einer neuen philosophischen Schlussfolgerung: Hübsche, lebhafte Mädchen sind genauso ein Wunder Gottes wie der nicht verbrennende Dornbusch oder die auseinandertretenden Wasser des Roten Meeres. Erstaunlich, wie sich die Männer und das Leben selbst verändern, sobald ein Mädchen wie Mawra auftaucht! Wenn sie nicht da ist, sitzen alle gleichsam im Dunkeln.

In der zweiten Tageshälfte verging die Zeit noch langsamer.

Das einzige Ereignis, das Abwechslung in die Routine brachte, war das Erscheinen eines schlitzäugigen Asiaten in einer himbeerfarbenen Livree, auf dem Kopf eine Mütze mit der Aufschrift »Dampfergesellschaft«. Er brachte eine Mitteilung für den Direktor persönlich und wurde vom Kammerdiener feierlich ins Kabinett geleitet.

»Jetzt ist Mossolow total übergeschnappt und beschäftigt Chinesen als Laufburschen«, flüsterte Serdjuk.

»Neulich kam ein Taubstummer von denen«, sagte Taissi kichernd. »Sagen konnte er nichts, nur ›muh muh‹. Ein richtiges Kalb.«

Marja bog sich vor Lachen – der Vergleich mit dem Kalb belustigte sie.

Sie konnten den Fall nicht weiter durchhecheln. Der Asiat blieb nicht länger als eine Minute bei Sergej von Mack. Offenbar erforderte die Mitteilung keine Antwort.

»Von welchem Stamm bist du denn, du Vogelscheuche?«, fragte Landrinow den Boten taktlos.

Der Asiat antwortete nicht. Er umfing alle Anwesenden mit starrem Blick und ging hinaus.

Die Angestellten ließen sich noch fünf Minuten über ihn aus, dann trat wieder Stille ein.

Am Ende des Tages ging Fandorin zum Baron.

»Und?«, fragte dieser. »Geht's voran?«

Der Kollegienassessor hob unbestimmt die Schultern, auf denen die Achselklappen des Kaiserlichen Instituts für Ingenieurswesen funkelten.

»Ich habe eine Mitteilung von Mossolow bekommen. Bitte sehr.«

Fandorin nahm das zerknitterte Blatt (offenbar aus Zorn zusammengeknüllt und dann wieder geglättet).

In einigen nachlässig hingeworfenen Zeilen schlug das Oberhaupt der »Dampfergesellschaft« dem »liebwerten Herrn Sergej Leonardowitsch« vor, von dem »bekannten Vorhaben« zurückzutreten, mit dem er sich nur blamieren könne.

Der Baron verlor die übliche Zurückhaltung.

»Er ist von seinem Sieg überzeugt, der Lump! Wie viel Zeit brauchen Sie noch, Fandorin?«

»Ich weiß nicht«, antwortete der Beamte kühl und gab das Blatt zurück.

»Was gibt's im Büro? Tratschen die Leute? Tut es ihnen um Vater leid oder nicht?«

Ich bin nicht Ihr Zuträger!, wollte Fandorin den Großindustriellen zurechtweisen, doch als sein Blick auf den Trauerflor am Ärmel des Barons fiel, antwortete er nicht ganz so scharf: »In Ihrem Büro sind keine Privatgespräche üblich. Alle Angestellten arbeiten, ohne aufzusehen, wie Sklaven auf einer Plantage.«

»Höre ich in Ihrem Ton einen Vorwurf?« Der Baron verschränkte die Arme vor der Brust. »Ja, in unserer Firma wird Faulenzerei nicht geschätzt. Dafür ist das Gehalt unserer Angestellten anderthalbmal so hoch wie bei Mossolow. Bei Krankheit bezahlen wir die Behandlung. Wer zehn Jahre ohne Beanstandungen und Strafen bei uns gearbeitet hat, erhält eine kostenlose Wohnung. Nach zwanzig Dienstjahren steht ihm eine Pension zu. Wo sonst in Russland finden Sie solche Bedingungen?«

Die waren tatsächlich außergewöhnlich gut. Etwas milder sagte Fandorin: »Das alles gilt für die Lebenden, die Ihnen noch nützlich sein können. Aber wenn einer das Zeitliche segnet? Krupennikow hinterlässt, wie man mir sagte, eine Familie. Stern hatte, soviel ich weiß, keine Angehörigen, aber eine Verlobte. Sie wollte nach Paris, Malerei studieren. Jetzt sind die Träume ausgeträumt.«

»Hören Sie, Herr Kollegienassessor«, erwiderte von Mack mit eisiger Stimme. »Sind Sie vielleicht von der Philanthropischen Gesellschaft? Sie haben sich verpflichtet, den Giftmörder zu finden – also halten Sie Ihr Wort, und mischen Sie sich nicht in meine Angelegenheiten.«

Damit trennten sie sich.

Um in das Leben eines gewöhnlichen Büroangestellten einzutauchen, hatte Fandorin ein schäbiges Zimmerchen in der Nähe des Roten Tors gemietet und beschlossen, mit einem halben Rubel pro Tag auszukommen (normalerweise zahlte er das für die dünnste der Zigarren, die er zu rauchen pflegte.).

Früher einmal, in seiner armseligen Jugend, hätte er von dieser Summe noch etwas übrigbehalten, aber bekanntlich gewöhnt man sich sehr schnell an bessere Verhältnisse. Mit wenig auszukommen, ist auch eine Kunst, die man ohne tägliche Übung verlernt.

Im Laden konnte er sich ewig nicht entscheiden, was er nehmen sollte. Schließlich kaufte er für dreißig Kopeken Papirossy, den Rest gab er für ein Rosinenbrötchen und Tee aus. Für Zucker reichte es nicht mehr.

In seinem Zimmer war es ungemütlich und schmutzig. Er lieh sich bei der Wirtin einen Reiserbesen und wirbelte eine Staubsäule bis zur Decke auf, was aber keine sichtbare Besserung brachte, nur ihn selbst einstaubte.

Was soll's, ein armer Studiosus kann sich keine Dienerschaft leisten.

Und der Kammerdiener Masa hatte zu tun, er erfüllte eine wichtige und sehr komplizierte Aufgabe.

Als Fandorin Erkundigungen über den mutmaßlichen Initiator des Mordes, Kommerzienrat Mossolow, einholte, hatte er herausgefunden, dass die Dampfergesellschaft für »diverse Arbeiten Taubstumme, außerdem des Lesens und Schreibens Unkundige« benötigte. So stand es in einem Inserat, das in allen Moskauer Zeitungen abgedruckt wurde. Wie die von Mossolow gesuchten Analphabeten von dem Angebot erfahren konnten, war zwar rätselhaft, aber das Inserat selbst interessierte den Kollegienassessor. Er stellte Nachforschungen an und fand heraus, dass Mossolow als argwöhnischer Mensch große Angst vor Spionen hatte, weshalb er nur Laufburschen, Kuriere und Eilboten anstellte, die nichts ausplaudern konnten, weil sie dazu nicht in der Lage waren.

Da lag die Idee nahe: Ist ein Ausländer, der aus einem fernen, wilden Land kommt und kein Wort Russisch spricht, nicht genauso gut wie ein Taubstummer?

Masa bewarb sich bei der Gesellschaft, sprach dort nur Japanisch und tat so, als verstünde er kein Wort Russisch und könnte sich nur durch Gesten verständigen. Er wurde sofort eingestellt für ein Gehalt von neun Silberrubeln im Monat plus Livree samt Mütze, Stiefeln für den Sommer, Filzstiefeln für den Winter und zwei Paar Galoschen.

Fandorin erteilte ihm den Auftrag, sich den Kommerzienrat genau anzusehen und für den Anfang einzuschätzen, ob dieser Mann fähig sei, einen Konkurrenten heimtückisch töten zu lassen. Masa hatte für solche Dinge ein scharfes Auge.

Fandorin holte sich von der Wirtin einen Samowar, und kaum hatte er sich hingesetzt, um sein trockenes Brötchen zu essen, da ging die Tür auf, und herein kam sein Diener, immer noch in der himbeerfarbenen Livree und mit einem Sortiment von Beuteln, Tüten und Päckchen.

Das angebissene Rosinenbrötchen flog in den Müll, der Tee wurde verächtlich beschnuppert und ausgegossen, und auf dem Tisch erschienen Reisklößchen, marinierter Ingwer, geräucherter Aal, gedämpfte Fladen und andere Köstlichkeiten, die Masa in einem chinesischen Laden auf dem Sucharew-Platz gekauft hatte.

Während der Kollegienassessor mit Appetit aß, räumte der Diener im Handumdrehen das Zimmer auf und verlieh ihm sogar Gemütlichkeit, indem er ein paar Ahornblätter an die Wand heftete, passend zur Jahreszeit.

Er betrachtete die stockigen Tapeten, die abblätternde Decke und seufzte.

»Mehr ist leider nicht zu machen, Herr. Aber als sich der treue Vasall Yoshida Chujaemon darauf vorbereitete, sich für seinen Suzerain am Feind zu rächen, musste er unter noch erbärmlicheren Umständen leben. Und der treue Vasall Oishi Kuranoske, der ...«

»Masa!« Fandorin schlug auf den Tisch, denn er wusste, dass Masa, wurde er nicht rechzeitig gestoppt, alle siebenundvierzig treuen Vasallen, seine Lieblingshelden, aufzählen würde. »Sag lieber, ob du Mossolow gesehen hast.«

»Mossolow-dono«, begann Masa (das Gespräch wurde auf Japanisch geführt), »den hab ich gesehen, und zwar so, wie jetzt Sie. Aber ich kann nichts mit Sicherheit behaupten. Ein sehr ernsthafter Mann, dessen Hara nicht so leicht zu durchschauen ist. Ich nehme an, wegen einer Kleinigkeit oder in einer Gefühlsaufwallung würde er kein Verbrechen begehen. Aber um des Geschäfts willen würde er wohl vor nichts zurückschrecken.«

»Na, das ist doch sehr wichtig.« Fandorin nickte nachdenklich. »Nun zur zweiten Aufgabe. Tüchtig, dass du so schnell in unser Kontor kommen konntest.«

»Das war nicht schwer. Der Brief wurde einem anderen Boten gegeben, aber dem habe ich das Schreiben einfach weggenommen, und damit er nicht weint, habe ich ihm ein Bonbon geschenkt. Er ist ein Halbidiot. Bei uns in der Kurierabteilung sind alle entweder taubstumm oder haben den Verstand eines Kindes. Der eine muht, der andere blökt, der dritte bohrt in der Nase. Ich bin der einzige Normale.«

»Hast du dir meine Mitarbeiter genau angeguckt?«

Der Diener klagte: »Alle sind rothaarig, ein Gesicht sieht aus wie das andere, schwer zu merken. Aber ich habe mir Mühe gegeben.« Und er bog die Finger auf. »Ein Alter, der aussieht wie eine marinierte Pflaume. Ein junger Mann mit dem Lächeln eines Kitsune[*].

---

[*] Japanisches Fabelwesen, das sich aus einem Menschen in einen Fuchs verwandeln kann und umgekehrt. (Anm. d. Übers.)

Ein Magerer mit schiefem Mund. Ein Schlaukopf mit langem grauem Haar. Eine schöne Frau mit Pausbacken.«

»Ausgezeichnet. Nun musst du aufpassen, ob einer von ihnen in der Dampfergesellschaft auftaucht. Wenn ja, teilst du mir das unverzüglich mit. Das ist der Spion, der Giftmörder.«

Masa ging, und Fandorin wälzte sich lange auf der dünnen Matratze. Als er gerade im Einschlafen war, stach ihn etwas ins Bein.

Er setzte sich auf und schlug die Decke zurück.

Er sah eine Wanze und bekam solche Wut auf das unglückliche Insekt, dass er es nicht einmal zerquetschte. Warum sollte er der Blutsaugerin einen Märtyrertod schenken? Das Karma der Wanze verbessern, damit sie im nächsten Leben auf einer höheren Stufe des Samsara wiedergeboren wurde? Daraus wird nichts.

Das eingespeichelte Taschentuch

Arbeit vorzutäuschen, während man porträtiert wird, ist nicht leicht. Fandorin versuchte anfangs, dreistellige Zahlen zu multiplizieren, was seinem Gesicht die nötige Konzentration verlieh, aber diese Beschäftigung langweilte ihn bald, und er betrachtete die zeichnende Mawra Serdjuk.

Ein angenehmer Anblick. Das Mädchen hatte einen Kittel voller Flecke von Ölfarbe und Zeichenkohle über das Kleid gezogen und die gelockten Haare mit einem Kopftuch gebändigt, was ihrem Aussehen aber nicht den geringsten Abbruch tat. Ihre kleine Hand arbeitete sicher und flink mit dem Graphitstift, in ihre Stirn hatte sich eine energische Falte eingegraben, eine Wange war schwarz verschmiert, aber am rührendsten fand Fandorin, wie das Fräulein in ihrer Selbstvergessenheit schniefte. Er bemühte sich nach Kräften, eine ernste Miene beizubehalten, aber das gelang ihm wohl nicht richtig.

»Sie tun nur so, als wären Sie traurig«, sagte die Künstlerin vorwurfsvoll. »Aber in Ihren Augen hüpfen lauter Teufelchen. Wie ich die hinkriegen soll, ist mir rätselhaft.«

Der arme Landrinow litt Höllenqualen. Die Schreibmaschine hämmerte doppelt so laut und schnell wie am Vortag, die Blätter wurden mit herzzerreißendem Knirschen aus dem lackierten Gehäuse gerissen. Die Blicke, die Landrinow gegen Fandorin schleuderte, hätten auch einem weniger empfindsamen Menschen Schauer über den Rücken gejagt.

Der Direktor und sein Kammerdiener kamen an diesem Tag spät, erst gegen Mittag. Niemand stand auf, niemand grüßte. Fandorin wusste schon, dass es in der Firma »von Mack und Söhne« nicht üblich war, wegen höflicher Förmlichkeiten die Arbeit zu unterbrechen.

Obwohl der Baron eigentlich gleich in sein Kabinett gehen wollte, blieb er doch am Tisch seines »Sekretärs« stehen. Er warf der Künstlerin einen flüchtigen Blick zu. Mawra senkte das Köpfchen und errötete allerliebst. Sie konnte also auch kokettieren?

»Herr ... Pomeranzew«, dem Direktor fiel nicht gleich der Name seines »Praktikanten« ein. »Wie viel Zeit brauchen Sie noch, um sich einzuarbeiten?«

»Ich gebe mir alle Mühe«, antwortete Fandorin mit gespielter Schüchternheit und erhob sich leicht.

»Kommen Sie nach dem Mittagessen zu mir«, sagte der Direktor finster und ging in sein Zimmer.

Fedot Fedotowitsch hatte ihm den Mantel abgenommen, setzte sich dann auf seinen gewohnten Platz und schlug die Zeitung auf.

In der Mittagspause geschah Folgendes.

Serdjuk, dem Mawra wegen des Porträts kein Mittagessen von zu Hause brachte, ging ins nächste Wirtshaus. Taissi schnorrte bei Marja Tee. Landrinow wurde zum Baron gerufen. Fedot Fedotowitsch schlief, sein Schnurrbart zitterte.

Zum ersten Mal waren Mawra und Fandorin mehr oder weniger allein.

Das Fräulein rückte rasch näher an den »Studenten« heran, wobei sie ihn mit der Palette streifte (seit einer Stunde malte sie mit Farben), und flüsterte frohlockend: »Ich fahre doch nach Paris! Aber psst! Papa weiß es noch nicht.«

Von allen Fragen, die sich dem Kollegienassessor bei dieser Mitteilung aufdrängten, stellte er für den Anfang die harmloseste: »Sie werden Malerei studieren? Ich freue mich für Sie.«

»In Paris schneide ich mir die Haare ganz kurz, so wie Ihre«, sprudelte sie atemlos hervor. »Ich werde einen Männerhut und Hosen tragen, werde Zigarren rauchen und meinem Namen einen französischen Klang geben. Ich weiß auch schon wie: Maurice Sieurduc. Wissen Sie, was Sieurduc bedeutet?«

»Ja.« Fandorin nickte mit ernster Miene. »Es bedeutet ›Herr Herzog‹.«

»Toll, nicht? Das klingt doch ganz anders als ›Mawra Serdjuk‹.«

»Aber woher nehmen Sie das Geld?«, erkundigte sich Fandorin nun nach dem Wichtigsten.

Sie lächelte geheimnisvoll.

»Na schön, ich sag's Ihnen.«

Aber dazu kam sie nicht mehr. Aus dem Kabinett trat Landrinow, und Mawra ging eilends auf Abstand.

Dann kehrten auch die Übrigen zurück. Zu Fandorins Ärger ergab sich keine Gelegenheit mehr, das Gespräch fortzusetzen. Er überlegte, unter welchem Vorwand er das Fräulein ins Treppenhaus locken könnte, aber die Ereignisse nahmen eine Wendung, die ihn zwang, seinen Plan aufzugeben.

Um viertel drei ging die Tür auf, und herein kam der Wirkliche Staatsrat Wanjuchin, begleitet von einem uniformierten Polizeistenographen.

»Guten Tag, meine Herren«, sagte er mit fröhlicher und zugleich drohender Stimme. »Da bin ich wieder. Ich hatte schon das Vergnügen, mich mit jedem einzeln zu unterhalten, jetzt möchte ich mit allen zusammen reden. Ich habe da eine kleine Frage. Wohin?!« Das galt dem Kammerdiener.

»Dem Herrn Baron Bescheid sagen ...«

»Nicht nötig, später. Setz dich!«

Fedot Fedotowitsch trat von einem Bein aufs andere und setzte sich wieder.

»Und Sie da, ›Freund der Familie‹«, wandte sich Wanjuchin an Fandorin, »Sie kann ich hier nicht brauchen. Gehen Sie inzwischen spazieren.«

»Wenn ich zu tun habe, pflege ich nicht spazieren zu gehen«, antwortete der Kollegienassessor kühl. Er dachte nicht daran hinauszugehen. Was mochte das für eine Frage sein?

»Haben Sie auch zu tun?«, erkundigte sich Wanjuchin giftig bei der Malerin, nachdem er einen Blick auf die Staffelei geworfen hatte. »Ähnlich, sehr ähnlich. Wäre es Ihnen genehm, sich zusammen mit dem Gegenstand Ihrer Kunst hinauszubegeben?«

»Es wäre mir nicht genehm«, konterte Mawra. »Sie sind hier nicht auf dem Polizeirevier, wo Sie herumkommandieren können.«

Der Untersuchungsführer begriff, dass er auf Granit biss, und beachtete Fandorin und das Fräulein nicht mehr. Er griff sich einen Stuhl und stellte ihn mitten ins Zimmer. Dann setzte er sich rittlings darauf, stützte das Kinn auf die Rückenlehne und befahl dem Stenographen: »Jedes Wort.«

Er nahm sich von Serdjuks Tisch das Glas mit den Farbstiften (selbstverständlich ohne zu fragen), zog einen Notizblock hervor und sagte grinsend: »Dann werde ich auch mal zeichnen.«

Und er zeichnete wirklich etwas, während er jeden befragte, wobei er hin und wieder den Stift wechselte.

Die »kleine Frage« bestand in Folgendem: Wer hatte am Abend des 6. September wie oft und zu welcher Zeit das Zimmer verlassen – bevor der vergiftete Tee getrunken wurde?

Bald war klar, was Wanjuchin mit dem Gruppenverhör bezweckte. Wenn einer zögerte und sich auf sein schlechtes Gedächtnis berief, kamen ihm die anderen zu Hilfe.

»Aber ja, Luka Lwowitsch, Sie geruhten mit dem Herrn aus der Expedition, wie heißt er gleich, so ein Rothaariger, hinauszugehen, das war direkt vor dem Bericht über den Brückenbau, also gegen viertel sechs.«

»Nicht doch, Leander Iwanowitsch« (Serdjuk zu Landrinow), »Ihr Schreibmaschinenpapier ging nicht um fünf zu Ende, sondern viel später. Da habe ich gerade die Zahlen übertragen, das weiß ich noch genau.«

Eine effektive Methode, das muss ich mir merken, sagte sich Fandorin, der dieser gemächlichen Untersuchung aufmerksam zuhörte. Erstaunlich, wie genau man ein Ereignis, das eine Woche zurückliegt, rekonstruieren kann, wenn mehrere Augenzeugen gleichzeitig befragt werden.

Aber am meisten war Fandorin von Wanjuchin selbst beeindruckt. Nachdem dieser allen zugehört hatte, zeigte er das Resultat seines »Zeichnens« – eine chronologische graphische Darstellung, die in verschiedenen Farben die Anwesenheit und Abwesenheit eines jeden dokumentierte.

Alle drängten sich um den Untersuchungsführer und betrachteten die Übersicht.

»Interessant«, murmelte Wanjuchin.

Fandorin trat von hinten heran, warf einen Blick über die Schulter des Ermittlers und sah, dass die bemerkenswerte Idee nichts gebracht hatte.

Sollte Wanjuchin damit gerechnet haben, den Kreis der Verdächtigen einzugrenzen, so hatte er sich geirrt. Jeder der fünf Leute war zwischendurch, wenn auch nur ganz kurz, allein im Zimmer gewesen.

Weshalb sah Wanjuchin dann so zufrieden aus?

»Wunderbar!«, sagte er und streichelte liebevoll sein Werk. »Es war immer jemand im Zimmer, und sei es nur einer. Also ist die Version von dem Übeltäter, der von außen eingedrungen ist, völlig auszuschließen. Quod erat demonstrandum. Jetzt die zweite kleine Frage, wiederum an alle: Hat den verstorbenen Herrn von Mack einer seiner Angehörigen aufgesucht?«

Ach, darauf will er hinaus, dachte Fandorin und kehrte auf seinen Platz zurück, zumal ihn Mawra mit ungeduldigen Gesten schon dazu aufforderte – sie wollte die Arbeit am Porträt fortsetzen.

Niemand von der Familie war da gewesen, so war die einhellige Antwort, woraufhin Wanjuchin seine gute Laune einbüßte.

»Was?!«, schrie er. »Das kann nicht sein! War denn nicht sein Sohn bei ihm, Sergej Leonardowitsch?«

Alle wechselten schweigend Blicke, als wollten sie einander fragen. Die beiden Schriftführer zuckten die Achseln, was besagte, dass sie sich nicht erinnerten, Fedot Fedotowitsch schüttelte den Kopf, Marja stand an der Tür und kratzte sich den Hinterkopf.

Da sagte Landrinow plötzlich: »Er war da. Ist hineingegangen und gleich wieder herausgekommen. Das war kurz vor Dienstschluss. Die anderen waren alle in der Küche – nachdem Marja die Kanne ins Kabinett gebracht hatte, schenkte sie uns Tee ein. Ich war als Einziger noch hier, weil ich ein Fläschchen Maschinenöl aus dem Schrank holen musste.«

Er zeigte auf einen massiven Schrank neben dem Fenster.

»Warum haben Sie das nicht gleich gesagt?« Wanjuchin sprang auf. »Ich habe doch gefragt, war jemand von der Familie hier oder nicht!«

Landrinow zuckte die Achseln.

»Sergej Leonardowitsch ist für mich ein Mitglied der Geschäftsleitung und keiner von der Familie. Ich stand hinter der offenen Schranktür, so dass er mich nicht gesehen hat. Er ist ins Kabinett gegangen und sofort wieder rausgekommen. Wahrscheinlich wollte er mit seinem Vater reden, hat ihn aber nicht angetroffen. Der Herr Direktor war dringend zum Telegraphen gerufen worden.«

Ein honigsüßes Lächeln erhellte das zerknitterte Gesicht des Petersburger Ermittlers.

»Quod erat demonstrandum«, wiederholte er halblaut. »Jetzt ist alles endgültig an seinen Platz gerückt. Meine Herren!«, wandte er sich schon in anderem, strengem Ton an die Anwesenden. »Sie alle waren Zeugen dieser hochwichtigen Erklärung. Sollte es Herrn Landrinow im Nachhinein einfallen, seine Aussage zu widerrufen (was tut man nicht alles für gutes Geld), werde ich Sie alle unter Eid aussagen lassen.«

»Vielleicht sind Sie selber auf Schmiergeld erpicht, deshalb brauchen Sie noch lange nicht andre zu verleumden!«, schrie der Maschineschreiber erbleichend. »Landrinow geht für kein Geld der Welt von der Wahrheit ab!«

Er straffte sich und sah Mawra mit solchem Stolz an, dass sie den Pinsel zwischen ihre weißen Zähne klemmte und dem Verteidiger der Prinzipien lautlos Beifall klatschte. Die Ironie in ihrer Gestik bemerkte er nicht – er nahm alles für bare Münze und strahlte so glücklich, dass Fandorin Mitleid mit dem Ärmsten bekam. Bald wird er von Paris erfahren, dann ist er am Boden zerstört.

Plötzlich trat Wanjuchin zum Tisch des »Sekretärs«, verneigte sich mit unverhohlenem Hohn und flüsterte: »Na, Sie ›Freund der Familie‹, wetzen Sie, berichten Sie.« Er deutete mit dem Kopf auf die Tür zum Kabinett. »Es sieht mies aus für Ihren Patron. Heute werde ich ihn in Ruhe lassen, denn es sind noch gewisse Formalitäten zu erledigen, aber morgen kann er sich auf ein freudiges Wiedersehen gefasst machen. Ich wünsche ihm eine wunderbare Nacht.

Richten Sie ihm das aus: Seine Exzellenz wünscht schönste Träume. Und sagen Sie ihm noch« – er trat ganz nahe an Fandorin heran –, »er soll nicht auf die Idee kommen, eine plötzliche Reise zu unternehmen. Daraus wird nichts – ich habe Maßnahmen getroffen.«

»Mein Herr, Sie stehen mir im Weg.« Mawra zupfte Wanjuchin ungeniert am Ärmel. »Gehen Sie beiseite.«

Der Untersuchungsführer bedachte Fandorin mit einem drohenden Blick und entfernte sich. Das Mädchen rief: »Na endlich! Sie haben in seiner Gegenwart einen ganz anderen Gesichtsausdruck bekommen! Weg mit den Fältchen. So ist es gut.« Sie glättete mit den Fingern seine Stirn, die Falte um den Mund. »Oh, jetzt hab ich Sie beschmiert.«

Mit bezaubernder Unbefangenheit speichelte sie ihr Taschentuch ein und wischte dem Beamten den Fleck von der Wange.

»Mawra, das ist dem Herrn vielleicht unangenehm!«, sagte ihr Vater vorwurfsvoll.

Taissi kicherte, und Landrinow knirschte so laut mit den Zähnen, dass es im ganzen Zimmer zu hören war.

Die Hand mit dem Tüchlein sacht beiseiteschiebend, sagte Fandorin:

»Für heute ist es genug. Ich muss tatsächlich mit dem Herrn Direktor reden.«

»Ich war nicht hier, ich schwör's Ihnen!«, rief Sergej von Mack, ohne bis zu Ende zugehört zu haben. »Das stimmt nicht!«

Fandorin blickte nach unten, auf das grüne Tuch.

»Herr von Mack, bevor ich zu Ihnen kam, war ich im Erdgeschoss und habe im Pförtnerbuch nachgeschaut. Sie wissen doch, dass in Ihrer Firma genau registriert wird, wann jeder Mitarbeiter kommt und geht. Dort steht schwarz auf weiß: Vorstandsmitglied S. L. von Mack gekommen 19.25 Uhr, gegangen 19.34 Uhr. Genau um diese Zeit hat die Köchin den Tee ins Kabinett gebracht.«

»Ach ja, ich war da ...«, sagte der Baron verlegen. »Ich musste mit meinem Vater reden. Ich wollte hinauf zum Kabinett, aber das brauchte ich nicht, denn ich habe Vater schon in der Telegraphenstelle getroffen.«

»Dort war sicherlich noch jemand? Der Telegraphist zum Beispiel?«, fragte Fandorin, ohne den Baron anzusehen.

»Sicherlich. Wahrscheinlich ... Ich erinnre mich nicht. Was hat Wanjuchin abschließend gesagt? Was will er unternehmen?«

Von den »Formalitäten« und dem bevorstehenden »freudigen Wiedersehen« sagte Fandorin nichts – er hatte keine Lust.

Eine merkwürdige Geschichte. Irgend etwas stimmte nicht.

»Ich habe keine Ahnung.«

»Was wird morgen sein?«, fragte der Baron besorgt.

»Morgen sage ich Ihnen, wer der Mörder ist.« Endlich sah der Kollegienassessor Herrn von Mack an.

Er machte dem blassen Direktor eine knappe Verbeugung und ging hinaus.

Sich so zu irren!

Erst im Dunkeln verließ er das Gebäude. Erstens hatte er es nicht besonders eilig, in seine armselige Behausung zu kommen, zweitens wollte er als Letzter gehen, um die anderen bis zuletzt beobachten zu können.

Gleich hinter der ersten Ecke, als er von der belebten Kalantschewskaja-Straße in die menschenleere dunkle Olchowski-Gasse einbog, bemerkte Fandorin, dass er beschattet wurde. Jemand schlich hinter ihm her, von Zaun zu Zaun, bemüht, unentdeckt zu bleiben, aber konnte er einen Schüler der japanischen Shinobi täuschen?

Wahrscheinlich ein Schnüffler von Wanjuchin. Der hatte sicherlich Sergej von Mack unter Beobachtung gestellt und vielleicht beschlossen, für alle Fälle auch »den Freund der Familie« auszuspähen. Wenn das stimmte, war es uninteressant.

Aber auch eine andere Möglichkeit war nicht auszuschließen: Der Giftmörder interessierte sich für den neuen »Sekretär« und wollte herausfinden, was für ein Vogel der Student Pomeranzew war. Das wäre sehr gut.

Leider konnte man in der heruntergekommenen Gasse nicht die Hand vor Augen sehen.

Fandorin bog in eine Seitenstraße der Basmannaja ein; auch nicht gerade die Champs-Elysées, aber wenigstens warfen hier Gaslaternen bläuliche Lichtkreise.

Der Kollegienassessor hatte einen denkbar einfachen Plan: nicht erkennen lassen, dass er die Beschattung bemerkt hatte, den Spitzel nicht dingfest machen, sondern möglichst genau betrachten. Dafür musste Fandorin eine beleuchtete Stelle passieren, sich dann im Dunkeln umdrehen und warten, bis der Verfolger unter der Laterne auftauchte. Er war sich sicher, dass er jeden der Verdächtigen an der Silhouette erkennen würde. Und wenn er ihn nicht erkannte, war es ein Polizeischnüffler, und der konnte ihm folgen, solange er wollte.

Bei der ersten Laterne steckte sich Fandorin gemächlich eine Papirossa an, um seine Sorglosigkeit zu demonstrieren.

Die Schritte kamen näher. Da der Verfolger sehr vorsichtig auftrat, wohl auf Zehenspitzen ging, waren weder Geschlecht noch Körperbau nach dem Gehör zu bestimmen. Fandorin blieb stehen und wartete.

Plötzlich nahm er ein Geräusch wahr, das er überhaupt nicht erwartet hätte – das trockene Knacken eines Revolverhahns.

Hätte er nicht die Angewohnheit gehabt, in Minuten der Gefahr zuerst zu handeln und dann zu denken, so hätte er gezögert, und die Kugel hätte ihn in den Rücken getroffen. Aber er sprang blitzschnell zur Seite. Gleichzeitig mit dem Knall des Schusses platzte ein Holzsplitter aus dem Laternenpfahl.

Die Augen mussten sich erst wieder an die Dunkelheit gewöhnen, und eine Waffe trug er nicht bei sich, denn mit einer solchen Wendung hatte er nicht gerechnet. Sich auf ein Handgemenge mit einem bewaffneten Verbrecher einzulassen, war zu riskant. Sollte der erst einmal alle Kugeln verschießen.

Der Beamte rannte los, im Zickzack und den beleuchteten Stellen ausweichend. Schlecht war, dass der Unsichtbare keine Eile hatte, zu schießen. Offensichtlich ein kaltblütiger und erfahrener Mann – er zielte auf die laufende Gestalt und wollte mit dem nächsten Schuss treffen.

Fandorin stieß sich von der Erde ab und sprang über den Bretterzaun des nächsten Vorgartens.

Im Dunkeln ertastete er einen Stein von knapp einem halben Pfund. Dank seiner ausgefeilten Wurftechnik konnte er auf zwanzig Meter Entfernung eine Taube im Flug treffen (auch das hatte er in seiner japanischen Lehrzeit erlernt). Die Schwierigkeit bestand nicht in der Treffsicherhit, sondern in der Berechnung der Wurfstärke – die Taube sollte betäubt zur Erde fallen, aber noch leben.

Er saß mindestens eine Viertelstunde in seinem Hinterhalt, aber der Gegner zeigte sich nicht. Ein paarmal schaute der Beamte auf die Straße – vorsichtig, immer von einer anderen Stelle. Seine Augen hatten sich an die Dunkelheit gewöhnt, aber der Verfolger war wie vom Erdboden verschluckt.

Ein jämmerliches Fazit: Während er im Zickzack über die Straße sprang und den Vorgarten stürmte, war der Verbrecher in die entgegengesetzte Richtung gerannt.

Fluchend kletterte Fandorin wieder auf die Straße und ging zu dem Laternenmast, um die steckengebliebene Kugel herauszupolken. Die musste er zu Hause untersuchen, bei Lampenlicht und mit Lupe. Nach Fußspuren zu suchen, war sinnlos – wie sollten auf dem Pflaster welche zu sehen sein?

Auf dem Heimweg versuchte er, das unverhoffte und unangenehme Erlebnis zu analysieren.

Der Verbrecher war überaus scharfsinnig. Er hatte nicht nur den konspirativen Ermittler enttarnt, sondern auch die Gefahr, die von dem Pseudostudenten ausging, richtig eingeschätzt. Erstens.

Er fackelte nicht lange und traf selbständig Entscheidungen, ohne sich mit seinem Auftraggeber (falls es einen gab) zu beraten. Also ein Mann der Tat. Zweitens.

Schlussfolgerung: Er war gefährlich, sehr gefährlich. Drittens.

Fandorin ging in Gedanken die Büroangestellten durch und seufzte ratlos.

Landrinow? Der war sicherlich zu einem Verbrechen aus Leidenschaft fähig. Eine Gestalt wie aus einer blutrünstigen Romanze. »Freu dich an deiner Braut nach Herzenslust, sie liegt in meinem Haus mit einem Messer in der Brust.« Oder: »Stirb, Unglückliche!« Und dergleichen mehr. Aber sich vorzustellen, dass Landrinow seinem Chef aus Geldgier Gift in den Tee tat, war völlig unmöglich. Dieser Mann war unfähig zu Hinterlist und Verstellung.

Der schmeichlerische Taissi? Der war zweifellos imstande, zu spionieren und hinterrücks Gemeinheiten zu begehen. Aber auf dunkler Straße auf einen Menschen schießen? Wenig wahrscheinlich.

Der Oberschriftführer Serdjuk? Ausgeschlossen, dass der spionierte oder gar den Revolverhahn spannte. Oder er war ein solcher Schauspieler, dass ihm nicht einmal Stschepkin das Wasser reichen konnte.

Der Kammerdiener Fedot Fedotowitsch ... Die Seele eines Dieners, das heißt, eines Menschen, der durch seinen Beruf zu einer Rolle verurteilt ist, die in der Gesellschaft als demütigend gilt, ist selten zu durchschauen. Wenn die Herrschaften wüssten, wie viel Hass sich unter der Maske der Beflissenheit und Unterwürfigkeit verbergen kann! Irgendeine Kränkung, die dem verstorbenen

Baron nicht einmal bewusst geworden ist? Selbst wenn der Täter von der Konkurrenz bestochen war, spielten natürlich auch persönliche Rechnungen eine Rolle.

Wer noch? Doch nicht die Köchin! Obwohl, in den Rücken schießen kann auch eine Frau.

Er stellte sich vor, wie Marja, einen Revolver in der Hand, durch die Dunkelheit schlich, und musste lachen.

Dann kam Sergej von Mack an die Reihe, und das Lachen verstummte. Vielleicht hatte der unsympathische Herr Wanjuchin doch recht? Immerhin ein erfahrener Ermittler mit einem guten Gespür. Wenn einer fähig ist, aufs Ganze zu gehen, dann der Baron. Das wäre ein geschickter Schachzug – den Beamten für Sonderaufträge zu benutzen, um den Verdacht von sich abzulenken!

Fandorin wog das Pro und Kontra ab, lauschte auf die Stimme seines Herzens. Das Herz sagte: Nein. Der Verstand mutmaßte: Möglich. Sollte der Verstand recht haben, so lag der Grund für den Mordanschlag zweifellos in Fandorins übereiltem Satz: »Morgen sage ich Ihnen, wer der Mörder ist.«

In seinem Zimmer zündete der Kollegienassessor die Lampe an und wartete auf den Japaner, wobei er alle Anzeichen von Ungeduld erkennen ließ: Mal tigerte er hin und her, mal trommelte er mit den Fingern auf den Tisch, und alle naselang zog er die Uhr aus der Tasche – nicht seine Breguet, sondern eine billige silberne, die er sich aus Gründen der Konspiration von Masa geliehen hatte.

Die Ungeduld hatte zwei Gründe. Erstens hatte er Hunger. Zweitens rechnete er damit, von seinem Diener etwas sehr Wichtiges zu hören, was ihm erlauben würde, den Schlusspunkt unter die Ermittlung zu setzen.

Als Masa endlich erschien, wieder mit Tüten und Päckchen, fragte Fandorin sofort: »Na? Wer?«

Der Japaner breitete die Nahrungsmittel auf dem Tisch aus. Mit der Antwort ließ er sich Zeit, aber seine gewichtige Miene besagte: Er war fündig geworden.

Schließlich nahm er dem Beamten gegenüber Platz und setzte zu einem ausführlichen Vortrag an. Als Erstes zog er die Breguet aus der Tasche, legte sie vor sich hin und betrachtete sie so liebevoll, dass Fandorin Zweifel kamen, ob er die Uhr zurückbekommen würde, wenn die Notwendigkeit der Konspiration entfiel.

»Ihre Nachricht, Herr, wurde mir fünf Uhr dreiundzwanzigeinhalb Minuten nachmittags überbracht. Gemäß der darin enthaltenen Anweisung bezog ich unweit von Mossolows Kabinett Posten und wartete, ob einer von Ihren Kollegen auftauchte. Dem Leiter des Kurierdienstes, der mich irgendwohin schicken wollte, gab ich durch Zeichen zu verstehen, dass ich Bauchschmerzen hatte. Er fluchte und nannte mich ›schlitzäugiges Aas‹, wofür ich ihn mit Ihrer Erlaubnis etwas verprügeln werde, wenn der Auftrag beendet ist.« Masa nahm die Uhr in die Hand. »Also, um sechs Uhr elf hat mich der Leiter des Kurierdienstes beleidigt, und um sieben Uhr neun …«

»Was denn, du hast mit der goldenen Breguet in der Hand vor der Tür gestanden?« Fandorin konnte sich nicht mehr beherrschen.

»Nein, Herr. Ich habe sie hier versteckt«, erklärte Masa und zeigte auf seine Brust. »Wenn ich wegen des Berichts wissen musste, wie spät es war, habe ich so getan, als ob ich mich kratze, und dabei auf die Uhr geguckt.«

Er zeigte, wie er das getan hatte.

»Schön, schön. Was war um sieben Uhr neun?«

»Es kam die Person, die ich erwartet hatte. Keuchend und verschwitzt.«

Kein Wunder, dachte Fandorin und beugte sich vor. Der Dienst im Büro endet um sieben. In neun Minuten zur »Dampfergesellschaft« zu laufen, ist keine Kleinigkeit. Natürlich hatte es Mossolows Agent eilig: so eine wichtige Neuigkeit.

Masa, der Effekte liebte, machte eine Pause.

»Auf wen tippen Sie, Herr?«, fragte er. »Wenn Sie falschliegen, behalte ich Ihre Uhr.«

»Eine Chance gegen vier – das ist unredlich«, beschwerte sich Fandorin. Er mochte seine Uhr nicht einbüßen.

Ungerührt riss der Diener vom Einwickelpapier fünf Schnipsel ab und schrieb darauf: »Marinierte Pflaume«, »Kitsune«, »Schiefmaul«, »Weißbart«, »schöne Frau«. Dann legte er sie vor seinen Herrn.

»Wählen Sie.«

Der Kollegienassessor schloss die Augen und versuchte sich vorzustellen, wie jeder der Fünf mit Herrn Mossolow tuschelte; wie er Gift in die Teekanne tat; wie er mit einem Revolver in der Hand durch die dunkle Straße schlich.

Es gelang ihm nicht. Für alle drei Handlungen taugte keiner von ihnen.

Fandorin knüllte seufzend die Schnipsel zusammen, mischte sie durcheinander und zog den erstbesten heraus.

»Dieser.«

Masa faltete das Papier auseinander, bewegte die Lippen und schob die Breguet ärgerlich von sich weg.

»Ich bin selber schuld. Der Spitzname, den ich mir für ihn ausgedacht habe, war zu eindeutig.«

Auf dem Schnipsel stand das Schriftzeichen für »Kitsune«.

»Taissi? Nicht möglich!«, flüsterte Fandorin. Im übrigen hätte er über jeden anderen der fünf Verdächtigen wahrscheinlich dasselbe gesagt.

»Kitsune kam um sieben Uhr neun angerannt, hochrot und verschwitzt«, berichtete Masa sachlich, nun ohne effektvolle Pausen. »Er hat mit dem Sekretär von Mossolow-dono getuschelt und wurde sofort eingelassen.«

»Warte!«, rief Fandorin elektrisiert. »Wie lange war er dort?«

»Siebzehn und eine halbe Minute. Dann ist er genauso schnell wieder weggelaufen.«

Der Kollegienassessor überschlug: Taissi ist also vor halb acht von der »Dampfergesellschaft« losgelaufen. Der Schuss unter der Laterne krachte fünf vor acht. Konnte Taissi in der Zeit zurückgerannt sein und sich dem »Praktikanten«, der das Haus verließ, an die Fersen geheftet haben? Ja, er konnte. Und es war anzunehmen, dass er nicht aus eigener Initiative geschossen hatte, sondern auf Anweisung seines Auftraggebers. Kommerzienrat Mossolow hatte jede Menge Verbindungen und Möglichkeiten. Wenn er herausfinden wollte, wer der Sekretär war, der plötzlich bei seinem Konkurrenten arbeitete, hatte er es auch herausgefunden. Und er musste seinen Helfershelfer natürlich nicht lange überreden, noch einen Mord zu begehen – wo drei Leichen sind, kommt es auf eine vierte nicht mehr an.

Alles sehr folgerichtig und logisch, aber blamabel für Fandorin. Sich so zu irren mit seiner psychologischen Einschätzung!

»Räum das weg!«, sagte Fandorin verdrossen und stützte den Kopf in die Hände. »Mir ist der Appetit vergangen. Am besten, du gehst jetzt. Ich muss nachdenken.«

Eine Studie in Rot und Violett

»Hier ist die Kugel vorbeigepfiffen. Wie durch ein Wunder bin ich am Leben geblieben.« Mit diesen Worten beendete der »Praktikant« seine Erzählung. »Nie wieder geh ich bei Dunkelheit in die Olchowski-Gasse.«

Die schreckliche Geschichte ließ niemanden kalt.

Die Köchin, die sich beim Zuhören die Hand vor den Mund gehalten hatte, bekreuzigte sich und sagte: »Herr Jesus, wie furchtbar.«

Serdjuk war entsetzt: »Zeiten sind das heutzutage. Früher hat ein

Räuber offen und ehrlich gefordert: ›Geld oder Leben‹, aber jetzt schießen sie gleich. Wohin soll das noch führen?«

Seine Tochter, die reglos zugehört hatte, rief: »Ich würde auch nicht meine Geldbörse hergeben, und wenn sie mich umbringen. Pomeranzew, Sie sind ein richtiger Held!«

»Schöner Held, ist davongerannt wie ein Hase«, konterte Landrinow sogleich eifersüchtig.

Der Fuchs-Mensch Taissi erging sich in Gejammer, und Fedot Fedotowitsch war noch nicht im Büro. Der Dienst hatte gerade erst begonnen.

Sie lamentierten ein Weilchen über den furchtbaren Mordanschlag, dann ging jeder an seine Arbeit: Die Schriftführer kratzten mit den Federn, der Maschineschreiber setzte sein Wunder der Technik in Gang, Marja zog sich in die Küche zurück, und die Künstlerin malte weiter an dem Porträt. Ihr Pinsel bewegte sich mit erstaunlicher Geschwindigkeit. Vielleicht hatte »Maurice Sieurduc« in Paris wirklich eine große Zukunft vor sich.

»Schade, dass Sie heute einen Gehrock tragen«, klagte Mawra. »Ich wollte noch die Reflexe auf den Uniformknöpfen malen.«

Aber als Student hatte Fandorin heute nicht kommen können. Die entscheidende Schlacht stand bevor, und in die durfte er nicht verkleidet gehen.

»Sagen Sie«, flüsterte er ganz leise. »Das Geld für die Parisreise gibt Ihnen der Baron? Richtig?«

Das Mädchen nickte.

»Zum Gedenken an meinen Bräutigam.«

»Haben Sie es außer mir noch jemandem erzählt?«

Sie schüttelte den Kopf und legte den Finger an die Lippen, denn Taissi spitzte schon die Ohren, und Landrinow rutschte auf seinem Stuhl hin und her.

Jetzt fügt sich eins zum andern, dachte Fandorin. Bleibt nur noch zu warten.

Alle warteten. Die Ahnung eines unerbittlich nahenden schrecklichen Ereignisses hing im Raum. Ohne dass jemand ein Wort sagte, war sie zu spüren – daran, dass der Banditenüberfall nur so kurz erörtert worden war, am Schweigen, an den raschen Blicken eines jeden, bald zur Tür des leeren Kabinetts, bald zur Eingangstür.

Als der Direktor in Begleitung des Kammerdieners hereinkam, arbeiteten alle mit verdoppeltem Eifer, nur Mawra grüßte Sergej von Mack und errötete wieder zart wie am Vortag. Jetzt war verständlich warum – aus Dankbarkeit.

»Guten Morgen«, erwiderte der Baron ihren Gruß und trat zur Staffelei.

Aber ihn interessierte nicht das Mädchen und erst recht nicht das Porträt. Die entzündeten übernächtigten Augen schauten nur auf Fandorin, besorgt und fragend.

Fandorin antwortete zuerst mit einem kaum merklichen Nicken und dann mit einem kurzen Kopfschütteln. Die kleine Pantomime besagte: Ja, ich weiß alles. Nein, nicht jetzt.

Der Baron verstand ihn, aber es war schwer zu sagen, ob ihn die Mitteilung beruhigte oder im Gegenteil in noch größere Unruhe versetzte.

Nach kurzem Zögern ging er in sein Zimmer, Fedot Fedotowitsch folgte seinem Herrn.

Es verstrich nicht mehr als eine Viertelstunde, als im Treppenhaus schwere Schritte und Gerassel zu hören waren – eine Gruppe Menschen kam heraufgepoltert.

Im Zimmer richteten sich schlagartig alle auf, keiner tat mehr so, als ob er konzentriert arbeitete. Marja steckte den Kopf aus der Küche.

Die Tür wurde aufgerissen.

Als Erster kam Wanjuchin herein, er hielt triumphierend ein Papier in der Hand.

Nach ihm erschienen, sporenklirrend und säbelrasselnd, der Polizeioberstleutnant Ljachow vom Basmanny-Bezirk, zwei Unteroffiziere der Polizei und der stadtbekannte Journalist Steinchen von der Zeitung »Der Moskauer Kirchgänger«, die zu lesen in gehobenen Kreisen als geschmacklos galt, was jedoch nichts daran änderte, dass täglich hunderttausend Exemplare des Boulevardblatts verkauft wurden.

Beim Anblick des Skandaljournalisten runzelte Fandorin die Stirn. Das hätte Wanjuchin nicht tun dürfen. Jetzt würde die Geschichte, wie immer sie endete, im ganzen Land Staub aufwirbeln.

»Da bin ich«, verkündete der Petersburger lautstark. »Haben Sie mich schon sehnsüchtig erwartet? Und hier das versprochene Dokument.«

Er schwenkte das Papier.

Auf den Lärm hin schaute Sergej von Mack aus seinem Kabinett und erbleichte. Hinter seiner Schulter zeigte sich der Kopf des Kammerdieners.

»Mein Herr«, wandte sich der Untersuchungsführer an den Baron, »ich bin gekommen, um Sie in Gewahrsam zu nehmen. Hier ist die Verfügung des Herrn Staatsanwalts.«

Als der Baron nicht antwortete, befahl Wanjuchin dem Oberstleutnant: »Tun Sie Ihre Pflicht.«

Der Journalist kritzelte schon eifrig in sein Heft. Fandorin erhob sich und ging, leise auftretend, an dem Journalisten vorbei. Dabei warf er einen Blick in dessen Heft und las: »Bei diesen Worten des Untersuchungsführers malte sich auf dem gedunsenen, lasterhaften Gesicht des Vatermörders unaussprechliches Entsetzen.«

Der Oberstleutnant räusperte sich und schritt auf den Baron zu.

»Gemäß den Richtlinien ›Über Verhaftungen und administrative Festnahmen‹ erkläre ich Sie ...«

»Warten Sie, Ljachow!«, sagte Fandorin laut.

Alle drehten sich um.

»Erast Petrowitsch?«, staunte der Oberstleutnant, der schon dienstlich mit dem Kollegienassessor zu tun gehabt hatte.

»Fandorin!«, ächzte Steinchen (der jeden kannte). »Das ist ja interessant!«

Die Übrigen starrten den Frechling an, der es gewagt hatte, einem Vertreter des Gesetzes einen Befehl zu erteilen.

»Fandorin, Beamter für Sonderaufträge beim Moskauer Generalgouverneur«, erklärte er weniger Wanjuchin als vielmehr seinen zeitweiligen Kollegen. »Bitte entschuldigen Sie meine M-Maskerade. Ich führe im Auftrag des Fürsten Dolgorukoi eine unabhängige Ermittlung durch.«

Letzteres war an den Petersburger gerichtet, der den jungen Mann anglotzte.

»Eine Intrige? Eine Verschwörung?«, schrie Wanjuchin. »Das melde ich dem Direktor des Departements! Dem Minister! Der Fall wurde mir übertragen, ich will nichts weiter hören! Festnehmen! Sind Sie taub?« schnauzte er Ljachow an und zeigte auf den Baron.

Die Stimme gegen den verdienstvollen und ehrgeizigen Offizier Ljachow zu erheben, war ein großer Fehler. Der Oberstleutnant machte ein trotziges Gesicht.

»Herrn Fandorin kennen wir, und nicht erst seit gestern. Aber mit Euer Exzellenz hatten wir noch nicht die Ehre zu arbeiten.«

»Verstehe.« Wanjuchin lachte furchteinflößend auf. »Von den Moskauer Sitten habe ich schon gehört! Sie sind bestochen? Gut, dass ich einen Vertreter der Presse mitgebracht habe. Schreiben Sie, Herr Reporter, schreiben Sie!«

Doch der Vertreter der Presse hatte aufgehört zu schreiben und sogar sein Heft weggesteckt. Mit dem Generalgouverneur wollte sich Steinchen nicht anlegen.

»Euer Exzellenz, wir sind beide Diener des G-Gesetzes und keine Primadonnen«, sagte Fandorin ärgerlich. »Kommen wir zur

Sache. Sie haben eine Version, ich lege Ihnen eine andere dar. Sie sind ein erfahrener Profi und können einschätzen, welche stichhaltiger ist.«

Ob es am Ton lag, in dem diese Worte gesagt wurden, oder an der Erwähnung des Professionalismus, es wirkte.

»Fandorin? Der Name kommt mir irgendwie bekannt vor, ich muss schon von Ihnen gehört haben«, sagte Wanjuchin einlenkend, kreuzte die Arme und umfasste mit den Händen seine Schultern. »Na schön, legen Sie Ihre Version dar. Wir hören.«

»D-Danke. Ich war von Anfang an überzeugt, dass Sergej von Mack unschuldig ist. Sie, verehrter Herr Kollege, ließen sich bei Ihrer Ermittlung von der ehrwürdigen Maxime leiten: Wem nützt es. Ich habe auch damit begonnen. Wenn man bei dem Erben ein eigennütziges Motiv voraussetzt, nämlich das Bestreben, so schnell wie möglich die Firma zu übernehmen, so ergibt das keinen Sinn. Der Tod Leonard von Macks hat das Unternehmen um einen gigantischen Auftrag gebracht. Wenn Sergej von Mack verbrecherische Absichten gegen seinen Vater gehegt hätte, wäre es vernünftig gewesen, noch zwei, drei Wochen zu warten, bis das Ergebnis der Ausschreibung bekanntgegeben wird. Nach Ihrer Version aber hätte der Erbe ein schreckliches Verbrechen zu seinem eigenen Schaden und zum Nutzen des Hauptkonkurrenten, der ›Dampfergesellschaft‹, begangen.«

»So urteilt ein Krämer, aber kein Ermittler«, sagte Wanjuchin giftig. »Wo ist denn Ihrer Meinung nach der Giftmörder hergekommen? Ist er durch die Fensterklappe geklettert und dann spurlos verschwunden? Vielleicht hat es auch gar keinen Mord gegeben? Der Direktor und sein Sekretär haben Selbstmord begangen? Das ist ja, wie ich las, bei Ihnen in Japan so üblich und nennt sich ›Doppelselbstmord Verliebter‹.«

Aus dem letzten Satz ging hervor, dass Wanjuchin recht gut über den Moskauer Ermittler unterrichtet war.

»Es hat einen Mord gegeben«, sagte Fandorin, als bemerke er den Spott nicht. »Einen raffiniert berechneten. Aber als Beweggrund gilt nicht ›wem nützt es‹, sondern eine ganz andere Maxime.«

»Und wer ist Ihrer Meinung nach der Mörder?« Wanjuchin lächelte ironisch. »Oder läuft Ihre Version lediglich darauf hinaus, Herrn von Mack reinzuwaschen?«

Da ließ sich Fandorin zu einer Effekthascherei hinreißen, nicht zuletzt, weil er den Blick der jungen Künstlerin auf sich spürte. In beiläufigem Ton, als verstünde sich das von selbst, ließ er fallen:

»Der Mörder ist dieser Mann da.« Er zeigte auf Landrinow.

Ein Aufstöhnen ging durch den Raum. Landrinow sprang so heftig auf, dass er seinen Stuhl umstieß.

»Sind Sie verrückt geworden?« schrie er.

»Sie haben sich selbst verraten«, sagte Fandorin. »Weshalb mussten Sie Sergej von Mack verleumden? Herr Wanjuchin, der seine Version gern bestätigt sehen wollte, nahm Ihre Zeugenaussage für bare Münze. Aber ich habe mich heute morgen mit den Telegraphisten unterhalten, die am 6. September Dienst hatten. Sergej von Mack kann sich nicht an sie erinnern, aber die ›kleinen Leute‹ merken sich alles. Wie Sie wissen, kann man von der Telegraphenstelle die Treppe nach oben und nach unten überblicken. Sergej von Mack stieg im Mantel die Treppe hoch, sah seinen Vater am Apparat, sprach kurz mit ihm und ging wieder. Ins Büro ist er nicht hochgekommen. Deshalb stellte ich mir die Frage: Warum hat Landrinow gelogen?«

»Du lügst selber, du Lackaffe!«, schrie Landrinow wütend. »Durch Betrug hast du dich hier eingeschlichen, dich als Student ausgegeben, hast dich in Positur gesetzt und malen lassen, dabei bist du überhaupt kein Student! Da sehen Sie, Mawra Lukinischna, wem Sie vertraut haben!«

Aber nach den glühenden Augen zu urteilen, mit denen die Künstlerin Fandorin ansah, nahm sie ihm das nicht übel.

Leicht den Kopf wendend, um das Fräulein zu sehen, aber auch Landrinow nicht aus dem Auge zu lassen, fragte Fandorin rhetorisch: »Vielleicht hat Landrinow aus Hass gelogen? Wohl kaum. Dieser Mann hasst die ganze Welt, aber eine besondere Abneigung gegen den neuen Direktor zu entwickeln, hatte er keine Gelegenheit. Sergej von Mack sitzt erst seit wenigen Tagen im Chefbüro. Ich hatte, ehrlich gesagt, einen Verdacht, der mit einer gewissen Reise nach Paris zusammenhängt, aber der hat sich zerstreut.« Der Kollegienassessor sah zu Mawra. »Landrinow wusste nichts davon, sonst wäre die gestrige Kugel nicht auf mich abgeschossen worden, sondern auf einen anderen.«

»Wieso Paris? Was für eine Kugel? Sie reden in Rätseln.« Wanjuchin runzelte die Stirn. »Ihre Version ist auf Sand gebaut. Sie hängen der britischen ›psychologischen Schule‹ an, Herr Kollege, weil Sie jung sind. Bei der Ermittlung kommt es aber auf Fakten an. Wenn nicht ›wem nützt es‹, was dann?«

»Das zweithäufigste Motiv für ein V-Verbrechen ist – cherchez la femme. Wir haben es hier mit einem Verbrechen aus Leidenschaft zu tun. Landrinow ist bis zum Wahnsinn in … eine junge Frau verliebt, das sieht sogar ein Blinder.«

Alle blickten Mawra an. Sie errötete und senkte die Augen.

Sergej von Mack, der bis jetzt kein Wort gesagt hatte, rief aus: »Wie konnten Sie so etwas von meinem Vater denken! Sie kannten ihn nicht, er war ein hochmoralischer Mann! All seine Gedanken galten dem Unternehmen!«

»Das ist wirklich nicht schön«, tadelte der Petersburger Fandorin. »Der Verstorbene war ein geachteter alter Herr und gab sich nicht mit jungen Mädchen ab, das wissen alle.«

»Es ging nicht um den geachteten alten Herrn«, sagte Fandorin, verdrossen über die Begriffsstutzigkeit der Gesprächspartner. »Landrinow wollte nicht den Direktor aus dem Weg räumen, sondern seinen glücklichen Rivalen, den Bräutigam von Mawra Lukinischna. Der Tod des Barons von Mack diente ausschließlich zur Vertuschung.«

»Baron von Mack? Zur Vertuschung?!«, rief Wanjuchin entgeistert. »Wegen eines kleinen Sekretärs?«

Auch Sergej von Mack schüttelte den Kopf.

»Was für eine wilde Phantasie!«

Fandorin breitete die Arme aus.

»Der ewige Irrtum der Mächtigen dieser Welt. Sie denken, sie allein wären bedeutsam, die ›kleinen Leute‹ aber wären nur Statisten, und alles bei ihnen wäre klein: ihre Leidenschaften, ihre Pläne, ihre Verbrechen. Der Herr Untersuchungsführer hat neulich gesagt: Wo ein Baum geschlagen wird, fallen Späne. Hier ist es umgekehrt: Wegen eines Spans musste ein Baum fallen. Ich selbst halte keinen Menschen für einen Span, aber das Kalkül des Täters g-ging auf. Er wusste, dass der Baron seinem Sekretär Tee anbieten würde. Beide würden sterben, aber Sterns Tod würde im Schatten bleiben. Keiner würde auf die Idee kommen, dass nicht der Titan der russischen Industrie die Zielscheibe war, sondern ein kleiner Angestellter. Den unglücklichen Putzmann aber erwischte es ganz zufällig. Das hat Sie jedoch nicht weiter bekümmert?«, wandte er sich an Landrinow und machte ein paar Schritte auf die Ecke zu, wo die Schreibmaschine stand.

Landrinow zog eine verächtliche Grimasse, aber seine Hand, mit der er sich auf die Stuhllehne stützte, zitterte. Er steckte sie in die Hosentasche.

»Ich warte auf Beweise«, mahnte Wanjuchin. »Bis jetzt ist es nur Psychologismus.«

»Gleich, Euer Exzellenz, kommen wir zu den Fakten. Doch zuvor noch ein paar Worte zu Ihrer Version, Herr von Mack«, wandte sich Fandorin an den Direktor. »Sie glauben, der Mord sei von einem Agenten der ›Dampfergesellschaft‹ verübt worden. Sie haben recht mit der A-Annahme, dass es hier einen Spion von der Konkurrenz gibt, aber der hat nicht Ihren Vater getötet.«

»Wer ist es?«, fragte der Baron lebhaft.

Ohne Taissi anzusehen, sagte Fandorin: »Das teile ich Ihnen morgen mit. Falls er nicht von selbst kündigt. Fanden Sie es nicht seltsam, Herr Wanjuchin, dass der Millionär mit einem billigen Gift getötet wurde?«

Wanjuchin zuckte die Achseln.

»Dazu habe ich mich schon geäußert. Das ist ja eben der Clou, dass Arsen leicht erhältlich ist. Der Kauf von Cyanid oder einem anderen ›aristokratischen‹ Gift hätte sich durch Befragen der Apotheker mühelos zurückverfolgen lassen. Aber versuchen Sie mal herauszufinden, wie viele Leute in letzter Zeit Rattengift gekauft haben. Daran wird sich kein Apotheker erinnern.«

»Ich denke, das ist nicht der Punkt. Landrinow konnte sich teures Gift nicht leisten. Das habe ich gestern Abend begriffen, als ich die Kugel untersuchte, die der V-Verbrecher auf mich abgeschossen hat.« Fandorin zog ein Taschentuch hervor, in das ein leicht abgeplattetes Stückchen Blei gewickelt war. »Eine runde Kugel aus einer einschüssigen, nicht gezogenen Pistole. Eine solche Waffe bekommt man auf dem Trödelmarkt für anderthalb Rubel. Das billigste Gift, die billigste Pistole – alles recht unsolide. Hätte Mossolow seinen Spion nicht besser ausstatten können? Und ich begriff: Der Mörder ist ein armer Mann mit sehr geringen Mitteln und sehr großer Leidenschaft.«

Fandorin machte noch ein paar Schritte auf Landrinow zu, so als wolle er den anklagenden Finger malerisch auf den Verbrecher richten. In Wirklichkeit beobachtete er ihn angespannt und wartete darauf, dass er sich verriet.

Landrinows Lippen bebten, seine Schultern zuckten, aber nicht vor Angst, sondern vor Wut. Lange würde sich dieser Hitzkopf nicht mehr beherrschen können. Gleich würde er handgreiflich werden. Er knirschte schon mit den Zähnen.

Der Kollegienassessor wandte ihm absichtlich den Rücken zu,

um ihm den Angriff zu erleichtern. Jetzt war nur noch Taissis Tisch zwischen ihnen.

»Weshalb soll er denn auf Sie geschossen haben?«, fragte Wanjuchin, der seine Niederlage noch nicht wahrhaben wollte.

»Ich weiß!«, antwortete an Fandorins Stelle Mawra. »Wegen des Porträts. Und wegen des Taschentuchs ...«

»Was denn nun noch für ein Taschentuch?«, fragte Wanjuchin befremdet.

Aber da trat endlich das Ereignis ein, auf das der Anhänger der »psychologischen Schule« wartete.

Mit einem Schrei sprang Landrinow vor, in der Hand hielt er plötzlich ein geöffnetes Rasiermesser.

Fandorin drehte sich rasch um. Doch nun zeigte sich, dass er die psychologische Wissenschaft noch nicht perfekt beherrschte.

Er war überzeugt gewesen, dass sich der Mörder auf ihn, seinen Ankläger, stürzen würde, aber Landrinow stürmte an Taissis Tisch vorbei auf Mawra zu.

»Deinetwegen! Alles deinetwegen!«, krächzte er und holte mit dem Messer aus. »Deinetwegen geh ich zugrunde!«

Mawra wich zurück, nur das rettete sie vor dem Tod – die scharfe Klinge sauste an ihrem Hals vorbei durch die Luft.

Die Ärmste presste sich an die Wand, Landrinow packte sie an den Haaren und bog ihren Lockenkopf zurück.

Alle im Zimmer waren wie versteinert.

Fandorin begriff, dass er es nicht mehr schaffte. Bei Bedarf konnte er sich mit fast unglaublicher Geschwindigkeit fortbewegen, aber Serdjuks Tisch, bedeckt von Tintenfässern, Gläsern mit Bleistiften, Papierstapeln, Aktenordnern und sonstigem Bürokram, versperrte ihm den Weg.

»Wenn nicht ich, dann keiner!«, brüllte Landrinow und holte wieder aus.

Die japanische Kampfwissenschaft schreibt vor: Die Tat muss dem Gedanken zuvorkommen.

Die Hand des Kollegienassessors, die sich von selbst zu bewegen schien, griff ein Tintenfass vom Tisch und schleuderte es, ohne auszuholen, von unten nach oben, aber dennoch mit Kraft.

Der gläserne Würfel traf den Verbrecher am Hinterkopf, violette Spritzer sprenkelten Hals und Rücken. Landrinow drehte sich verdutzt um, da traf ihn ein zweites Tintenfass, diesmal an der Stirn und gefüllt mit roter Tinte, mit welcher der pedantische Serdjuk besonders wichtige Stellen im Bericht zu unterstreichen pflegte.

Der zweite Schlag war stärker als der erste. Landrinow taumelte und bedeckte die nichts sehenden Augen mit der Hand. Durch die Finger lief, wie Blut, die rote Tinte.

Im nächsten Moment waren die Unteroffiziere zu sich gekommen und drehten dem Mörder die Hände auf den Rücken. Landrinow brüllte, versuchte sich loszureißen und sogar zu beißen. Sie schleppten den sich wehrenden und windenden Mann aus dem Zimmer. Wanjuchin und der Journalist halfen den Polizisten.

Als der Lärm verebbt war, drehte Fandorin sich um.

Sergej von Mack stand immer noch wie festgewachsen da. Er schien sich überhaupt nicht zu freuen, dass der Verdacht von ihm genommen war. Sein Gesicht sah verzagt und unglücklich aus. Er leidet wegen des Auftrags, begriff Fandorin.

Marja und Fedot Fedotowitsch kümmerten sich um Serdjuk, gaben ihm Wasser zu trinken, fächelten ihm mit einem Handtuch Luft zu.

Taissi hatte sich verflüchtigt, als hätte es ihn nie gegeben.

In der Ecke kauerte die arme Mawra und wurde von Schluckauf und Schluchzen geschüttelt.

»Nicht doch, nicht doch, ist ja alles v-vorbei«, sagte Fandorin beruhigend.

Er strich ihr behutsam über den Kopf – der Schluckauf war weg. Er nahm ihre Hand – das Schluchzen verstummte.

»Sie fahren nach Paris und werden eine berühmte Malerin. Alles wird gut«, sagte er leise.

Sie nickte und schaute zu ihm hoch. Ihr Gesicht war von winzigen Tintenspritzern übersät, roten und violetten. Als hätte sie Waldbeeren gegessen und sich mit dem Saft vollgespritzt, dachte der Beamte.

»Ich fahre. Aber … Sie müssen mir etwas versprechen …«, flüsterte sie. »Abgemacht?«

»Abgemacht. Nicht mehr weinen.«

»Sie erlauben mir, das Porträt zu beenden? Hierher kommen Sie nicht mehr, das verstehe ich. Vielleicht … Vielleicht kann ich es bei Ihnen zu Ende malen?«

Ihre Augen glitzerten, wohl nicht nur wegen der noch nicht getrockneten Tränen.

»Bei mir ist es wohl wirklich günstiger«, sagte, leicht errötend, Fandorin.

Die Skarpea der Baskakows

1

»Tulpow, fürchten Sie sich vor Sch-Schlangen?«

Die Frage des Chefs ereilte Anissi Pitirimowitsch Tulpow bei der zweiten Tasse Tee, zur besten Tageszeit – alle Aufgaben sind erledigt, und der ganze Abend steht noch bevor, keine Rennerei mehr, die Stimmung ist gelassen, philosophisch.

Das Gespräch bei Tisch hatte sich um etwas ganz anderes gedreht – um die morgige Ankunft Ihrer kaiserlichen Majestät in Moskau, doch Tulpow wunderte sich nicht über die plötzliche Frage, denn er hatte sich längst an Fandorins Art gewöhnt, von einem zum anderen zu springen.

Er wunderte sich zwar nicht, ließ sich aber trotzdem mit der Antwort Zeit. Die Frage konnte allgemein gestellt sein, im metaphorischen Sinn, es konnte aber auch etwas dahinterstecken. Zum Beispiel hatte Fandorin einmal gefragt: »Tulpow, wären Sie gern so stark und geschickt, dass Sie jeden Schlagetot spielend aufs Kreuz legen können?« Tulpow hatte ohne zu überlegen geantwortet: »Natürlich wäre ich das gern!« Seitdem, schon das zweite Jahr, ging er bei Masa, Fandorins Kammerdiener, in die Lehre und musste sich von dem boshaften Japaner unglaubliche Foltern gefallen lassen: nur in Unterwäsche durch den Schnee traben, sich die Hände an splittrigen Brettern wund schlagen und eine halbe Stunde auf dem Kopf stehen wie ein australischer Antipode.

»Was für Schlangen?«, fragte er vorsichtig. »Die am Boden kriechen oder die aus Papier, die am Himmel fliegen?«

»Die kriechen. Was gibt's von Papierschlangen zu f-fürchten?«

Der Gouvernementsekretär dachte noch ein bisschen nach und konnte in der Frage seines Chefs keine Falle erkennen. Vor einer Kobra oder einer Giftnatter erschrickt natürlich jeder, aber wo sollten in der Kleinen Nikitskaja-Straße Giftnattern herkommen?
»Ich fürchte mich nicht.«
Fandorin nickte befriedigt.
»Ausgezeichnet. Dann fahren Sie morgen in den Landkreis Pachrinsk. Dort ist eine gewaltige Anakonda aufgetaucht. Der Geistliche schreibt von Ränken des S-Satans und beklagt sich über die Gottlosigkeit des Semstwo-Vorsitzenden, und der Semstwo-Vorsitzende beklagt sich darüber, dass die Kirche Angst und Schrecken verbreitet und dem Aberglauben Vorschub leistet. Fahren Sie hin und gehen Sie der Sache auf den Grund. In die Einzelheiten werde ich Sie nicht einweihen, denn ich kenne sie auch nur aus zweiter Hand – das könnte Ihre Wahrnehmung beeinflussen. Die Geschichte ist so absurd und phantastisch, dass ich selbst hinfahren würde, wenn ich mich nicht um den allerhöchsten Besuch kümmern müsste.«

Bevor Tulpow nach Hause ging, um sich auf die Reise vorzubereiten, sah er in der Enzyklopädie das unverständliche Wort nach. »Anakonda« war eine Riesenschlange aus den Amazonas-Sümpfen. Was hatte ihm der Chef damit sagen wollen? Er hatte nur die Neugier angefacht, der gefühllose Mensch.

Den ganzen Tag wurde Tulpow in der Droschke auf schlechten Straßen durchgeschüttelt – zuerst auf der Gouvernementstraße, die noch irgendwie gepflastert war, dann auf der unbefestigten Landstraße und die letzten elf Werst auf einem Feldweg voller Pfützen und Schlaglöcher. Er war morgens in der fünften Stunde aufgebrochen, noch im Dunkeln, und gelangte erst gegen Abend nach Pachrinsk.

Ohne etwas vom Wesen des Problems zu wissen, war Tulpow

entschlossen, sich in dem Konflikt zwischen den Pachrinsker Kontrahenten auf die Seite des Fortschritts zu schlagen, und hatte der Semstwo-Verwaltung telegraphisch seinen Besuch angekündigt. Darum wurde der Moskauer Gast, obwohl die Dienstzeit schon zu Ende war, vom Vorsitzenden persönlich empfangen.

»Herzlich willkommen, Herr Tulpow«, sagte er und klopfte dem hauptstädtischen Gast den grauen Reisestaub von der Schulter. »Nehmen Sie im Namen der fortschrittlichen Menschen, die es in unserem bescheidenem Landkreis gibt, wenn auch in geringer Anzahl, unsere aufrichtige Entschuldigung für die verursachten Beschwerlichkeiten entgegen. Unsere hausgemachten Torquemadas hetzen vom Altar aus. Bloß gut, dass der Fall Herrn Fandorin übertragen wurde, einem klugen und aufgeklärten Mann, und nicht irgendeinem Dunkelmann und Kleriker. Dieser verderbliche Aberglaube, der die Bevölkerung eines ganzen Amtsbezirks in den Abgrund des wüsten Mittelalters gerissen hat, muss entlarvt werden. Die finstersten, reaktionärsten Elemente haben ihren Kopf erhoben. Die Popen lachen sich ins Fäustchen, neuerdings finden jeden Tag Bittgebete und Kirchenprozessionen statt, unzählige Zauberer und Wahrsager sind plötzlich aufgetaucht. Es wird nur noch über die Sumpf-Skarpea geredet.«

Über was, über was? hätte Tulpow beinahe gefragt, biss sich aber rechtzeitig auf die Zunge. Geduld – gleich erzählt er alles von selbst. Aber der Vorsitzende (er hieß Anton Maximilianowitsch Blinow) betrachtete zweifelnd den Sekretär, der nicht gerade eine Gardefigur und noch nicht einmal einen Schnurrbart hatte, und fügte hinzu: »Es ist natürlich schade, dass Herr Fandorin nicht selbst zu uns kommen konnte, aber macht nichts. Ein so außergewöhnlicher Mensch hat sicherlich auch einen besonderen Assistenten.«

Letzteres war eindeutig nicht ernst gemeint, und Tulpow machte sofort ein mürrisches Gesicht. Sieh an, dachte er, Fandorin soll persönlich angebraust kommen. Der wird doch nicht wegen jedem Blödsinn die Krähwinkel abklappern. Zuviel der Ehre.

Um nicht seine demütigende Unkenntnis zu offenbaren, entschloss sich Tulpow zu einem würdevollen Auftreten: Er stellte keine Fragen, gab keine Urteile ab, höchstens über das Wetter (trocken, aber nicht zu heiß), und beschränkte sich weitgehend auf Ausrufe.

Gleich vor der Verwaltung bestiegen sie die abgewetzte Droschke des Vorsitzenden und fuhren aus Pachrinsk hinaus, erst über ein Feld, dann durch einen Wald, wieder über ein Feld und dann nur noch durch den Wald.

»Anissi Pitirimowitsch, ich werde Sie am Tatarischen Knüppeldamm absetzen, von dort ist es nur noch ein Katzensprung bis zum Gut Baskakowka«, erklärte Blinow unterwegs. »Nehmen Sie es mir nicht übel. Aber zu Warwara Iljinitschna darf ich Sie nicht bringen, dort gelte ich neuerdings als persona non grata. Für die Erbin des Latifundiums bin ich ein lebendiger Vorwurf und eine ärgerliche Erinnerung an einstige Schöngeisterei.«

Tulpow nickte mit wichtiger Miene, obwohl er zum ersten Mal von einer Erbin hörte und nicht recht wusste, was ein »Latifundium« ist. Sicherlich auch etwas Südamerikanisches.

Blinow schwatzte ohne Unterlass, aber meist über Unwichtiges, das nicht zur Sache gehörte: über die Pachrinsker Gegend, über die Schönheit der hiesigen Natur, über die große Zukunft dieser hinfälligen Dörfchen, der geruhsamen Flüsschen und trostlosen Sümpfe. Nach Blinows tiefer Überzeugung würde die wunderbare Zukunft in allernächster Zeit in der Pachrinsker Einöde anbrechen – spätestens im kommenden Frühling, wenn eine Eisenbahnlinie durch den Landkreis verlegt wurde.

»Können Sie sich vorstellen, was dann passiert, lieber Anissi Pitirimowitsch?« Der Vorsitzende drehte sich um und packte den jungen Mann vor Begeisterung am Arm; Tulpow krümmte sich, denn der Griff des Enthusiasten war nicht von Pappe. »Heute kräht kein Hahn nach uns mit unseren kleinen Gewerben und den Mischwäldern. Aber wenn man erst mit allem Komfort von Moskau nach Baskakowka fahren kann, werden sich hier Sommerfrischler ansiedeln. Eine gesegnete Unterart des homo sapiens! Sie bringen Geld, gute Straßen, Arbeit für die einheimische Bevölkerung! Trunksucht und Bettelei werden schlagartig verschwinden, Krankenhäuser und Milchwirtschaften werden entstehen. In zwei, drei Jahren wird unser Landkreis nicht wiederzuerkennen sein!«

»Darum haben Sie Baskakowka wohl als Landifundium bezeichnet?«, wiederholte Tulpow lässig das wohlklingende Wort, in der Hoffung, es sich richtig gemerkt zu haben.

Wie sich zeigte, nicht ganz – Blinow verbesserte ihn: »Latifundium. Was war denn Baskakowka bislang? Zweitausend Desjatinen ausgelaugtes Land, eingeklemmt zwischen dem Faulen Moor und dem Brachland an der Mokscha. Papachin (ein hiesiger Geschäftsmann) hatte der Besitzerin für den gesamten Grund und Boden dreißigtausend geboten, und auch das in Raten. Aber bald werden daraus zweitausend Sommergrundstücke! Und jedes lässt sich für mindestens tausend Rubel verkaufen.«

»Zwei Millionen!«, rechnete Tulpow rasch aus und pfiff durch die Zähne.

»Vorsichtig gerechnet. Diese Millionen haben Warwara Iljinitschna denn auch den Verstand getrübt.«

»Der Besitzerin?« präsizierte Tulpow.

»Ja, seit neuestem. Noch vor einem Monat war sie die Pflegetochter der Eigentümerin Sofja Baskakowa, hat hier im Grunde als Kostgängerin gelebt. Die verstorbene Frau Baskakowa hat sich nichts gegönnt und ihre geringen Einnahmen ihrem einzigen Sohn Sergej nach Kuschka geschickt, wo er bei den Gebirgsjägern diente. Ich war oft in ihrem Haus. Stellen Sie sich vor – manches Mal gab es zum Tee nur Zwieback mit Preiselbeerkonfitüre.«

Bei dem Wort »verstorbene« straffte sich Tulpow, wie ein Rabe, der unter einer Bruchweide auf freiem Feld die ersehnte Beute erspäht hat. Plötzlicher Reichtum – das war im kriminalistischen Sinn sehr vielversprechend oder, wie sich der Chef ausdrückte, von perspektivischer Bedeutung.

»Was ist der alten Frau denn zugestoßen?«, fragte er einschmeichelnd. Dabei dachte er: Das Beste wäre, man hätte die Gutsbesitzerin umgebracht, auf möglichst rätselhafte Weise, dann hätte ich wenigstens nicht umsonst den ganzen Tag Staub geschluckt.

»Was denn? Hat Herr Fandorin Ihnen das nicht gesagt?« Blinow staunte, und Tulpow musste nun so tun, als hätte er die Frage rein rhetorisch gestellt, als hätte er nur laut nachgedacht.

»Alt war sie keineswegs«, erwiderte Blinow, »erst so Mitte vierzig, und sie hatte eine eiserne Gesundheit. Und ihr Sohn Sergej, der war ein wahrer Recke mit breiten Schultern. Alte Baskakowsche Rasse. Und dass Frau Baskakowa ihre Pflegetochter als Erbin einsetzte, geschah in einem Anflug von Rührung und weil sie zum erstenmal im Leben krank war ...«

Der Rabe stürzte wie ein Stein vom Himmel herab auf seine Beute.

»Sie hat sie als Erbin eingesetzt?«

»Nun ja. Voriges Jahr ist Frau Baskakowa aus der Kutsche gefallen – das Pferd war durchgegangen – und hat sich verletzt. Eine Woche hat sie gelegen, dann war sie wieder auf den Beinen und gesünder als je zuvor. Aber auf dem Krankenlager hatte sie das Abendmahl empfangen und ein Testament aufgesetzt. Natürlich vermachte sie alles ihrem einzigen Sohn, aber in einem Zusatz schrieb sie: Sollte ihr Sohn sterben, ohne Nachkommen gezeugt zu haben, so ist die Pflegetochter Warwara die Erbin. Die hat sich wirklich sehr um sie gekümmert: Umschläge gemacht, Kräuter aufgebrüht. Da wollte Frau Baskakowa ihr etwas Gutes tun. Und dann ging der Hokuspokus los ...«

Blinow ruckte an den Zügeln, um das Pferd anzutreiben – es war schon fast dunkel, und im Dickicht stieß ein Vogel schadenfrohe Laute aus.

»Was für ein Hokuspokus?«, fragte Tulpow.

»Urteilen Sie selbst. Voriges Jahr, als das Testament geschrieben wurde, war Frau Baskakowa noch eine gut erhaltene Person in den besten Jahren, wenn auch ihr Rücken voller Blutergüsse war. Sie hatte einen gesetzmäßigen Erben, einen rotwangigen Leutnant mit mächtigem Schnurrbart, und zu vererben gab es, unter uns gesagt, nichts Besonderes. Vor einem Monat traten Schlag auf Schlag drei Ereignisse ein – zwei betrübliche und ein erfreuliches, wonach sich alles änderte … Krickenten, überm Sumpf rufen Krickenten«, murmelte der Vorsitzende plötzlich, und sein Gesicht nahm einen träumerischen Ausdruck an. »Eine ganz seltene Sorte. Hier gibt es viele unikale Vogelarten. Die wildernden Bauern haben fast alle ausgerottet, aber jetzt – jedes Übel hat auch sein Gutes – steckt niemand mehr die Nase in den Sumpf, und die Krickenten haben sich vermehrt. Bald kann ich wieder mit der Flinte losziehen. Ich habe jenseits vom Sumpf mein Haus, die Ruine des Familiennestes. Da ich immer ehrenamtlich unterwegs bin, kann ich mich nicht um die Wirtschaft kümmern. Und was ist das schon für eine Wirtschaft.« Blinow machte eine wegwerfende Handbewegung. »Ich würde sie ganz aufgeben, wenn nicht die Natur wäre und die Jagd. Haben Sie auch Ihren Spaß daran?«

»An der Jagd?« Tulpow runzelte die Stirn, unzufrieden, dass Blinow von dem wichtigen Thema ablenkte. »Nein.«

»Aber ich.«

»Sie erwähnten betrübliche und erfreuliche Ereignisse«, lenkte Tulpow den undisziplinierten Erzähler wieder aufs Eigentliche.

»Ja, ja. Zuerst kam eine traurige Nachricht aus dem Pamir. Leutnant Baskakow war bei einem Geplänkel mit Afghanen gefallen. Seine Mutter erlitt vor Erschütterung einen Herzanfall.

Und drei Tage später trat das ein, na ja, weshalb Sie hergekommen sind.«

Blinow senkte die Stimme, obwohl weit und breit keine Menschenseele war, Tulpow aber zürnte wieder seinem Chef. Wie konnte der seinen ergebenen Assistenten nur so im Dunkeln lassen?

»Kaum war Frau Baskakowa beerdigt, kaum hatte Warwara Iljinitschna ihr unverhofftes Erbe angetreten, da verbreitete sich die Kunde von der Eisenbahn.«

»Und die Erbin?«, fragte Tulpow neugierig. »Die muss doch nach all den Ereignissen außer sich gewesen sein, oder? Erst bettelarm, und plötzlich Millionärin.«

»Anfangs war sie eher erschrocken. Sie suchte bei mir Trost und Rat – ich war damals ihr engster Vertrauter. Ich muss Ihnen sagen, dass Warwara Iljinitschna früher eine selbstlose Gesinnung hatte. Sie wollte dem Volk und der Gesellschaft dienen, wollte Lehrerin oder Hebamme werden. Wie oft haben wir beide vom Aufblühen unserer bescheidenen Gegend geträumt, es musste nur irgendein Wunder geschehen – ein Werk wird gebaut, oder ein weitsichtiger Industrieller beschließt, die Sümpfe trockenzulegen, oder ein Reicher, der aus dieser Gegend stammt, vermacht seinem Heimatkreis hundert- oder zweihunderttausend ...« Blinow seufzte, und Tulpow sah folgendes Bild vor Augen: der vom Leben schon etwas gerupfte, aber noch in Säften stehende Diener der Gesellschaft und das bescheidene, hübsche Fräulein, stille Abende, ein altehrwürdiger Gutshof. Ohne romantische Begeisterung ging es hier nicht.

»Und? Hat die reich gewordene Warwara IIjinitschna es sich mit dem Aufblühen des Heimatkreises anders überlegt?«

»Nicht sofort.« Blinow seufzte noch bekümmerter. »Zuerst hat sie versichert, dass sich nichts geändert hat. Sie hat sogar ein Testament geschrieben: Im Falle meines Ablebens soll mein ganzes Vermögen zum Wohl der Pachrinsker Gesellschaft verwendet werden ...«

»Leere Worte.« Tulpow lachte auf. »Das Fräulein ist doch noch jung.«

Der Vorsitzende blickte sich kurz nach dem Moskauer Gast um.

»Nein, mein verehrter Anissi Pitirimowitsch, keine leeren Worte. Warwara Iljinitschna hat nämlich die Schwindsucht. Sie war sich immer sicher, jung zu sterben. Darum ihre Opferbereitschaft, darum ihre Uneigennützigkeit. Jetzt kommen natürlich die Aasgeier angeflogen. Jegor Papachin hat ihr nicht dreißigtausend, sondern viel mehr für das Anwesen geboten. Und der tatarische Bauunternehmer Machmetschin, der in den Baskakowschen Wäldchen ein Sanatorium für Kumys-Kuren bauen will, hat Papachins Offerte noch überboten. Sie haben der Frau den Kopf verdreht und ihr eingeredet, in der Schweiz könne sie von der Schwindsucht geheilt werden, haben ihr von Paris und Menton vorgeschwärmt ... Und ich bin zur persona non grata geworden.«

Die Straße war kaum noch zu sehen – nur undurchdringliches Gebüsch zu beiden Seiten, und in dem Spalt zwischen den Wipfeln hoher Kiefern ein Streifen schwarzer Himmel, an dem Sterne glitzerten.

Das Pferd schnaubte plötzlich und scheute, und Tulpow blieb das Herz stehen. Vorn am Straßenrand stand eine Gestalt – ganz in Weiß, dünn und lang, und gab gruslige hohe Laute von sich. So musste der böse Zauberer Babai aussehen, mit dem die Mutter ihn früher geängstigt hatte: Er packt den ungezogenen Buben am Schopf, steckt ihn in den Sack, und ab zu den Teufeln auf die Waldwiese.

Blinow hielt die Zügel kurz und beruhigte das Pferd durch Brr-Rufe.

»Wladimir Iwanowitsch, Sie? Kommen Sie aus Olchowka?«

Da bewegte sich die Gestalt und stieß keine traurigen Töne mehr aus. Es war nicht Babai, sondern ein hochgewachsener, dürrer Bauer in weißem Hemd, das er über der Samthose trug, mit Bastschuhen an den Füßen. Das Mondlicht fiel auf ihn, und Tulpow sah ein bärtiges Gesicht mit eingefallenen Wangen und dunklen Augenhöhlen; in den Händen hielt er eine Rohrpfeife.

»Guten Abend, Anton Maximilianowitsch«, sagte der Mann mit weicher, angenehmer Stimme und verbeugte sich leicht vor Tulpow, aber nicht auf volkstümliche Weise, sondern durchaus salonfähig. »Sie haben es erraten. Ich war in Olchowka bei den alten Frauen und habe mir hiesige Märcheneinleitungen aufgeschrieben. Die Hirtenflöte habe ich erworben. Ein erstaunliches Timbre, finden Sie nicht?«

»Ja, widerlich«, stimmte der Vorsitzende zu. »Darf ich vorstellen, Anissi Pitirimowitsch: Wladimir Iwanowitsch Petrow, ein waschechter Russe und Kenner des mündlichen Volksschaffens. Außer Folklore und Bauernhandwerk interessiert ihn nichts auf der Welt. Er ist aus Petersburg zu uns gekommen und logiert in Baskakowka. Gut, dass wir ihn getroffen haben, er wird Sie hinbringen. Und das ist Herr Tulpow, Beamter in der Kanzlei des Generalgouverneurs. Er wurde hergeschickt, um in der Ihnen bekannten Geschichte zu ermitteln.«

Alle, wirklich alle, selbst dieser Flötenspieler, wussten von der Geschichte!

Sie verabschiedeten sich gleich hier von Blinow, und der Petersburger Gelehrte führte Tulpow eine Abkürzung durchs Gebüsch. Im Unterschied zu dem gesprächigen Vorsitzenden war der Ethnograph schweigsam und drehte sich nicht nach seinem Weggefährten um, entlockte nur hin und wieder seiner Rohrpfeife wehmütige und, wie es Tulpow vorkam, feindselige Triller.

Der Sekretär wartete, ob sich auf natürlichem Wege eine Unterhaltung entspann: über die Einheimischen oder wenigstens über die Pachrinsker Folklore, egal worüber, Hauptsache, sie kamen ins Gespräch. Er wartete vergebens. Also musste er die Initiative ergreifen.

»Sie als Spezialist für Legenden bekommen bestimmt merkwürdige Geschichten zu hören, die noch verrückter sind als die von Herrn Blinow erwähnte«, schnitt Tulpow nicht ganz geschickt das ihn interessierende Thema an.

»Eine verrücktere gibt es wohl kaum«, murmelte Petrow, verstummte aber nach diesem vielversprechenden Anfang gleich wieder.

Da beschloss Tulpow, aufs Ganze zu gehen, um ein für alle Mal mit dem Versteckspielen Schluss zu machen.

»Ich stelle fest, Wladimir Iwanowitsch, dass Sie mit mir nicht über die Ereignisse in Baskakowka sprechen wollen. Warum nicht? Haben Sie dafür besondere Gründe?«

Eine hervorragende Methode, die Zunge eines Schweigenden zu lösen: ihn in einem plötzlichen Angriff überrumpeln und nötigen, sich zu rechtfertigen. Diesen psychologischen Trick hatte Tulpow seinerzeit von dem superklugen Fandorin gelernt.

Das Manöver funktionierte ausgezeichnet, noch besser, als Tulpow gehofft hatte. Petrow zog den Kopf ein, drehte sich um und breitete die knochigen Arme aus.

»Ich habe mir das mit der Skarpea doch nicht ausgedacht. Ich habe die alte Legende nur erzählt, weil ich Frau Baskakowa zerstreuen wollte ... Wer konnte denn ahnen, dass es so eine Wendung nehmen würde.«

Tulpow begriff zwar noch nichts, aber sein Gefühl sagte ihm: heiß.

»Der Reihe nach«, befahl er streng. »Überspringen Sie nichts. Wann war das?«

»Vielleicht eine Woche vor ... na ja, davor«, stammelte Petrow, der nicht das passende Wort fand. »Ausgerechnet am Namenstag der Hausherrin. Mit der Ikone fing alles an. Dort im Salon hängt eine Ikone des heiligen Pankrati, eine alte Ikone noch aus Peters Zeiten. Pankrati ist der Stammvater der Baskakows, er hat vor fast fünfhundert Jahren gelebt. Auf der Ikone, seitlich von Pankrati, ist eine Schlange abgebildet, eine große Schlange mit einer strahlenden Krone. Es ist wirklich erstaunlich, wie wenig sich unsere russischen Aristokraten für die Geschichte ihres Geschlechts interessieren!«, eiferte sich der Gelehrte. »Jede Bäuerin aus Iljinskoje oder Olchowka erzählt Ihnen mit allen Einzelheiten und in poetischer Form von der Skarpea, aber Frau Baskakowa wusste nur, dass ihr Vorfahr sein Haus an der Stelle errichtet hatte, wo er einer Zauberschlange begegnet war, und dass dieses Ereignis mit der späteren Heiligsprechung Pankratis zusammenhing. Doch von der Prophezeiung hatte sie keine Ahnung!«

Ein höchst verwunderliches Bild: Zwei gestandene Männer – ein Petersburger Gelehrter und der persönliche Assistent des Beamten für Sonderaufträge beim Generalgouverneur – führen nachts auf einem Waldweg ein irres Gespräch über eine Zauberschlange. Tulpow hatte einen argwöhnischen Gesichtsausdruck (sollte er gefoppt werden?), der Folklore-Forscher hingegen einen enthusiastischen.

»Wussten Sie, mein Herr, dass die Legende von der Skarpea oder auch Skarapea, Skorospea oder Skarabea in der gesamten großrussischen Ebene verbreitet ist, von Archangelsk bis in die südlichen Gouvernements?« Offensichtlich erwartete und wünschte Petrow auf seine Frage keine Antwort, denn er machte nicht die kleinste Pause. »Etymologisch geht der Name dieses magischen Reptils sicherlich auf den altägyptischen Skarabäus zurück. Die Folklore-Tradition verleiht der Skarpea Weisheit, Hellsicht und die wunderbare Eigenschaft, Reichtum zu bringen. Aber zugleich symbolisiert das Bild der gekrönten Schlange zweifellos auch den allmächtigen, allgegenwärtigen Tod. Alle diese Komponenten sind auch in der Legende über die Skarpea der Baskakows vereint.«

»Was denn, die Baskakows haben eine eigene Zauberschlange?«, wunderte sich Tulpow.

»Ja. Eine Schlange, die, so die Legende, ihr Geschlecht groß gemacht hat und es früher oder später vernichten wird. Was ja auch, wie wir jetzt sehen, eingetreten ist«, verkündete Petrow mit sichtlicher Genugtuung (die natürlich rein wissenschaftlicher Natur war).

Von dem Moment an hörte Tulpow sehr aufmerksam zu, ohne zu unterbrechen.

»Im fünfzehnten Jahrhundert, im Fürstentum Wassilis des Geblendeten, als Moskau noch unterm tatarischen Joch stand, streifte der grimme tatarische Baskake* Pantar Mursa mit einer Schar von Mordgesellen durch die hiesigen Sümpfe«, begann der Gelehrte genüsslich (und wohl auch nicht zum ersten Mal) zu erzählen. »Die Legende besagt, dass der Baskake den Auftrag hatte, die Städte und Dörfer nicht anzurühren und den Tribut nur von den Kirchen und Klöstern einzutreiben. Seine Männer rissen die Vergoldung von den Kirchenkuppeln, die Beschläge von den Ikonen, die Stickerei und Pailletten von den Priesterornaten, und ob dieser Schändung ging ein lautes Wehklagen durch den ganzen Pachrinsker Kreis. Doch mitten im Faulen Moor hatte Pantar Mursa eine Erscheinung. Der Tatar sah eine riesige, Licht verströmende Schlange mit einer goldenen Krone auf dem Kopf, und die Schlange sprach zu ihm mit menschlicher Stimme: ›Gib den Tempeln Gottes zurück, was du genommen, und danach komme wieder hierher – ich werde dich belohnen.‹ Ein solches Wunder machte Pantar Mursa zittern, er gab den Popen und Mönchen das Geraubte zurück und ging dann erneut ins Moor. Und wieder kam die Schlange zu ihm und sprach: ›Weil du dich meinem Willen gebeugt hast, schenke ich dir ein Büschel Zauberkraut. Wo du es zu Boden wirfst, findest du einen gewaltigen Schatz. Dein Geschlecht wird reich und berühmt sein über viele Jahre, bis ich erneut komme und

---

* Zur Zeit der Tatarenherrschaft in Russland Steuereinnehmer. (Anm. d. Übers.)

den letzten deiner Nachfahren mit mir nehme.‹ Damit legte sie ein kleines Krautbüschel vor Pantar Mursa auf den Boden und verschwand. Der Tatar , mehr tot als lebendig, lief weg von diesem verwunschenen Ort, lief so schnell, dass er am Rande des Moors das Kraut fallen ließ. Im selben Augenblick stand eine eisenbeschlagene Truhe vor ihm, randvoll gefüllt mit goldenen Tscherwonzen.« Hier wechselte Petrow vom getragenen Märchenton in die normale Stimmlage, als wolle er eine Fußnote oder einen wissenschaftlichen Kommentar anfügen. »Tscherwonzen gab es zur Zeit Wassilis des Geblendeten natürlich noch nicht, aber so will es die Legende. Nach der Begegnung mit der Skarpea nahm Pantar Mursa das Christentum an, baute am Rande des Moors ein Haus und heiratete ein russisches Mädchen aus einer angesehenen Familie. An der Neige seines Lebens, er war inzwischen Witwer, zog er die Mönchskutte des strengsten Ordens an und wurde durch viele gute Taten und sogar Wunder berühmt, wofür er später unter dem Namen Pankrati heiliggesprochen wurde. Nun ist vor einem Monat anscheinend die Skarpea zurückgekommen und hat die Seele der Letzten aus dem Geschlecht der Baskakows mitgenommen. Jedenfalls legen die Bauern den Tod von Sofja Baskakowa so aus. Unter den Einheimischen geht immer mal wieder das Gerücht, jemand habe im Sumpf Mütterchen Skarpea gesehen, und Frau Baskakowa kam zu Tode, als gerade wieder Gerüchte umliefen: Erst will einer was gesehen haben, dann ein zweiter. Schon seit Monaten hat keiner mehr einen Fuß ins Faule Moor gesetzt, und nun auch noch so was.«

Tulpow blickte den Ethnographen bestürzt an und befahl: »Vom Tod der Frau Baskakowa erzählen Sie möglichst ausführlich. Aber gehen wir weiter, es ist schon spät. Sie können ja auch im Gehen reden.«

Sie folgten wieder dem mondbeschienenen Pfad, aber langsamer jetzt, weil sich der Gelehrte nun ab und zu nach Tulpow umdrehte.

»Verstehen Sie, einerseits ist das natürlich ein zufälliges Zusammentreffen. Ich habe die Legende über das Ende der Baskakows der Hausherrin und ihren Gästen erzählt, und ein paar Tage später, als die traurige Nachricht aus dem Pamir eintraf, wurde klar, dass das Geschlecht der Baskakows wirklich ausstirbt. Die Mitteilung vom Tod ihres Sohnes brachte Frau Baskakowa fast ins Grab – ihr Herz brach. Sie lag einen Tag und eine Nacht ohne Bewusstsein, wollte sterben, starb aber nicht. Am zweiten Tag stand sie auf, und am dritten schaffte sie es schon in den Garten, wo sie allein bis in die Nacht herumging und weinte. Im Garten wurde sie dann auch gefunden – vom Verwalter Krascheninnikow und seiner Tochter. Die beiden sagten, sie habe auf der Erde gelegen, und ihr Gesicht habe schrecklich ausgesehen: der Mund aufgerissen, die Augen aus den Höhlen getreten. Während sie ins Haus getragen wurde, konnte sie noch zweimal ›Skarpea, Skarpea‹ sagen, dann war sie tot. Nach medizinischem Urteil ist sie eines ganz natürlichen Todes gestorben – an einem Herzanfall, aber trotzdem ist es etwas gruslig. Wenn man aus beruflichem Interesse Legenden über Hexen, Nixen und sonstige böse Geister sammelt, geht einem auf, dass nicht alles nur Aberglaube ist. Wie man so sagt, ohne Feuer kein Rauch ... Auf Erden gibt es in der Tat vieles, wovon unsere Schlauköpfe nicht die leiseste Ahnung haben ...«

Petrow stockte, seine unwissenschaftliche Bemerkung war ihm wohl peinlich. Tulpow bewegte konzentriert die Brauen, womit er den Denkprozess stimulieren wollte – die Bewegung griff auf seine abstehenden Ohren über. Als Petrow die wackelnden Ohren des Sekretärs sah, wäre er fast gestolpert.

Tulpows Schlussfolgerung ergab sich von selbst.

»Mystik ist da nicht im Spiel. Frau Baskakowa hat einen heruntergefallenen Zweig oder vielleicht einen Gartenschlauch gesehen, hat sich an die Legende erinnert und daran gedacht, dass sie die Letzte ihres Geschlechts ist. Sie hat Angst bekommen, dass die

Schlange sie nun holen will. Ihre Nerven waren angegriffen, dazu das gebrochene Herz, da hat sie das Zeitliche gesegnet, der Himmel sei ihr gnädig. Eine alltägliche Sache, hier gibt es nichts aufzuklären.«

Petrow stolperte nun doch auf ebenem Weg und hielt sich am Stamm einer Espe fest.

»Und die Spur?«, fragte er und starrte den Sekretär befremdet an.

»Was für eine Spur?«

»Hat Herr Blinow Ihnen das nicht erzählt? Offenbar ist er nicht mehr dazu gekommen. Oder er hatte keine Lust, denn er ist ja unser Materialist. An jenem Abend hatte es geregnet. Darum war auf dem Weg, wo Frau Baskakowa gefunden wurde, noch die Spur im Schlamm zu sehen – als wäre ein Reptil von ungeheuren Ausmaßen dort langgekrochen.« Petrow warf einen Blick auf Tulpows heruntergeklappten Unterkiefer und holte tief Luft. »Das ist doch der springende Punkt. Deshalb die Gerüchte, deshalb die Aufregung. Krascheninnikow hat um die Stelle herum Pflöcke in die Erde gehauen und eine Plane darüber gebreitet, damit die Spur erhalten bleibt. Sie können sich also selbst davon überzeugen.«

2

Er überzeugte sich. Natürlich war im Dunkeln nicht viel zu sehen, doch als der Verwalter das an Pflöcken befestigte Segeltuch hochhob und mit einer Öllampe leuchtete, erkannte Tulpow deutlich einen gewundenen Streifen, wie mit einem Holzscheit in den Boden gezeichnet …

Aber der Reihe nach.

Das Gutshaus Baskakowka war unversehens vor Tulpows Augen aufgetaucht und wirkte darum etwas ungewöhnlich.

Der vor ihm gehende Ethnograph hatte plötzlich Zweige auseinandergebogen, und Tulpow sah hinter einem lockeren Karree von Bäumen ein altertümliches weißes Gebäude, dessen Fenster in weichem Licht leuchteten. Das Haus erinnerte ihn an einen japanischen Papierlampion, ähnlich denen, die Fandorin in seinem Arbeitszimmer hatte. Aus der Festbeleuchtung war zu schließen, dass man in Baskakowka nicht früh zu Bett ging. Eigentlich war es ja auch noch nicht Nacht – erst elf Uhr.

Die Hausherrin nickte Petrow wie einem der Ihren zu und zeigte sich nicht im mindesten verwundert über den Besuch des ungebetenen Gastes. Tulpow hatte den Eindruck, dass die neugebackene Millionärin nach den unwahrscheinlichen Metamorphosen im letzten Monat überhaupt etwas abgestumpft war und verlernt hatte, sich noch über etwas zu wundern.

Jedenfalls: Als er sich vorstellte und ihr sagte, er sei aus Moskau geschickt, um die Umstände des Ablebens der Gutsbesitzerin Baskakowa aufzuklären, sagte Warwara Iljinitschna nur:

»Nun ja, wenn Sie geschickt sind, dann klären Sie auf. Samson Stepanowitsch wird Ihnen das Gästezimmer zeigen, wo Sie Ihr Gepäck abstellen können, und dann darf ich Sie auf die Veranda bitten – wir trinken gerade Tee.«

Samson Stepanowitsch, ein strenger älterer Mann in langer Weste und Stiefeln, war der besagte Verwalter Krascheninnikow, darum befahl ihm Tulpow sogleich, ihn zu der geheimnisvollen Spur zu führen.

Er sah die Spur, und weiter? Er hockte sich hin und berührte mit dem Finger die angetrockneten, gesprungenen Ränder der flachen Furche, aber für seine Ermittlung brachte das nichts. Eindeutig war nur, dass keine russische Schlange einen solchen Graben, um nicht zu sagen, Canyon, zurückließ.

»Was denken Sie über diesen erstaunlichen Vorfall, Krascheninnikow?«, fragte Tulpow und blickte zu dem Verwalter hoch.

Der stand neben dem hockenden Beamten, strich sich den langen russischen Bart und blickte finster.

Nach einer Weile antwortete er unwillig: »Was soll man da denken? Irgendwas ist hier langgekrochen. So dick wie Ihre Wade, wenn nicht gar Ihr Oberschenkel. Sie sehen ja selber.«

»Na also«, sagte Tulpow fröhlich und erhob sich. »Da hätten wir die Kennzeichen der Zauber-Skarpea ermittelt: von gleichem Umfang wie der Oberschenkel des Gouvernementsekretärs Tulpow. Wir können sie zur gesamtrussischen Fahndung ausschreiben. Na schön, Samson Stepanowitsch, gehen wir. Was gibt es denn dort zum Tee?«

Zum Tee gab es keineswegs bescheidenen Zwieback, wie der Semstwo-Vorsitzende gesagt hatte, sondern so köstliche Näschereien, dass Tulpow, ein großes Leckermaul, zeitweise sogar seine Aufgabe vergaß – er kostete vom Aprikosenkonfekt, von der weißen Schweizer Schokolade (auf dem Kusnezki Most in Moskau kostete eine Tafel anderthalb Rubel), von der Treibhaus-Ananas, von den Revaler kandierten Früchten. Dieser märchenhafte Überfluss entsprach so wenig den altersschwachen Möbeln und den akkuraten Stopfstellen der Tischdecke, dass Tulpow mittels Deduktion mühelos die finanziellen Umstände der neuen Gutsbesitzerin einschätzen konnte. Sie war zwar eine reiche Frau, aber vorerst eher in der Perspektive als in der Wirklichkeit, denn die Parzellen waren noch nicht verkauft und die Millionen noch nicht eingenommen. Dennoch gewährten ihr die hiesigen Geldsäcke, künftige Goldströme voraussahnend, einen großzügigen Kredit, den sie zu ihrem Vergnügen nutzte.

Zwei der mutmaßlichen Kreditgeber, Papachin und Machmetschin, saßen mit am Tisch, beim Samowar.

Ersterer blinzelte mit lachlustigen Augen und schlürfte Tee aus der Untertasse. Er trug einen erstklassigen Anzug aus englischem

Tweed, in der Krawatte blinkte eine Perle, und die gepflegten Finger, die ein Stückchen Zucker zu den roten Lippen führten, waren sichtlich keine schwere Arbeit gewöhnt. Als der Geschäftsmann beim Gestikulieren allerdings seine rechte Handfläche sehen ließ, erspähte der scharfsichtige Tulpow darauf eine Schwiele, deren Herkunft er jedoch sogleich darauf zurückführte, dass Papachin dem neumodischen britischen Spiel Lawn-Tennis frönte. Woraus folgte, dass er nicht aus Rückständigkeit seinen Tee schlürfte und dabei an einem Stückchen Zucker saugte, sondern dass eine Absicht dahintersteckte, vielleicht gar eine Herausforderung: Ich bitte um Nachsicht, ich bin nicht adlig, nicht blaublütig, sondern von einfacher Herkunft. Darum trage ich die Haare rundgeschnitten und einen besenförmigen Bart. Ein Mann mit Charakter.

Der zweite einheimische Krösus, der dem Gouvernementsekretär als Rafik Abdurrachmanowitsch Machmetschin vorgestellt wurde, sah noch imposanter aus: schwarzer Gehrock, blütenweißes Hemd mit Seidenkrawatte, aber dazu ein eng geschlungener Turban, der zu dem hochmütigen Gesicht mit den breiten Wangenknochen sehr gut passte. Aus dem ironisch klingenden »Hadschi«, wie Papachin seinen Konkurrenten ansprach, und aus der mehrmaligen Erwähnung der heiligen mohammedanischen Stadt Mekka schloss Tulpow, dass Machmetschin vor noch nicht allzu langer Zeit eine Wallfahrt in den Orient unternommen hatte, womit sich zweifellos auch der Turban erklären ließ.

Die Hausherrin hingegen enttäuschte Tulpow. In der Diele hatte er sie nicht richtig betrachten können, denn dort war es dunkel gewesen. Aber jetzt, im Licht der Lampe, sah er, dass sie unschön war: stumpfe Haut, strähniges, fettiges Haar, ein merkwürdig kleines und etwas narbiges Gesicht. Als er in der Kalesche Blinows Erzählung lauschte, hatte er ein ganz anderes Bild vor Augen gehabt: eine blasse, aber aparte junge Frau mit schutzlosen und erschrockenen Augen, eine Frau, die vom dramatischen Zickzack ihres Schicksals ganz verwirrt war und sehnsüchtig auf den Recken wartete, der sie unter seine Fittiche nimmt, sie beruhigt und rettet. Und sie schenkt ihm zum Dank ihre Liebe, die bei schwindsüchtigen Damen besonders glühend sein soll, und natürlich ein paar Millionen Mitgift.

Von der Mitgift hatte Tulpow geträumt, als er mit Petrow auf der dunklen Allee zum Haus ging. Während er jetzt Warwara Iljinitschna musterte, dachte er: Die Millionen wären natürlich eine feine Sache, aber dann müsste er nach Menton fahren und seinen Dienst quittieren. Es wäre ja dumm, bei solchem Reichtum sich für ein Gehalt von fünfzig Rubeln die Sohlen abzuwetzen. Doch ohne seinen Chef Fandorin, ohne den rundgesichtigen Peiniger Masa würde er sich vielleicht dem Suff ergeben. Ach, zum Teufel mit dem Reichtum.

Nachdem er sich mit Leckereien vollgestopft und das Problem mit den Millionen gelöst hatte, machte er sich an die Ermittlung.

»Wo sind denn die anderen Gäste, schon gegangen?«, fragte er und zeigte auf die leeren Tassen und zerknüllten Servietten.

»Bei uns auf dem Land geht man früh schlafen«, antwortete die Hausherrin mit einem geringschätzigen Lächeln. »Sie haben Kuchen und Torte gefuttert, haben mich angegafft, damit sie was zu tratschen haben, und ab nach Hause, in die Falle. Jetzt schlafen sie bestimmt schon. Die Gutsbesitzer, Herr Tulpow, sind ein langweiliges Völkchen. Schön, dass Herr Machmetschin und Mister Papachin mir Gesellschaft leisten, sonst säße ich jetzt mutterseelenallein am Samowar. Petrow zählt nicht. Er lebt nur auf, wenn er von alten Zeiten reden kann.«

Der gelehrte Ethnograph hatte sich mit einer Tasse Tee in eine Ecke zurückgezogen und in ein dickes Notizbuch mit Ledereinband vertieft. Direkt über ihm hing die Ikone, von der Tulpow schon gehört hatte: der heilige Pankrati (mager wie Petrow, mit genauso einem Bart, nur hielt er keinen Notizblock in der Hand, sondern ein frommes Buch), und daneben die gefleckte Schlange mit der strahlenden Krone.

Es missfiel Tulpow außerordentlich, wie sich Warwara Iljinitschna über die Gutsbesitzer äußerte. Es ist noch nicht lange her, meine Liebe, da hast du hier dein Gnadenbrot gegessen, und jetzt rümpfst du die Nase über die Nachbarn? Er bekam Lust, ihr eine Grobheit zu sagen.

»Und Ihr Verwalter? Warum bitten Sie ihn nicht zum Tee? Ist er nicht standesgemäß?«

Warwara Iljinitschna, die eigentlich hätte beschämt sein müssen (hatte sie nicht noch vor kurzem vom Wohl des Volkes geschwärmt?), war nicht im Geringsten verlegen, im Gegenteil, sie kicherte.

»Das würde er auf keinen Fall annehmen. Hier herrscht ein besonderer Dünkel – Selbsterniedrigung, und die ist schlimmer als Stolz. Die Krascheninnikows stehen seit fast hundert Jahren bei den Baskakows in Diensten. Sich an den Herrentisch setzen, das wäre so, als würde man auf dem Altar Wurst schneiden. Und außerdem, wer bin ich für meinen Verwalter? Eine Emporgekommene, ein Kuckucksei. Wissen Sie, was er zu mir gesagt hat?«

Sie lachte, doch ihr Lachen ging in Husten über – in einen trockenen, krampfhaften Husten, ein bedrückender Anblick. Nachdem sie sich mit einem Taschentuch die Augen gewischt und Atem geschöpft hatte, fuhr sie fort, als wäre nichts gewesen: »Er liest altertümliche Bücher, ist Kirchenältester. Wenn es nach ihm ginge, müsste ich mein ganzes Erbe für die Errichtung einer Kirche zum Gedenken an den heiligen Pankrati und das Geschlecht der Baskakows hergeben und ins Kloster gehen, um für die Baskakowschen Sünden zu Gott zu beten. Nicht schlecht, was?«

Und sie lachte wieder, diesmal ohne zu husten, trotzdem angestrengt, ohne Fröhlichkeit.

»Wohnt Krascheninnikow im Haus?«, fragte Tulpow und beschloss, sich für den Anfang den Verwalter genauer anzusehen.

»Wo denken Sie hin! Er hat ein Häuschen im Garten. Und noch eine Wächterhütte am Teich, die er ›Kabinett‹ nennt. Dorthin zieht er sich zur Lektüre gottgefälliger Bücher zurück und verbittet sich jede Störung. Nicht mal seine Tochter darf in sein ›Kabinett‹. Er ist Witwer, lebt mit seiner Tochter zusammen«, fügte die Hausherrin zur Erklärung hinzu. »Ein hübsches Mädchen, eine richtige russische Schönheit.«

»Mister Papachin« lebte auf.

»Ja, Krascheninnikows Tochter ist eine wahre Rosenknospe. Schade, mit solch einem Papa wird sie verkümmern. Der Kontorist Serjogin wollte um ihre Hand anhalten, hat sich aber gleich an der Pforte einen Kinnhaken eingefangen.« Papachin schwenkte die Faust wie beim Boxen. »Krascheninnikow wird seine Tochter keinem Mann zur Frau geben, bis sie eine alte Jungfer ist, und dann kann sie höchstens noch Nonne werden. Ach, man müsste sie herausputzen, ihr dies und das beibringen, mit ihr nach Paris zur Ausstellung fahren, da würde sie aufblühen!«

Nach dieser Äußerung zu urteilen, pflegten die Hausherrin und Papachin einen freien Ton. Obwohl der Industrielle die Worte »dies und das beibringen« mit einem vielsagenden Zwinkern begleitete, zeigte sich Warwara Iljinitschna nicht entrüstet und wies ihn nicht zurecht, sondern lächelte. Tulpow vermerkte auch dieses Detail.

Es war an der Zeit, auf das Wesentliche zu kommen.

»Ich habe hier zwei widersprüchliche Ansichten zu dem traurigen Ereignis gehört, das sich vor einem Monat zugetragen hat.« Der Sekretär schielte verstohlen zur Hausherrin – verdüsterte sich ihr Gesicht bei der Erwähnung des Vorfalls? Nein, es verdüsterte sich nicht. »Herr Blinow vertritt die Auffassung, dass an der Geschichte nichts Übernatürliches sei, und hält das Gerücht von der prophetischen Skarpea für Aberglauben …«

»… der geeignet ist, die künftigen Sommergäste zu vergraulen«, hakte Papachin ein, »und den Anbruch des goldenen Zeitalters in Pachrinsk zu behindern. Hat Ihnen Herr Blinow ausgemalt, was für ein wunderbares und aufgeklärtes Leben uns alle hier in zweihundert Jahren erwartet? Nein? Na, dann wird er's noch tun.« Papachin lachte. »Alles Quatsch. Die Sommergäste pfeifen auf unsere Provinzmärchen. Sie brauchen Sauerstoff, eine Hängematte, eine Badeanstalt und frische Milch. Unser Vorsitzender ist ein Schwätzer und Dummkopf. Wissen Sie, dass er voriges Jahr in den Fernen Osten gereist ist, mit dem Plan, vom Handel mit Tigerfellen reich zu werden? Ein schöner Händler! Die chinesischen Chunchusen hätten ihm beinahe den Kopf abgeschnitten. Aber was soll's, den Verlust hätte er kaum bemerkt.«

»Herr Papachin giftet so, weil Blinow ihn bei den Wahlen überrundet hat«, erklärte Warwara Iljinitschna vergnügt, und es war nicht zu spüren, ob die Erinnerung an den Semstwo-Träumer ihr Gewissen wenigstens etwas belastete.

Der Tatar lächelte schadenfroh nur mit den Lippen und nickte mit dem Turban, doch die Wahlen interessierten Tulpow nicht, und er lenkte das Gespräch wieder auf das Ausgangsthema.

»Und den anderen Gesichtspunkt hat mir der eher romantisch gestimmte Herr Petrow dargelegt. Ihr Verwalter hat mir die Schlangenspur im Garten gezeigt«, verfolgte Tulpow seine Linie und betrachtete sein Spiegelbild im Samowar (komisch sah er aus: die Wangen zwei kleine Melonen wie bei dem Japaner Masa, und die Ohren zwei Eierkuchen). »Beeindruckend. Reptilien von solchen Ausmaßen gibt es in unserem Land wohl nicht. Ich hätte gern gewusst, Warwara Iljinitschna, wie Sie über die Skarpea denken. Haben Sie keine Angst?«

Er wandte abrupt den Kopf und fixierte die Hausherrin mit scharfem Blick. Diesen Trick hatte er von seinem Chef gelernt. Wer kein reines Gewissen hat, verliert mitunter die Fassung.

Warwara Iljinitschna ließ Tulpows Blick von sich abprallen. Sie kicherte wieder, die reinste Kichererbse, und das bei ihrer Schwindsucht. Wahrscheinlich hatte der unverhoffte Reichtum ihren Verstand doch etwas getrübt.

»Warum sollte ich Angst vor ihr haben? Frau Baskakowa, die Ärmste, ja, die hat, als sie vom Tod ihres Sohnes erfuhr, immerzu gesagt: ›Ich bin die Letzte der Baskakows, ich bin die Letzte der Baskakows‹, und hat geweint und geweint ...«

Noch das Lächeln im Gesicht, schluchzte das Fräulein ohne jeden Übergang, schniefte und schloss mit den Worten: »Ich bin keine Baskakowa, mir tut die Skarpea nichts.«

»Sagen Sie das nicht, liebste Warwara Iljinitschna«, erwiderte Papachin und drohte ihr mit dem Finger. »Ihnen gehört jetzt der Baskakowsche Schatz aus der Zaubertruhe, also erben Sie auch die Familienreliquie.« Er fletschte die kräftigen, verräucherten Zähne, riss die Augen auf und zischte wie eine Schlange. »Wir Papachins haben übrigens auch unser Familiengespenst. Hinterm Ofen der Tante hauste die alte Truchoruschka. Ein winziges graues Wesen, das hin und her huschte. Als Kind hatte ich entsetzliche Angst vor ihr. Hier hat jedes Haus seinen Geist, so ist das seit alters. Das liegt an der Gegend, mein Herr. Wen wundert's – das Faule Moor ist in der Nähe. Was willst du, Serjogin?«

Die Frage war an jemanden gerichtet, den Tulpow nicht sah. Er drehte sich um und erblickte im Halbdunkel, wo die Lampe nicht hinreichte, einen gebeugten Mann, der seltsam gekleidet war: Jackett und Krawatte, aber Stiefel bis zu den Knien. Auf dem Arm hatte er eine große rötliche Katze, die er unterm Kinn kraulte. Sie blinzelte selig.

»Ich habe Warwara Iljinitschna etwas mitzuteilen, nicht Ihnen«, antwortete der unansehnliche Mann würdevoll und warf einen Seitenblick auf den uniformierten Beamten. »Der Verwalter hat heute morgen auf dem Postamt eine Briefsendung abgeholt, von der

Behörde in Meshewoje, und hat Ihnen kein Wort davon gesagt. Ich halte es für meine Pflicht als ehrlicher Mensch …«

»Na endlich!«, rief die Hausherrin erfreut. »Die Bescheinigung über die Vermessung des Grundstücks?«

»Die allerneueste, vom vorigen Jahr.«

»Gott sei Dank! Jetzt kann ich verkaufen. Und auf nach Menton! Nach Paris! Nach Marienbad!«

Wawara Iljinitschna sprang auf und wirbelte durchs Zimmer – der Saum ihres bescheidenen Kleids, das sichtlich noch aus dem früheren Leben stammte, versuchte sich zu einer Glocke zu entfalten, umbaumelte aber nur kläglich die Beine des Fräuleins.

Papachin zwinkerte Tulpow vertraulich zu, wies mit dem Kopf auf Serjogin und sagte: »Er intrigiert gegen seinen Vorgesetzten, der Schelm. Denkt, Warwara Iljinitschna nimmt ihn mit ins Ausland. Mitsamt seiner Mieze. Jetzt, wo es mit dem Heiraten nicht geklappt hat, ersetzt ihm die Mieze die Braut.«

»Die Kreatur ist oft viel anständiger als mancher Handelsherr, stimmt's, Mieze?« Der Kontorist küsste die Katze auf die Nase. »Warwara Iljinitschna ist gütig, sie nimmt uns beide ganz bestimmt mit nach Paris.«

»Sie ist ja auch deine einzige Hoffnung.« Papachin grinste und erklärte Tulpow: »Er weiß, wenn ich Baskakowka kaufe, schmeiß ich ihn raus, in hohem Bogen.«

»Das mit dem Kaufen ist noch nicht raus«, konterte Serjogin, ohne den Millionär anzusehen. »Herr Machmetschin bietet mehr als Sie.«

»Warwara Iljinitschna!«, wandte sich Papachin mit dröhnender Stimme an das tanzende Fräulein. »Meine Liebe! Wollen Sie Baskakowka wirklich diesem Kumys-Trinker mit dem kahlrasierten Schädel verkaufen? Eine Sünde wär das, wirklich, eine Sünde!«

Die Hausherrin hielt im Tanzen inne und antwortete fröhlich: »Überhaupt keine Sünde, sondern gerecht. Von einem Tataren ist es gekommen, nun geht es wieder zu einem Tataren.«

Machmetschin legte bei diesen Worten die Hand an die Stirn und dann an die Brust und öffnete zum ersten Mal die Lippen.

»Machmetschin steht zu seinem Wort. Anderthalb Millionen. Wenn Sie es wünschen, schaffen meine Leute das Geld morgen herbei, der Kaufbrief hat noch Zeit.«

Papachin hieb mit der Faust auf den Tisch, dass die Tassen klirrten.

»Er wird hier eine Moschee bauen, wird Sie mit den Popen entzweien. Ich biete eine Million sechshundert.«

»Was gehen mich die Popen an?«, rief Warwara Iljinitschna lachend; es machte ihr offenbar Spaß, die beiden Geldsäcke gegeneinander zu hetzen. »Ich fahre nach Europa und setze meinen Fuß nie wieder in diese Gegend.«

»Ganz genau«, stimmte der Kontorist zu und küsste seine Katze auf das puschlige Bäckchen.

Machmetschin zuckte die Achseln.

»Wozu eine Moschee? Die bau ich in unserer Vorstadt, hier mach ich Geschäfte. Eine Million siebenhunderttausend.«

Tulpow wurde es langweilig. Es war ohnehin klar, dass der Handel mit zwei Millionen enden würde. Auch wenn es noch mehr wurde – was hatte er von dem fremden Reichtum?

Müdigkeit vorgebend, ging er in sein Zimmer, legte sich jedoch nicht schlafen, sondern beschloss, seinem Chef einen ausführlichen Bericht über alles Gesehene und Gehörte zu schreiben: mit Porträts, Charakteristiken, Wiedergabe der Gespräche. In solchen Dingen konnten zweitrangige Details wichtiger sein als alles andere. Warwara Iljinitschna hatte gesagt, der Gärtnerjunge laufe frühmorgens zur Post, und am Abend sei der Brief schon beim Empfänger. Folglich war übermorgen mit Anweisungen oder Ratschlägen von Fandorin zu rechnen.

Nach Mitternacht ging Tulpow zu Bett. Er wälzte sich hin und her und konnte nicht einschlafen. Sowie er die Augen schloss, sah er lauter Reptilien vor sich, mit gespaltener Zunge und einer Krone auf dem platten, rhombischen Kopf.

Schließlich wurde er wütend auf sich. Sie wollen nicht schlafen, Anissi Pitirimowitsch? Dann liegen Sie auch nicht weiter die Matratze durch. Verschaffen Sie sich Bewegung. Wie der weise Masa sagt: »Sswinge deine Füß, und du ssläfst süß.«

Er zog den Mantel an, gleich übers Nachthemd, schob die nackten Füße in die Stiefel und ging in den Garten. Das Licht in den Fenstern war erloschen, das Haus stand dunkel und sehr still. Dafür drangen aus der Nacht unverständliche Laute auf ihn ein: Glucksen, Knistern, Schmatzen, verschwörerische Rufe von Vögeln oder Fröschen oder sonst wem. Eine Moskauer Nacht hatte ganz andere Geräusche, Gerüche und auch ein anderes Schwarz. Da huschte etwas durch die Büsche, hinter denen der Teich lag und dann das Faule Moor; über die Allee (Tulpow nahm es nur aus dem Augenwinkel wahr) hastete ein schwarzer Schatten. Wer nichtmaterialistischen Ansichten anhing oder einfach schwache Nerven hatte, wäre vielleicht erschrocken. Aber Tulpow hatte von seinem Chef des Öfteren gehört, dass das Schrecklichste sich nicht außerhalb des Menschen verbarg, sondern in ihm selbst, darum schritt er forsch aus, ohne Angst.

Er bog Zweige auseinander, direkt vor ihm war der Teich, in dem sich die Sterne spiegelten. Der Teich verströmte einen Geruch von Schlamm, Fröschen und noch etwas, was Tulpow nicht benennen konnte. Er setzte sich auf einen Baumstumpf und überlegte, wo die Schlangenspur unter der Plane hergekommen war.

Er saß noch keine fünf Minuten, da hörte er ein Rascheln, ganz in der Nähe, hinter einem Himbeerbusch. Dort ging jemand, krächzend und vor sich hin brabbelnd. Jetzt wurde es Tulpow doch unheimlich, und er bedauerte, den Revolver in der Reisetasche gelassen zu haben. Obwohl, wenn es ein lebendiger Mensch war, brauchte er nichts zu fürchten. Und wenn es ein Geist war, half auch kein Revolver.

Was zum Teufel für ein Geist, rief der Sekretär sich selbst zur Ordnung. Da geht jemand durch die Nacht, krächzt und murmelt vor sich hin. Aber geht er einfach so, oder hat er ein Ziel?

Tulpow wechselte vom Baumstumpf in die Hocke, bewegte sich nicht mehr und spähte in die Dunkelheit.

Krascheninnikow?

Richtig – die bekannte Silhouette, und als sich der Mann umdrehte, zeichnete sich sein langer Bart ab.

Auf dem Rücken trug der Verwalter einen kleinen Sack. Von Zeit zu Zeit blieb er stehen, holte irgendwelche Klumpen aus dem Sack und warf sie auf die Erde, direkt ans Wasser. Was mochte das bedeuten?

Ganz leise und vorsichtig folgte ihm Tulpow. Er tastete die Erde ab und fasste auf etwas Weiches, Filziges. Er hielt es an die Augen und schleuderte es angeekelt weg. Zwei krepierte Mäuse, mit den Schwänzen zusammengebunden. Pfui!

Das also war Baskakowka. Ein trauriges Haus irgendwie, lauter Verrückte. Nur Papachin war nicht verrückt. Er wusste genau, was er wollte, und würde es auch erreichen.

Tulpow dachte über Papachin nach, kam aber nicht weit, denn vom Gutshaus ertönte ein gellender Schrei. Der war so entsetzlich, dass dem Sekretär die Knie einknickten.

3

An Seine Hochwohlgeboren
Kollegienrat E. P Fandorin
persönlich

Chef, diesen Brief sende ich zusammen mit dem gestrigen ab, also lesen Sie zuerst den anderen und dann diesen. Dem ersten Brief habe ich noch einen Nachtrag angefügt, in dem ich über meinen nächtlichen Spaziergang im Garten, über die Verrücktheit des Krascheninnikow und über den Schrei berichtete, also kann ich jetzt gleich zur Beschreibung des Verbrechens übergehen.

Wieder im Haus angekommen, erfuhr ich, dass der herzzerreißende Schrei von Nastja Trjapkina gekommen war, dem Stubenmädchen, das um halb drei Uhr nachts ins Schlafzimmer der Hausherrin geschaut hatte.

Auf die Frage, warum sie nicht geschlafen und weshalb sie in das Zimmer geschaut habe, gab Nastja an, ihre Herrin habe ihr am Abend befohlen, sie vorerst nicht auszukleiden, sondern zu warten – wahrscheinlich wollte sie noch am Fenster sitzen und träumen.

Nastja wartete über eine Stunde. Nach ihren Worten hielt sie sich die ganze Zeit im Korridor auf. Freilich stand sie nicht vor der Tür, sondern bei der Treppe – dort hängen Bilder an den Wänden, und Nastja betrachtete sie, um sich die Langeweile zu vertreiben. Aber sie schwört bei Gott, dass niemand das Schlafzimmer betrat, das wäre ihr nicht entgangen, außerdem knarrt die Tür. Schließlich dachte sie, ihre Herrin sei im Sessel eingeschlafen, und wollte nun doch nach dem Rechten sehen. Sie schrie auf und fiel in Ohnmacht.

Ich war der Zweite am Tatort, darum schildere ich das Weitere aus eigener Beobachtung.

Als ich mich der offenen Tür des Schlafzimmers näherte, sah ich zunächst Nastjas leblosen Körper und fühlte den Puls an ihrem Hals. Ich stellte fest, dass sie lebte und keine sichtbaren Wunden hatte, und ging ins Zimmer.

Sie wissen, Chef, dass ich im Dienst so manches gesehen habe. Erinnern Sie sich an die Ermordung der Kaufmannsfrau Grymsina im letzten Jahr? Da behielt ich die Fassung und ließ sogar noch den Untersuchungsführer Moskalenko Salmiak riechen. Hier gab es kein Blut, keine abgehackten Gliedmaßen, trotzdem war es das blanke Grauen.

Aber der Reihe nach.

Die Getötete saß im Sessel am offenen Fenster. Ich begriff sofort, dass sie tot war, denn ihr Kopf hing zur Seite, wie eine Margerite oder Löwenzahnblüte an einem abgerissenen Stängel.

Zuerst war ich gar nicht erschrocken – jemand hat sie umgebracht, na schön. Ein gewöhnliches Verbrechen, dachte ich, das klären wir auf. Auch als ich die Lampe anzündete und die Strangulationsfurche an ihrem Hals sah, maß ich dem keine besondere Bedeutung bei. Klarer Fall, dachte ich: erwürgt. Obwohl es mir gleich sonderbar vorkam, dass der Streifen so breit war. Gewöhnlich wird ein Riemen benutzt, eine Schnur, ein Strick. Aber hier war der rote Abdruck handbreit.

Als Erstes ging ich natürlich zum offenen Fenster. Auf dem Fensterbrett keine Spur. Ich sprang hinaus, leuchtete mit der Lampe. Und da grauste mir so, dass ich einige Minuten keinen Schritt tun konnte, wirklich wahr.

Rund um das Herrenhaus ist feiner Sand gestreut, damit nach dem Regen keine Pfützen stehen bleiben. Also, auf dem Sand war deutlich eine gewundene Spur zu sehen, die sich vom Schlafzimmerfenster bis zum Gebüsch zog. Haargenau so eine wie unter der Plane.

Chef, Sie kennen mich. Ich glaube nicht an Teufel und all solchen Blödsinn, aber wo kommt die Spur her? Angenommen, im Faulen Moor haust irgendein gigantisches Reptil, in der Natur gibt es ja alle möglichen Wunder. Aber konnte es zum Fenster hineinkriechen? Unmöglich!

Ich schäme mich, es zu sagen, doch ich habe sogar ein Gebet gesprochen, um Böses abzuwenden. Erst dann, nachdem ich mich ein wenig beruhigt hatte, stellte ich Überlegungen an, wie Sie es mich gelehrt haben.

Na schön, dachte ich. Wie konnte dieser Mord ohne übernatürliche Ursachen geschehen?

Angenommen, der Täter hatte sich schon vorher im Schlafzimmer versteckt. Als Warwara Iljinitschna hereinkam und sich ans Fenster setzte, schlich er sich von hinten heran und erwürgte sie, sagen wir, mit einem zusammengedrehten Handtuch, danach sprang er aus dem Fenster und zeichnete die Spur der Skarpea in den Sand – mit einem Holzscheit oder etwas Ähnlichem.

Fußspuren gibt es unter dem Fenster viele, den ganzen Tag gehen da Leute, aber Sie wissen ja selbst, dass Spuren im Sand nichts hergeben.

Der Kreispolizeichef war natürlich da, dann der Arzt, der Untersuchungsführer. Letzterer ist ein völlig untaugliches Subjekt. Er war richtig froh, dass sich Ihr Assistent in Baskakowka aufhält, und hat die ganze Untersuchung auf mich abgewälzt. Er sagte: Wir leben hier in der Einöde und hatten noch nie mit solch ausgeklügelten Verbrechen zu tun. Anissi Pitirimowitsch, lassen Sie uns nicht im Stich. Auf Ihnen ruht alle Hoffnung. Dann befahl er dem Polizisten, meinen Anordnungen Folge zu leisten, und fuhr davon, der Schuft.

Natürlich verstehe ich, dass Sie in der Nähe Ihrer Kaiserlichen Majestät bleiben müssen und sich nicht entfernen dürfen, aber helfen Sie mir wenigstens mit einem Rat.

Ich habe eine Liste der Verdächtigen zusammengestellt.

Zuerst die, denen es nützt. Das sind natürlich Papachin und Machmetschin. Papachin hat gestern bis in die Nacht hier gesessen und ist eine Stunde vor dem Mord abgefahren. In einer zweirädrigen Equipage, ohne Kutscher. Da überprüfe mal, ob er wirklich nach Hause gefahren ist oder nicht. Machmetschin wurde von seinem Kutscher gefahren, auch einem Tataren. Aber bei denen ist es doch so, dass sie um keinen Preis einen der Ihren verraten. Was für einen Nutzen Papachin und Machmetschin von Warwara Iljinitschnas Tod haben, hat mir der Kreispolizeichef erklärt. Das Anwesen hat jetzt keinen Erben. Das Gesetz sieht eine gewisse Frist vor, innerhalb derer nach Verwandten gesucht wird, und wenn keine gefunden werden, fällt die Immobilie dem Fiskus zu, in diesem Fall dem Semstwo. Warum sollte sich das Semstwo zusätzliche Scherereien mit der Immobilie aufladen? Es wird sie an besagte Bauunternehmer verkaufen, aber viel billiger, be-

sonders, wenn die dem zuständigen Mann fünftausend, vielleicht gar zehntausend zustecken. So kann gut eine halbe Million gespart werden. Nicht schlecht, was?

Dann der Verwalter Krascheninnikow. Bei ihm wäre wohl nicht Habgier das Motiv, sondern geistige Verwirrung. Der Alte ist eindeutig nicht bei Sinnen. Das Geschlecht der Baskakows ist für ihn, was Allah für die Mohammedaner ist, und die Ermordete hat er, nach allem zu urteilen, verachtet, ja gehasst.

Bleibt noch der Petersburger Gelehrte, Wladimir Iwanowitsch Petrow. Er hat die Legende von der Skarpea ausgegraben und farbenfroh erzählt. Aber weshalb hätte der Folklore-Sammler Frau Baskakowa und danach ihre Pflegtochter aus der Welt schaffen sollen?

Mehr fällt mir bislang nicht ein.

Das Stubenmädchen Nastja, der Gärtner und der Knecht haben ihre Sachen gepackt und sind noch bei Tageslicht auf und davon. In der Kammer unter der Treppe haust der Kontorist Serjogin, aber mit dem ist Folgendes passiert. Am Morgen war er die Kaltblütigkeit in Person, nahm den Tod der Hausherrin gelassen auf und schwafelte über die Hilflosigkeit aller Sterblichen gegenüber der Vorsehung. Aber am Abend, als die Polizei weg war, kam er ganz verheult zu mir, schnäuzte ins Taschentuch und schrie, er wolle sich das Leben nehmen. Wissen Sie, weshalb? Seine Katze ist krepiert. Sie hat im Garten irgendwelchen Dreck gefressen und ist eingegangen. Er war fix und fertig, ich musste ihm Baldriantropfen geben. Ich geh weg, hat er gesagt. Nach Australien oder Brasilien, weil ich nicht mit Giftmördern und heimtückischen Heliogabals auf einer Halbkugel leben möchte. Er hat seinen Koffer gepackt, hat den herrschaftlichen Bronzeleuchter in Form eines Mephistopheles mitgenommen – »als Andenken« – und ist mit unbekanntem Ziel abgereist.

Ich bin allein im Haus geblieben. Macht nichts, ich stamme aus einfachen Verhältnissen und kann mir selbst helfen.

Anbei in Kopien der Bericht der Tatortbesichtigung und der pathologische Befund, auf meine Anweisung vom Kreispolizeichef und vom Arzt angefertigt.

Ich bitte um Antwort und Rat.

Ihr Tulpow
Ergebenste Grüße an Masa
24. August 1888

4

In seinem Bericht an den Chef hatte Tulpow etwas geschummelt. Die Fakten und Umstände hatte er genau dargestellt, auch die verschiedenen Versionen vom Tathergang nicht verheimlicht, doch er hatte nicht geschrieben, dass er den Täter schon ausgemacht hatte. Wenn er sich irrte, musste er nicht rot werden, wenn er aber die richtige Linie verfolgte, konnte er stolz sein.

Für Papachin und Machmetschin war der Tod von Warwara Iljinitschna zweifellos von Vorteil. Aber Millionäre sind nicht so gestrickt, dass sie wegen eines Batzens Geld, und sei es auch ein großer, Mysterienspiele veranstalten. Dafür muss einer ein abnormes, verbogenes Gehirn haben.

Der Chef pflegt zu sagen, für einen vorsätzlichen Mord gebe es ganze vier Motive: das erste – Habgier, das zweite – Angst, das dritte – brennende Leidenschaft (Liebesraserei oder Eifersucht, Rache, Neid), das vierte – Wahnsinn. Die am schwersten aufzuklärenden Verbrechen zählen zur letzten Kategorie, weil ein Geisteskranker in einer Phantasiewelt lebt, deren Beschaffenheit und Logik normalen Menschen unverständlich sind.

Die Geschichte mit der Skarpea wies alle Anzeichen einer manischen Tat auf, und da fiel der erste Verdacht auf Krascheninnikow.

Ein griesgrämiger Mensch, benahm sich seltsam, liebte die Einsamkeit. Erstens.

Las religiöse Bücher. Zweitens.

Wollte den Verkauf des Gutes verhindern. Drittens.

Hatte krankhafte Vorstellungen von der Größe des Baskakowschen Geschlechts. Viertens.

Na, und das Verdächtigste – verstreute nachts krepierte Mäuse.

Tulpow blätterte in dem aus Moskau mitgebrachten Lehrbuch der Kriminalistik und schrieb sich nützliche Termini heraus, um später vor seinem Chef zu glänzen. Die Hauptversion sah jetzt sehr solide aus.

Folgendermaßen. Durch die hingebungsvolle Lektüre alter Bücher und durch *obsessive Fetischisierung* seines Vasallenstatus bei den Baskakows ist Samson Krascheninnikow übergeschnappt und hat wohl selbst nicht bemerkt, wie er aus der realen Welt in die Welt krankhafter Phantasien hinüberglitt. Auslösendes Moment war möglicherweise die Legende von der Zauberschlange, erzählt von dem Petersburger Folklore-Forscher. Krascheninnikow bildet sich ein, als Verwalter der Baskakows diene er eigentlich der Beschützerin ihres Geschlechts, der Skarpea. Als die Nachricht vom Tod des jungen Baskakow kam, begriff Krascheninnikow, dass mit Sofja Baskakowa das uralte Geschlecht enden würde, und folgte dem eingebildeten Ruf der Sumpfherrin. Es ist anzunehmen, dass der Verwalter Halluzinationen hat und wohl sogar unter einer Persönlichkeitsspaltung leidet. Falls er mit Hilfe irgendwelcher Mittel das Erscheinen der Skarpea inszeniert, hat er im nächsten Moment seine Tricks vergessen. Wie lässt sich sonst erklären, dass er gestern am Ufer des Teichs Schlangennahrung ausgelegt hat? Nein, hier handelt es sich nicht um Habgier, sondern um Wahnsinn. In Erfüllung der Prophezeiung hat er den Herztod von Frau Baskakowa herbeigeführt, und Warwara Iljinitschna hat er bestraft, weil sie nach dem Reichtum der Skarpea trachtete. Als ihm klar war, dass die Erbin keine Kirche zum Ruhm des Heiligen Pankrati errichten würde, hat er an der armen Frau einen Ritualmord vollzogen.

Die Version war logisch, nur mit den Beweisen haperte es.

Darum legte sich Tulpow am folgenden Tag schon in aller Herrgottsfrühe vor dem Haus des Verwalters heimlich auf die Lauer.

Krascheninnikow wohnte im dichtesten Grün des riesigen Baskakowschen Parks, in einem festen Blockhaus mit grünem Blechdach. Zuerst kam ein hochgewachsenes junges Mädchen mit langem blondem Zopf heraus, das musste die Tochter sein. Sie fütterte die Hühner, schöpfte Wasser, goss die Blumen im gepflegten kleinen Vorgarten. Papachin hatte recht, die Tochter des Verwalters war bildschön.

Der Verwalter selbst enttäuschte Tulpow. Er kam in der neunten Stunde die Vortreppe herunter, mit mürrischer und geschäftiger Miene, sattelte das Pferd und ritt davon. Also hatte Tulpow umsonst seit dem Morgengrauen im Gebüsch gesessen, sich vom Tau durchnässen und dreimal von tückischen Ameisen beißen lassen.

So lief der Tag von Anfang an schlecht.

Als sein Magen knurrte und sich zusammenkrampfte, ging Tulpow nach Olchowka, um etwas zu essen zu beschaffen, aber das Dorf war wie ausgestorben. Mit Müh und Not fand er in einem Haus eine uralte Frau, die kaum noch die Beine setzen konnte. Befragt, wo die Einwohner alle seien, antwortete sie: »Schi retten schich vor der Schkarpea. Ich bleib, hab mein Leben gottlob hinter mir. Kommscht du von ihr, von Mütterchen Schkarpea? Willscht du mich holen?« Sie kniff hoffnungsvoll die halbblinden Augen zu.

Der Semstwo-Vorsitzende hatte die Wahrheit gesagt: Hier war tiefstes Mittelalter. Und das nur sechzig Werst von Moskau entfernt!

Von der alten Frau bekam Tulpow nur Kwass und ein Stück Brot. Da er bei niemandem ein Pferd leihen konnte, ging er zu Fuß nach Iljinskoje, wo es einen Laden und ein Postamt gab. Im Laden kaufte er Kringel, Tee, Zucker, Wurst. Dann wartete er lange auf die Abendpost – vielleicht kam vom Chef eine Antwort auf seinen gestrigen Brief. Doch er wartete vergeblich.

Zurück nach Baskakowka musste er wieder auf seinen zwei Beinen. Kein Bauer war bereit, ihn zu fahren – nicht für einen Rubel, auch nicht für zwei. Am Tage, sagten sie, wohin du willst, aber am Abend um keinen Preis. Unwissenheit und Aberglaube.

Es dunkelte bereits, als er das verlassene Anwesen erreichte, müde und wütend. Erast Petrowitsch, Sie tun nicht recht an mir. Sie haben mir nichts von der Skarpea erzählt – na schön, ich sollte mir selbst eine Meinung über diese irre Geschichte bilden. Aber wieso antworten Sie nicht auf meinen Brief? Es geht doch nicht um Kinkerlitzchen!

Und wie sollte er diesem Krascheninnikow beikommen? Hier war Deduktion erforderlich. Vielleicht sollte er zu ihm gehen, ihn am Schlafittchen packen und gründlich durchschütteln, bis er alles gestand? Aber wo waren die Beweise? Auf den krepierten Mäusen ließ sich keine Anklage aufbauen. Also wieder in den Büschen sitzen?

Ohne recht zu wissen, was er unternehmen wollte, ging Tulpow am Teich entlang zum Haus des Verwalters. Der Chef sagte immer, dass in jedem Geisteskranken, und sei er noch so verroht, ein Teilchen des guten Prinzips erhalten bleibe und dass dieser nicht abgestorbene Bereich der menschlichen Seele der wichtigste Helfer bei der Ermittlung sei, der den wahnsinnigen Verbrecher mitunter zur Selbstentlarvung und sogar zur Reue bewege.

Vielleicht sollte er mit Krascheninnikow ruhig und teilnahmsvoll reden. Womöglich drang er zu dem guten Prinzip durch und bekam ein Geständnis. Krascheninnikows Weg führte sowieso ins Irrenhaus, so einer wurde nicht zur Zwangsarbeit geschickt.

Mit solchen Gedanken ging Tulpow an der dämmrigen Wasserfläche entlang, die übersät war von dunklen Flecken halb versunkener Baumstämme, von Bülten und Schilfstängeln. Über dem Teich stiegen weißliche Nebelschleier auf. Der Sommer war noch nicht vorüber, aber es war kühl und feucht.

Den Revolver hatte Tulpow für alle Fälle mitgenommen. Es konnte ja sein, dass in dem Verwalter die böse Hälfte die Oberhand gewann.

Als ganz in der Nähe hinter einer Bülte plötzlich etwas Großes, Ungefüges plätschernd hochschoss, griff sich Tulpow mit der linken Hand ans Herz und riss mit der rechten die Waffe aus der Jackentasche. Dabei blieb er mit dem Hahn hängen und hätte sich beinahe selbst ins Bein geschossen.

Aus dem Wasser kam kein Sumpfungeheuer und auch nicht der Drache Feuerfauch ans Ufer gekrochen, sondern ein schlaksiger Mann in Stiefeln, schlammbedeckt und fast bis zu den Augen mit einem struppigen schwarzen Bart bewachsen.

»Wer sind Sie?«, rief Tulpow mit zitternder Stimme und presste den eisernen Griff.

Der nasse Mann fuchtelte in Richtung Sumpf und gab unverständliche Laute von sich. Entweder ein Stummer oder ein Schwachsinniger.

Das muss der Dorftrottel sein, dachte Tulpow und beruhigte sich. Darum ist er auch so furchtlos. Alle sind aus dem Dorf fortgerannt, und der steigt in den Sumpf.

Tulpow hatte von jeher Mitleid mit Schwachsinnigen, darum gab er dem Mann ein Stück Zucker und sagte ohne Strenge: »Geh jetzt. Du hast hier nichts zu suchen.«

Doch er hätte ihm nichts Süßes geben dürfen, nun wurde er ihn nicht mehr los. Der Trottel blieb mal zurück, lief mal voraus und blickte dabei ständig zum Teich, zum Sumpf. Plötzlich stieß er Tulpow beiseite, plumpste auf alle viere, betastete die Erde und blökte freudig.

Tulpow wollte böse werden, aber da schob sich hinter den Wolken der Mond hervor und beleuchtete das aufgeweichte Ufer;

Tulpow sah in dem lehmigen Schlamm die ekelhaft bekannte gewundene Spur. Schon wieder!

Der Sumpfmann blökte, gluckste und drehte den zottigen Kopf nach allen Seiten, als suche er seine Herzensfreundin. Tulpow ließ ihn am Teich zurück.

Er schritt jetzt zügig aus. Schluss mit dem Hokuspokus! Nach der Zauberschlange mag der Dorftrottel suchen, aber wir beide, Herr Verwalter, werden uns auf unsre Weise unterhalten.

Kurz darauf war er vor dem Haus des Verwalters. Bevor er die Vortreppe hinaufstieg, spannte er den Hahn, schob den Revolver hinter den Gürtel und verdeckte ihn mit dem Mantel.

Auf sein Klopfen öffnete Krascheninnikows Tochter. Von nahem war sie noch schöner: reines Gesicht, klare, strahlende Augen. Ach, du liebes Mädchen, musst mit einem Geisteskranken leben.

Tulpow lüpfte die Mütze und stellte sich vor. Er fragte nach ihrem Namen – Angelina.

»Vater ist nicht zu Hause«, sagte sie. »Er ist im ›Kabinett‹. Schon lange, seit Tagesanbruch.«

»Wo ist das?«, fragte Tulpow und sah sich um. »In welcher Richtung?«

»Er hat verboten, ihn dort aufzusuchen«, erklärte das schöne Mädchen. »Ich habe längst das Abendessen fertig und warte, aber ihn holen darf ich nicht. Möchten Sie vielleicht hier auf ihn warten? Wenn Vater da ist, essen wir zusammen zu Abend.«

Tulpow runzelte die Stirn und antwortete zerstreut: »Danke. Vielleicht ein andermal ... Also, ich komme in einer dringenden Angelegenheit, darum muss ich es riskieren, Ihren Vater in seinem ›Kabinett‹ zu stören. Aber ich bitte Sie, mich zu begleiten.«

Ein gescheites Mädchen. Sie zog die feingeschwungenen Brauen zusammen, sagte aber nichts. Einen Moment zögerte sie, dann warf sie sich ein Tuch über und führte Tulpow auf einem schmalen Pfad an einer Wiese entlang, vorbei an Johannisbeergebüsch und durch einen Apfelgarten. Die Äpfel waren schon reif und strebten der Erde entgegen. An einem saftprallen Apfel stieß sich Tulpow schmerzhaft die Stirn.

»Da ist das ›Kabinett‹«, sagte Angelina und zeigte mit dem Finger.

Direkt am Teich stand eine Hütte mit einem Fensterchen. Drinnen, hinter einer Baumwollgardine, brannte Licht.

Tulpow hätte gern durch eine Ritze gespäht, aber das war ihm vor dem Mädchen peinlich. Er klopfte kurz, pro forma, und drückte rasch die Tür auf. Gar zu gern hätte er Krascheninnikow bei einer ihn entlarvenden Beschäftigung ertappt.

Zuerst sah er eine Petroleumlampe auf einem Brettertisch, eine Reiseflasche in einer wildledernen Hülle und ein Schnapsglas und dann erst den Verwalter. Der saß zusammengesunken auf dem Stuhl, mit zurückgeworfenem Kopf. Gekleidet war er in etwas Weites, Sackartiges, das an einen gemusterten asiatischen Chalat* erinnerte.

Angelina stieß hinter Tulpow einen gellenden Schrei aus, schubste ihn zur Seite und stürzte zu ihrem Vater. Doch bevor sie bei ihm war, warf sie die Arme hoch und sank zu Boden – ohnmächtig.

Da konnte man auch das Bewusstsein verlieren. Das Gesicht des Verwalters sah gruslig aus – blau angelaufen und gedunsen, und am Hals, seitlich vom Bart, waren zwei schwarze Punkte, aus denen Blut tropfte.

Tulpow war froh, dass das Mädchen nicht bei Besinnung war. Sonst hätte er sie trösten, ihr Wasser einflößen müssen, aber er hatte jetzt anderes zu tun: den Tatort besichtigen, nach Spuren suchen, Messungen vornehmen.

Er streckte die Hand nach dem Adamsapfel des Toten aus, um zu fühlen, ob er bereits erkaltet war.

Da bemerkte er, dass sich der weite Chalat eigenartig bewegte. Er sah genauer hin.

* Bei den Turkvölkern Mittelasiens schlafrockähnliches Gewand. (Anm. d. Übers.)

Das war überhaupt kein Chalat, sondern eine Schlange von ungeheuren Ausmaßen, die sich um den Leichnam gewickelt hatte. Sie hob den vorn sich verjüngenden Kopf mit den funkelnden Achataüglein und riss den abscheulichen Rachen mit den beiden spitzen Zähnen auf.

Dem Gouvernementsekretär wurde schlecht. Er machte eine lasche Handbewegung in Richtung Skarpea, als wollte er sagen: Sprich nicht mit menschlicher Stimme zu mir, ich glaube dir sowieso nicht, dann sank er zur Seite. Bevor die Augen unter die Stirn rollten, glitten sie über den dunklen Fußboden, über die Spinngewebe, und Tulpow trennte sich vorübergehend von seinem Bewusstsein, das ihm den Gehorsam aufkündigte.

5

Das Beschämendste war, dass die Tochter des Verwalters noch vor dem erfahrenen Ermittler wieder zu sich kam und Mühe hatte, ihn ins Leben zurückzuholen. Sie rieb ihm die Ohren, bespritzte ihn mit Wasser aus dem Zuber, dabei war sie selbst in Tränen aufgelöst, klapperte mit den Zähnen und betete. Als Tulpow endlich die Augen aufschlug und begriff, wo er war, was sich zugetragen hatte und warum das schöne Mädchen weinte, war das entsetzliche Reptil verschwunden, sicherlich durch die offene Tür hinausgekrochen.

Zuerst war Tulpow gewillt anzunehmen, dass es gar keine Skarpea gegeben und dass die angegriffenen Nerven ihm den aufgerissenen Schlangenschlund nur vorgegaukelt hatten, aber Angelina hatte das kriechende Ungeheuer auch gesehen, außerdem waren da noch die Bissspuren am Hals des unglückseligen Verwalters.

Am nächsten Morgen kehrte Tulpow mit einer Ermittlungsgruppe aus dem Amtsbezirk zurück; der Semstwo-Arzt obduzierte den Verwalter und stellte fest, dass dieser an einer Atemlähmung gestorben war, hervorgerufen durch ein Gift, das dem Provinz-Äskulap unbekannt war. Die Ungenauigkeit des Befundes war nicht verwunderlich – der Arzt machte einen betrunkenen Eindruck und hielt sich nicht sehr sicher auf den Beinen. Bloß gut, dass er sich mit dem Skalpell keinen Finger abschnippelte.

Na ja, so ist das eben auf dem Land.

Gegen Mittag war das Bild der Verbrechen von Baskakowka mehr oder weniger klar. Der Gouvernementsekretär legte in einem ausführlichen Bericht an den Chef die objektiven Fakten und die eigenen Schlussfolgerungen dar, fügte wieder Kopien der Ermittlungsprotokolle bei, und ein Sonderkurier der Polizei ritt nach Moskau, in die Kleine Nikitskaja-Straße, um dem Kollegienrat Fandorin die wichtige Sendung persönlich auszuhändigen.

Die ursprüngliche Version erwies sich als fast richtig, das war das einzige, worauf Tulpow in dieser Geschichte stolz sein konnte. Krascheninnikow war tatsächlich übergeschnappt und hatte sich für den Sklaven der Skarpea gehalten. Bei der Deduktion hatte sich Tulpow nur in einem geirrt: Die gigantische Schlange entstammte nicht der kranken Phantasie des Verwalters, sondern der Realität. Aber darauf konnte ein normaler Mensch nicht kommen.

Nun wurde auch verständlich, warum Krascheninnikow den Verstand verloren hatte. Wenn man einem solchen Ungeheuer begegnet und noch dazu die Legende von Baskakowka kennt, muss man ja durchdrehen. Wenn selbst hartgesottene Männer in Ohnmacht fallen ...

Der Dorftrottel, dem Tulpow am Abend zuvor begegnet war, hatte das Riesenreptil sicherlich auch gesehen, war aber aus Dummheit und mangelnder Phantasie nicht im mindesten erschrocken, im Gegenteil, er freute sich über den spaßigen Pumpenschwengel und wollte ihn fangen. Der gottesfürchtige Verwalter hingegen hatte einen Heidenschreck bekommen und war zum

Verehrer der Schlange geworden wie die Söhne Israels, die der ehernen Schlange Nehusthan geräuchert hatten. Er hatte das widerliche Tier gefüttert, gezähmt und wohl sogar in seinem »Kabinett« gehalten, nur manchmal zu Spaziergängen hinausgelassen, bis er schließlich selbst das Opfer seiner kriechenden Gebieterin geworden war.

Im Wächterhäuschen fanden sie einen Sack mit Mäusen und Fröschen, an der Schwelle stand eine große Schüssel, in der noch etwas Milch war, und in der Jackentasche des Toten steckte eine Rohrflöte – wohl um das Sumpftier anzulocken. Angelina hatte die Flöte nie zuvor bei ihrem Vater gesehen.

Tulpow befragte das vom Kummer niedergedrückte Mädchen unter vier Augen und schrieb selbst das Protokoll. Erstens tat ihm die Ärmste leid, und zweitens sollte keiner von seinem Schwächeanfall erfahren, das wäre seiner Autorität abträglich gewesen. Als der Arzt mit der Obduktion fertig war, legten sie den Leichnam auf einen einfachen Leiterwagen, und Angelina brachte ihren unglückseligen Vater ins Dorf. Aber die Bauern würden wohl kaum zulassen, dass der Hexer auf dem Friedhof beerdigt wurde. Ach, die Ärmste. Wo sollte sie jetzt hin?

Nachdem die Zeugin seiner Schmach gegangen war, flunkerte Tulpow seinen Kollegen vor, er habe die Skarpea am Schwanz packen wollen, aber die Teufelswurst sei ihm entflutscht und davongekrochen.

Was die Schlange gegen Krascheninnikow, ihren Wohltäter, erzürnt hatte, blieb im Dunkel. Vielleicht war er ihr mit seiner Fürsorge lästig geworden. Oder hatte er sie zu selten frei gelassen? Wie auch immer, die Skarpea hatte ihm ihre todbringenden Zähne in den Hals geschlagen.

Hier entspann sich zwischen Tulpow, dem Polizeichef und dem Arzt ein wissenschaftlicher Disput, welcher biologischen Gattung das rätselhafte Lebewesen zuzuordnen sei.

Der Arzt vermutete, dass es am ehesten eine Vipera berus sei, die unter besonderen Umständen enorme Ausmaße annehmen könne. Er habe gelesen, dass vor einiger Zeit in Italien Bauern eine Giftschlange gefangen hätten, die anderthalb mal so lang wie ein Mensch gewesen sei. Tulpows Behauptung, die Skarpea sei mindestens viereinhalb Meter lang gewesen, nahm der Mediziner skeptisch auf und erlaubte sich sogar eine Anspielung in dem Sinne, dass die Angst große Augen habe.

Der Polizeichef bezweifelte, dass es eine Viper war. Tulpow konnte sich gut an die Musterung der Schlangenhaut erinnern – schwarz mit gelben Zickzacklinien, aber solche Schlangen hatte es im Faulen Moor noch nie gegeben.

Am Abend, als sie auf den Seelenfrieden der Schlangenopfer und auf die Lösung des Falls Wacholderschnaps tranken, entwickelte Tulpow einen Plan durchgreifender Maßnahmen: die gesamte Polizei des Kreises mobilisieren, einen Aufruf an die ansässige Bevölkerung richten und das Moor feinmaschig durchkämmen. Das Ungeheuer hatte sich sicherlich dort verkrochen. Wo sollte es sonst hin? Man musste es suchen und fangen, und wenn es nicht lebendig zu packen war, vernichten. Dann könnte auch der biologische Streit beigelegt werden, und es würde sich zeigen, ob Tulpows Angst wirklich so große Augen hatte (ein giftiger Seitenhieb gegen den Arzt).

Die Mittrinker unterstützten die Idee des Gouvernementsekretärs einmütig. Den nächsten Tag wollten sie für Vorbereitungen nutzen, und übermorgen bei Sonnenaufgang sollte die Hetzjagd losgehen.

Die Expedition geriet nicht so monumental, wie Tulpow es sich ausgemalt hatte. Zwei Dutzend Polizisten mit dem Kreispolizeichef an der Spitze und ein paar Freiwillige, das war die ganze Streitmacht, dazu noch drei benachbarte Gutsbesitzer unter der

Führung von Anton Blinow, der als erfahrener Jäger zum Heerführer ernannt worden war, der gelehrte Folklorist Petrow (ohne Gewehr, dafür mit einem Kescher, als wolle er Schmetterlinge fangen), der Arzt Zarewokokschaiski und die beiden Pachrinsker Millionäre Papachin und Machmetschin – wahrscheinlich wollten sie sich in Erwartung künftiger Geschäfte den örtlichen Machthabern empfehlen. Der Tatar Machmetschin hatte ein halbes Dutzend dunkelhäutiger, schlitzäugiger Männer mitgebracht, die laut redeten und schallend lachten, als wollten sie zu verstehen geben, dass der christliche Aberglaube sie nichts anging. Papachin war allein gekommen, dafür gekleidet wie ein Engländer, der auf die Fuchsjagd geht: schwarzes Käppi, roter Redingote, in der Hand eine dünne Reitpeitsche (was übrigens nicht so dumm war).

Von den Bauern war trotz versprochener Belohnung nur einer erschienen – ein dürrer Opa mit erdfarbenem Gesicht und einer zerrissenen Ohrenklappenmütze auf dem Kopf. Blinow drückte dem Freiwilligen die Hand und nannte ihn »Vertreter einer neuen bewussten Bauernschaft«, doch bei näherer Betrachtung erwies sich der Vertreter als nicht ganz nüchtern. Er war entsetzlich zerlumpt, trug aber feste Segeltuchhandschuhe und hatte seltsamerweise einen leeren Sack über der Schulter. Ab und zu nippte er aus einer Flasche, tänzelte auf der Stelle und trällerte irgendwelche monotonen Melodien. Der Folkloreforscher zückte seinen Notizblock und rückte dem Repräsentanten der mündlichen Folklore auf die Pelle, doch der Bauer sagte dem Gelehrten, wo er ihn könne.

Außerdem tauchte noch Tulpows Bekannter auf, der Stumme, der die Skarpea im Teich gesucht hatte. Als er Tulpow sah, steckte er den Finger in den Mund, was heißen sollte: Gib mir Zucker. Obwohl er schwachsinnig war, hatte er doch begriffen, warum sich so viele Leute versammelt hatten. Er zischte wie eine Schlange, blökte, hüpfte hoch und bekundete auf jegliche Art seine Zustimmung zu dem Unternehmen. Ihn davonzujagen war unmöglich.

Für die Kette kamen nur sechsunddreißig Leute zusammen, was für ein gründliches Durchkämmen natürlich nicht ausreiche. Das Moor war fast acht Werst lang und anderthalb Werst breit.

Alle Hoffnung ruhte auf der Erfahrung Blinows. Der runzelte die Stirn und teilte die Jäger nach seinem Gutdünken ein. Dem Gouvernementsekretär als dem Abgesandten offizieller Instanzen wies er den Platz an seiner Rechten zu. Dann folgte, auf Tulpows Forderung, der einzige Bauer (man musste den Trunkenbold im Auge behalten, damit er, Gott behüte, nicht ertrank) und nach ihm der Schwachsinnige, für den sich Tulpow auch verantwortlich fühlte.

»Da wir nicht genug Leute haben, werden wir nicht den ganzen Sumpf durchkämmen«, erklärte Blinow. »In der Mitte ist eine kleine Insel, wo ich kaum hinkomme, weil es nicht lohnt. Die werden wir uns jetzt mal vornehmen. Halten Sie nicht mehr als sieben, acht Schritte voneinander Abstand. Vorwärts, meine Herren! Und keine Angst! Wenn jemand einsinkt, ziehen die anderen ihn heraus.«

Und er schritt als Erster in die trübe grüne Brühe.

Zur Insel gingen sie Spur in Spur. Tulpow sah sich immer wieder nach dem alten Bauern um – der schwankte zwar, fiel aber nicht hin. Und der Trottel, der schien sich im Moor pudelwohl zu fühlen. Dafür war Tulpow selbst nicht auf der Höhe: Als er ein schwarzes Köpfchen mit gelben Punkten aus dem Wasser ragen sah, sprang er zur Seite und versank bis zum Hals. Blinow packte ihn sofort am Kragen und stellte ihn wieder auf den Pfad, trotzdem hatte Tulpow schon schleimiges Wasser mit Froschlaich geschluckt. Davon wurde er melancholisch und bekam ein nervöses Zittern in den Knien. Wenn ihn schon eine harmlose Ringelnatter so erschreckte, was sollte dann erst werden, wenn sich hinter einer Bülte plötzlich ein Schlangenkopf von der Größe einer Melone hochreckte? Na, und die nassen Klamotten erheiterten ihn auch nicht gerade. In den hohen Sumpfstiefeln gluckerte jetzt gut ein Eimer Wasser.

Irgendwie erreichten sie das Trockene und bildeten eine Kette.

»Als ich im Frühling hier herumstöberte, habe ich hinter den Büschen dort Erdlöcher entdeckt«, sagte Blinow und zeigte in die Richtung. »Aber ich habe dem keine Bedeutung beigemessen, ich dachte, Wasserratten. Kommen Sie, Anissi Pitirimowitsch, sehen wir nach.«

Wirklich, hinter dem Gebüsch waren zwischen Wurzelwerk drei Erdlöcher zu sehen: zwei nebeneinander, eins etwas weiter weg.

»Haben Sie Handschuhe?« fragte Blinow. »Nicht? Na, dann nehmen Sie meinen, ich behelfe mir mit dem linken.«

Die übrigen Jäger gingen weiter, nur der alte Trunkenbold blieb stehen und nahm einen Schluck Selbstgebrannten, und der Trottel ging vor den Erdlöchern in die Hocke.

Tulpow streifte Blinows Glaceehandschuh über, schob den Trottel beiseite und holte tief Luft. Ihm schauderte, in das schwarze Loch zu fassen. Selbst wenn darin nur eine Ratte steckte, die konnte auch kräftig zubeißen.

Aber als Blinow, ohne nachzudenken, den Arm bis zur Schulter in die erste Höhle schob und darin herumsuchte, schämte sich Tulpow. Er biss sich auf die Lippe, hockte sich hin und steckte entschlossen die Hand in das Erdloch.

»Schschschochch«, ertönte ein lautes pfeifendes Zischen, und bevor Tulpow reagieren konnte, durchfuhr ein brennender Schmerz seine Hand.

Mit einem wilden Schrei fuhr er zurück, zog die Hand mit einem Ruck heraus und heulte vor Entsetzen auf, als er sah, dass an dem durchgebissenen Handschuh der gewaltige rhombische Kopf mit den ihm schon bekannten wütenden Äuglein festgewachsen war. Hinter dem Schädel erstreckte sich der geschmeidige schwarz-gelbe Rumpf – so dick wie Tulpows Hals, vielleicht auch dicker.

»Aah, Mama!«, schluchzte Tulpow schmachvoll und ruckte mit der Hand, um sie aus dem giftigen Rachen zu befreien.

Die Skarpea öffnete die Kiefer und sauste mit unverhoffter Geschwindigkeit ins Dickicht.

»Da ist sie, haltet sie!«, schrie Blinow und riss das Gewehr von der Schulter.

Der Trottel vollführte unter Triumphgebrüll einen Katzensprung, packte den schwarz-gelben Schwanz und wurde sofort ins hohe rostbraune Gras geschleift. Der angetrunkene Bauer stürzte hinterher.

»Helfen Sie mir«, flüsterte Tulpow und presste die brennende Hand an die Brust. »Tun Sie irgendwas, ich flehe Sie an!«

Er zog den Handschuh aus und sah zwischen Daumen und Zeigefinger zwei schwarze Pünktchen, aus denen Blut tropfte. War das der Tod?

Blinow bemühte sich um den sterbenden Tulpow.

»Mein Gott, was für ein Unglück! Atmen Sie tief ein, durch den Mund! Hauptsache, der Brustkorb bleibt beweglich.«

Zu spät. Tulpow fühlte, dass er nicht einatmen konnte. Er riss den Mund auf, aber in seine Lungen kam keine Luft. Das war sie – die Atemlähmung.

Er zeigte auf den Säbel, der an Blinows Gürtel hing, und röchelte: »Hacken Sie ... hacken Sie mir die Hand ab ...«

»Was fäll Ihnen ein!« Blinow wich entsetzt zurück. »Das bring ich nicht fertig!«

Dabei fuchtelte er mit den Händen, der erbärmliche Mensch.

Tulpow zog mit der linken Hand sein eigenes Messer hervor, setzte es an und begriff, dass er es auch nicht fertig brachte. Und wozu auch, wenn er ohnehin nicht mehr atmen konnte.

Aus dem Dickicht kämpften sich die beiden Bauern, die aussahen wie an den Seiten zusammengewachsene siamesische Zwillinge. Der Alte hielt mit einer Hand die Skarpea hinter dem Kopf gepackt, der Trottel drückte ihren Schwanz an seine Brust, und der Schlangenleib wand sich um beide in lebendigen, pulsierenden Ringen.

Der reinste Laokoon, dachte Tulpow entrückt; er rief sich in diesem Moment seine selige Mutter, die Schwester Sonja, Fandorin und Masa ins Gedächtnis. Lebt wohl, ihr alle, die ich lieb hatte. Leb wohl, blauer Himmel und grünes Laub.

»Erledigt das Scheusal!«, rief Blinow. »Mit dem Messer, mit dem Messer!«

Er bekam zur Antwort: »Wozu mit dem Messer ... Wir bringen sie in den z-zoologischen Garten ...«

Das ist sie, die Geistestrübung vor dem Tod, dachte der röchelnde Tulpow – er meinte Fandorins Stimme gehört zu haben.

Die Schlangenkämpfer stopften das sich verzweifelt wehrende Reptil in den Sack, doch das unwürdige Treiben berührte Tulpow nicht mehr.

»Sie sind ein schlechter Mensch, B-Blinow. Bezeichnen Ihre Freundin als ›Scheusal‹ und wünschen ihr sogar den Tod.«

»Chef, Sie?!« Tulpow atmete aus und starrte entgeistert auf den Dorftrottel, der vom Kampf mit der Schlange ganz rot im Gesicht war. War es denn möglich?

Der Schwachkopf strahlte ihn mit seinen Zahnlücken an und blökte. Statt seiner antwortete der alte Trunkenbold: »D-Danke, Tulpow. Sie haben eine überaus schmeichelhafte Meinung von meinen Verwandlungskünsten.«

Tulpow versuchte gar nicht erst zu begreifen, wieso sich der Alte plötzlich in Fandorin verwandelte – alles Irdische wird belanglos, wenn das Leben zu Ende geht und Tropfen um Tropfen versickert. Wie durch ein Wunder sind Sie jetzt hier, Erast Petrowitsch, ein besseres Abschiedsgeschenk kann man sich nicht wünschen.

»Leben Sie wohl, Chef ...«, hauchte Tulpow mit der letzten Luft, die noch in seiner Lunge war.

Fandorin machte ein finsteres Gesicht.

»He, he, Tulpow! Kommen Sie bloß nicht auf die Idee, wirklich d-davonzugehen. Schämen Sie sich, aus Angst zu sterben.«

Der Gouvernementsekretär blickte seinen geliebten Chef vorwurfsvoll an. Warum beleidigen Sie einen Sterbenden, Herr Fandorin? Das ist Sünde.

Vor Kränkung presste er noch ein Quäntchen Luft heraus:

»Gift ... Höllenschmerzen ...«

»Und ob das weh tut – bei den Zähnen.« Der Chef betrachtete nachdenklich seinen Handschuh, auf dem die Schlangenzähne unzählige Punkte zurückgelassen hatten. »Das S-Segeltuch hat sie nicht durchbissen, aber Ihren Glaceehandschuh – wie nichts. Das ist schmerzhaft, aber nicht gefährlich. Die Schlange ist nicht giftig. Eine Amur-Boa, Tulpow. Aufgrund Ihres B-Berichts und der Aussagen von Angelina Krascheninnikowa – sie hat eine bessere Beobachtungsgabe als Sie – habe ich in der Lesestube des Amtsbezirks im zoologischen Atlas nachgeschlagen. Ein wunderbares Exemplar, nicht wahr, Herr Blinow?«

Der war bleich und schüttelte den Kopf, als wolle er eine Sinnestäuschung verscheuchen.

Tulpow zeigte schweigend – sprechen konnte er nicht mehr – auf seinen Adamsapfel: Und was ist mit der Atemlähmung?

Der Chef befahl: »Los, niesen Sie!«

Tulpow wunderte sich, aber er nieste. Und – Wunder über Wunder – er atmete etwas Luft ein. Dann mehr, noch mehr, und schließlich atmete er mit voller Brust.

»Wer sind Sie eigentlich, Herr Verkleidungskünstler?« Blinow hatte sich wieder gefasst. »Wer ist das, Anissi Pitirimowitsch? Und was sollen die lächerlichen Unterstellungen an meine Adresse?«

Fandorin drehte sich zu dem Semstwo-Vorsitzenden um.

»Ich bin Kollegienrat Fandorin. Und Sie haben, wie ich sehe, eine neue Reiseflasche?« Er zeigte auf das blanke Messingfläschchen, das an Blinows Gürtel hing. »Wo ist denn die alte? Ich wette, sie war mit Wildleder umkleidet und hatte einen wunderschönen s-silbernen V-Verschluss, den man auch als Gläschen benutzen konnte.«

Das sonderbare Wettangebot hatte eine erstaunliche Wirkung. Der Volksvertreter protestierte nicht länger, sondern wich zurück.

6

»Sagen Sie, Tulpow, haben Sie das P-Protokoll gelesen, das Sie mir vorgestern schickten? Darin beschreibt der Polizeichef den Tatort, an dem Krascheninnikow umkam.« Der Chef blickte seinen Assistenten tadelnd an.

»Nein, wozu denn? Ich habe ihm befohlen, sofort ein Protokoll mit Blaupause zu schreiben ... Ich habe doch selber alles mit eigenen Augen gesehen und Ihnen in meinem Bericht geschildert.«

»Genau das ist der springende Punkt. Sie haben geschrieben, dass auf dem Tisch eine wildlederumkleidete Reiseflasche mit einem Gläschen stand, der Polizeichef hingegen hat keine Flasche bemerkt. Das bedeutet: Während Sie b-bewusstlos waren, ist das Behältnis auf geheimnisvolle Weise vom Tisch verschwunden. Die Schlange wird es doch nicht mitgenommen haben, oder?«

Tulpow klapperte mit den Augen und runzelte die weißlichen Brauen.

»Dort war aber niemand außer mir und der Tochter Krascheninnikows.«

»Darum habe ich anfangs das junge Mädchen verdächtigt. Gestern morgen sind Ihre Majestät mit Ihrer Suite endlich nach Petersburg abgereist, und ich bin sofort hergekommen. In Iljinskoje habe ich Angelina Krascheninnikowa ausfindig gemacht und eingehend befragt. Wenn sie gesagt hätte, sie habe keine Flasche gesehen, hätte das bedeutet, dass sie die V-Verbrecherin ist. Denn sie ist ja vor Ihnen wieder zu sich gekommen. Aber sie hat die Flasche gesehen und genau beschrieben, außerdem konnte sie sich erinnern, dass nach ihrer Ohnmacht die Flasche vom Tisch verschwunden war. Woraus folgt, dass sich ganz in der Nähe ein Dritter befand, der Sie aus der Dunkelheit beobachtete. Nachdem mir Angelina auch die Schlange detailliert beschrieben hatte, ermittelte ich, dass es sich um eine ungefährliche Boa handelt, und es wurde klar: Der Verwalter ist nicht an dem Biss gestorben. Das Gift befand sich höchstwahrscheinlich in der auf geheimnisvolle Weise verschwundenen F-Flasche. Ein Besucher, den der Verwalter in seiner Hütte empfing, spendierte ihm ein vergiftetes Getränk, dann ritzte er in den Hals des Toten zwei winzige Löcher, um einen Schlangenbiss vorzutäuschen. Der Mediziner vom Amtsbezirk ist auf diesen Trick auch prompt hereingefallen. Da es nicht irgendeine, sondern eine Amur-Boa ist, fiel es mir nicht schwer, auf den Mörder zu kommen.«

Fandorin blickte nicht mehr Tulpow an, sondern Blinow, der unbeweglich dastand und sich auf die bleichen Lippen biss.

»Wer außer Ihnen, Blinow, konnte eine Amur-Boa hierherbringen? Sie sind voriges Jahr aus dem Fernen Osten zurückgekehrt. Tigerfelle haben Sie nicht erbeutet, sich aber statt dessen eine großartige lebendige Trophäe angeschafft. Ihre Absicht war harmlos und sogar löblich: die wildernden Bauern vom Faulen Moor fernzuhalten, damit sie nicht die seltenen Vögel ausrotteten und Sie nicht bei der Jagd störten. Ein scharfsinniger Plan, der vorzüglich funktionierte. Doch außer den abergläubischen Bauern sah auch Krascheninnikow Ihre Boa. Zumindest wusste er, dass die Skarpea keine Erfindung hysterischer Weiber war, aber dem Untersuchungsführer sagte er nichts davon. Offensichtlich fürchtete er, für verrückt gehalten zu werden. Übrigens, Tulpow, ich habe den Verwalter keinen Moment im Verdacht gehabt. Wissen Sie, warum nicht? Weil er am Teichufer vergiftetes Futter für die Schlange ausgelegt hat.«

»Es war vergiftet, Chef?«, staunte Tulpow. »Wie sind Sie darauf gekommen?«

Fandorin seufzte.

»Und die Katze des K-Kontoristen Serjogin? Es liegt auf der Hand, dass ihr Kraschninnikows Bewirtung nicht bekommen ist. Nein, der Verwalter glaubte nicht an die Zauber-Skarpea, und damit er Ihnen nicht in die Quere kam, Blinow, beschlossen Sie, ihn ins Jenseits zu befördern. Das bot Ihnen obendrein die Möglichkeit, alles dem Verwalter in die Schuhe zu schieben, und das wäre Ihnen ja fast gelungen. Sie suchten ihn in seiner Hütte auf, boten ihm vergifteten Schnaps an und richteten den Tatort so her, wie Sie es brauchten. Sie steckten dem Toten eine Rohrflöte in die Tasche, schafften eine Schüssel mit Milch herbei, und für den Sack mit Mäusen und Fröschen hatte der Ärmste selbst gesorgt, das kam Ihnen sehr entgegen. Aber Sie vergaßen Ihre Flasche auf dem Tisch und mussten noch einmal zurückkommen, um sie zu holen. Das von Ihnen vorbereitete Stillleben mit Schlange erschreckte die beiden Augenzeugen so sehr, dass sie in O-Ohnmacht fielen, und Sie konnten das Beweisstück problemlos entfernen, doch Sie waren immer noch nervös. Das Mädchen beunruhigte Sie nicht allzu sehr – sie konnte nicht mehr zurück nach Baskakowka, aber Tulpow ... Womöglich las er doch noch das Protokoll und wurde auf das Verschwinden der Flasche aufmerksam? Sie verfielen auf die Idee, den Zeugen auf raffinierte und für Sie ganz ungefährliche Weise loszuwerden. Sie führten Tulpow zu dem Erdloch, wo die von Ihnen gezähmte Schlange hauste, und nötigten ihn ...«

»Erlauben Sie, mein Herr!«, unterbrach Blinow den Ankläger. »Sie haben doch gerade selbst gesagt, dass die Schlange nicht giftig ist. Folglich hat Ihr Assistent nichts riskiert, als er die Hand in die Höhle steckte, und ich bin nicht der Unmensch, als den Sie mich hinstellen!«

»Am Beispiel der Frau Baskakowa konnten Sie sich überzeugen, dass Angst und Autosuggestion einen empfindsamen Menschen zuverlässiger töten als ein Messer. Tulpow zweifelte nicht an dem tödlich wirkenden Gift des Schlangenbisses, und er glaubte hoch und heilig an die A-Atemlähmung. Darum wäre er tatsächlich erstickt.«

Tulpow drückte die Hand an die Brust und atmete tief ein. Mein Gott, was für ein Glück zu atmen, einfach zu atmen!

Es gab noch einen glücklichen Menschen – den Schwachsinnigen. Er saß auf der Erde und streichelte liebevoll den pulsierenden und sich blähenden Bastsack. Nachdem das fernöstliche Reptil den einen Freund verloren hatte, war ihm ein neuer zugewachsen, der weitaus treuer war.

»Chef, aber warum musste Frau Baskakowa sterben?«, fragte Tulpow, davon überzeugt, dass Fandorin wie immer recht hatte. »Was für einen Vorteil hatte er davon?«

»Einen ganzen direkten. Als Vorsitzender der Semstwo-Verwaltung erfuhr Blinow vor allen anderen vom künftigen Bau der Eisenbahnstrecke und begriff, was für ein Filetstück Baskakowka werden würde. Dieser Herr befindet sich in einer verzweifelten Lage. In der Kanzlei des Gouverneurs habe ich erfahren, dass die Pachrinsker Verwaltung verdächtigt wird, beträchtliche öffentliche Gelder veruntreut zu haben, und dass eine Revision bevorsteht. Die Sache riecht nach Gericht und Gefängnis. Herr Blinow brauchte dringend Geld, um die Unterschlagung auszugleichen. Darum hat er den raffinierten P-Plan entworfen. Die Umstände fügten sich auch gar zu verlockend, nicht wahr? Der einzige Sohn von Frau Baskakowa kam ums Leben, die Gutsbesitzerin erlitt vor Kummer einen Herzanfall, und ihr Verstand verdüsterte sich. Vermutlich hat sie selbst davon gesprochen, dass die Skarpea sie als die Letzte vom Geschlecht der Baskakows holen werde. Denn kurz zuvor hatte Herr Petrow diese alte Legende ausgegraben ... Sie wussten, dass dann Warwara Iljinitschna das Gut Baskakowka erben würde, Ihre Gleichgesinnte, was die Begeisterung fürs G-Gemeinwohl angeht ... Sie sind ein redegewandter Mann, und Sie vermochten das Fräulein ohne große Mühe zu überreden, ein Testament zu Gunsten des Semstwo aufzusetzen ...«

»Sie sagen es selbst: des Semstwo, nicht zu meinen eigenen Gunsten!« Blinow versuchte zum zweiten Mal, den Angriff abzuwehren.

»Sogar Tulpow hat begriffen, was für ein Vorteil dem Treuhänder der gesellschaftlichen Liegenschaften aus dem Recht erwächst, die Grundstücke zu verpachten.«

Bei dem Wort »sogar« schob Tulpow gekränkt die Lippe vor, doch Fandorin sagte zu ihm: »Tulpow, hier riecht es nicht nach fünf- und nicht nach zehntausend Rubeln Schmiergeld, wie Sie in Ihrem Brief vermuteten, sondern nach bedeutend mehr. Die Pacht für die Sommergrundstücke bringt den Bauunternehmern einen Gewinn von zweihunderttausend im Jahr, so dass sie nicht an Schmiergeldern sparen werden.« Der Kollegienrat schüttelte den Kopf. »Ich fürchte, die M-Mode der Sommergrundstücke wird früher oder später die Behörden im Moskauer Umland völlig verderben. Gar zu groß ist die Versuchung der leichten Bereicherung.«

Fandorin holte ein Taschentuch hervor und rieb sich sorgfältig das Gesicht ab, die Falten verschwanden nach und nach, und die Haut wurde immer heller.

»Drei Morde, Blinow. Das ist das Ergebnis Ihrer Mystifikation. Um die arme Frau Baskakowa unter die Erde zu bringen, reichte es, ihr die fernöstliche Schlange zu zeigen. Aber bei Warwara Iljinitschna mussten Sie sich schon die Hände schmutzig machen. Es war wirklich ein zusammengedrehtes Handtuch, Tulpow. Ich denke, dass Sie in diesem Fall das Bild des Verbrechens richtig wiedergegeben haben. Eine kühne Idee – den Moskauer Ermittler zum Augenzeugen zu machen. Blinow, Sie haben die ›Skarpea‹ ein bisschen unter dem Fenster herumkriechen lassen, und die ›Zauber‹version erhielt noch eine Bestätigung ... Übrigens, wie heißt Ihre Freundin?« Fandorin deutete mit dem Kopf auf den Sack.

Blinow hatte wohl begriffen, dass Leugnen zwecklos war, und griente schief.

»Viktoria ... Muss ich mich nun als verhaftet betrachten?«

Der Chef wandte sich ab und sagte leise: »Das überlasse ich Ihnen.«

Tulpow glaubte sich verhört zu haben. Blinow schluckte und blinzelte verwirrt. Dann verbeugte er sich knapp: »Danke ...«

Er nahm die Flinte am Riemen und ging langsam davon. Im Gehen pflückte er eine kümmerliche Sumpfblume und roch an ihr. Noch ein paar Schritte, und hinter ihm schloss sich das übermannshohe Gras.

»Wird er nicht fliehen?«, fragte Tulpow.

»Wohin? Durch Russland ziehen und um Almosen betteln? Das l-liegt dem Herrn nicht. Wenn er aber gefasst wird, bekommt er lebenslängliche Zwangsarbeit. Wir geben ihm fünf Minuten, damit die Semstwo-Idee nicht unnötig kompromittiert wird. Jagdunfälle sind keine Seltenheit.« Fandorin wischte sich angewidert die Wange ab, die von rosa Einstichen übersät war. »Schnell zurück nach Moskau. Dieses Pleinair hier gefällt mir nicht. Das sind ja keine Mücken, sondern Piranhas.«

»Chef ...«, druckste Tulpow.

»Was denn noch?«

»Angelina, die Tochter Krascheninnikows ... ein hochanständiges Mädchen. Sie hat Entsetzliches durchgemacht und ist jetzt mutterseelenallein. Hier geht sie zugrunde. Ein Jammer. Können wir nicht irgendwas für sie tun?«

»Na schön. Wir nehmen das ›hochanständige Mädchen‹ mit.«

Im Gestrüpp krachte ein Schuss, übers Moor rollte ein kurzes, hastiges Echo.

Tulpows Schultern zuckten, er bekreuzigte sich dreimal. Den Trottel hingegen erheiterte der knackende grollende Laut. Immer noch den geliebten Sack streichelnd, rief er: »Peng!«

Und lachte freudig.

Ein zehntel Prozent

1

Die Quartalsberatung der Rechtsschutz-Instanzen in Anwesenheit Seiner Erlaucht verlief so, wie zeremonielle Rechenschaftslegungen dieser Art immer verlaufen, das heißt, sie erinnerte an ein langweiliges und feierliches Ballett in der Art von Adams »Giselle«.

Anfangs führte der Staatsanwalt des Obergerichtshofs sein Adagio aus und beklagte die erschreckende Statistik schwerer Verbrechen im »Weißsteinernen« Moskau – in den letzten drei Monaten sieben Morde.

Dann legten der Oberpolizeimeister und der Leiter des Kriminalamts einen heiteren Pas de deux hin: Ja, die Morde hätten zugenommen, seien aber alle aufgeklärt worden, und für den maroden Zustand der Gesellschaft seien die Polizeiorgane nicht verantwortlich.

Seine Erlaucht der Generalgouverneur entschlummerte schon beim Bericht des Staatsanwalts. Bei der Rede des Oberpolizeimeisters ließ er den Kopf mit der zur Seite gerutschten Perücke auf die Brust sinken, und als der Oberst vom Kriminalamt sprach, schnarchte er bereits. Der Generalgouverneur war alt, er hatte kürzlich die Achtzig überschritten.

Als der Chef des Moskauer Kriminalamts, ein vollblütiger Mann mit sonorer Stimme, im Eifer zu laut wurde, schmatzte der Fürst im Schlaf beunruhigt mit den Lippen. Sogleich schaute ein Greis in posamentenverzierter Livree hinter der Portiere hervor und drohte dem Obersten mit dem Finger. Es war der persönliche Kammerdiener Seiner Erlaucht, der allmächtige Frol Wedistschew. Der

Oberst wechselte sofort vom kraftvollen forte ins leiseste piano, und die folgenden Teilnehmer der Beratung äußerten sich fast flüsternd.

Fandorin hatte sich absichtlich ans Fenster gesetzt. Er sah, wie Equipagen über die Twerskaja rollten, wie Apriltropfen auf das Fenstersims prasselten, wie frische Wölkchen am Himmel trieben. Die Reden waren für den Herrn Staatsrat ohne Interesse. Über die Fakten war er ohnehin unterrichtet, und die Meinungen konnte er fast wörtlich voraussagen. Nur während der Rede des Oberpolizeimeisters Schubert wandte er den Kopf und hörte etwas genauer hin, aber nicht wegen des Inhalts, sondern wegen des Redners selbst. Der war erst kürzlich nach Moskau versetzt worden und verdiente genauere Betrachtung.

Mit Sicherheit ließ sich über Schubert bislang nur eines sagen: ein weltmännischer, umgänglicher Mann. Doch das geübte Auge Fandorins, der in seinem Beamtenleben schon etliche Oberpolizeimeister erlebt hatte, konstatierte sofort, dass der Neuernannte sich nicht lange halten würde. Es war zu spüren, dass er aalglatt war und einen festen Charakter vermissen ließ. Mit solchen Eigenschaften konnte einer in Petersburg Karriere machen, aber nicht in Moskau.

Nachdem Fandorin eine Weile Schubert beobachtet hatte, gähnte er leicht und wandte sich wieder dem Fenster zu.

Alles ging den gewohnten Gang. Auch der Fürst enttäuschte seine Untergebenen nicht, die immer wieder eine verblüffende Eigenschaft Seiner Erlaucht bestaunten: Genau in dem Moment, da der letzte Redner verstummte, erwachte der Fürst. Er zwang die Augenlider auseinander, warf einen forschen Blick in den weißmarmornen Saal und sagte in vorwurfsvollem Ton den obligatorischen Satz: »Tja, meine Herren, Sie müssen sich mehr ins Zeug legen. Es liegt vieles im Argen. Aber Gott ist gnädig. Ich danke allen. Sie können gehen.«

Im Korridor trat der Oberpolizeimeister zu Fandorin, der als Letzter herauskam, und sagte mit gewinnendem Lächeln: »Erast Petrowitsch, Sie haben vergangenen Sonntag die Jagd versäumt, wirklich schade.«

Es ging um die große Gouverneursjagd, mit der traditionell die Frühjahrssaison eröffnet wurde. An dem diesjährigen April-Ausflug hatte die gesamte Hautevolee Moskaus teilgenommen, aber Fandorin verschmähte solche Vergnügungen.

»Ich mag das nicht«, sagte er. »Wozu lebende G-Geschöpfe töten, die mir nichts getan haben?«

»Ich weiß Ihre originellen Ansichten zu schätzen.« Seine Exzellenz lächelte noch freundlicher. »Aber ich bedaure Ihr Fernbleiben nicht wegen der Birkhühner und Auerhähne. Haben Sie nicht von dem Unglück gehört?«

»Fürst Borowski? Ja, man hat mir davon e-erzählt. Unabsichtliche Tötung aus Fahrlässigkeit, oder?«

Der Oberpolizeimeister beugte sich vor und senkte die Stimme: »Unabsichtlich?«

»Gibt es daran Zweifel?«

Schubert fasste den Staatsrat unter und führte ihn zur Fensterbank.

»Aus diesem Grund wollte ich Sie sprechen ... Wissen Sie, es haben sich Umstände ergeben ... Um nicht Ihre Zeit zu vergeuden, machen wir es so: Sie erzählen, was Sie über Borowskis Tod wissen, und ich vervollständige das Bild.«

Fandorin rief sich ins Gedächtnis, was ihm Teilnehmer der Jagd erzählt hatten.

»Als die Treiber die Auerhähne aufscheuchten (dafür gibt es einen speziellen T-Terminus, ich erinnre mich nicht), hat ein junger Mann, der zusammen mit Borowski aufgestellt war, aus Versehen zu tief gezielt und dem Ärmsten eine Schrotladung in den Hinterkopf gejagt. Ich glaube, der Unglücksschütze heißt Kulebjakin, richtig?« Der Oberpolizeimeister nickte. »Was noch? Mir wurde e-erzählt, dass Kulebjakin nach einem Champagnerfrühstück recht angeheitert war. Wahrscheinlich erklärt sich daraus dieser ungeheuerliche Fehlschuss. Was hat Ihr Interesse an dieser traurigen, aber nicht außergewöhnlichen Geschichte geweckt? Was für Umstände haben sich ergeben?«

»Ein Augenzeuge hat sich gemeldet«, sagte Schubert mit einem schweren Seufzer. »Ihm gefällt wohl nicht, was für eine Wendung die Geschichte nimmt. Vorgestern, als das Unglück passierte, wurde nicht einmal die Polizei gerufen. Der Fall war klar, die Creme der Gesellschaft, und schließlich, weshalb die Polizei rufen, wenn ihr oberster Chef mit von der Partie war?«

Schubert lachte und rieb sich verlegen die Schläfe.

»Ich fürchte, mir ist ein Schnitzer unterlaufen. Ich komme ja von der Garde, habe mich früher nie mit Polizeidingen befasst. Darum habe ich auf meine Weise entschieden: Ich habe Herrn Kulebjakin gebeten, im Hotel zu bleiben, solange die Untersuchungen laufen, weiter nichts.«

»Er wohnt im H-Hotel?«

»Im Dussault. Der junge Mann stammt aus Petersburg, ist nur für kurze Zeit nach Moskau gekommen, in Vermögensangelegenheiten. Er ist der Neffe und einzige Erbe von Iwan Kulebjakin, dem bekannten Industriellen. Wie Sie vielleicht aus der Zeitung wissen, ist sein Onkel vor zwei Wochen gestorben, und der junge Mann ist im Begriff, das gewaltige Vermögen zu übernehmen. Junggeselle, passables Aussehen, märchenhaft reich. Natürlich reißt man sich in Moskau um ihn: Festessen, Bälle, Jours fixes, Brautschauen. Zur großen Jagd wurde er selbstredend auch eingeladen. Er lebt auf großem Fuß. Hat sich in einem Fünfzig-Rubel-Zimmer mit Springbrunnen eingemietet, wirft mit dem Geld nur so um sich. Verständlich bei einem derartigen Reichtum. Am Sonntag war er schon morgens beschwipst – das wurde Ihnen richtig erzählt. Und als die Jäger paarweise aufgestellt wurden, griff er auch zur Flasche – das habe ich selbst gesehen ...«

»Warum reden Sie nicht weiter? F-Fahren Sie fort ...«

»Natürlich ist niemandem in den Sinn gekommen, einen Vorsatz zu vermuten. Urteilen Sie selbst, warum sollte Kulebjakin in seiner Lage das tun? Habgier? Lächerlich. Persönliche Rechnungen? Er hat den Fürsten Borowski erst eine halbe Stunde vor der Tragödie kennengelernt. Ich habe herausgefunden, dass Baron Norfeldt sie miteinander bekannt gemacht hat. Gleich bei den ersten Worten zeigte sich, dass beide – der Fürst wie auch Kulebjakin – leidenschaftliche Theaterliebhaber waren; zwischen ihnen entspann sich ein angeregtes Gespräch, und sie baten darum, gemeinsam aufgestellt zu werden. Nein, da gab es keine persönlichen Rechnungen. Und trotzdem ...«

Schubert machte eine Pause – zwei Beamte aus der Kanzlei gingen vorbei. Sie grüßten Fandorin und verneigten sich schweigend vor dem Oberpolizeimeister. Schließlich konnte dieser fortfahren.

»Gestern kam ein Jäger zum Swenigoroder Kreisrichter, ein gewisser ...« Schubert sah in sein Notizbuch, »Antip Sapryka, und teilte mit, er habe mit eigenen Augen gesehen, wie alles passierte. Herr Kulebjakin behauptet, dass er, als er die Flinte hochriss, zu früh abdrückte. Der Jäger hingegen sagte aus, dass Kulebjakin in eindeutiger Absicht auf den Hinterkopf des Fürsten gezielt und dann geschossen habe. Inzwischen wurde überprüft, dass Sapryka von der Stelle, die ihm zugewiesen war, den Tatort wirklich überblicken konnte. Selbstverständlich zählt die Aussage eines Sapryka nichts gegen das Wort des hochmögenden junges Mannes, aber andererseits, warum sollte der Jäger haltlose Beschuldigungen vorbringen? Er ist nicht mehr jung, trinkt nicht und hat den besten Leumund. Seit fast dreißig Jahren arbeitet er auf dem Gut des Generalgouverneurs.«

»Ein heikler Fall«, stimmte der Staatsrat zu. »Das muss genau untersucht werden.«

»Ganz meine Meinung. Schließlich wurde keine Auerhenne erschossen, sondern Fürst Borowski. Was war das für ein Mann! Die Hälfte der Moskauer Damen trägt Trauer.«

»Ich weiß, Borowski hatte den Ruf eines Schürzenjägers. Vielleicht ein V-Verbrechen aus Leidenschaft? Eine Liebesgeschichte, ein verhängnisvolles Dreiecksverhältnis, ein Eifersuchtsdrama?«

Der Oberpolizeimeister breitete nur die Arme aus.

»Sehr gut möglich. Aber Borowski hatte einen erlesenen Geschmack, mit Soubretten und Halbweltdamen gab er sich nicht ab, akzeptierte nur Frauen der guten Gesellschaft. Und er war immer taktvoll, hat nje eine Dame kompromittiert. Ein wahrer Gentleman. Wie, frage ich Sie, soll die Polizei einen solchen Fall untersuchen? Meine Dershimordas* werden in solchen Kreisen höchstens in die Diele gelassen. Wir könnten natürlich über die Dienerschaft agieren, darauf verstehen sich unsere Ermittler. Aber das würde uns auch nicht weiterbringen. Wir würden nur Staub aufwirbeln. Verletzung der Privatsphäre hoch angesehener Familien, der gerechte Zorn der Damen und ihrer Gatten ...« Schubert schüttelte sich. »Nein, danke ergebenst. Aber Sie sind in diesem Milieu zu Hause. Sie können taktisch vorgehen, ohne Aufsehen zu erregen. Ich bitte Sie dringlich, sich dieser Sache anzunehmen. Wirklich, Erast Petrowitsch, Ihnen wird es keine große Mühe machen, und mir fällt ein Stein vom Herzen.«

Der Staatsrat mußte nicht lange überredet werden. Die Aufgabe sah unkompliziert, aber interessant aus.

---

* Dershimorda – Polizist in dem Theaterstück »Der Revisor« von N. Gogol. (Anm. d. Übers.)

2

Er begann natürlich mit der Befragung des Jägers, wozu er in den Kreis Swenigorod fahren mußte.

Das Gespräch fand am Schauplatz der Tragödie statt, weil es anschaulicher war und kein Unbefugter zuhören konnte.

Antip Sapryka, ein gesetzter Mann um die fünfzig, zeigte bedächtig: »Dort stand der junge Herr, der angetrunken war. Und der Lange, Schnurrbärtige ein Stückchen vor ihm. Als die Treiber Krach machten und die Auerhähne aufjagten, trat der Jüngere ein Schrittchen zurück, und da seh ich, er richtet die Doppelflinte direkt auf den Hinterkopf des Vordermanns. Der ahnt natürlich nichts, er reckt den Hals und wartet auf die Auerhähne. Wie ich gerade rufen will: ›Gnädiger Herr, das Gewehr höher!‹, kracht es schon. Aus, vorbei. Ich stehe starr. Ach, denk ich, so ein Unglück. Was hat er angerichtet, der Suffkopp, ihm gehorchen die Hände nicht mehr! Bloß, da seh ich, er ist gar nicht so betrunken. Er guckt nach allen Seiten, ganz wachsam. Mich sieht er nicht, ich steh ja hinter der Kiefer. Ringsum ein Geballer, alle feuern auf die Auerhähne, aber er, der Mörder, geht in die Hocke, dreht den Toten hin und her und fängt dann erst an zu schreien. Genau so war es, Euer Wohlgeboren. Ich sag's wie bei der Beichte.«

Es war zu sehen, dass er die Wahrheit sagte.

Fandorin hatte nur eine Frage: »Warum haben Sie das nicht sofort der Polizei gemeldet, sondern einen Tag gewartet?«

Der Jäger senkte den Kopf, räusperte sich.

»Tja ... schreckliche Sache. Unter feinen Herren. Da mischt man sich besser nicht ein. Er hatte ein Metford-Gewehr, das kostet seine tausend Rubel, trug Lackstiefel, eine Uhr mit goldner Kette. Wenn sich die Rechtsverdreher auf den Fall stürzen, marschiert man selber noch zur Zwangsarbeit ... Ich hätte nicht ausgesagt, aber der Pope hat mich gedrängt. Ich bin hin zu ihm, zu Vater

Konstantin, und hab in meiner Dummheit gebeichtet: Das und das ist passiert. Und er sagt: ›Lade dir keine Sünde auf die Seele, Antip. Fahr morgen früh in die Stadt, sagt er, und ich werde für dich beten.‹ Da bin ich eben gefahren ... Durcheinandergebracht hat mich der Schwarzrock. Jetzt werd ich meines Lebens nicht mehr froh.«

»Man darf nicht zulassen, dass ein Mord ungeahndet bleibt«, sagte Fandorin zerstreut, während er überlegte, wie er weiter vorgehen sollte.

Jetzt konnte er vielleicht mit Kulebjakin plaudern.

Im Hotelzimmer des reichen Erben war tatsächlich ein Springbrunnen. Eine Marmorblume mit nackter Nymphe stand mitten im Salon und erzeugte ein ständiges Plätschern, das Fandorin schon bald als aufdringlich empfand.

Einen unangenehmen Eindruck machte auf ihn auch der Bewohner des Prunkgemachs, ein hübscher brünetter Mann um die dreißig mit vorzeitig gewelktem Gesicht.

Afanassi Kulebjakin benahm sich gegenüber dem Vertreter der Macht ungezwungen, ja, dreist, zumal er von Saprykas Aussage noch nichts wusste.

»Ja, tut mir leid. Ich bin auf ebenem Gelände gestolpert, da ist das Gewehr losgegangen. Ich hatte dem Cognac zu sehr zugesprochen. Vierzig Jahre alter Martell, schon mal probiert? Wie lodernde Kohle. Als ob man auf einer Wolke schwebt, alles ringsum versinkt in wohligem Nebel.« Der Mörder saß im Sessel, die Beine übereinandergeschlagen, und wippte mit dem bestickten Hausschuh. Er versuchte gar nicht den Eindruck zu erwecken, als hätte ihn das Vorgefallene erschüttert. »Was soll man machen? Pech gehabt. Fatum, Schicksal. Im letzten Winter hat Graf Wrede auf der großfürstlichen Jagd den Gardekavalleristen Saltykow genauso durchlöchert. Nicht gelesen? Der Graf wurde zu einer Kirchenbuße verurteilt. Ich werde natürlich auch Buße tun.« Kulebjakin bekreuzigte sich schwungvoll. »Ich werde Dreizentnerkerzen aufstellen. Und ich tu noch mehr, mein Wort als Ehrenmann. Wie ich hörte, hatte der Verstorbene, obwohl er Graf war, kein großes Einkommen. Ich werde der Witwe als Entschädigung für das tragische Missgeschick zwanzig- bis dreißigtausend anbieten. Was meinen Sie, nimmt sie das Geld? Ich denke, unbedingt. Freilich, aristokratische Hochnäsigkeit und all so was, aber Sie müssen zugeben, das ist ein hübsches Sümmchen. In ihrer Lage mäklig zu sein, ist nicht …«

Hier unterbrach Fandorin ihn mitten im Satz: »Es gibt einen Augenzeugen, der gesehen hat, wie Sie gezielt auf den Kopf des Fürsten geschossen haben.«

Der Staatsrat verschränkte die Hände und beobachtete die Reaktion des Gesprächspartners.

Kulebjakin schluckte, blinzelte, hörte auf, mit dem Fuß zu wippen, und richtete sich im Sessel auf.

»Einen Augenzeugen?«, fragte er. »Das kann nicht sein.«

Er ist beunruhigt, aber nicht sehr, musste Fandorin feststellen.

»Zehn Schritt links von Ihnen stand hinter einem B-Baum ein Jäger.«

Der Verdächtige lehnte sich wieder zurück und winkte unbekümmert ab.

»Na, ein großes Tier. Ihr Jäger hat im Suff Gespenster gesehen. Oder ihm ist zu Ohren gekommen, dass ich reich bin, und er will mich erpressen. Da hat er sich ja was ausgedacht! Weshalb sollte ich einem Menschen, den ich kaum kenne, absichtlich zwei Schrotladungen in den Kopf schießen?«

Darauf wusste der Staatsrat keine Antwort.

Nach den ersten Erkundigungen, die Fandorin über Afanassi Kulebjakin eingeholt hatte, war ein Verbrechen aus Leidenschaft wenig wahrscheinlich. Das passte nicht zu ihm. Nicht, dass er den Freuden des Fleisches abhold gewesen wäre, ganz im Gegenteil, aber er zog der heißblütigen Liebe die käufliche vor und hatte allem Anschein nach höchst zynische Ansichten über das schöne Geschlecht. Solche Männer töten nicht aus Eifersucht oder aus Rache für die verletzte Ehre einer Frau.

So erbrachte die Begegnung am Springbrunnen nichts Brauchbares für die Ermittlung.

Außer einem vielleicht: Fandorin hatte die feste Überzeugung gewonnen, dass Kulebjakin, anders als der Jäger, log. Den Fürsten hatte er nicht zufällig getötet, sondern vorsätzlich, mit kühlem Kopf.

Aber wirklich, weshalb?

Wann tötet ein Mensch mit Vorbedacht einen anderen? Der verstorbene Xaveri Gruschin, Fandorins erster Lehrmeister in Kriminalangelegenheiten, pflegte zu sagen: Entweder ist Leidenschaft im Spiel oder Habgier oder Rache oder Gefahr. Aber so sehr Fandorin auch suchte, er konnte keines der vier Grundmotive auch nur ansatzweise finden.

Es gibt zuweilen Ausgeburten, denen der Vorgang des Tötens Vergnügen bereitet, besonders wenn eine Chance besteht, straflos davonzukommen. Zu dieser psychischen Abnormität neigen zwei Typen von Menschen: solche, die im Krieg viel Blut vergossen haben, oder solche, die von klein auf krankhafte Freude an Quälereien empfinden. Kulebjakin aber war nicht im Krieg gewesen, hatte noch nicht einmal gedient. Außerdem hatte die Petersburger Polizei auf Fandorins detaillierte, nach Punkten gegliederte Anfrage mitgeteilt, dass der junge Mann nie sadistische Neigungen erkennen ließ. Zwar war er den Justizorganen gut bekannt, denn er hatte wiederholt randaliert, ungedeckte Wechsel unterschrieben und in Schuldhaft gesessen. Doch hatte er keine Prostituierten ausgepeitscht, die Dienerschaft nicht geschlagen und war nie zuvor in Unglücksfälle mit tödlichem Ausgang verwickelt gewesen. Der Petersburger Ermittler, ein alter Kollege Fandorins, hatte sogar ehemalige Mitgymnasiasten Kulebjakins befragt: Nein, der hatte als Junge keine Katzen gequält, keine Hunde aufgehängt, keine Ratten gebraten. Ja, er war ungezogen und verlogen gewesen und hatte in der vierten Klasse den Zeichenlehrer am Stuhl festgeklebt. Aber durch pathologische Grausamkeit war er nie aufgefallen.

Fandorin kam zu dem Schluss, dass er nach Petersburg fahren und sich ernsthaft mit Herrn Kulebjakin beschäftigen musste.

3

Nach zwei Tagen Petersburg wusste der Staatsrat über das Objekt alles, was zu erfahren war.

Eigentlich war die Biographie des jungen Mannes völlig belanglos. Das Gymnasium hatte er nicht abgeschlossen – er war wegen schlechter Leistungen und ungehörigen Betragens relegiert worden. Ebenso erfolglos hatte er sich auf sechs verschiedenen Arbeitsstellen versucht, die sein Onkel ihm vermittelt hatte, in der Hoffnung, aus dem Taugenichts werde doch noch ein nützliches Glied der Gesellschaft. Der junge Mann hielt sich nirgends lange, er flog überall in hohem Bogen. Schließlich hatte der Onkel genug von seinem Neffen und kümmerte sich nicht mehr um ihn. In letzter Zeit sprach er sogar häufig davon, dass er vorhabe, das Testament zu ändern und sein riesiges Vermögen wohltätigen Einrichtungen zu vermachen. Er sprach davon, zeigte aber keine Eile, seine Absicht zu verwirklichen, denn er war nicht alt und gedachte noch ein Weilchen zu leben.

Doch das Schicksal entschied anders. Vor reichlich zwei Wochen speiste er mit Bekannten im Jachtklub zu Abend. Plötzlich fühlte er sich unwohl, verlor das Bewusstsein und starb auf der Fahrt ins Krankenhaus. Todesursache: Herzstillstand.

So, so, sagte sich Fandorin. Er begann tiefer zu graben.

Zu seiner Verblüffung stellte er fest, dass der Leichnam nicht obduziert worden war. Und das bei einem plötzlichen Tod? Merkwürdig.

Doch aus dem Protokoll, das der Reviervorsteher umgehend angefertigt hatte, ersah Fandorin, dass unter den Tischgenossen des Millionärs der bekannte Doktor Bukwin gewesen war, Professor der Medizin, eine Leuchte der Kardiologie. Er hatte versucht, dem Sterbenden Hilfe zu leisten, und als dieser den Geist aufgegeben hatte, Herzmuskelruptur konstatiert. Verständlich, dass der Reviervorsteher den Leichnam ohne Obduktion zur Bestattung freigegeben hatte: In keinem Leichenschauhaus der Polizei hätte eine Expertise von größerer Autorität erstellt werden können.

Und nun erlaubte sich ein aus Moskau abkommandierter Beamter, den Befund anzuzweifeln. Mit Zustimmung des Staatsanwalts ließ er das frische Grab öffnen und die Leiche exhumieren.

Und was kam dabei heraus? Die pathologische Untersuchung wies im Gewebe des Toten einen extrem hohen Gehalt an Blausäure nach.

Vergiftung!

Oberpolizeimeister Schubert erhielt folgendes Telegramm:

»Kulebjakin weiterhin unter Hausarrest halten. Beabsichtige Ermittlungsexperiment. Fandorin.«

4

Also, eine Woche, bevor Afanassi Kulebjakin bei der Jagd den Fürsten Borowski erschoss, war ein anderer Mord geschehen, von dem der Erbe direkt profitierte.

Blausäure in hoher Dosis ist ein ziemlich rasch wirkendes Gift. Da sich der Onkel erst am Ende des ausgedehnten gesellig

Abendessens unwohl fühlte, war auszuschließen, dass ihm der Neffe das Gift schon zu Hause verabreicht hatte. Außerdem wurde der nichtsnutzige junge Mann seit langem nicht mehr über die Schwelle gelassen. Im Restaurant war er auch nicht dabei gewesen. Mehr noch, er hatte ein wasserdichtes Alibi: Drei Tage vor dem Tod des Onkels war er in Schuldhaft genommen worden – auf Veranlassung seiner Gläubiger. Und es war ungewiss, wie lange er hinter Gittern gesessen hätte, denn sein Onkel hatte nicht daran gedacht, ihn freizukaufen.

Das Rätsel konnte nur mit Hilfe eines Experiments gelöst werden.

Fandorin beschloss, das Bild des unglückseligen Abendessens detailgetreu zu rekonstruieren und dabei den Professor, die übrigen Bekannten des Toten und die Bediensteten unter die Lupe zu nehmen. Letztere hatte er besonders im Verdacht. Vielleicht hatte sich ja einer von ihnen bestechen lassen? Für den Koch und erst recht für den Kellner wäre es ein Leichtes gewesen, den Wein oder das Essen zu vergiften.

Sollte Kulebjakin, wenn auch durch Dritte, seinen Onkel getötet haben, so ließe sich der Mord bei der Jagd erklären, das Motiv war zwar recht bizarr, aber nicht undenkbar. In der Kriminalistik kamen solche Fälle sehr selten vor, aber Fandorin hatte in seinem Ermittlerleben noch ausgefallenere Motive erlebt.

Ein Mensch, der einen raffiniert ausgedachten Mord erfolgreich in die Tat umgesetzt hat, kann ein Gefühl der eigenen Allmacht entwickeln, der Überlegenheit über die jämmerliche, stumpfe, gesetzestreue Herde. Er fühlt sich als heimlicher Herr der Welt, als unerkannter Lenker der Geschicke, und berauscht sich an seiner vermeintlichen Macht. Das ist ein sehr starkes Gefühl, das ständige Nahrung braucht. Ich kann tun, was ich will, das Gesetz ist machtlos gegen mich, sagt sich der Wahnsinnige. Er lässt an einem belebten Platz eine Höllenmaschine zurück, in der Gewissheit, dass er nie aufgespürt wird, weil man nach Terroristen suchen wird. Oder er schüttet, teuflisch lachend, auf einem Empfang Gift in eins der auf einem Tablett stehenden Gläser, bloß um zu sehen, welchen der Gäste das Verhängnis auswählen wird.

Von dieser irrwitzigen Position aus wäre es für den Täter sicherlich ein atemberaubendes Vergnügen, am helllichten Tag einen Menschen zu erschießen, den er kaum kannte, noch dazu einen Fürsten, und ungeschoren davonzukommen. Sollte es nicht gelingen, die heimtückische Absicht nachzuweisen, so hatte der Mörder tatsächlich kaum etwas zu befürchten. Grässlich, sich vorzustellen, was für ein Vergnügen er sich das nächste Mal ausdenken würde.

Der Fall sah hoffnungslos aus. Der Urteilsspruch des Gerichts ließ sich voraussagen: Nach Anhörung des Angeklagten und einzigen Zeugen würde der Vorsitzende Richter verfügen, das Verfahren wegen Mangels an Beweisen einzustellen und auf den Angeklagten die zahnlose juristische Formulierung »bleibt unter Verdacht« anzuwenden. Aber wahrscheinlich würde Kulebjakin ein Geschworenengericht verlangen, und die wortgewandten Advokaten würden einen völligen Freispruch für ihn erreichen.

Nein, nein, die Möglichkeit, den Mörder zu entlarven, bestand nur hier, in Petersburg, und Fandorin war fest entschlossen, die Chance zu nutzen.

Da die Sache nach der Exhumierung eine ernste Wendung genommen hatte, wagte keiner der drei überlebenden Teilnehmer der verhängnisvollen Mahlzeit, sich zu weigern, obwohl sie alle solide, vielbeschäftigte Männer waren.

Bankdirektor Frank vertagte eine Vorstandssitzung. Geheimrat Ljubuschkin verschob eine Dienstreise. Professor Bukwin kam eigens aus Moskau angereist; er hatte zwei Wohnsitze, ordinierte und operierte bald in der ersten, bald in der zweiten Hauptstadt.

Koch und Kellner waren ebenfalls anwesend.

Man setzte sich, Fandorin nahm den Platz des Verstorbenen ein. Es dauerte alles sehr lange, weil der Ermittler darauf bestand, das Abendessen bis ins Kleinste wiedererstehen zu lassen, und die Teilnehmer gerieten ständig in Streit.

»Nein, erlauben Sie, Euer Exzellenz«, sagte der Bankier, »ich erinnere mich genau – zuerst haben Sie einen kleinen Borstsch gegessen und dann von der Pastete gekostet.«

Ein Polizeiagent, der in die Küche abgestellt war, verfolgte jeden Handgriff des Kochs, der genau die gleichen Gerichte kochen musste.

Ein anderer Agent folgte wie ein Schatten dem Kellner.

Staatsrat Fandorin gewann den Eindruck, dass es am einfachsten gewesen sein dürfte, das Gift in den Ebereschenschnaps zu tun, dessen natürliche Bitterkeit den Beigeschmack des Gifts überdeckt hätte. Doch die Augenzeugen behaupteten einhellig, dass Kulebjakin nie alkoholische Getränke zu sich genommen hätte.

Sie rekapitulierten die Tischgespräche, aber auch hier bot sich kein Anhaltspunkt. Das Essen war zu Ehren Bukwins arrangiert worden, der in den Klub eintreten wollte. Die Vorstandsmitglieder Frank und Ljubuschkin kannten den Arzt seit langem, der alte Kulebjakin sah den Professor zum ersten Mal. Sie sprachen über Segel und Jachtmodelle, über Weine, über die russische Anleihe in Frankreich, über die Gesundheit (wie immer, wenn ein Arzt zugegen ist). Es hatte keine Auseinandersetzungen, keinen Streit gegeben.

Fandorin beobachtete, hörte aufmerksam zu und verdüsterte sich immer mehr. Hatte er das Experiment umsonst unternommen?

Den letzten Schlag versetzte ihm der Arzt. Das geschah, als der Kellner einen Teller mit Trockenfrüchten brachte und vor Fandorin hinstellte mit den Worten: »Das verlangten der Herr vor dem Sterlet.«

Da schlug der Professor mit der Hand auf den Tisch.

»Vergiftung durch Blausäure, sagten Sie?«, rief er so laut, dass alle zusammenzuckten. »Ja natürlich! Ein unverzeihlicher Fehler für einen Arzt mit dreißigjähriger Erfahrung! Die Symptome ähnen sich aber auch zu sehr: stechender Schmerz, hier an der Stelle, Schwindel, Übelkeit, qualvolle Atemnot, bald darauf Herzstillstand. Herr Kulebjakin hat während des Essens noch über Angina pectoris geklagt ... Doch ich will mich nicht rechtfertigen, ich habe mich geirrt, tut mir leid. Auch der Gescheiteste macht mal einen Fehler. Aber ich wollte etwas anderes sagen! Meine Herren, hier war kein Giftmörder am Werk! Erinnern Sie sich, dass unser verstorbener Freund Aprikosen bestellte?«

Bukwin zeigte auf den Teller.

»Ja, wie gewöhnlich«, sagte der Bankier. »Herr Kulebjakin bestellte vor warmen Gerichten immer getrocknete Aprikosen und verzehrte sie auf seine besondere Art: Er löste die Kerne heraus und aß sie, das Fleisch ließ er liegen.«

»Ganz recht«, bekräftigte der Kellner. »Wir hatten uns alle daran gewöhnt. Mindestens drei Pfund auf einen Sitz hat er verspeist, wenn man das volle Gewicht rechnet. Die Kerne wogen natürlich weniger.«

»E-Erlauben Sie, was hat das mit unserem Fall zu tun?« Fandorin blickte den berühmten Kardiologen verständnislos an.

Der lachte.

»Sehr viel. Wussten Sie, mein Herr, dass jeder Aprikosenkern Blausäure enthält? In sehr geringer Menge, so dass man sich fast unmöglich vergiften kann, dafür müsste man etliche hundert Kerne essen. Aber manchmal, sehr selten, gibt es anomale Kerne, in denen die Konzentration der Blausäure um ein Vielfaches erhöht ist. Ich weiß das, weil im Türkischen Krieg einer meiner Sanitäter sich an Kernen überfressen hat und eine schwere Vergiftung davontrug, wir konnten ihn nur mit Mühe retten. Mit einem schwachen Herzen hätte er nicht überlebt.«

»Richtig!« Der Geheimrat klatschte in die Hände. »Erinnern Sie sich, meine Herren? Er aß einen Kern, verzog das Gesicht und sagte: ›Pfui, ist der bitter!‹«

Zurück nach Moskau fuhr der Staatsrat mit leeren Händen. War er zuvor von Afanassi Kulebjakins Schuld überzeugt gewesen, so hatte er jetzt zumindest starke Zweifel. Kein Indiz, kein Anhaltspunkt. Mit dem Tod seines Onkels hatte er nichts zu tun. Dann hatte er vielleicht den Fürsten Borowski doch unabsichtlich getötet? Der Jäger hatte gesagt: Zuerst hat er sich nach allen Seiten umgedreht und die Leiche untersucht, und erst dann hat er geschrien. Was ist daraus zu schließen? Vielleicht war er durch seinen Rausch abgestumpft oder, im Gegenteil, tief erschüttert. Ein Mensch benimmt sich in solch einem Zustand zuweilen sehr merkwürdig, zumindest scheint es von außen so …

Ein Zwei-Personen-Abteil.

Dem missmutigen Staatsrat gegenüber saß ein korpulenter Mann mit Spitzbart. Zu Beginn der Fahrt hatte er sich vorgestellt, aber Fandorin hatte seine Worte aus Zerstreutheit und verdrießlicher Nachdenklichkeit an sich vorbeirauschen lassen. Der Mann war wohl Adjunkt. Oder Privatdozent? Unwichtig.

Der Adjunkt oder Dozent war auch verdrossen, er hüllte sich in Schweigen und seufzte ab und zu. Doch schließlich erlag er der uralten russischen Versuchung, sich einem zufälligen Reisegefährten anzuvertrauen.

Er begann mit den Worten: »Wie ich sehe, sind Sie auch in melancholischer Stimmung?«

5

Vier Wochen zuvor hatte in diesem Abteil ein Gespräch stattgefunden, das verblüffend ähnlich begann.

Zwei einander unbekannte Männer, beide mit trübsinniger

Miene, fuhren von Moskau nach Petersburg. Anfangs schwiegen sie. Dann blickte der Ältere von beiden seinen Reisegefährten an und sagte: »Mein Herr, ich sehe Ihnen an, dass auch Ihnen etwas an der Seele nagt. Wie wäre es mit einem aufmunternden Tropfen?«

Er öffnete seine Reisetasche, in der jeder Gegenstand ein behagliches Fach hatte: Toilettenutensilien, Gläser, Bürsten, Flakons, auch eine Reiseflasche Cognac. Es war zu sehen, dass es sich um einen peniblen, ordentlichen Mann handelte, der oft auf Reisen war.

Der Jüngere leistete ihm gern Gesellschaft. Das erste Glas tranken sie, ohne etwas nachzuessen (oder, wie sich der Ältere ausdrückte, »a cappella«), nach dem zweiten nahmen sie ein Stück Zitrone, nach dem dritten Schokolade, nach dem vierten eine Zigarre, und dann war die Flasche leer.

Nachdem sie nicht so sehr von der Menge des Getrunkenen wie von der Geschwindigkeit des Trinkens beschwipst waren, fragte der Ältere plötzlich: »Sagen Sie, hatten Sie schon mal das Verlangen, einen Menschen umzubringen? Ein so rasendes Verlangen, dass Ihnen die Hände zitterten und die Zähne knirschten?«

Der Jüngere zuckte zusammen und sah seinen Mittrinker erschrocken an.

»Wie seltsam, dass Sie davon ... ich wollte gerade ...«

Er sprach nicht zu Ende.

Der Ältere achtete nicht darauf, er wollte sich selber aussprechen.

»Ich erzähl's Ihnen ...« Er beugte sich über das Tischchen, sein gepflegtes Gesicht schien in Wellen zu zerfließen. »Wenigstens einem Menschen. Es brennt im Innern.«

Und er begann verworren, fieberhaft: »Herrgott, wie ich ihn hasse! Diese dumme, hübsche Fratze, diesen sieghaften Blick! Wie konnte sie bloß! Bei ihrer Keuschheit, ihrer fein empfindenden Seele!«

Seine Erzählung war nicht besonders aufregend: die übliche Geschichte eines nicht mehr jungen Mannes, der die Dummheit besessen hat, aus kopfloser Liebe ein junges Fräulein zu ehelichen. Natürlich hat sie sich mit der Zeit in einen anderen verliebt, einen Moskauer Schönling mit dem Ruf eines notorischen Herzensbrechers.

»Sie hat keine Schuld«, beteuerte der Ältere seinem Gesprächspartner, der mit gespannter Aufmerksamkeit zuhörte. »Nur er, der teuflische Verführer. Wenn er doch verrecken wollte! Oder noch besser, wenn ich ihn mit meinen eigenen Händen umbringen könnte! Ohne dass es für mich Folgen hat!«, murmelte er und merkte nicht, dass ihm Tränen übers Gesicht rannen.

Hier unterbrach der Jüngere die langweilige Beichte des Gehörnten.

»Hören Sie zu«, sagte er nach einem Blick zur Tür und senkte die Stimme. »Uns hat das Schicksal zusammengeführt. Sie können Ihren Beleidiger loswerden. Und es wird für Sie keine Folgen haben. Ehrenwort.«

»Warum verspotten Sie einen Mann, der vor Leid den Verstand verliert?«, fragte der Ältere traurig. »Das ist grausam.«

»Ich verspotte Sie nicht!« Der Jüngere war so aufgeregt, dass er kaum ein Zittern unterdrücken konnte. »Hören Sie zu, ohne mich zu unterbrechen! Den Verführer Ihrer Frau töte ich. Dafür töten Sie den Mann, der mir das Leben vergällt! Meinen Onkel, einen habgierigen, herzlosen Gobseck! Wir helfen uns gegenseitig! Sie bekommen Ihre Frau zurück, und ich werde reich.«

»Das sagen Sie jetzt unter dem Einfluss des Cognacs, und wenn Sie wieder nüchtern sind, springen Sie ab«, antwortete der Ältere nach kurzem Überlegen. »Was ist die Gier nach Reichtum gegen die Qual des gekränkten Herzens? Wenn Sie wenigstens am Verhungern wären, aber Sie reisen in der ersten Klasse, tragen eine Krawattennadel mit einem Brillanten.«

Der Jüngere zog die Nadel aus der Krawatte und schleuderte sie wütend auf den Tisch.

»Alles Blendwerk, mein Leben lang bin ich verschuldet! Der Brillant wandert morgen ins Leihhaus – sonst muss ich ins Gefängnis. Glauben Sie mir, ich bin nicht betrunken. Und ich stehe zu meinem Wort. Wenn ich Ihren Feind töte, werde ich mir vorstellen, dass es mein werter Onkel ist. Und Sie stellen sich vor, dass mein Onkel Ihr Beleidiger ist. Aber warten Sie«, sagte er plötzlich zweifelnd, nachdem er das harmlose Äußere seines Gegenübers gemustert hatte. »Sind Sie überhaupt fähig zu einem Mord?«

»Ich habe keine Wahl. Sonst werde ich verrückt oder lege Hand an mich ... Ihre Idee gefällt mir.« Der Ältere wurde mit jeder Minute ruhiger, seine Stimme klang zuversichtlich. »Das wird ein idealer Doppelmord. Etwas Ähnliches ist in einem amerikanischen Roman beschrieben, dessen Titel ich vergessen habe. Kein Motiv, keine Verbindung zwischen Täter und Opfer. Der Fürst kennt Sie nicht, Ihr Onkel kennt mich nicht. Sollte einer von uns in Verdacht geraten, ist eine vorsätzliche Tötung nicht nachzuweisen. Die Wahrscheinlichkeit eines Fehlschlags beträgt ein Zehntel Prozent, wenn besonders ungünstige Umstände zusammentreffen. Das bin ich bereit zu riskieren. Und Sie?«

Statt einer Antwort streckte ihm der Jüngere die Rechte hin. Es folgte ein kräftiger Händedruck.

»Dann erzählen Sie mir von Ihrem Onkel.« Der Ältere schlug ein Notizbüchlein auf. »Lebensweise, Gewohnheiten. Besonders was die Ernährung angeht. Wissen Sie, ich bin Arzt, für mich ist Gift die einfachste Methode. Was isst Ihr Onkel am liebsten?«

»Weiß der Teufel. Obwohl, warten Sie. Der alte Trottel hat eine Vorliebe für Aprikosenkerne. Wenn kein Nussknacker zur Hand ist, zerbeißt er die Schale mit den Zähnen. Ein widerlicher Anblick: Er zerteilt die Frucht und steckt mit glänzenden Fingern den Kern in den Mund ...«

6

Der Privatdozent (immerhin kein Adjunkt) peinigte Fandorin mit seiner todlangweiligen Geschichte von den Intrigen am Lehrstuhl für Theologie. Fandorin tat, als höre er zu, während er die Perlen seiner chinesischen Jadekette durch die Finger gleiten ließ.

In der zweiten Stunde der dramatischen Erzählung verspürte er unüberwindliche Schläfrigkeit. Er sank für einen Moment weg und fuhr von einem leisen Geräusch sogleich wieder hoch. Die Kette war seiner Hand entglitten und heruntergefallen.

Er musste unter das Tischchen kriechen und den nicht gerade sauberen Fußboden abtasten.

»V-Verdammt, nichts zu sehen!«, schimpfte er. »Haben Sie Streichhölzer?«

Die verflixte Kette war in die äußerste Ecke gerollt. Da lag sie und blinkte matt mit ihren grünen Steinchen.

Als Fandorin sie aufhob, sah er in der Ritze der Scheuerleiste etwas glitzern, heller als Jade.

»Schauen Sie, eine Krawattennadel«, Fandorin zeigte dem Privatdozenten seinen Fund. »Ein Fahrgast hat sie verloren. Ich werde sie dem Schaffner geben.«

»Erlauben Sie ...« Der Privatdozent nahm das Schmuckstück in die Hand und betrachtete es im Licht. »Nein, nicht dem Schaffner. Ein echter Brillant. Der ist um die Fünfhundert wert. Der Schaffner ist ein Spitzbube und wird ihn behalten. Folgendes.« Er gab Fandorin die Nadel zurück. »Auf der Nikolaus-Strecke ist es üblich, die Namen der Erste-Klasse-Passagiere in ein Buch einzutragen, das vom Zugführer aufbewahrt wird. Für den Fall, dass jemand in seinem Abteil einen Gegenstand findet, den ein anderer vergessen oder verloren hat. Ich bin im Januar gereist und habe meine Vorlesungsmappe im Abteil liegen lassen. Zu Hause habe ich es bemerkt und war sicher, dass sie verloren ist. Und was denken Sie? Ich habe sie zurückbekommen. Nach den Eisenbahn-Vorschriften werden die Passagierlisten einen ganzen Monat aufbewahrt.«

»Also gebe ich die Nadel dem Zugführer?«, fragte Fandorin und unterdrückte ein Gähnen.

»Dem auch nicht. Der Mensch ist schwach.« Der Theologe hob den Finger und gab zu verstehen, wenn jemand die menschliche Natur kenne, dann er. »Es steht geschrieben: Führe mich nicht in Versuchung. Am besten bitten Sie den Zugführer um das Streckenbuch und sehen nach, wer im letzten Monat in unserem Abteil gereist ist. Er soll Ihnen die Liste geben. Um die Befragung der Personen wird sich die Polizei kümmern.«

»Gut. So werde ich es m-machen«, sagte Fandorin seufzend.

»Wirklich nobel, christlich gehandelt. Anders als unser werter Vater Prorektor, der mich, denken Sie sich nur, zu sich bestellt und gesagt hat ...«, nahm der Privatdozent seine langatmige Erzählung wieder auf.

Vor dem Ende der Welt

Über Träume

Mutige Menschen haben oft schreckliche Träume. Im Wachen unterdrücken sie ihre Ängste mit Willenskraft, doch nachts, wenn die Selbstkontrolle nachlässt, kriechen aus den zugemauerten Kellern des Gedächtnisses Bilder hervor, von denen der Tapfere, in kalten Schweiß gebadet, erwacht.

Fandorin hatte drei wiederkehrende Alpträume, die ihn Jahr für Jahr verfolgten: eine abgerissene Hand mit Trauring; ein zweigeteiltes Mädchenantlitz – die eine Hälfte engelhaft weiß, die andere teuflisch schwarz; und einen dritten, der späteren Datums war, vielleicht der grausigste von allen.

Es war jedes Mal dasselbe: zuerst ein trübweißer Schleier, Schneesturm oder dichter Nebel. Dann schält sich aus dem hellen Hintergrund allmählich eine raue Fläche, die sich alsbald in ein Stück derbes Gewebe verwandelt. Dieses wird immer deutlicher sichtbar, als ob eine Hand das Okular scharf stellt.

Auf einer grauen Bastmatte, deren einzelne Fasern deutlich zu erkennen sind, liegt ein sorgsam gewindelter Säugling. Sein rundliches Gesichtchen ist klar und ruhig. Die Sonne bescheint die friedlichen Züge, sie färbt die geschlossenen Wimpern golden. Auf der Spitze des Stupsnäschens liegt eine schöne flaumige Schneeflocke, die nicht schmilzt. Fandorin streckt die Hand aus, um sie wegzuwischen, da kriecht aus dem winzigen Nasenloch ein fetter weißer Wurm.

An dieser Stelle folgte unweigerlich das schreckhafte Erwachen, und die zitternden Finger tasteten auf dem Nachttisch vergeblich nach den Streichhölzern.

Fandorin setzte sich im Bett auf, zündete sich eine Zigarre an und verscheuchte Ephialtes, den Dämon der scheußlichen Träume, auf die einzig mögliche Weise: Er zwang sich zur Erinnerung, wie es wirklich gewesen war.

Er blickte auf die im Dunklen glimmende Zigarre, sah aber nicht das rote Glutpünktchen, sondern einen weißen Fluss, einen silbrigen Wald längs der Ufer und schwarze Klumpen gefrorener Erde, aus der hervor leise-leise Engelsgesang tönte ...

Die Ruhe wiederzufinden und einzuschlafen, gelang erst gegen Morgen, und nicht immer.

Glückwunsch zum Geburtstag, Herr Kusnezow

Alles hatte friedlich, ja, voller Wehmut angefangen.

Erast Fandorin beging seinen einundvierzigsten Geburtstag in völliger Einsamkeit. Er saß in einem Abteil des Kurierzugs und blickte aus dem Fenster, vor dem nichts war, kein bisschen Landschaft, nur ein kahles weißes Feld und darüber ein ebenso weißer Himmel. Russland im Januar. Auf diese grundierte Leinwand konnte jeder zeichnen, was er wollte, der Schneesturm würde alles verwehen und rein gar nichts zurücklassen.

Fandorin saß allein im Abteil, weil nach der absurden russischen Vorschrift, die er in den Jahren seines Lebens im Ausland vergessen hatte, Dienstboten nicht erster Klasse fahren durften. Hätte er am Fahrkartenschalter gesagt, Masa sei nicht sein Kammerdiener, sondern ein japanischer Viconte, so hätten sie es zu zweit unterhaltsamer gehabt. Schuld war seine verdammte Ehrlichkeit im Kleinen, Nebeneffekt seines langen Amerikaaufenthalts. Ums Haar hätte er sogar seinen richtigen Namen und Dienstgrad angegeben, dabei reiste er ja als »Kaufmann Erast Kusnezow«.

Armer Masa. Der musste sich auf dem Holzsitz durchrütteln

lassen, und das mit Reisenden, die sein asiatisches Gesicht anstarrten und ihn nach dem Leben in China ausfragten, da sie von Japan noch nie gehört hatten.

Fandorin holte aus der Tasche ein Seidentuch mit der Abbildung zweier Sumoringer, die einander mit ihren gewaltigen runden Bäuchen stießen. Dieses Prachtstück hatte Masa heute früh mit einer Verbeugung seinem Herrn überreicht. Wo es herstammte und wie lange er es bis heute aufbewahrt hatte, mochte Gott wissen.

Das zweite Geschenk, nämlich die Reise in die Heimat, hatte Fandorin sich selbst gemacht. Er hob sein Glas, ließ es gegen die Fensterscheibe klirren, um mit der russischen Winterlandschaft anzustoßen, und sagte: »Gratuliere zum Geburtstag, Herr Kusnezow.«

Den Namen Kusnezow hatte er ausgesucht, weil es der bei Großrussen am weitesten verbreitete und somit der unauffälligste war. Auch sein Aussehen hatte er nach dem statistischen Durchschnitt gewählt – erstens wegen der erwähnten Unauffälligkeit und zweitens, weil er diese Reise im Dienst der statistischen Wissenschaft machte. Zur Statistik später, jetzt erst mal zur Unauffälligkeit.

Der letzte Besuch in seinem Vaterland im Mai vorigen Jahres hatte das Verhältnis zwischen dem Staatsrat im Ruhestand und der herrschenden Macht endgültig zerrüttet, und zwar so sehr, dass den Polizeiagenten im ganzen Reich eine Personenbeschreibung des in Ungnade Gefallenen zuging – sie sollten ihn natürlich nicht festnehmen, dafür gab es keine juristische Handhabe, aber ihn insgeheim observieren. Die Beschattung fiel Fandorin, dem das Privatleben ungeheuer wichtig war, sehr auf die Nerven, überdies war allgemein bekannt, zu welchen Gemeinheiten die russische Macht fähig ist, wenn sie sich herabgesetzt wähnt. Gab es eine Observierung, so ließ sich auch eine juristische Handhabe finden.

Darum hatte der unliebsame Besucher den Stil seiner Kleidung radikal verändert. Statt des Gehrocks trug er einen altmodischen Mantel und statt des Huts eine Schirmmütze, und seine Füße steckten in festen Schaftstiefeln. Zudem hatte er sich einen Bart wachsen lassen, der nicht nur sein einprägsames Gesicht verfremdete, sondern auch von seinem wichtigsten Merkmal ablenkte, nämlich den grauen Schläfen. Denn in seinem Bart schimmerten auch schon allerhand graue Haare. In dem nicht mehr jungen Bartträger mit der Schirmmütze den Dandy Fandorin zu erkennen, war nicht leicht.

Nach den Moskauer Abenteuern im letzten Jahr wäre es gewiss vernünftiger gewesen, die heimatlichen Gefilde für ein, zwei Jahre zu meiden, aber solche Kompromisse verschmähte Fandorin. Er fand, dass er auf Russland nicht weniger Anrecht habe als ein Großfürst oder der Imperator höchstpersönlich. Wenn eine Notwendigkeit oder wie jetzt wissenschaftliches Interesse seine Anwesenheit in der Heimat erforderlich machte, hatten die Personen der kaiserlichen Familie dies hinzunehmen. Mochten sie gekrönt sein und Fandorin nicht, der Gekrönte hatte auch größere Pflichten. Wer in Palästen wohnt, im Golde schwimmt und bedient wird, der nehme gefälligst seine Verantwortung wahr. Doch leider ist es höchst unwahrscheinlich, dass Russland jemals von Machthabern regiert wird, die einsehen, dass Herrschen ein Leidensweg ist und die goldene Krone ein Dornenkranz.

Solche Überlegungen kamen Fandorin recht häufig in den Sinn, und sie verdarben ihm jedes Mal die Laune. Diejenigen seiner Landsleute, die über die Monarchie ähnlich dachten, erstrebten zumeist die Revolution und nannten sich Sozialisten. Fandorin jedoch glaubte nicht an den Nutzen von Revolutionen, und gegen Theorien, die mit Begriffen wie »Volk«, »Nation«, »Klasse«, »Massen« operierten, hegte er eine unüberwindliche Abneigung. Was für eine Idee, Menschen nach diesem oder jenem äußeren Merkmal zu sortieren! Den Menschen, der die Krone der Schöpfung, das

Abbild Gottes und ein ganzer Kosmos war, auf seine soziale Funktion zu reduzieren, auf eine Emse im Ameisenhaufen!

Da fuhr nun also durch die weite russische Tiefebene ein gewisser Erast Petrowitsch Kusnezow, nicht Fisch noch Fleisch, blickte hinaus ins Weiße vor dem Fenster und wurde immer mürrischer, er haderte mit sich selbst, benahm sich mithin wie ein Russe und nicht wie ein Amerikaner.

Der Amerikaner trachtet stets, insbesondere an seinem Geburtstag, alles optimistisch zu sehen.

Vielleicht lenkte Lesen ab?

Fandorin klappte das mitgenommene Buch auf (»Die Kreutzersonate«), legte es jedoch alsbald wieder weg. Die Richtung, die das Genie des Grafen Tolstoi in den letzten Jahren eingeschlagen hatte, verdross ihn mitunter sehr.

Auf einem kleinen Bord standen ein paar Bände, von der Eisenbahn für die Herren Reisenden erster Klasse zum Zeitvertreib bereitgestellt. Es waren durchweg gottgefällige Bücher, da auf dieser Strecke gewöhnlich Pilger zu den heiligen Stätten des Nordens zu reisen pflegten. Die Aufmerksamkeit des missgelaunten Fahrgastes erregte ein Büchlein »Namen und Namenstage«, welches die Gedenktage der Heiligen mit kurzem Lebenslauf aufführte und die christlichen Namen unterhaltsam kommentierte, bestens geeigneter Lesestoff am Geburtstag.

Seltsam, doch Fandorin hatte sich noch nie gefragt, zu Ehren welches Heiligen er den so wenig verbreiteten Namen bekommen hatte. Er las – und staunte.

Der Heilige Erast hatte im ersten Jahrhundert gelebt und zu den siebzig Aposteln gehört, die Jesus über die ursprünglichen Zwölf hinaus zum Gottesdienst berief. Von Haus aus nicht Jude, sondern Grieche (für die Frühzeit des Christentums recht exotisch), entstammte er einem vornehmen Geschlecht und bekleidete einen hohen Posten in der Stadt Korinth. Doch gab er, der Stimme seines

Herzens gehorchend, alles auf, folgte dem heiligen Paulus durch die Städte und wurde später Bischof in Palästina oder Mazedonien. Über das Leben dieses halblegendären Mannes ist fast nichts überliefert. Eine Variante (die von Palästina) besagt, er sei steinalt geworden und friedlich entschlafen. Nach der anderen (von Mazedonien) habe er während der Repressionen unter Nero die Märtyrerkrone genommen.

Die Palästina-Variante gefiel Fandorin zunächst besser. Wenngleich ... Er legte das Buch weg, dachte ein wenig nach und zuckte die Achseln: Beide Varianten waren gar nicht schlecht.

Über seinen Vornamen las er: »Erastos« bedeutet im Griechischen »der geliebt wird«; es gab nach der Jahreszeit der Geburt den Winter- und den Sommer-Erast. Der Winter-Erast zeichnet sich durch einen unruhigen und unabhängigen Charakter aus, verlässt sich nur auf sich selbst und geht steinige Pfade. Der Sommer-Erast hingegen ist ein frohgemuter Mensch, der sich nichts zu Herzen nimmt und ein gedankenloses und angenehmes Leben führt.

Fandorin, neidisch auf seinen sommerlichen Namensvetter, grübelte noch eine Weile über seinen Vornamen nach.

Immerhin war unwahrscheinlich, dass sein Vater ihn zu Ehren des Erastos von Korinth so genannt hatte. Er war nicht fromm gewesen und hatte für die Traditionen der Kirche kaum Achtung empfunden. Eher hatte er den Namen aus Kummer gewählt, da er dem Säugling nicht vergeben konnte, die Todesursache der Mutter zu sein, die am Kindbettfieber gestorben war. Die Ärmste hatte Lisa geheißen, und der untröstliche Witwer hatte den Sohn Erast getauft, das heißt Verderber – das war wie ein Fluch. Zwanzig Jahre später sollte der grausame Schatten der Karamsin-Erzählung[*] noch

---

[*] Karamsin, Nikolai Michailowitsch (1766–1826) – russischer Schriftsteller, Kritiker, Historiker, Autor der damals vielgelesenen »sentimentalischen« Erzählung »Die arme Lisa«. Lisa wird von einem jungen Edelmann verführt und verlassen. Sie ertränkt sich. (Anm. d. Übers.)

einmal auf Fandorin junior fallen. Seine Frau hieß ebenfalls Lisa, und auch sie starb durch seine, Erasts, Schuld ...

Der Zug hatte die Tiefebene hinter sich gelassen und durchfuhr einen Fichtenwald. Vor dem Fenster dämmerte es bereits, doch sich auf amerikanischen Optimismus umzustellen, wollte dem Geburtstagskind nicht gelingen.

Da mobilisierte er seine gesamte Willenskraft, um die Schwermut zu vertreiben. Er verbot sich, über die verworrene Zukunft seines Vaterlands und die früheren Verluste zu grübeln, und zwang seine Gedanken, sich den strahlenden Höhen des FORTSCHRITTS zuzuwenden. Nach seiner tiefsten Überzeugung gab es nur eines, was das arme Russland retten konnte: die rasche Vorwärtsbewegung auf dem Wege der gesellschaftlichen Entwicklung und der Wissenschaft. Auf anderes war nicht zu hoffen.

Er entwarf einen ausführlichen Plan für die bevorstehende Expedition, und seine Stimmung wurde sogleich besser.

ZSK – der Champion

Sein Reiseziel hing unmittelbar mit der schon erwähnten Statistik zusammen, der Königin der Geisteswissenschaften. An diesem spannenden Wissenszweig hatte Fandorin erst vor kurzem Interesse genommen.

Als er sich geschäftehalber in New York aufhielt, hatte er aus schierer Neugier bei einem Kongress der Internationalen Statistischen Gesellschaft vorbeigeschaut, der unter dem Motto »Statistics – The Champion of Progress« tagte. Ausgerechnet an diesem Tag trat dort ein Redner aus Sankt Petersburg auf, der Geheimrat Troinizki. Der angesehene Gelehrte referierte über die Vorbereitungen zur ersten gesamtrussischen Volkszählung in der Geschichte. Sein Vortrag war außerordentlich interessant, die

Größenordnung und die Schwierigkeit der Aufgabe beflügelten die Fantasie. Fandorin hörte bis zu Ende zu, stellte in der Diskussion Fragen und erachtete es dann auch noch für nützlich, dem Landsmann seine Aufwartung zu machen.

Der Geheimrat beeindruckte ihn sehr. Er hatte keinerlei Ähnlichkeit mit einer russischen Exzellenz: kein üppiger Bartwuchs, keine Hochnäsigkeit im Benehmen, keine gespreizte Geschwätzigkeit. Der Mann war energisch, modern, wortkarg. Selbst auf seiner Visitenkarte stand nichts Überflüssiges. Sein Generalsrang war wegen Zweitrangigkeit weggelassen, nur das Amt war genannt – Direktor des ZSK (Zentralen Statistikkomitees). Fandorin hatte noch gedacht: Wenn bei uns jetzt auch Abkürzungen verwendet werden, strebt Russland tatsächlich schon ins 20. Jahrhundert, in dem Schnelligkeit und Sparsamkeit alles entscheiden werden.

Fandorin gewann aus dem Vortrag und dem Gespräch eine Fülle von interessanten Informationen.

Die Zählung aller Untertanen des großen Reiches (nach annähernder Berechnung cirka 100 Millionen Seelen) sollte an einem einzigen Tag erfolgen, dem 28. Januar 1897. Um das gewaltige Vorhaben realisieren zu können, würden die Zählbeauftragten vorher jeden Hof und jedes Haus aufsuchen, um die Fragebögen vorzubereiten und die Bevölkerung über den Sinn der Volkszählung aufzuklären. Diese Arbeit, die mehrere Wochen in Anspruch nehmen würde, sollten 135 000 Statistiker und freiwillige Helfer verrichten – Intelligenzler, lese- und schreibkundige Bauern, ehemalige Soldaten und Geistliche.

Sodann sollten binnen vierundzwanzig Stunden die Fragebogen ausgefüllt und an das ZSK geschickt werden. Dieser Champion des Fortschritts würde für die Erfassung der Angaben die neueste Zähltechnik verwenden. Amerikanische Hollerithmaschinen würden die Informationen über die hundert Millionen Menschen sortieren und einordnen, und zwar nach den in der Befragung vorgegebenen Merkmalen: Religion, Geschlecht, Alter, Familienstand, Beruf und so weiter und so fort.

In New York, in der 15. Etage des Wolkenkratzers Bowling Green, wo das aufgeklärte Forum tagte, war es nicht schwer, an diesen Triumph des Fortschritts zu glauben. Doch kaum schloss Fandorin für einen Moment die Augen und vergegenwärtigte sich die Weiten seines Landes und die mürrischen Mienen der Bewohner, so kamen ihm sogleich ernsthafte Zweifel. War das nicht Illusion, Träumerei?

Er schrieb an einen alten Freund in Petersburg, der durch seine Position über alle wichtigen staatlichen Vorhaben unterrichtet war, und fragte nach seiner Meinung. Die Antwort war skeptisch: Ja, die Mittel seien bewilligt, in erheblichem Umfang sogar, die Arbeit habe begonnen und komme zügig voran, doch die Aussichten seien zweifelhaft. So sei zum Beispiel nicht klar, wie man die Bewohner der halbräuberischen Kaukasus-Aule oder die mittelasiatischen Nomaden zählen solle oder, schlimmer noch, die Altgläubigen* im Transwolgaland oder in Stershenez, für die jedwede Initiative der Macht gleichbedeutend war mit dem Weltende und der Ankunft des Antichristen.

Als Fandorin von den Altgläubigen las, entschied er sich endgültig, nach Russland zu fahren, und zwar unbedingt in den Norden. Er wollte mit eigenen Augen sehen, wie das zwanzigste Jahrhundert auf das siebzehnte traf und wie das vorpetrinische Russland auf Hollerithlochkarten gestanzt wurde.

Die amerikanische Zivilisation verfügt noch über eine weitere großartige Erfindung: den Bildungstourismus. Ausgerüstet mit einem Voucher von Cook, einem Sprachführer, einer Gummibadewanne und Desinfizierungstabletten, stürmen wissbegierige Yan-

---

* Die Reformen des Patriarchen Nikon (Minow Nikita, 1605–1681) führten zur Spaltung (raskol) der russischen Kirche in Rechtgläubige (Orthodoxe) und Altgläubige (Raskolniks). (Anm. d. Übers.)

kees die Ausläufer der Anden, die Vorberge des Kilimandscharo und die australischen Wüsten. Der Tourist E. P. Kusnezow begab sich auf eine nicht minder exotische, doch wesentlich komfortablere Reise: mit der Eisenbahn von Petersburg über Jaroslawl nach Wologda, von dort mit dem Schlitten auf der glatten Poststraße, mit einem warmen Bärenfell zugedeckt, in die Kreisstadt Stershenez, nun, und wie es dann weiterging, würde der Vorsitzende der dortigen Statistikkommission entscheiden, an den der Reisende einen Empfehlungsbrief dabeihatte.

Don Quijote von Stershenez

Aber die Empfehlung (sie kam von dem Freund, der zu den *gut unterrichteten Personen* gehörte), wurde gar nicht benötigt. Der oberste Statistiker des Kreises freute sich über den Mann aus der Hauptstadt so sehr, dass er den Brief nicht mal ansah.

Aloisi Stepanowitsch Kochanowski war selbst erst vor Jahresfrist von Petersburg in die nördliche Einöde gekommen – freiwillig, auf Geheiß seines Herzens. Er war noch sehr jung, zitierte unentwegt Nekrassow[*] und glaubte fest daran, dass die Semstwo-Verwaltung ausersehen sei, Russland umzugestalten.

Die Stadt Stershenez war sehr klein, war eigentlich nur ein mittleres Dorf. Sie hatte kein einziges Steingebäude, selbst die Kirche war aus Holz gebaut.

Als Fandorin jedoch bei Kochanowski saß und zuhörte, wie der die revolutionäre Bedeutung der Volkszählung in leuchtenden Farben malte, wurde er sich vollends bewusst, dass er in Massachusetts hinter dem Leben zurückgeblieben war und seine Vorstellungen von der Heimat eiligst revidieren musste.

[*] Nekrassow, Nikolai Alexejewitsch (1821–1877) – russischer Dichter. (Anm. d. Übers.)

»Die Zählung ist der erste Schritt zur Zivilisierung nicht nur einer Schicht der Gesellschaft, sondern des ganzen Volkes!«, sagte der Statistiker feurig und fuchtelte mit dem Teelöffel. »Russland ist ja wahrlich ein gewaltiges Land mit unbegrenzten Möglichkeiten. Wie könnte man sich hier entfalten, wenn man die Arbeit nicht scheut! In welchem anderen Staat würde man einem Mann meines Alters eine so ungeheure Aufgabe anvertrauen? Unser Landkreis ist größer als Belgien. Von einem Ende zum anderen fünfhundert Werst. Aber, wie es so schön heißt, die Augen fürchten, aber die Hände machen. Wir werden sie zählen, alle! Die Bauern, die Heiden, die Mönche in den Einsiedeleien! Jeden Menschen! Verlassen Sie sich darauf. Die Entfernungen sind natürlich enorm, hinzu kommt die höllische Wegelosigkeit, aber wir schaffen es, wenn wir es gescheit anfangen. Alle Dörfer liegen an Flussufern, und ich muss Ihnen sagen, das ist klug ersonnen. Im Sommer fährt man mit dem Boot hin, und im Winter gleitet der Schlitten übers Eis wie über Öl!«

Der Enthusiast und seine junge Frau, die ihm verzaubert zuhörte, waren erfreulich anzuschauen. Fandorin betrachtete fast liebevoll Aloisi Kochanowski, der – mager, langschlaksig und spitzbärtig – Don Alonso Quijano zum Verwechseln ähnlich sah, nur dass er einen Kneifer trug.

»Und was ist mit den Altgläubigen?«, fragte er vorsichtig. »Werden sie keine Sch-Schwierigkeiten machen?«

»Doch.« Der Stershenezer Hidalgo verfinsterte sich etwas. »Das ist ein großes Problem. Morgen will ich die Wyga hinauf, die mündet ins Weiße Meer, bei Ust-Wyshsk. Aber ich fahre nicht flussabwärts, sondern stromauf. Alle unsere Altgläubigen leben dort ... Im Dezember war ich schon einmal da, doch ohne großen Erfolg, nun muss ich noch mal hin.« Er zupfte verdrossen an seinem Spitzbart, ergab sich jedoch nicht lange dem Missmut, sondern wurde wieder lebhaft. »Ach, was leben dort für Menschen! Goldene Herzen! ›Als Sklave gerettet, die Freiheit so hold, des Volkes Herz ist reines Gold!‹ Richtige Helden wie aus den Bylinen* – sie heißen Pereswet, Osljab, Mikula Seljanowitsch.« Kochanowski lächelte verlegen. »Für die bin ich freilich so was wie der Drache Tugarin. Keinen einzigen Zählhelfer konnte ich gewinnen. Aber diesmal bin ich auf alles vorbereitet, Sie werden sehen. Sie sagten doch, Sie wollen mich begleiten?«

»Wenn Sie e-erlauben.« Fandorin verbeugte sich. »Ich und mein Diener. Er wird Sie nicht belasten, ganz im Gegenteil.«

»Ja, gewiss, freut mich sehr. Ich würde auch Sonetschka mitnehmen, sie wünscht es sich so.« Der Statistiker sah seine Frau zärtlich an. »Aber es geht nicht. Die Altgläubigen würden es nicht gutheißen.«

Die bebrillte Sonetschka mit dem kurzen Haarschnitt, die eine Papyrossa nach der anderen rauchte, wäre den Altgläubigen in der Tat ein Gräuel, das bedurfte keiner Erklärung.

»Was für einen Grund haben Sie zu der Hoffnung, dass Ihre zweite Reise mehr Erfolg hat?«, fragte Fandorin.

»Zwei Gründe, beide hundertprozentig«, antwortete Kochanowski stolz. »Erstens habe ich im Gouvernement Aktenmappen bekommen, um sie den Zählhelfern auszuhändigen. Nichts Besonderes, aus Kaliko, aber eine Aktentasche, das ist schon was für einen Bauern! Von diesem Stimulus erhoffe ich mir viel. Und zweitens wird mich ein Mann begleiten, der mit den Bauern zu reden versteht. Lew Sokratowitsch Kryshow, ein Verbannter, zeitweilig als Gehilfe des Vorsitzenden der Statistikkommission eingesetzt. Eine außergewöhnliche, wundervolle Persönlichkeit!«

---

* Byline – Genre der russischen Folklore, episches Heldenlied. (Anm. d. Übers.)

Auf dem Fluss

Dass Kryshow eine außergewöhnliche Persönlichkeit war, sah man sofort: wettergegerbtes männliches Gesicht, ruhig blickende Augen, die lässige Leichtigkeit, mit der er die beiden Fuhrwerke lenkte – das vordere, in dem er selber saß, und das hintere, in dem Kochanowski reiste mitsamt seinen Aktentaschen, Tintenfässern, Zählbogen und dem sonstigen Bürokram. Mit dem störrischen hellbraunen Pferdchen war der Kreisstatistiker nicht zurechtgekommen, darum hatte Kryshow ihm nach zwei Werst Fahrt die Zügel abgenommen und hinten an seinen Schlitten gebunden. Erstaunlicherweise hatte sich das Tier sogleich beruhigt und trabte nun bereitwillig hinterdrein, so dass die Zügel nicht mal spannten. Tiere spüren sofort, bei wem sie bocken können und bei wem besser nicht. Bei Kryshow offenbar nicht.

Als »wundervoll« empfand Fandorin den Gehilfen des Vorsitzenden freilich nicht. Da Kochanowskis Fahrzeug überlastet war, saßen der »Tourist« und sein Diener im vorderen Schlitten, so dass Fandorin den Mann aus nächster Nähe betrachten konnte.

Kryshow mochte die fünfzig überschritten haben. Er sah wie ein gewöhnlicher Bauer aus: kurzer Schafpelz mit Stoffgürtel, Filzstiefel, ländlich ungepflegter grauer Vollbart, derbe Hände mit abgebrochenen Fingernägeln. Aber er kehrte das Bäurische nicht besonders hervor, sprach wie ein Hauptstädter. Und seine Haltung zum gottesfürchtigen Volk war ohne das verbreitete intellektuelle Gesabber. Auf die Frage, wie er die Altgläubigen überreden wolle, sich der Zählung nicht zu widersetzen, spuckte Kryshow tabakbraunen Speichel aus.

»›Überreden‹! Wer diese Leute überreden will, macht alles nur schlimmer. Gehörig einschüchtern werde ich sie: Wenn ihr euch sträubt, kommen die Kosaken und zählen euch mit Gewalt. Zwar haben sie noch nie Kosaken gesehen, in unserm Gouvernement gibt es keine, doch umso mehr Angst haben sie vor ihnen. Die Bauern sind dumm und wie die Wilden, man muss sie am Kragen zum Licht zerren und mit dem Knüppel nachhelfen.« Er peitschte das kräftige zottige Pferd, für das der Schlitten mit den drei Insassen offenbar keine Last war, zog an der Selbstgedrehten und spuckte wieder aus.

Ansonsten schwieg Kryshow lieber und versuchte nicht, sich beliebt zu machen. Auf Fandorin und Masa hatte er nur ganz am Anfang einen einzigen sehr aufmerksamen Blick geworfen, danach drehte er sich nicht mehr zu ihnen um. Mit dem Wort »wundervoll« hatte Kochanowski also schöngefärbt.

Es war ein unfreundlicher, nasser, ungewöhnlich warmer Tag. Der Schlitten sauste über den zusammengebackenen Schnee wie über eine glatte Landstraße. Bei der Abfahrt in den Norden hatte sich Fandorin auf Fröste eingerichtet, und jetzt war Tauwetter. Das Reisethermometer zeigte plus vier Grad, von den Zweigen tropfte es, und unter dem Schnee kam da und dort schönes grünliches Eis zum Vorschein.

Der Japaner, der zwei Garnituren wollene Unterwäsche, eine Wattehose, Filzstiefel mit Galoschen und einen Wolfspelz angezogen und eine Fuchspelzmütze mit Ohrenklappen aufgesetzt hatte, war schweißgebadet. Endlich hielt er es nicht mehr aus, nahm die Mütze ab und hielt den kurzgeschorenen Kopf in den Fahrtwind.

Kryshow, der zwar nicht nach hinten schaute und doch alles zu sehen schien, fuhr herum, riss Masa die Pelzmütze aus der Hand, stülpte sie ihm auf den Kopf und knurrte: »Sagen Sie Ihrem Kalmücken, so erkältet er sich seinen dummen Kopf. Auf dem Fluss geht das ganz schnell.«

»Herr, dieser Mensch gefällt mir nicht«, klagte der Kammerdiener auf japanisch, behielt aber die Mütze auf. »Mir ist heiß, und ich bedaure sehr, meinen Fächer nicht mitgenommen zu haben.«

Er tröstete sich, indem er einen Fruchtbonbon aus der Tasche holte und einen traurigen siebzehnsilbigen Dreizeiler verfasste:

> An Hitze sterben
> Inmitten Eis und Schnee
> Ist eine Höllenqual.

Das Flussbett wand sich wie eine weiße Schlange zwischen den bewaldeten Ufern hindurch. Die mit schmelzendem Eis überzogenen Äste sahen gläsern aus, und als aus den düsteren Wolken für einen Moment die Sonne hervorlugte, funkelte alles ringsum in bunten Glitzerlichtern, als schaukelten die Anhängsel eines gewaltigen Kristalllüsters.

Der für alles Schöne empfängliche Japaner reagierte sogleich mit einem Fünfzeiler aus einunddreißig Silben:

> Ich fuhr zur Hölle,
> Um die Schönheit zu schauen,
> Die im Paradies nicht ist.
> Gibt's auf dieser Welt
> Erlesnere Satori?

Kryshow ließ sich zu dem bunten Geflimmer so vernehmen: »Verdammtes Licht. Die Augen tun einem weh.«

Bis zu der ersten Siedlung der Altgläubigen, dem großen Dorf Denisjewo, waren es auf der zugefrorenen Wyga fünfzig Werst. Sie waren von Stershenez noch bei Dunkelheit aufgebrochen, und gegen Mittag hatten sie zwei Drittel des Wegs zurückgelegt.

Ohne den Expeditionsleiter zu fragen, verkündete Kryshow plötzlich: »Rast.«

Und lenkte das Pferd zum Ufer.

Schnell, ohne überflüssige Bewegungen, schlug er Äste ab und entzündete ein Feuerchen. Man trank Tee mit Rum aus dem Gemeinschaftskessel, dazu verzehrte jeder seins: der Statistiker wenig appetitliche Käsebrote, sein Gehilfe Kryshow kaute braune Fetzen gedörrten Elchfleischs, und Fandorin und Masa aßen Reisröllchen mit rohem Fisch.

Nach dem Essen rauchten alle: Kryshow würzigen Machorka, Kochanowski eine Papirossa, Fandorin eine Zigarre und Masa ein beinernes japanisches Pfeifchen.

Und dabei entspann sich zum ersten Mal etwas wie ein Geplauder.

»Weshalb fahren Sie eigentlich mit?« erkundigte sich der ehemalige Verbannte bei Fandorin. »Neugier auf unsere Mohikaner? Oder dienstlich?«

»Neugier.«

Seltsam, doch die bündige und nicht sehr höfliche Antwort schien dem groben Kryshow zu gefallen. Vielleicht weil sie ehrlich war?

Die zweite Frage war überraschend.

»Welches ist Ihre Religion?«

»Keine. Jede.«

»Pantheist, wie?« Kryshow lachte auf. »Mir egal. Ich glaube nicht an den lieben Gott. Gefragt habe ich, weil ich Ihnen einen Rat geben will. Wenn Sie jede Religion annehmen können, seien Sie doch mal eine Zeitlang Altgläubiger. Nicht allzu fromm, wie in der Stadt üblich, aber Sie können ja sagen, Sie stammten aus einer altgläubigen Familie. Andernfalls kommt bei Ihrer Reise nichts Vernünftiges raus. Mit einem ›Tabakraucher‹, der sich mit drei Fingern bekreuzigt, redet hier keiner. Also lassen Sie Ihre Zigarren stecken, und wenn wir in ein Dorf fahren, bekreuzigen Sie sich mit zwei Fingern und nicht mit der Prise. Können Sie das? Nein, nicht so! Mittel- und Zeigefinger genügt nicht, Sie müssen auch noch die übrigen drei zusammenlegen, zur Dreifaltigkeit. So.« Er machte es vor.

Der Rat war nicht dumm. Fandorin stieß das letzte Rauchwölkchen aus und hieß Masa, die Rauchutensilien ganz unten im Koffer zu verwahren.

»Warum reden denn die Hiesigen mit Ihnen?« fragte Fandorin. »Sie spielen doch nicht den Raskolnik?«

»Bei mir ist das was anderes. Ich bin Verbannter, also habe ich aus ihrer Sicht unterm Zaren gelitten. Darum vertrauen sie mir und nehmen mir nicht mal den Machorka übel.«

»Ich mag die Altgläubigen unheimlich gern«, rief Kochanowski, der sich ständig für etwas begeistern musste. »Das ist echtes, urrussisches Christentum. Und es geht nicht um die Bräuche, sondern um den Geist. Die russische orthodoxe Kirche ist wie ein Departement der Regierung, sie dient nicht so sehr Gott wie dem Kaiser. Doch was ist das für ein christlicher Glaube, wenn die Kaiser ihn fördern? Die Altgläubigen aber halten sich vom Staat fern. Nur so – nackt, verfolgt, ohne Heilige – muss der wahre Glaube sein! Der lebt nicht in prunkvollen Tempeln, nicht in Bischofspalästen, sondern in den Seelen. Die hiesigen Einwohner haben keine Popen, sie halten selber Gottesdienste ab, bei sich zu Hause. Die freie Wahl und das Einstehen für eigene Überzeugungen – das ist Altgläubigkeit!«

Kryshow verzog das Gesicht.

»Denkfaulheit, Aberglauben und stumpfe bäurische Sturheit. Lieber krepieren sie, als frischen Wind in ihr armseliges Leben hereinzulassen. Denken Sie an meine Worte, wir werden wegen der Zählung noch Brandgeruch erleben.«

»Was denn für B-Brandgeruch?«, fragte Fandorin.

»Wenn die Altgläubigen sich selbst verbrennen. Wie zu Zeiten des Protopopen Awwakum. In den hiesigen Wäldern und Einsiedeleien sind mehr als tausend Menschen zu Gebet und Gesang lebendig verbrannt. Im achtzehnten Jahrhundert und unter Nikolaus dem Knüppelzaren, als der gegen die Altgläubigen vorging. Die alten Männer und Frauen erinnern sich noch daran. Ich komme ja viel durch die Dörfer und höre die Gespräche. Für die Altgläubigen tragen die Zählbögen das Siegel des Antichristen. Wissen Sie, was die sagen? Der Böse zählt vor dem Weltende die Bauernseelen, damit keine einzige sich retten kann. Geistesgestörte ziehen umher und wiegeln das Volk auf. Der eine ruft die Leute auf, sich selbst zu verbrennen, der andere, sich lebendig zu begraben, und die Wohlmeinendsten empfehlen das *Totfasten*, das heißt, Selbstmord durch Hunger.«

»Na, so weit wird's nicht kommen.« Kochanowski machte eine wegwerfende Handbewegung. »Sie reden und beruhigen sich wieder. Ich fürchte nur, sie verpatzen die Zählung.«

»Gewiss beruhigen sie sich wieder«, versetzte Kryshow mit sichtlichem Bedauern. »Ohne einen Funken fängt nicht mal dürres Reisig Feuer. Ach, wenn es doch damals, als wir idiotischerweise ins Volk gingen, ein solches Geschenk der Behörden gegeben hätte – wir hätten die Bauern schon aufgerüttelt! So aber sind alle ganz umsonst zugrunde gegangen, und was waren für Leute dabei! Allein Sergej Gennadjewitsch* war so viel wert wie alle heutigen Sozialdemokraten ...«

»Wer, wer?« fragte Kochanowski verwundert, und Fandorin sah den einstigen Verbannten mit neuem Interesse an.

Die Frage blieb jedoch unbeantwortet; Kryshow ging nicht sehr höflich mit seinem Chef um.

Er wechselte das Thema und fragte Herrn Kusnezow, ob der nicht zufällig in Moskau gewesen sei, als dort auf dem Chodynskoje-Feld massenhaft Menschen zertrampelt worden waren. Und als er vernahm, dass der Befragte dort gewesen sei und alles mit eigenen Augen gesehen habe, erkundigte er sich wissensdurstig nach Einzelheiten.**

---

* Gemeint ist Sergej Gennadjewitsch Netschajew (1847–1882) – russischer Revolutionär. (Anm. d. Übers.)

** Katastrophe während der Krönungsfeierlichkeiten Zar Nikolaus' II. 1896. (Anm. d. Übers.)

Fandorin antwortete widerwillig, er hatte quälende Erinnerungen an das Ereignis, aber Kryshow ließ nicht locker und sagte wiederholt: »Gut so! Wirklich gut so!«

»Er-lauben Sie mal, was soll daran gut sein?«, fragte er schließlich gereizt. »Anderthalb tausend Tote und mehrere tausend Verletzte!«

»Ein weiteres Leck im Narrenschiff. Bald geht es unter«, fuhr Kryshow ihm über den Mund, und diese menschenverachtende Äußerung verstörte den obersten Statistiker dermaßen, dass er mit den kurzsichtigen hellen Augen klapperte und gänzlich unpassend auf das Wetter zu sprechen kam.

»Was ist das hier für ein sonderbares Klima! Tausend Werst nördlich von Moskau und zehn Grad wärmer! So was von mild, und das schon seit einer Woche! Mir haben Alteingesessene erzählt, einen solchen Januar habe es nicht gegeben seit achtzehnhundert …«

»Es ist Zeit, fahren wir«, unterbrach ihn Kryshow und stand auf. »Das verdammte Tauwetter kommt sehr zur Unzeit. Auf dem Fluss, wo die Quellen entspringen, ist das Eis schon angetaut. Ich sehe ja, wohin ich fahre, doch wenn einer betrunken fährt oder nicht Bescheid weiß, bricht er ein.«

Er hatte das Unheil heraufbeschworen, der böse Mann.

Das Unglück

Der Fluss wurde schmaler, umfloss einen Felsvorsprung, dann traten die Ufer wieder auseinander. Das zottige Pferdchen sauste um die Biegung und prallte schnaubend zur Seite – Fandorin konnte sich gerade noch am Schlitten festhalten, doch Masa flog kopfüber in den Schnee.

Das Bild, das sich den Reisenden bot, war erschreckend und im ersten Moment unbegreiflich, ja absurd.

Direkt unterhalb des Felsvorsprungs gähnte im Eis ein großes Loch, in dem dunkles Wasser wallte. Daneben stand ein langer hagerer Mann in Schwarz und zerrte aus Leibeskräften an einem Zügel aus derbem Leinen, dessen Ende im Wasser verschwand. Hinter ihm stand ein zweiter, ebenso gekleidet, doch kleiner und sehr dick, der zog den Langen am Gürtel. Fandorin fühlte sich an das Märchen von der kleinen Rübe erinnert, nur fehlten hier die Enkelin wie auch die Katze mit der Maus. Der vielerfahrene Kryshow war sofort im Bilde.

»Ach, diese langschößigen Dummköpfe! Haben Pferd und Schlitten einbrechen lassen.«

Der Dicke drehte sich um, sah die Menschen und rief kläglich: »Gute Leute, helft uns ziehen! So ein Unglück! Das Pferd ist im Wasser! Der Schlitten! Die Sachen! Der Fuchspelz!«

Es war ein Priester, noch dazu von hohem Rang, zu urteilen nach dem schweren vergoldeten Kreuz, dem feistwangigen Gesicht und der teuren Wollkutte. Der andere hatte sich auch umgedreht und sperrte den Mund auf. Er war noch ganz jung, hatte ein spärliches weizenblondes Bärtchen und riesengroße abgetragene Filzstiefel an den Füßen.

»Diakon, du Holzkopf, nicht loslassen!«, fuhr ihn der Dicke an und stieß ihm die Faust in den Rücken. »Ziehen, ziehen! Helft, Rechtgläubige!«

Fandorin wollte aussteigen, aber Kryshow hielt ihn mit einer Handbewegung zurück.

»Wann seid ihr eingebrochen?«, fragte er ruhig.

»Vor einer halben Stunde wohl«, antwortete der Diakon flink und musterte die Unbekannten neugierig.

Aus dem zweiten Schlitten sprang wehklagend Kochanowski.

»Vater Vikenti! Mein Gott, was ist passiert? Ach, ach! Ihr Herren, wir müssen doch helfen! Das ist unser Dechant, Vater Vikenti! Lew Sokratowitsch, Erast Petrowitsch, packen Sie mit an!«

»Zwecklos«, versetzte Kryshow. »Das Pferd ist längst ertrunken, und den Schlitten kriegen wir nicht raus. Du kannst die Zügel loslassen, Diakon.«

Der junge Hilfsgeistliche gehorchte gern. Der Zügel glitt ins Wasser.

Der Dechant ächzte.

»Da unten ist doch meine Truhe! Der Ornat, die Wäsche aus Ziegenwolle, die Hemden! Und der Pelz, der Pelz! Mir war warm, da hab ich ihn ausgezogen! Du bist schuld, Warnawa!« Er drohte ihm. »Wohin hast du gelenkt, du ausgekaute Schote? Jetzt tauche gefälligst und hol das Zeug hoch!«

Warnawa schniefte und wich zurück. Er mochte nicht ins eiskalte Wasser.

»Das kann er nicht«, sagte Kryshow. »Hier ist ein Strudel, und am Grund entspringt eine Quelle. Darum war das Eis angetaut. Wer auf dem Fluss fährt, sollte ein Gefühl für das Eis haben ... Nun gut, meine Herren, es ist Zeit. Wir müssen noch bei Tageslicht bis Denisjewo.«

Er zog das Pferd am Zügel weg von der gefährlichen Stelle.

»Warten Sie!«, heulte Vater Vikenti. »Und wir? Was wird mit uns? Ohne Fahrzeug, ohne warme Sachen!«

Aber Kryshow blieb fest.

»Halb so schlimm. Bis zum Dorf sind es zwölf Werst, es herrscht kein Frost. Das ist zu schaffen. Ihr lauft euch warm.«

»Sie versündigen sich!« Der Dechant erregte sich immer mehr. »Eine Missachtung von geistlichen Würdenträgern! Ich versage Ihnen das Abendmahl!«

»Hü, los!«, rief Kryshow dem ruhig stehenden Pferd zu. »Was soll mir Ihr Abendmahl? Ich bin Atheist. Herr Kochanowski ist auch kein Kirchgänger. Kusnezow ist Altgläubiger. Und sein Asiat wird wohl eher einen Hammel oder ein Kamel anbeten.«

Doch der humane Kochanowski kam dem Geistlichen zu Hilfe.

»Was hat das mit Religion zu tun? Wir dürfen die Menschen in ihrer Not nicht im Stich lassen. Wir können ja zusammenrücken.«

»Sie haben in der statistischen Kommission zu bestimmen.« Kryshow blieb hart. »Doch hier draußen hören Sie lieber auf mich. Wir dürfen die Pferde nicht überlasten, sonst gehen sie kaputt. Wir müssen mit ihnen noch hoch zum Oberlauf.«

Auch Kochanowski gab nicht nach. Es entspann sich eine Diskussion, begleitet von mal kläglichen, mal entrüsteten Rufen des Dechants. Der Diakon sagte nichts. Er zog die Nase hoch und blickte von einem zum anderen. Im Gegensatz zu Vater Vikenti schien ihn die Aussicht auf einen Zwölf-Werst-Spaziergang nicht zu schrecken.

»Gut! Dann schlage ich vor, die Frage demokratisch zu entscheiden!«, sagte Kochanowski. »Ich denke, Sie als progressiver Mensch werden beipflichten. Stimmen wir ab: Nehmen wir sie mit oder nicht?«

»Ich bin dafür!«, rief der Dechant sofort.

»Die Kirche ist gegen das allgemeine Wahlrecht«, erinnerte ihn Kryshow. »Also dürfen die heiligen Väter nicht mit abstimmen. Ich bin dagegen.«

»Iss auch!«, unterstützte Masa ihn entschlossen. »Das Pferd ist ein Lebewesen, ssade drum. Diese Mann ist zu dick.« Er zeigte auf Vater Vikenti.

»Nicht dick, beleibt«, sagte der beleidigt. »Ach, ihr Herren Demokraten, wie unchristlich, dass ihr dem schlitzäugigen Heiden Wahlrechte zugesteht und einem alteingesessenen Russen nicht. Und euch sollen wir Mütterchen Russland anvertrauen!« Er streckte die Hände nach Fandorin aus. »Sie sind meine einzige Hoffnung! Zwar hängen Sie dem alten Glauben an, doch wir lieben denselben Christus!«

»Richtig, meine Herren, f-fahren wir. Wir haben schon viel Zeit verloren«, sagte Fandorin versöhnlich. »Um die Pferde nicht zu überanstrengen, fahren wir umschichtig. Sie, heiliger Vater, steigen in unsern Schlitten, und Sie, Vater Diakon, setzen sich in den zweiten. Kommen Sie unter die Decke, wärmen Sie sich auf. Ich gehe nebenher, und so nach zwei Werst wechseln wir uns ab.«

»Das nenne ich wahre Nächstenliebe«, sagte der Dechant fast zu Tränen gerührt, schlüpfte unter das Bärenfell und rief sogleich in verändertem Ton: »Worauf warten wir? Fahrt los!«

Noch waren keine zehn Minuten verstrichen, da bereute Fandorin, der neben dem Schlitten ging, seine Nächstenliebe schon bitterlich. Solange Vater Vikenti darüber klagte, wie schwer das geistliche Wirken in einem Landkreis sei, in dem es fast keine Rechtgläubigen, sondern nur Altgläubige gebe, ließ es sich ertragen und war sogar lehrreich. Als der Vertreter der herrschenden Kirche jedoch warm geworden war, kam ihm eine glänzende Idee: Da sein Zuhörer nicht weglaufen konnte, warum ihn nicht missionieren, eine Ketzerseele retten?

Auf den widerspenstigen Kryshow wollte er sein Pulver nicht verschießen, also knöpfte er sich Fandorin vor, den er für das schwächste Glied in der Kette der Andersgläubigen und Atheisten halten mochte.

»Wie ist Ihr Vor- und Vatersname? Von welchen Altgläubigen stammen Sie ab?«, fragte er einschmeichelnd. »Sie sehen nicht wie die Unseren aus.«

»Erast Petrowitsch. Ich komme aus M-Moskau«, antwortete Fandorin, dann fiel ihm ein, dass die Altgläubigen in der alten Hauptstadt ein eigenes Wohnviertel hatten, und fügte hinzu: »Aus der Rogosher Vorstadt.«

»Aha, aus Moskau. Ich hör's an der derben Aussprache, die klingt, als ob ein Hund bellt. Die Rogosher Altgläubigen, anders als die hiesigen, erkennen die Geistlichen an und haben einen eigenen Bischof. Respekt vor der Obrigkeit ist löblich, das ist schon der halbe Glaube. An Ihrem Gesicht und Ihren Manieren, liebenswürdiger Erast Petrowitsch, sehe ich, dass Sie ein Mann der Bücher und der Aufklärung sind. Wie kommt es, dass Sie das Bekreuzigen mit drei Fingern ablehnen? Steht nicht schwarz auf weiß geschrieben: ›Hierzu möge er die ersten drei Finger seiner rechten Hand zusammenlegen, nach dem Bilde der Heiligen Dreifaltigkeit‹? Und dann möchte ich Sie mit Ihrer Erlaubnis nach dem Patriarchen Nikon fragen, der für Ihre Glaubensbrüder schlimmer als der Teufel ist. Hat dieser Mann nicht eine gewaltige staatliche Aufgabe gelöst, als er alle Kirchen byzantinischen Ursprungs wiedervereinigte und unter das Moskauer Dach führte? Müssen nicht wir Slawen dankbar ...«

Masa, den der wohlbeleibte Vater Vikenti völlig an den Rand des Schlittens drängte, hielt es nicht aus und sagte auf japanisch: »Setzen Sie sich auf meinen Platz, Herr. Ich will mir die Beine vertreten.« Er stieg flink aus und ließ den zweiten Schlitten herankommen.

Der Kommentar des Geistlichen klang so: »Das Ohr des Heiden kann die fromme Rede nicht ertragen. Noch etwas, worüber Sie mal nachdenken sollten. Wenn dem Nichtchristen meine Worte das Herz beklemmen, sind sie auch dem Teufel zuwider. Und das bedeutet nach den Gesetzen der Logik, dass sie Gott wohlgefällig sind. Also urteilen Sie als gescheiter Mann: Wenn meine Worte Gott wohlgefällig sind, müssen sie wahr sein ... Aber ich sehe Zweifel in Ihrem Blick?«

»Nein, nein. Ich muss nur Herrn Kochanowski ein paar Worte sagen«, murmelte Fandorin und blieb ebenfalls stehen, bis der zweite Schlitten heran war.

Hier drehte sich das Gespräch ebenfalls um Göttliches.

»Diese Schönheit, diese Schönheit!«, rief der Diakon begeistert. »Was sind das für Menschen, die nicht an Gott glauben? Ich habe Bilder von berühmten Malern gesehen. Wirklich sehr hübsch, nichts dagegen zu sagen. Aber was sind ihre Gemälde, selbst die von Herrn Aiwasowski*, gegen das hier?« Er wies mit der Hand auf die Ufer, den Fluss, den Himmel. »Eine kleine Pfütze gegen den Ozean.«

»Das ist wahr, das haben Sie schön gesagt!«, gestand Kochanowski.

»Gewiss ist es wahr.« Warnawa stimmte mit klingendem Tenor den 24. Psalm an: »Die Erde ist des Herrn und was darinnen ist; der Erdboden und was darauf wohnt. Denn er hat ihn an die Meere gegründet und an den Wassern bereitet.«

Masa wollte zurück zum ersten Schlitten. Aber in der Eile und da er die Filzstiefel nicht gewohnt war, strauchelte er und konnte sich gerade noch auf den Beinen halten, worauf der Diakon seinen Gesang unterbrach und schallend lachte, so sehr erheiterte ihn der plumpe Fremdling.

In der Ferne zeigten sich über dem Hochufer die Häuser des Dorfes Denisjewo, große Häuser mit winzigen Fenstern in geschnitzten Rahmen. Aus den Schornsteinen stiegen weiße Rauchsäulen in den Himmel.

Plötzlich hielt der vordere Schlitten an – Kryshow hatte jäh die Zügel angezogen.

»Kochanowski, hören Sie?«, schrie er und reckte sich im Schlitten hoch. »Die Hunde heulen. Merkwürdig.«

Eine Schande für ganz Europa

Und wirklich, im gesamten Dorf, wie abgesprochen, heulten die Hunde. Andere Laute gab es nicht, keine Stimmen, keinen Arbeitslärm, nur den jämmerlichen, trostlosen Chor der Tiere.

---

* Aiwasowski, Iwan Konstantinowitsch (1817–1900) – russischer Maler, vornehmlich von Meeresmotiven. (Anm. d. Übers.)

»Was mag hier passiert sein?« fragte Kryshow verständnislos. »Ob die alle gestorben sind?«

Nein, sie waren nicht alle gestorben.

Als die Schlitten sich dem Dorfeingang näherten, kam aus dem ersten Haus eine alte Frau geeilt und trippelte hurtig die Straße entlang. Sie würdigte die Ankömmlinge keines Blicks, was in einem so entlegenen Dorf erstaunlich war.

Kryshow rief sie an: »He, Alte!«

Doch sie blieb nicht stehen.

Da sprang Kochanowski aus dem Schlitten und lief ihr hinterher.

»Liebe Frau, wir kommen aus dem Kreis, wegen der Volkszählung! Wo finden wir den Starosta[*]?«

Bei dem Wort »Volkszählung« drehte die Alte sich endlich um, und ihr Gesicht war verzerrt vor Leid oder Angst. Sie bekreuzigte sich mit zwei Fingern, murmelte laut »Pfui über dich!« und schlüpfte um die Ecke des nächsten Hauses.

»Was zum Teufel soll das«, brummte Kochanowski verwirrt.

Fandorin betrachtete mit Interesse das Dorf.

Es hatte sehr wenig Ähnlichkeit mit einem gewöhnlichen mittelrussischen Dorf. Erstens waren die Gebäude von eindrucksvoller Größe. Selbst wohlhabende Bauernfamilien in der Gegend von Rjasan oder Orjol besaßen keine solchen Häuser: zwei, auch zweieinhalb Etagen, ein Dutzend Fenster zur Straße hin, einige im Obergeschoss sogar mit geschnitzten kleinen Balkons. Zweitens gab es keine Zäune, die Nachbarn grenzten sich nicht voneinander ab. Am erstaunlichsten aber war die Sauberkeit und Gepflegtheit. Keine durchhängenden Dächer, keine Müllhaufen, keine schiefen Schuppen. Alles fest, haltbar, ordentlich. Wegen der warmen Witterung war der Schnee auf der Straße fast überall weggetaut, aber der Matsch war mit hellem Sand bestreut, und die Schlittenkufen

---

[*] (russ.) Dorfältester. (Anm. d. Übers.)

knirschten, blieben jedoch nicht stecken. Näher zur Dorfmitte waren die Häuser noch schöner – mit gemauertem Untergeschoss und Spitzengardinchen an den Fenstern.

»Wie kommt es, dass das Dorf so reich ist, Herr?«, fragte Masa.

»Hier hat es nie Gutsbesitzer gegeben. Außerdem trinken die Anhänger dieses Glaubens keinen Wodka und arbeiten viel.«

Der Japaner nickte beifällig.

»Ein guter Glaube. So ähnlich wie die Nichiren-Sekte. Auch so diszipliniert. Schauen Sie – alle haben sich auf dem Platz versammelt. Bestimmt ein heiliger Festtag.«

Fandorin drehte sich um und erblickte weiter vorn tatsächlich so etwas wie einen kleinen Platz, darauf drängten sich die Menschen dicht an dicht vor einem Haus mit dunkelrotem Dach und schmuck gefirnisten Wänden. Durch das gedämpfte Stimmengewirr der Männer drang das Weinen und Wehklagen der Frauen.

»Ich sehe Uniformmützen«, erklärte Kryshow, der im Schlitten aufgestanden war und über die Köpfe hinwegspähte. »Da muss was passiert sein. He, ihr Glaubenshüter!«, rief er den Hintersten zu. »Macht Platz für die Obrigkeit!«

Die Leute drehten sich um, sahen die Städter und den Priester in der schwarzen Kutte und wichen sogleich, wie um sich nicht zu beschmutzen, nach beiden Seiten auseinander. So entstand eine Gasse, durch welche die aus den Schlitten gestiegene »Obrigkeit« nach vorn schritt.

Die Gesichter der Dörfler zeigten alle den gleichen Ausdruck, eine Mischung von Argwohn und Abscheu. Als Vater Vikenti, der sich gewichtig wiegenden Ganges bewegte, mit dem Ärmel ein weißblondes Jungchen streifte, nahm die Mutter das Kind hoch und drückte es an sich.

Schließlich langten sie bei dem Haus an.

Abgesondert von allen anderen stand, wie hinter einer unsichtbaren Barriere, eine kleine Gruppe von Männern: zwei Uniformierte und zwei in Stadtkleidung.

»Das ist unser Polizeichef«, sagte der Statistiker im Gehen zu Fandorin und zeigte auf den Mann, der mit einem Tuch seine verschwitzte Glatze wischte. »Und der im schwarzen Mantel ist der Untersuchungsführer Lebedew. Wenn der nach Denisjewo gekommen ist, muss ein Verbrechen geschehen sein, und kein geringes ... Ich grüße Sie, Christofor Iwanowitsch! Was ist hier passiert?«

Der Untersuchungsführer drehte sich um.

»Aloisi Stepanowitsch? Sie kommen in Sachen Volkszählung? Ach, sehr zur Unzeit.«

»Was ist denn los?«

Die Beamten begrüßten den Vorsitzenden mit Handschlag, vom Geistlichen nahmen sie den Segen entgegen, und Fandorin nickten sie höflich zu, mehr nicht, so als wollten sie sagen, nach Vorstellen stehe ihnen jetzt nicht der Sinn. Die beiden Zivilisten unterhielten sich konzentriert mit gedämpfter Stimme und würdigten die Neuankömmlinge kaum eines Blicks.

Kryshow, der eben noch neben Fandorin gestanden hatte, war plötzlich verschwunden. Fandorin blickte sich um, fand ihn jedoch auch in der Menge nicht.

»Die netten Altgläubigen haben sich wieder ein tolles Stück geleistet«, erzählte der Untersuchungsführer Lebedew böse. »Eine ganze Familie hat sich lebendig in der Erde eingegraben. Mann, Frau und Säugling, acht Monate alt ... Das wird Wirbel machen! Und wir wollen ein aufgeklärtes Land sein. Eine Schande für ganz Europa!«

»Eingegraben?«, ächzte Kochanowski. »Etwa wegen der Volkszählung?«

»Natürlich. Vor lauter Angst, die Holzköpfe. Wir graben sie gerade aus. Eine Leiche haben wir schon ...«

Der Diakon Warnawa schluchzte auf und bekreuzigte sich. Beim

Dechanten löste die Nachricht eine sonderbare Reaktion aus: Er schmatzte mit den dicken roten Lippen, blähte aufgeregt die Nüstern und wich zurück in die Menge, nur seine hohe violette Kamilawka schwankte über den Köpfen.

Aber das Verhalten des Geistlichen beschäftigte Fandorin jetzt am wenigsten. Bis zum zwanzigsten Jahrhundert blieben drei Jahre, und im Nordosten des europäischen Kontinents legten sich Menschen lebendig ins Grab, weil sie vor einer Volkszählung Angst hatten! Kryshow hatte ja gewarnt, doch wer hätte geglaubt, dass so etwas tatsächlich geschehen könnte?

»Vielleicht gibt es einen anderen G-Grund?«, fragte er den Untersuchungsführer.

Der winkte nur ab.

»Was denn noch? Oben auf der Mine lag ein Zettel. Sie können ihn ja lesen.« Und er entnahm der Aktentasche ein sorgsam gefaltetes Blatt.

Was das Wort »Mine« hier bedeutete, wusste Fandorin nicht, und zum Fragen kam er nicht mehr, denn der Polizeichef rief den Untersuchungsführer beiseite.

Dafür war Kryshow auf einmal wieder da. Sein Gesicht wirkte angespannt und düster.

»Nun weiß ich alles«, sagte er und rieb sich nervös die Hände. »Ich habe mit den Alten gesprochen. Schrecklich, Mittelalter. In Denisjewo wurde die erste Nachricht von der Volkszählung noch vergleichsweise ruhig aufgenommen. Das Dorf ist wohlhabend, alle können lesen und schreiben. Doch seit kurzem war es plötzlich wie ein Brand: Alle redeten nur noch vom Ende der Welt. Sie hätten erfahren, in höchstens zwei Wochen würde der Antichrist erscheinen. Wer sich nicht selbst rette, werde in der Hölle braten. Damit fing es an. Die einen weinten, andere beteten, noch andere verabschiedeten sich von ihren Angehörigen. Der Starosta ist ein gescheiter Mann. Er ging von Haus zu Haus, sagte: ›Nur nichts überstürzen, auch gegen den Antichristen wird sich ein Mittel finden, Gott wird ein Zeichen senden.‹ Viele konnte er überzeugen abzuwarten. Aber nicht alle. Sawwati Chwalynow, der beste Zimmermann im Dorf, hat anders entschieden. Vor sechs Tagen legte er sich mit Weib und Kind in die Mine. Das ist eine Art Erdgruft, eigentlich ein Grab. Darin haben sich die heiligen Mönche während der Verfolgungen der Altgläubigen selbst eingegraben. Sie hüllten sich in Leichengewänder, stiegen hinunter in die Höhle, verschütteten den Eingang, legten sich hin, zündeten Kerzen an und sangen, solange die Luft reichte. Als im Herbst die ersten Gerüchte von der Zählung hier umgingen, hatten die Leute nichts anderes zu tun, als versteckte Minen anzulegen. Unsere schlauen Beamten dachten, die Altgläubigen wollten nur die Behörden erschrecken, damit die ihre ›teuflische Idee‹ aufgäben. Und nun haben wir den Salat ...«

»Der Zimmermann hat sich mit seiner Familie vor s-sechs Tagen in die Mine gelegt? Wieso werden sie erst jetzt ausgegraben?«

»Der Starosta hat's versucht, doch man hat ihn nicht gelassen. Es gilt als schwere Sünde, eine ›Rettung‹ zu behindern. Aber vor Gericht gestellt werden wollte er auch nicht. Gestern ist er auf die Idee gekommen, heimlich den Sohn in den Kreis zu schicken, mit dem Abschiedsbrief, den der Zimmermann hinterlassen hat. Da sind die Behörden hergeeilt, doch was soll's ...«

Fandorin entfaltete das gelbliche Blatt, das mit altertümlichen Buchstaben vollgeschrieben war wie ein altes Buch.

Der Text lautete:

»*Eure neue Verordnung nebst Stammregister entfremden uns vom wahren christlichen Glauben und führen uns zur Verleugnung des Vaterlands, unser Vaterland aber ist Christus. Unser Herr sagt in seinem heiligen Evangelium:* ›*Wer nun mich bekennet vor den Menschen, den will ich bekennen vor meinem himmlischen Vater. Wer mich aber verleugnet vor den Menschen, den will ich auch verleugnen vor meinem himmlischen Vater.‹ Darum verkünden wir euch kurz und endgültig, dass wir den wahren Gott unsern Herrn Jesus Christus nicht wollen verleugnen noch uns abwenden von unserm christlichen Glauben, und was die Heiligen Väter in den heiligen Kirchen anerkannt haben, das erkennen auch wir an, und was die Heiligen Väter und die Apostel verfluchten und verwarfen, das verfluchen und verwerfen auch wir. Euren neuen Gesetzen können wir niemals gehorsam sein, darum wünschen wir lieber für Christum zu sterben.«*

Kochanowski, der über Fandorins Schulter hinweg mitgelesen hatte, rief mit Leidensmiene: »Wieso Verleugnung Christi? Das mit der Verordnung haben sie sich ausgedacht! Ein ungeheuerliches Missverständnis! Ich war doch im Dezember selber hier, und wir haben über alles ausführlich ...«

»Der Zimmermann, war er ein B-Bücherwurm?«, fragte Fandorin, den gefühlvollen Statistiker unterbrechend. »Er zitiert das kirchenslawische Evangelium, und die Handschrift ist beinahe kalligraphisch.«

»Hier gibt's in jedem Hause alte Bücher, die mit der Hand abgeschrieben wurden.« Kryshow betrachtete die Schrift interessiert. »Sieh mal an, ›Euren neuen Gesetzen können wir nicht gehorsam sein‹. Das ist ein Ding.«

Vom Hof her kam ein forscher Wachtmeister mit erdverschmiertem Uniformmantel.

»Euer Wohlgeboren!« Er salutierte vor dem Polizeichef. »Wir haben sie wohl alle rausgeholt. Gut, dass es so warm ist, da ist die Erde weich, sonst hätten wir bis zur Dunkelheit zu tun gehabt. Kommen Sie bitte.«

Die Beamten gingen vornweg, die Übrigen folgten. Fandorin hörte hinter sich ein sonderbares Schurren. Er drehte sich um und fuhr zusammen. Sämtliche Bauern krochen auf den Knien, nur Masa zögerte, er überragte wie ein Pfahl die Kopftücher der Weiber und die entblößten Männerköpfe. Unruhig blickte er um sich und plumpste dann auch auf alle viere. Die japanische Höflichkeitsetikette schreibt vor, nicht aus einer Menge aufzuragen, denn »ein spießender Nagel wird auf den Kopf geschlagen«.

Flinker als alle Übrigen bewegte sich ein kahlköpfiges, vollbärtiges Bäuerlein, das im Unterschied zu den anderen in Lumpen gekleidet war. An den bloßen Füßen trug er zwei Fetzen Hammelfell, die notdürftig mit Stricken festgebunden waren.

»Bäh, bäh!«, blökte der Gottesnarr dümmlich im Vorwärtskriechen. »Macht Platz, ihr Tabakraucher! Gottes Schafe gehen in den Opfertod! Bäh! Grabt euch alle ein, Brüder! Zeigt Satanas die Feige! Da wird der Hund sich so richtig ärgern!«

Er schüttelte das schwere Eisenkreuz, das ihm am schmutzigen Halse hing, und bellte wie ein Hund. Fandorin verzog das Gesicht und beschleunigte den Schritt.

Auf dem Hof lagen Haufen schwarzer Erde. Ein Grüppchen finster blickender Bauern mit Spaten in den Händen stand etwas abseits. Die Vertreter der Macht und die beiden unbekannten Herren in Zivil betrachteten schweigend etwas, was auf einer großen Bastmatte lag.

Von hinten gellte durchdringend eine Frauenstimme: »Selig sind sie dahingegangen, haben ihre Seele gerettet! Und wir Sünder sind verloooren!«

Einer der Zivilisten, mit Bart und Bibermütze, drehte sich um und sagte laut: »Selig? Komm her, dumme Gans, sieh dir das an!«

Und wirklich, wie selig Verschiedene sahen die Toten nicht aus. Das Gesicht des Mannes war dunkelblau vom qualvollen Ersticken, die Frau hatte die zerbissene Hand im Mund, und an den Leichen hatten schon die Würmer ihr Werk begonnen – dank des Tauwetters ...

Fandorin wandte sich schaudernd ab. Auch auf seine Begleiter zeigte der entsetzliche Anblick Wirkung. Der Diakon Warnawa schluchzte herzzerreißend. Kochanowski wurde weiß wie Schnee, wankte und wäre in Ohnmacht gefallen, hätte sein Gehilfe ihn nicht gestützt.

»Seht nur her!«, schrie der Herr mit der Bibermütze die Dörfler wütend an. »So würdet ihr auch daliegen! Dahin führen Dummheit und Rückständigkeit!«

Er verschluckte sich vor Zorn, hustete. Doch man hatte ihm gar nicht zugehört. Die Bauern hatten sich von den Knien erhoben, sie umstanden die Leichen und gafften.

Nur der Gottesnarr drehte sich wie ein Brummkreisel, wand sich in Krämpfen, packte mit den Zähnen einen Erdklumpen, von den lila Lippen troffen Schmutz und Schaum.

»Schafft den Krüppel weg!« Der Polizeichef fuhr gereizt herum. »Er stört bei der Arbeit!«

Der Wachtmeister wollte den Fallsüchtigen wegziehen, aber ein hochgewachsener grauhaariger alter Mann mit einer Medaille auf der Brust (der Starosta wohl) hielt den Uniformierten zurück.

»Rühr ihn nicht an. Das ist Lawrenti, ein frommer Mann. Er zieht durch die Dörfer, betet für die Menschen. Keine Sorge, er schreit ein bisschen und wird wieder still.«

Fandorin nahm sich zusammen und trat zu den Toten. Er hockte sich hin, ergriff die harte, wie aus Eis gemeißelte Hand des Familienoberhaupts. Es war die Hand eines Zimmermanns – mit derben, schwieligen Fingern. Solche Finger konnten keine kalligraphischen Buchstaben schreiben.

»Was ist das?« fragte Fandorin und zeigte auf einen aus der Erde ragenden Holzpfahl, ziemlich dick, doch am Ende zugespitzt.

»Keine Ahnung«, sagte der neben ihm stehende Kryshow mürrisch. »Wie so eine Mine beschaffen ist, weiß ich nicht. Ich weiß nur, dass der Tod darin ›schwer‹ oder ›leicht‹ sein kann. ›Schwer‹, das ist langsames Ersticken. Er gilt als ehrenvoller. ›Leicht‹, das ist, wenn die Erde einstürzt. Diese hatten wohl einen ›leichten‹ Tod.«

Er schüttelte sich angesichts der schrecklich aussehenden Leichen.

»Aber wie ist dann der ›schwere‹ Tod?«

In der Grube wühlte der Wachtmeister, ein sichtlich geschickter, flinker Mensch, der nicht gewohnt war, seine Zeit zu verschwenden. Er fand einen Kerzenstummel und eine eingerissene Ikone.

»Euer Wohlgeboren, schauen Sie!«

Er zog unter nassen Erdklumpen ein Blatt hervor, das wie der Abschiedsbrief mit kalligraphischen Buchstaben beschrieben war. Der Polizeichef nahm das schmutzige Papier angewidert entgegen und las vor:

»›Doch bisweilen rettete ich mich in ein Kloster, das in uralter Frömmigkeit leuchtete ...‹ Schon wieder dieser Altgläubigenquatsch. Schluss, Odinzow, genug im Dreck gewühlt! Auch so ist alles klar.« Er knüllte das Blatt zusammen und warf es zu Boden. »Die Leichen in einen Schlitten, wir nehmen sie mit in die Stadt.«

In der Menge dumpfes Stimmengewirr.

»Wieso in die Stadt? Um die toten Christenmenschen zu verhöhnen? Um sie auf einem verruchten Nikon-Kirchhof zu verscharren?«

Da tauchte plötzlich der Dechant auf.

»Was ihr nicht alles verlangt!« Er fuchtelte gegen die Altgläubigen. »Kirchhof! Wer würde denn erlauben, die Selbstmörder in geweihter Erde beizusetzen? Auf dem Armenfriedhof werden sie begraben.«

Da wich das Stimmengewirr einem schweren, unheildrohenden Schweigen. Die hochgewachsenen bärtigen Bauern im Kaftan von vorsintflutlichem Schnitt rückten Schulter an Schulter gegen die Städter vor.

»Die Toten bleiben hier!«, sagte der Starosta fest und trat vor. »Wir begraben sie in Ehren, nach unserm Brauch.«

Er trat dicht an die Beamten heran und flüsterte: »Sie sollten abfahren, meine Herren. Damit es nicht zur Sünde kommt.«

Der Polizeichef, puterrot angelaufen, drohte den Altgläubigen mit der Faust.

»Na, ihr werdet schon noch sehen! Soll erst ein Truppenkommando anrücken, die Ermittlung durchführen und die Volkszählung vornehmen? Das könnt ihr haben!«

»Wir brauchen keine Truppen«, bat der Starosta ebenso leise. »Wenn einer verhört werden soll, schicke ich ihn. Auch Hilfskräfte für die Zählung stelle ich. Die Leute müssen sich erst mal ein bisschen abkühlen.«

»Wirklich, Pjotr Lukitsch, fahren wir«, zischte der Untersuchungsführer, wobei er nervös auf die Bauern blickte. »Diese Visagen! Wie Sie wollen, aber ich bleibe hier nicht zur Nacht. Lieber bei Dunkelheit fahren.«

Den Polizeichef hielt ebenfalls nichts mehr in dem ungastlichen Dorf, doch sein Gesicht verlieren wollte er auch nicht.

»Herr Lebedew und ich fahren nach Stershenez, um den Fall zu untersuchen!« rief er schallend. »Wachtmeister Odinzow bleibt hier, ihr habt ihm in allem zu gehorchen! Wenn irgendwas passiert, werdet ihr strengstens zur Rechenschaft gezogen.«

Aber der Untersuchungsführer stieß ihn schon mit dem Ellbogen an. Seitlich umgingen die Vertreter der Macht die finstere Menge und entfernten sich zum Platz. Dabei hatten sie es so eilig, dass sie Fandorin das Dokument nicht wieder abnahmen, das ja für die Untersuchung wichtig gewesen wäre – den Abschiedsbrief.

»Ihr Herren, nehmt auch mich mit!«, rief der Dechant. »Ich hatte doch unterwegs das Unglück … Ihr Herren!«

Er raffte die Kuttenschöße und wollte hinterherstürzen, doch die mutig gewordenen Dörfler von Denisjewo füllten schon den ganzen Hof und umstanden im Kreis die Toten.

Vater Vikenti lief um das Haus herum und appellierte immer wieder an die Gesetzeshüter, auf ihn zu warten, doch zu spät – vom Platz her tönte, sich entfernend, das Klingeln der Glöckchen.

Die Sanitätsabteilung für Epidemieschutz

Aber Vater Vikenti hatte sich umsonst gefürchtet, es geschah nichts Schreckliches. Im Gegenteil, nach dem Rückzug der Behördenvertreter ließ die Spannung spürbar nach. In der Menge ballte niemand mehr die Fäuste, in die vordersten Reihen drängten Frauen, und die gefährliche Stille wich Seufzern, Weinen, Wehklagen. Der Gottesnarr zuckte nicht mehr, fraß nicht mehr Erde, er kroch zu dem toten Säugling und heulte leise, untröstlich.

Masa reichte dem bleichen Kochanowski einen mit Salmiak getränkten Wattebausch. Warnawa murmelte schluchzend ein Gebet. Kryshow half dem Wachtmeister, der eine ungebleichte Leinwand über die Toten breitete.

Fandorin aber horchte aufmerksam auf das Gespräch zwischen dem Herrn mit der Bibermütze und dem zweiten Unbekannten, der aussah, als wäre er gerade erst vom Newski-Prospekt in diese Waldödnis hereingeschneit, so fremd wirkte er hier – gepflegt, glattrasiert, mit Goldbrille und Persianerschapka in Form eines Brötchens.

»Ach, ihr Herren Residenzstädter, ich habe euch ja gewarnt, die Glocke geläutet, ihr habt es nicht gehört«, klagte der Brillenträger bitter.

Diese Worte weckten Fandorins Aufmerksamkeit.

»Ich habe Ihren Artikel gelesen, ja. Ich habe ihn sogar in meiner Zeitung nachgedruckt«, antwortete der Herr mit der Bibermütze, ein hochgewachsener, stattlicher Mann um die fünfunddreißig mit gestutztem blondem Spitzbart. »Aber Sie wissen ja, wie es bei uns in Russland ist: Solange es nicht donnert, bekreuzigt sich der Bauer nicht.«

»Ich habe nicht für die Bauern geschrieben«, warf der Glattrasierte gallig ein. »Sondern für Personen, die mit Macht ausgestattet sind. Mein Name ist in Wissenschaftlerkreisen gottlob hinlänglich bekannt, hätten Sie mal auf Scheschulin gehört. Als die Aufregungen gerade erst anfingen, habe ich vorausgesagt: Wenn nicht Maßnahmen ergriffen werden, kann es zu einer psychogenen Epidemie kommen, die Menschenopfer fordert! Schon im September habe ich gewarnt!«

Das Gesprächsthema interessierte Fandorin so sehr, dass er es für angezeigt hielt, näher zu treten und sich vorzustellen. Der Herr mit der Persianerschapka war der bekannte Petersburger Psychiater Anatoli Iwanowitsch Scheschulin, der mit dem blonden Spitzbart der Wologdaer Industrielle Nikifor Andronowitsch Jewpatjew. Über ihn hatte Fandorin schon in der Residenzstadt erzählen hören, er entstamme einer Altgläubigensippe, sei aber Progressist, habe in England Ökonomie studiert und den Magistertitel erworben. Er führe seine Geschäfte auf moderne Weise, lasse Aberglauben nicht gelten und gebe sogar eine eigene Zeitung heraus, die im russischen Norden überaus populär sei.

»Als ich von dem Abschiedsbrief erfuhr, habe ich mich den Beamten angeschlossen«, erklärte er. »Ist das ein Unglück! Ein Schlag gegen alle Altgläubigen! Wegen ein paar Geisteskranker werden jetzt sämtliche Zeitungen über uns herfallen, uns als Wilde hinstellen, als Fanatiker ... Und Doktor Scheschulin«, Jewpatjew nickte zu dem Psychiater hin, »versichert, das sei erst der Anfang. Er hat sich aus Petersburg herbemüht, um am Schauplatz der Ereignisse zu sein.«

»Sie m-meinen, es wird weitere Selbstmorde geben?« fragte Fandorin schaudernd.

Scheschulin nahm die Brille ab, pustete ein Stäubchen vom Glas.

»Ohne jeden Zweifel. Mein Spezialgebiet ist die Wirkung der Suggestion auf die menschliche Psyche. Das Gehirn ist kein so komplizierter Mechanismus, wie man gemeinhin annimmt. Wie auch die anderen Körperorgane ist es hundertprozentig äußeren Einflüssen unterworfen. Die gefährlichste Form einer Epidemie ist nicht die Pest und nicht die Cholera, sondern eine Psychose, die ganze Bevölkerungsschichten ergreift. Denken Sie an den Kinderkreuzzug. Oder die mittelalterliche Hexenjagd. Und was ist Krieg, wenn nicht eine psychische Krankheit, die ganze Länder und sogar Kontinente erfasst? Denken Sie an die napoleonischen Feldzüge, während derer Hunderttausende, ja, Millionen Menschen ohne jeden triftigen Grund übereinander herfielen, einander die Kehle aufrissen, Städte niederbrannten und ganz Europa unter Leichenbergen begruben.«

»Mich interessieren die Altgläubigen und die V-Volkszählung«, unterbrach Fandorin den historischen Exkurs höflich, aber entschieden.

»Bitte sehr. Unter den Altgläubigen geistert schon seit über zwei Jahrhunderten die Idee vom baldigen Erscheinen des Antichristen herum. Diese Gruppe Menschen, das kann man so sagen, lebt ständig in der Erwartung des unausbleiblichen Endes der Welt. Das ist der Hintergrund der Erkrankung. Mit dem Antichristen assoziieren die Altgläubigen die Staatsgewalt, und das schon seit der Zeit des Patriarchen Nikon und des Zaren Peter. Das ist das Objekt der pathologischen Angst. Man weiß, dass auf Suggestion besonders Menschen mit niedrigem Bildungsniveau und kaum entwickelter Individualität ansprechen. Das gilt für die meisten der hiesigen Waldbewohner: minimales Wissen über die Außenwelt plus maximale Abhängigkeit von der Bauerngemeinde. All das ist sozusagen die Zusammensetzung des Sprengstoffs. Um ihn zu entflammen, genügt eine Winzigkeit – ein glimmender Funke. Die Rolle dieses Funkens übernehmen immer wieder Propheten und Prediger, die über die außergewöhnliche Gabe der Suggestion verfügen. Ich habe speziell die Geschichte der Kirchenspaltung studiert. In diesem Milieu treten von Zeit zu Zeit Individuen auf, die verkünden, der Antichrist wäre schon im Anmarsch. Sogleich kommt es zu einer psychologischen Kettenreaktion: Hintergrund – Objekt – Beeinflussbarkeit, und die Menschen begehen ungeheuerliche Taten. Ganze Familien stürzen sich ins Feuer, ertränken sich oder legen sich, wie hier, lebendig ins Grab. 1679 überredete der wahnsinnige Pope Dometian in der Nähe von Tobolsk 1700 Personen, sich zu verbrennen. Etliche Jahre danach jagte der Seher Semjon in der Gegend von Jaroslawl die Bevölkerung einer ganzen Stadt ins Feuer – viertausend Menschen. Zu einer letzten Selbstmordepidemie dieser Art kam es vor 36 Jahren im Gouvernement Olonez. Dort verbrannten sich fünfzehn Personen, unter ihnen Frauen und kleine Kinder. Die Ursache der Psychose war überall die gleiche – eschatologische Erwartungen.«

»Verzeihung, was für Erwartungen?«

Fandorin, der dem Vortrag gespannt lauschte, hatte gar nicht bemerkt, dass inzwischen auch die Übrigen herzugetreten waren und zuhörten: der wieder zu sich gekommene Kochanowski, Kryshow, Masa, der Geistliche samt Diakon und sogar Wachtmeister Odinzow. Er war es auch, der das unverständliche Wort erklärt haben wollte.

»Das Ende der Welt«, erläuterte der Psychiater.

Da redeten alle drauflos.

»Herr Jesus, rette und bewahre deine Menschen«, rief Warnawa mit zitternder heller Stimme den Himmel an.

Kochanowski war außer sich.

»Liebwerter Herr, was Sie da voraussagen, ist ja entsetzlich!«

Masa, der einen Fruchtbonbon lutschte, sagte auf japanisch: »Das Gleiche geschah in der Kanei-Ära, als Tokugawa Iyemitsu den Christen der Insel Kyushu befahl, sich von ihrem Glauben loszusagen.«

Der Industrielle Jewpatjew erkundigte sich: »Wenn Sie an alles so wissenschaftlich, so medizinisch herangehen, dann haben Sie gewiss auch ein Rezept, wie die Seuche zu stoppen ist?«

»Tja, da hat sich wohl ein Drache eingeschlichen, der das Volk aufwiegelt?« Odinzow zog drohend die hellen Brauen zusammen.

Fandorin wartete ab, bis alle sich geäußert hatten, und wandte sich dann an Kochanowski: »Aloisi Stepanowitsch, es hat keinen Sinn, länger in Denisjewo zu bleiben. Der Starosta hat uns Hilfskräfte für die Zählung versprochen. Lassen Sie uns w-weiterfahren, ins nächste Dorf.«

»Bravo, Kusnezow!« Jewpatjew schüttelte die Faust. »Da ist das Rezept! Wir müssen alle Siedlungen der Altgläubigen abklappern und mit den Alten reden. Ich habe im Schlitten eine Kodak. Bevor es dunkel wird, werde ich die Toten in all ihrer Schönheit photographieren. Und dann die Bilder herumzeigen. Abzüge kann man hier nicht machen, aber das tut nichts. Auf der Glasplatte sieht alles noch furchtbarer aus als auf Photopapier! Kommen Sie mit, Doktor Scheschulin?«

»Natürlich.« Der Psychiater lächelte. »Eine Sanitätsabteilung für Epidemieschutz? Keine schlechte Idee.«

Der Wachtmeister schob die Schapka zurecht, unter der eine verwegene Strähne hervorlugte.

»Ich komme auch mit. Wir müssen das unterbinden, die Aufwiegler ermitteln und festnehmen. Ich dulde auf meinem Territorium keine Schandtaten!«

Der Industrielle, der den Polizisten zu kennen schien, sagte: »Mit dir, Odinzow, wird keiner von denen reden. Du störst uns nur. Du weißt ja selbst, für die Hiesigen ist ein Abtrünniger schlimmer als ein Rechtgläubiger.«

»Sie, Herr Jewpatjew, haben mir gar nichts zu sagen«, widersetzte sich Odinzow. »Ich diene nicht Ihnen, sondern dem Staat. Und Ihre Erlaubnis brauche ich nicht. Ich habe gottlob mein eigenes Gespann.«

»Soll er mitfahren«, sagte der Psychiater. »Wenn die Epidemie bedrohliche Ausmaße annimmt, muss man auf alles gefasst sein. Dann kommt ein bewaffneter Polizist zustatten.«

»Nehmen Sie auch mich mit«, bat Vater Vikenti. »Es wäre

unbarmherzig, einen Geistlichen in einem Dorf von Altgläubigen zurückzulassen. Deren Böswilligkeit wäre eine Gefahr für Leib und Leben.«

Er legte die flache Hand auf seinen stattlichen Bauch.

Diese Bitte wunderte Fandorin sehr. Erst vor wenigen Minuten hatte er den Geistlichen ganz friedlich mit dem Starosta und mehreren Alten sprechen sehen. Die hatten mehrmals genickt, als stimmten sie ihm zu oder akzeptierten seine Beileidsworte. Fandorin hatte sich noch gefreut, dass der Dechant wohl doch kein fühlloser Klotz war, sondern ein zum Mitleid fähiger Diener Gottes.

»Sie, Väterchen, können unserm Trupp nun rein gar nichts nützen«, widersprach Scheschulin respektvoll. »Sie wären nur ein weiteres Ärgernis für die ohnehin schon gereizte Seelenverfassung.«

Vater Vikenti hob den Finger.

»Schande über Sie, und so was ist Arzt. Es steht geschrieben: ›Wer zu mir kommt, den werde ich nicht zurückstoßen.‹ Wenn Sie mich hier dem Verderben ausliefern, werde ich Ihnen heulend hinterherlaufen, und Sie werden sich schämen müssen.«

»Wirklich, hierlassen geht nicht«, sagte Fandorin seufzend. »Und was das Ärgernis betrifft, so kommt es nicht mehr drauf an. Wo ein P-Polizist ist, kann auch ein Pope sein. Fahren wir, meine Herren. Die Zeit ist kostbar.«

Gespräche und Gesänge

Die Fahrt auf dem Fluss war bei Nacht nicht schwieriger als am Tag. Kaum war Denisjewo hinter einer Biegung verschwunden, setzte die Dämmerung ein, aber ganz dunkel wurde es nicht. Das Wetter war umgeschlagen. Die Wolken hatten sich aufgelöst, am

Himmel leuchteten Sterne, und der weiße Weg zwischen den schwarzen Ufern war gut zu sehen. Das Tauwetter wich nach und nach frostiger Luft, der Schnee knirschte knackig unter den Pferdehufen und den Schlittenkufen.

Vornweg fuhr, als der Erfahrenste, Kryshow, bei dem Doktor Scheschulin Platz genommen hatte. Dieser besaß zwar ein eigenes Gefährt, eine elegante Troika, die er schon in Wologda gemietet hatte, zusammen mit dem Kutscher. Doch der hatte sich in Stershenez volllaufen lassen, und da war ein Denisjewoer Bauer, der nach Hause wollte, für ihn eingesprungen, da Scheschulin selbst mit der Troika nicht zurechtgekommen wäre. Eigentlich taugte sie auch nicht für die hiesige Gegend. Die Stershenezer fuhren mit einem Pferd oder höchstens zweispännig, so kamen sie leichter über die schmalen Straßen, und die Pferde waren hier im Norden, wenn auch unansehnlich, so doch zugstark, ausdauernd und an Kälte gewöhnt. Die gemietete Troika hingegen lief holperig, die Tiere traten oft fehl, und der Schlitten war kaum für längere Fahrten geeignet – er schleuderte und knarrte wie ungeschmierte Torangeln. Warnawa lenkte die Troika, mit ihm fuhr der Japaner.

Der zweite Gottesdiener saß bei dem guten Aloisi Kochanowski im Schlitten, der an das starke Gefährt des Industriellen Jewpatjew angehängt war.

Am Ende der Expedition fuhr Wachtmeister Odinzow in einem leichten Schlitten mit Kufen, so breit wie Schneeschuhe, die sich für Fahrten im Wald wie querüberfeld gleichermaßen eigneten.

Fandorin war einstweilen bei keinem eingestiegen, er wollte sich Bewegung verschaffen und an die zehn Werst mit seinen eigenen zwei Beinen laufen. Schapka und Halbpelz hatte er abgelegt; mit Genuss die klare Frostluft atmend, trabte er neben den Schlitten her in dem gleichmäßigen, federleichten Laufstil, den er vor längerer Zeit in Japan gelernt hatte.

Der Schnee auf dem Eis war fest und gab ein wenig nach unter den Füßen, so wie der erwärmte Asphalt im August auf dem Broadway. Fandorin legte ein paar Mal einen Zwischenspurt ein und überholte den Schlittenzug, und dann dünkte ihn, er wäre ganz allein in dieser weiß-schwarzen Welt: nur Schnee und Wald und der Sternenhimmel über dem Kopf.

So lief er eine Zeitlang, wurde wieder langsamer und ließ sich zurückfallen.

Wenn er in keinen der Schlitten stieg, verfolgte er damit neben der Bewegung einen weiteren Zweck. In einem Schlitten mitzufahren, hätte bedeutet, sich selbst zum Gespräch mit nur einem Partner zu verurteilen, und sein Gespür sagte ihm, er müsse sich alle Mitglieder der »Sanitätsabteilung für Epidemieschutz« genauer ansehen. Nicht um schon eine Hypothese aufzustellen, dazu war es zu früh, aber er war es gewohnt, seinen Impulsen zu vertrauen. Das Beste war, von Schlitten zu Schlitten zu wechseln.

Die Insassen des Schlittenzugs gaben sich zwei uralten russischen Vergnügen hin: dem Gesang und dem Geplauder während einer Reise. Fandorin kam der Gedanke: Erwächst nicht aus dieser Wurzel die gesamte heimische Literatur mit ihrer Bedächtigkeit, ihrer Erforschung der Seelen und ihrer grenzenlosen Entfesselung der Gedanken? Wo sonst konnte sich der Bewohner dieses ewig unfreien Landes frei fühlen? Nur auf Reisen, wo kein Gutsherr war, kein Natschalnik, keine Familie. Wo die Entfernungen gewaltig waren, wo die Natur rau war und die Einsamkeit unendlich. Du fährst im Bauernwagen, in der Postkutsche oder, besser noch, in der Schlittenkutsche – ein Ziehen geht durchs Herz, die Gedanken fließen frei. Wie sollten die Menschen sich da nicht einander öffnen? Man konnte ehrlich sein, aber auch sonst was daherschwatzen, hier kam es nicht auf Wahrhaftigkeit an, sondern auf das ausführliche Erzählen, denn man hatte es ja nicht eilig. Wenn die Gesprächsthemen versickerten, war es an der Zeit, ein Lied zu singen – auch ein langes, getragenes und von schlichter Philosophie:

vom schwarzen Raben, von den zwölf Räubern und vom herunterbrennenden Kienspan.

Im ersten Schlitten wurde nicht gesungen, dazu hatte sich nicht die richtige Gesellschaft zusammengefunden. Da wurde über Kluges gesprochen. Man warf Fandorin nur einen flüchtigen Blick zu und setzte das interessante Gespräch fort.

»Dass der Mensch eine nicht allzu komplizierte soziale Maschine ist, weiß ich seit langem«, sagte Kryshow kopfschüttelnd. »Aber Ihre Idee von der biologischen Maschine ist mir neu. Das ist sehr, sehr interessant. Doch führt sie nicht in die Irre?«

»Überhaupt nicht«, antwortete Doktor Scheschulin. »Und was die Biomaschine betrifft, so ist das keine Metapher, sondern ganz wörtlich gemeint. Die Nahrungsration, das heißt, die von außen erfolgende Zufuhr von chemischem Rohstoff plus die Wirkung der Hormone innerhalb der Organe, bestimmen ganz und gar den Charakter, die Handlungen und die persönlichen Eigenschaften. Ein edler Mensch ist einer, dessen hormonelle Balance gut reguliert ist und der mit der Nahrung keine asozialen und aggressogenen Giftstoffe aufnimmt. Ich zum Beispiel esse niemals das Fleisch frisch geschlachteter Tiere – es steigert die Bösartigkeit. Zur Nacht trinke ich niemals Tee, esse aber regelmäßig zwei Mohrrüben, weil das dem Gehirn hilft, sich während des Schlafs selbst von Depressionen zu reinigen. Soll ich Ihnen sagen, warum die nordrussischen Altgläubigen so anfällig für Selbstmord sind?«

Fandorin, der schon vom ersten Schlitten zurückbleiben wollte, blieb noch, er war neugierig auf die Antwort.

»Warum?«, brummte Kryshow.

»Weil sie viel rohen Fisch essen. Das geschabte rohe Fischfleisch, das sie hier in enormen Mengen verzehren, stimuliert zwar sehr gut die Herztätigkeit, verzögert aber die Bildung des Vitapräservationshormons – der Terminus ist von mir. Ich habe das Vitapräservationshormon in meiner Arbeit ›Einige Besonderheiten der

Hypophysenfunktion im Licht der neuesten biochemischen Entdeckungen‹ beschrieben. Der Artikel hatte gewaltige Resonanz. Sie haben ihn wohl nicht gelesen?«

Kryshow schüttelte den Kopf.

»Und Sie, Herr Kusnezow?«

»Ich hatte nicht das Vergnügen«, antwortete Fandorin höflich, lief langsamer und befand sich gleich darauf neben dem zweiten Schlitten.

Hier gab es eine dermaßen lebhafte Diskussion, dass Fandorins Auftauchen aus der Dunkelheit unbemerkt blieb.

Der Diakon zog mit beiden Händen immer wieder die Zügel straff, um das Deichselpferd zu bremsen, das ständig trachtete, den vorderen Schlitten einzuholen, dabei sah er aber nicht nach vorn, sondern rückwärts zu dem Japaner.

»Also wie, wenn du nach Gottes Ratschluss lebst, wirst du in einem höheren Rang wiedergeboren? So ist das bei euch?«, wollte er von Masa wissen. »Ich wäre dann zum Beispiel nicht Diakon, sondern Oberpriester, ja? Und sollte ich als Oberpriester nichts Böses tun, könnte ich gleich Bischof sein, was?« Er lachte ungläubig.

Sie reden über die buddhistische Wiedergeburt der Seelen, erriet Fandorin. Nun war Masa an der Reihe zu missionieren.

Zunächst spendierte er seinem Gesprächspartner einen Fruchtbonbon, von denen er einen ordentlichen Vorrat bei sich führte.

Dann sagte er, ihm schmeichelnd: »Du kannst gleich Bissof werden, wenn du ein gans, gans gerechtes Leben führst. Aber dein Pope wird als Klöte wiedegeboren, das sage ich dir.«

»Vater Vikenti? Als Kröte?« Warnawa schüttelte sich vor Lachen. Dann wurde er ernst und überlegte. »Na ja, euer Glaube ist auch nicht schlecht, doch unsere rechtgläubige Religion ist trotzdem besser.«

»Wieso? Wieso?«, ereiferte sich Masa.

»Sie ist barmherziger. Der Mensch bekommt mehr Hilfe von Gott, besonders wenn er schwach ist. Und worauf läuft das bei euch hinaus? Wenn du schwach von Seele und zaghaft von Herzen bist, bringst du's bloß bis zum Blutegel. Und keiner stärkt dich, stützt dich – nicht Jesus Christus, nicht die Gottesmutter, nicht die wohlgeneigten Engel? Schrecklich ist das für den Einzelnen. Jesus Christus ist warmherziger als euer Buddha, mit ihm lebt sich's leichter, ist einem lichter ums Herz. Da ist mehr Hoffnung.«

Der Japaner schnaufte, er schien keine Antwort zu wissen. In der Theologie war der einstige Yakuza nicht sehr beschlagen.

Der Diakon, der seinen Opponenten wanken sah, ging zum Angriff über.

»Wollen Sie sich nicht mal bekreuzigen?«, sagte er herzlich. »Schlechter wird's Ihnen davon nicht gehen, und für mich wär's ein Glück, eine lebendige Seele zu Christus zu führen. Wirklich, mein Herr, was macht es Ihnen aus?«

»Geht nich.« Masa holte tief Luft. »Bei uns heißt es: Diene dem Fürsten, dem sson dein Vater gedient hat. Und es heißt: Der wahre Glaube ist in der Tleue.«

Da verfiel der Diakon in Nachdenken.

Fandorin störte den frommen Disput nicht weiter, er wandte sich dem dritten Schlitten zu, in dem Jewpatjew saß.

Dies war ein richtiges Häuschen auf Kufen: umhüllt von Filz, mit einem Schornstein auf dem Dach, aus dem Rauch quoll, und einem Fensterchen, in dem Licht brannte.

Auf dem Bock saß der Kutscher in einem gewaltigen Pelz, er sah aus wie eine Fellkugel und sang mit heiserer Stimme:

> Ich war damals noch eine junge Frau,
> Da rückte unser Heer zum Feldzug aus ...

Das Lied passte bestens, es war lang und hatte einen romantischen Inhalt: von der unerfüllten Liebe eines einfachen Mädchens zu einem jungen Offizier.

>Er hat getrunken, weil er gehen muss,
>Beugt sich herunter, gibt mir einen Kuss,

sang der Bärtige gefühlvoll, da wurde das Türchen des Schlittens einen Spaltbreit geöffnet.

»Erast Petrowitsch, Sie? Noch nicht schlapp? Sie rennen ja wie ein Hase. Dabei sind Sie auch kein Jüngling mehr, Ihr Bart ist zur Hälfte ergraut. Setzen Sie sich zu mir, wärmen Sie sich auf«, sagte der Industrielle einladend.

Fandorin war noch nicht »schlapp« und schon gar nicht durchgefroren, aber er nahm die Einladung an. Dieser Mann weckte sein besonderes Interesse.

Im Innern des Schlittens war es sehr behaglich. Man sah sofort, dass Jewpatjew im Winter oft unterwegs und an Reisekomfort gewöhnt war.

An den Wänden brannten rechts und links zwei helle Petroleumlampen, und in einer Ecke bullerte ein eisernes Kohleöfchen. Am meisten aber staunte Fandorin über die innere Verkleidung der Wände.

»Was ist das, Hermelin?«, fragte er und strich mit der Hand über das weiße Fell mit den schwarzen Pinselchen. Dabei hatte er das Gefühl, einem schönen jungen Mädchen das Haar zu streicheln.

Jewpatjew lachte, dass seine weißen Zähne nur so blitzten.

»Schon mein Vater hat gesagt: Wer sich üppig präsentiert, bekommt leichter Kredit. Wir Jewpatjews machen nichts ohne Berechnung.«

»Ich e-erlaube mir, daran zu zweifeln. Wenn Ihre Vorfahren so pragmatisch gewesen wären, hätten sie sich längst vom Alten Glauben losgesagt.«

»Sie irren. Für einen Kaufmann und Industriellen ist es sehr günstig, Altgläubiger zu sein.« Jewpatjew zwinkerte fröhlich. »Jeder Partner weiß, dass ein Altgläubiger eisern Wort hält, was auch für die Kreditwürdigkeit wichtig ist. Außerdem: Die Arbeiter und Angestellten trinken nicht und stehlen nicht. Ich bin sowieso überzeugt, dass es für ganz Russland das Beste wäre, sich zu uns zu bekehren.«

Jewpatjew lächelte nicht mehr, er sprach ernst, und es war ihm anzusehen, dass seine Meinung durchdacht und durchlitten war.

»Peter der Erste, dieser fallsüchtige Satan, hat aus uns ein Beinahe-Europa gemacht. Bei den Männern ist der Bart ab, der Bauch steckt in der Weste, aber isoliert sind wir immer noch. Nur trinken und Tabak rauchen haben wir gelernt. Dabei sollten wir auf unsere Art leben, wie Natur, Glaube und Tradition es uns vorschreiben. Es hat keinen Zweck, wenn wir uns wie ein dressierter Bär benehmen.«

»Das heißt, den Antichristen fürchten und sich lebendig in der E-Erde begraben?«

Jewpatjew stöhnte.

»Das ist es! Das hatte ich befürchtet! So werden jetzt alle reden! Ein paar rückständige Wilde bringen unsere althergebrachte Tradition in Verruf. Der alte Glaube wird mit fanatischem Sektierertum verwechselt! Wissen Sie, was mir gerade eben in den Sinn kommt?«

Jewpatjew beugte sich zu Fandorin, von seiner Stirn fiel eine goldblonde Strähne. Seine Haare reichten bis unter die Ohren, waren scheinbar nach Altgläubigenart geschnitten, aber diese Fasson deckte sich fast genau mit der derzeitigen Pariser Mode, besonders in Verbindung mit dem Spitzbart à la Henri Quatre.

»Vielleicht ist das sogar gut so?« Jewpatjews Augen glühten, der Gedanke schien ihm wirklich eben erst gekommen zu sein. »Der größte Feind des alten russischen Glaubens ist nicht die offizielle Kirche – was die wert ist, weiß die Gesellschaft. Unser Unglück sind die Fanatiker, die keine Geistlichen und keine Organisation gelten lassen. Was ist also mein Gedanke? Glück gab es nicht, also hat das Unglück geholfen. Das ganze altgläubige Russland soll erfahren, wie weit die Fanatiker die Menschen gebracht haben. Viele haben Angst, viele wenden sich ab von dem Leben ohne Priester! Das wird unsere Religion nur stärken. Wir werden uns organisieren, uns zusammenschließen, dann werden wir unsere eigene Hierarchie haben, unsern eigenen Patriarchen. Die Staatsmacht wird uns nicht mehr fürchten, sie wird verstehen, dass wir uns dem Staat verbündet fühlen, denn unsere Menschen sind arbeitsam, trinken nicht und haben für Revolutionen nichts übrig. Unsere Grundlage ist die gleiche wie die der englischen Puritaner, nur noch strenger. Auf diesem Fundament lässt sich ein festes Gebäude errichten!«

Er sprach so überzeugt, so leidenschaftlich, dass Fandorin, wiewohl mit vielem nicht einverstanden, aufmerksam zuhörte. Jewpatjew glich einem altrussischen Heerführer oder Recken.

»Aber wie wollen Sie das Unglück in Glück wandeln?«, fragte Fandorin.

»Ganz einfach. Auf moderne Weise. Sobald wir im nächsten Dorf sind, schicke ich einen Boten nach Wologda, in die Redaktion meiner Zeitung. Die sollen sofort nach Denisjewo fahren und als Erste eine Reportage über die Selbstmorde machen. Genau in der Tonart, in der ich jetzt mit Ihnen gesprochen habe. Meine Jungs schreiben eine flotte Feder, ihre Artikel werden in der Hauptstadt und in der Provinz nachgedruckt. Hier ist es wichtig, wer als Erster schreibt und von welchem Blickwinkel aus. Der Schlag soll sich nicht gegen den alten Glauben richten, sondern gegen die Ketzerei der Popenleugner. Kryshow hat mir gesagt, dass Sie einer von uns sind. Also was halten Sie von meiner Idee?«

»Warm haben Sie's hier drin«, sagte Fandorin ausweichend. »Danke für die G-Gastfreundschaft, aber jetzt muss ich mir die Beine vertreten.«

Draußen wirbelte Schneestaub, Wind kam auf. Der Schlittenzug verlangsamte seine Fahrt, so dass Fandorin nicht mehr rennen musste, schnelles Gehen genügte.

Jewpatjews Kutscher hatte sein gefühlvolles Lied von der jungen Frau beendet und sang jetzt ein Lied von einem in der Steppe frierenden Kutscher, das klang so wehmütig wie ein Wiegenlied.

Ob es nun an dem Lied lag oder am Schaukeln – im nächsten Schlitten, der an Jewpatjews Equipage gebunden war, schlief man. Der Herold des Fortschritts, Kochanowski, und das Bollwerk der Geistlichkeit, Vater Vikenti, lagen, rührend aneinandergeschmiegt, in tiefem Schlummer. Der Schnee bestäubte ihre Mützen und versilberte ihre Bärte, doch Kälte und Gestöber machten ihnen nichts aus. Das Plaid, mit dem sie sich zugedeckt hatten, war weiß geworden und wogte im Wind wie ein Segel.

Bei diesem »Fliegenden Holländer« zu verweilen, hatte keinen Sinn, darum wartete Fandorin auf den letzten Schlitten, in dem allein und aus vollem Halse singend der wackere Wachtmeister saß. Er sang ein wackeres Lied, das Fandorin unbekannt war.

> Einst gewann ein Mädchen
> Den feschen Wanja lieb.
> An seinem Riesenschnurrbart
> Ihr Blick gern haften blieb.
>
> Der Säbel in dem Portepee,
> Die Orden auf der Brust so breit.
> Ach, dem Wanja-Schatz zuliebe
> War zu allem sie bereit.

Als Odinzow Fandorin sah, unterbrach er sein Lied und rief durch das Pfeifen des Windes: »Ach, guter Herr, ich möcht Sie was fragen! Wer sind Sie, und was führt Sie in unsere Gegend? Bei den anderen weiß ich mehr oder weniger Bescheid, nur bei Euer Gnaden hab ich Zweifel. Ich zum Beispiel bin Uljan Odinzow,

Polizeioberwachtmeister, des Zaren Auge im Umkreis von zweihundert Werst. Und wer sind Sie?«

Das »Auge des Zaren« hatte eine klangvolle Stimme und einen scharfen Blick.

Fandorin antwortete im gleichen Ton: »Wenn das Auge scharf ist, muss es das s-selber herausfinden. Als Oberwachtmeister hast du ja wohl sechs Monate in der P-Polizeischule gelernt? Wohlan, was sagst du über mich?«

Odinzow kniff die Augen ein, berührte den gezwirbelten Schnurrbart.

»Gekleidet sind Sie einfach, aber Sie gehören zu den Gebildeten – Kaufmannsstand oder angesehener Bürger. Haben einen Tataren als Lakai. Und weiter? Familie haben Sie nicht, sonst würden Sie einen Ehering tragen. Sie kommen aus Moskau, Ihrer Redeweise nach. Sie waren im Krieg, haben wahrscheinlich eine Kontusion erlitten, darum stottern Sie ein bisschen. Und weiter ... An Frost und Fußmarsch sind Sie gewohnt, haben nicht mal einen Pelz an. Über solche hab ich in der Zeitung gelesen. Manche Reichen, die nichts zu tun haben, vielleicht auch ohne Frau und Kinder leben, haben heutzutage solch einen Spleen: Sie wollen bis zum Scheitel der Erde. Nordpol nennt sich der. Der eine mit Hundeschlitten, der andere auf Skiern, noch ein anderer ganz zu Fuß. Und da wollen Sie auch hin, durch unser Gouvernement nach Norden, zum Ozean. Na, hab ich's erraten?«

Und er sah Fandorin siegessicher an.

Die Deduktion des Sherlock Holmes von Stershenez erschien nur auf den ersten Blick verrückt. Nach einigem Überlegen musste Fandorin einräumen, dass dessen Formulierung stimmte: Er wollte wohl wirklich sein Leben lang »zum Scheitel der Erde«, nur nannte er das anders.

»Ins Schwarze getroffen? Ja, so ist es«, fügte Uljan Odinzow gewichtig hinzu. »Ich habe ein sicheres Auge. Wie ist Ihr Name?«

Fandorin stellte sich vor und sagte schmunzelnd: »So, und jetzt erzähl ich von dir.« Er musterte den Polizisten genauer, erinnerte sich, wie der sich in Denisjewo verhalten und was die anderen über ihn geredet hatten. »Dein Alter: mindestens achtundzwanzig, höchstens d-dreißig. Du stammst aus dieser Gegend, bist mutig, unabhängig, gewohnt, nach deinem eigenen Kopf zu leben. Du jagst gern, besonders Bären. Entstammst einer Altgläubigenfamilie, bist aber zum orthodoxen Glauben übergetreten. Niemand hat dich gezwungen oder gelockt, es war dein Entschluss. Denn du wolltest zur Polizei, wolltest Verbrecher fangen, doch den Altgläubigen ist dieser Dienst versagt. Du bist Junggeselle, denn hier leben nur Altgläubige. Die Mädchen sehen dir nach, aber dich heiraten können sie nicht. Einer jedoch bist du stets willkommen, heimlich, einer Witwe oder Unverheirateten«, setzte Fandorin hinzu, als er unter dem Uniformmantel einen liebevoll gestrickten Schal hervorlugen sah. »Was machst du so große Augen, Uljan? Ich könnte dir noch viel erzählen. Aber tu du das lieber selbst. Zum Beispiel, wie es war, als dich letztes Jahr der Bär so zuge-gerichtet hat.«

»Sie haben die Krallennarbe an meinem Hals gesehen!« erriet der Wachtmeister und schüttelte hingerissen den Kopf. »Na, alle Achtung! Ach, gnädiger Herr, Sie sollten nicht zum Nordpol laufen, das ist Spielerei, kommen Sie lieber zur Polizei! Sie könnten uns sehr nützen. Steigen Sie ein, ruhen Sie sich aus, ich geh nebenher.«

Fandorin dankte und setzte sich in den Schlitten – er spürte, dass dieser Julian Apostata ihm etwas Wichtiges sagen wollte.

»Mir schwant Schlimmes«, sagte Odinzow halblaut ihm fast ins Ohr. »Ich komme viel durch die Dörfer. Im Volk gärt es. Vor mir reden sie natürlich kein Wort, doch ich kenn diese Hinterwäldler durch und durch. Irgendein Dämon zieht seine Kreise, will Seelen fangen. Es wird noch mehr Tote geben, wenn wir den Satan nicht rechtzeitig zu fassen kriegen. Deshalb bin ich jetzt mitgefahren. Aber ich fürchte mich, Erast Petrowitsch. Nicht vor diesem Satan, aber davor, dass mein Scharfsinn nicht ausreicht. Sie sind, wie ich sehe, ein Mann mit viel Erfahrung. Wollen Sie mir nicht helfen? Ihr Nordpol kann warten, der läuft nicht weg. Vier Augen sehen mehr als zwei. Wenn Sie was bemerken, flüstern Sie's mir. Und ich Ihnen.«

»A-Abgemacht.« Fandorin nickte, ein solcher Helfer konnte nicht schaden.

Die Verbündeten zogen einen Handschuh aus und bekräftigten die Übereinkunft mit einem eisernen Händedruck.

Im Paradies

Bis zum nächsten Dorf waren es fünfundvierzig Werst Fahrt auf dem Fluss. Kryshow hatte versprochen, bis zum Morgengrauen würden sie es schaffen. Das Schneegestöber kostete etwas Zeit, auf dem Eis hatten sich Verwehungen gebildet, aber die an Winterwetter gewöhnten Pferde überwanden die Hindernisse mühelos. Nur die Troika machte ihnen zu schaffen, denn das Deichselpferd hatte sich das Bein an der Schneekruste aufgerissen und lahmte. Nichtsdestoweniger sahen die Reisenden am Morgen, als die ersten Sonnenstrahlen den frostigen Himmel aufhellten, wie am rechten Ufer der Wald sich öffnete und auf der großen Lichtung, in rosa Dunst gehüllt, das Dorf in Sicht kam.

»Da ist es, das Paradies«, konstatierte Kryshow zufrieden; in seinem Schlitten hatte Fandorin, der lange genug gelaufen war, die zweite Nachthälfte verbracht (der Psychiater war zum Schlafen in Jewpatjews Kutsche gestiegen).

Die poetische Metapher klang aus dem Mund des Zynikers Kryshow ein wenig überraschend, aber es war tatsächlich eine paradiesische Gegend: die anheimelnde runde Lichtung, auf drei Seiten von Kiefernwald umgeben, dazu der breit dahinströmende

Fluss – selbst im Winter war diese Landschaft idyllisch anzuschauen, und im Sommer war sie gewiss ein richtiges Paradies.

Als sie näher heranfuhren, sahen sie, dass die Häuser des Dorfes noch schmucker waren als in Denisjewo – mit Schnitzwerk verzierte Fensterläden, blecherne Wetterfahnen, Dächer in verschiedenen Farben, was für russische Bauernhäuser ganz ungewöhnlich war.

Aber Kryshow äußerte sich missbilligend über diese Schönheit.

»Hei, was für ein Paradies sie sich gebaut haben, die Parasiten!«

Und er erklärte, dass Paradies der Name der Siedlung sei und hier nur zugezogene Leute lebten, Gusljaken.

»Sie spielen wohl auf der Gusli*?«, fragte Fandorin befremdet.

»Das auch, aber der Name kommt nicht daher. Hier leben Leute aus Gusliza, seit etwa hundert Jahren schon. Sie betreiben ein besonderes Gewerbe – sie betteln.«

»Wie denn?«

»Berufsmäßig. Sie ziehen durch die Welt der Altgläubigen, die sich bekanntlich bis nach Österreich und der Türkei erstreckt, und sammeln Almosen. Die Stershenezer Gusljaken kennt man überall, sie bekommen reichliche Spenden, da sie Meister im Märchenerzählen und Liedersingen sind. Sie bringen viel Geld nach Hause. Das ist eine ganze Philosophie. Gedacht war sie einmal als Lehre von der Demut und Uneigennützigkeit, aber unsere Bauern sind nun mal geldgierig. Wenn Goldstücke klirren, vergessen sie die Rettung der Seele. Sie sitzen hier auf ihren zusammengerafften Reichtümern. Da, was für Paläste sie sich gebaut haben! Aber fromm sind sie, das ist nicht zu bestreiten. Die Welt ist ihnen die Hölle, ihr Heim das Paradies, darum haben sie auch das Dorf so genannt. Und noch was ist hier interessant. Betteln gehen nur die alten Männer und Frauen, sie sind die wichtigsten Verdiener. Die jungen Leute setzen keinen Fuß aus dem Dorf, sie dürfen nicht. Sie müssen zu Hause bleiben, die Wirtschaft führen. Solange ihre

---

* Russisches Saiteninstrument. (Anm. d. Übers.)

Seelen nicht reif sind, könnten sie ja den Verlockungen der Welt erliegen.«

»Eigenartiger modus vivendi«, murmelte Fandorin, richtete sich im Schlitten auf und blickte mit wachsender Unruhe auf das Dorf. »Hören Sie, warum sind die Straßen menschenleer? Das gefällt mir nicht. Es bellen auch keine Hunde.«

»Hunde halten sie hier nicht, das wäre Sünde. Und warum niemand zu sehen ist, werden wir gleich klären.«

Kryshow gab dem Pferd die Peitsche. Gleich darauf glitt der Schlitten zwischen hohen einstöckigen Bauernhäusern dahin: Das Erdgeschoss war der geheizte Teil des Hauses, der »Winterraum«, und im oberen Stockwerk lagen die Sommerzimmer.

»He, du!«, rief Kryshow einer Frau zu, die mit einem fauchenden Samowar in den Händen dahintrippelte. »Was ist bei euch los, alles in Ordnung?«

»Gott sei Dank«, antwortete sie in singendem Tonfall, blieb stehen und begaffte neugierig die Ankömmlinge, sperrte sogar den Mund auf.

»Warum ist dann kein Mensch zu sehen?«

»Ist doch Sonntag«, sagte die Paradiesbewohnerin verwundert. »Sind alle im Volkshaus, wo sonst?«

»Ach richtig, wir haben ja Sonntag. Dann ist das klar.«

Kryshow überholte die Frau mit dem Samowar und lenkte den Schlitten zu einem langgestreckten Blockhaus mitten im Dorf.

»Was ist das, Volkshaus? Zum Beten?«, fragte Fandorin beruhigt.

»Nein, es ist das Versammlungshaus. Jedes nur halbwegs anständige Dorf hat eines. Im Winter, wenn wenig zu tun ist, trifft man sich dort abends, trinkt Tee, plaudert, liest Bücher. Die Weiber machen Handarbeiten. Von so was träumen die Volkstümler. Die Bücher sind freilich nicht von Marx oder Bakunin, sondern Heiligenleben und Volkssagen. Na, und die Gusljaken, für die Arbeit am Sonntag Sünde ist, finden sich hier schon am Morgen ein, um den Müßiggang zu genießen. Es trifft sich gut, dass alle beisammen sind. Da können wir mit ihnen reden.«

Das Innere des »Volkshauses« erinnerte an eine große, langgestreckte Scheune, war aber sehr sauber und reich geschmückt. In der Mitte befand sich ein riesengroßer blanker, weiß-blau gekachelter Ofen. Längs der Wände standen lange Bänke mit bestickten Kissen. Fandorin fiel auf, dass der Raum in drei Zonen geteilt war: In der Heiligenecke (auch *obere Stube* genannt) stand ein städtisches Sofa, auf dem in feierlicher Einsamkeit der oberste Gusljake saß, der langbärtige *Starschina*. In seiner Nähe, an einem farbig gestrichenen Tisch, saßen auf Wiener Stühlen andere alte Männer und tranken Tee; die jüngeren Männer hielten sich in der mittleren Stube auf – plauderten, spielten Dame oder bastelten; die Frauen und Mädchen saßen *unten* an Spinnrad und Nähmaschine oder knackten Nüsse; Kinder beiderlei Geschlechts liefen und krochen überall herum und scherten sich nicht, wessen Territorium das war. Insgesamt waren hier an die sechzig bis siebzig Menschen versammelt, also das ganze Dorf.

Das eintretende Grüppchen der Fremdlinge wurde zunächst argwöhnisch beäugt, doch Jewpatjew war hier seit langem bekannt und genoss Ansehen. Der Starschina beeilte sich, ihn willkommen zu heißen, sogar mit Kuss. Auch die übrigen Alten traten herzu. Fandorin fiel auf, dass die Männer Kryshow mit Handschlag begrüßten.

»Na, ihr geretteten Seelen, lebt ihr gut mit Gott?« sprach Jewpatjew die Alten an.

»Dank deiner Hilfe, Nikifor Andronowitsch. Die Kornschwinge, die du geschickt hast, ist gut. Ob wir noch eine solche bekommen könnten?«, fragte der Starschina mit einschmeichelndem Lächeln.

»Wenn du uns zu Hilfskräften für die Zählung verhilfst, bekommst du noch eine. Was gibt's Neues bei euch, alte Leutchen? Was treibt ihr so?«

»Durchreisende Pilger sind zu Besuch.« Der Starschina zeigte zur hintersten Ecke, zu einem Brettertisch. »Jetzt essen sie, nachher werden sie Lieder singen. Ihr könnt auch zuhören.«

Fandorin sah hin und wollte seinen Augen nicht trauen. An der Stirnseite des Tisches saß, die Ellbogen auf die Tischplatte gestützt, der Gottesnarr aus Denisjewo und warf aus einer Schüssel blitzschnell Grützbrei in den Mund.

»Lawrenti!«, ächzte der Wachtmeister. »Wie kommt der so schnell hierher? Ganz allein etwa, durch den Wald? Und die Wölfe machen ihm nichts aus!«

»Lawrenti ist ein frommer Mann!« sagte ein Alter streng. »Den Gottesnarren behütet der Herr. Und schon vor Tagesanbruch ist Mutter Kirilla gekommen.«

»Mutter K-Kirilla?« fragte Fandorin verdutzt.

Der Alte wandte sich ab, und Jewpatjew erklärte: »Kirilla ist ein alter russischer Name. Ich habe von der Frau gehört. Sie ist Meisterin im Märchenerzählen und Liedersingen. Kommen Sie, wir schauen mal.«

Am anderen Ende des Tisches saß kerzengerade eine Frau in schwarzem Kleid und schwarzer Kutte mit weiten Ärmeln. Ihr blasses Gesicht war zweigeteilt von einer schwarzen Augenbinde; es sah nicht jung aus und nicht alt, die Frau mochte vierzig, vielleicht auch sechzig sein. Sie aß ebenfalls Grützbrei, aber nicht so hastig wie der Gottesnarr, sondern sehr langsam, fast widerwillig. Sonst saß niemand am Tisch, nur drum herum standen ein paar Frauen und legten den Pilgern mal Brot vor, mal eine Pirogge.

»Wie kann sie allein auf Pilgerschaft gehen, die Blinde?«, fragte Fandorin.

»Erstens ist sie nicht blind.« Jewpatjew betrachtete mit Interesse die wandernde Märchenerzählerin. »Sie hat das Gelübde abgelegt, ihre Augen nicht mit dem Anblick der sündigen Welt zu beschmutzen. Es gibt in der Welt der Altgläubigen solch ein Gelübde, das gilt lebenslang. Es ist das schwerste aller denkbaren, dazu entschließt sich kaum jemand. Schauen Sie, diese Gesichtszüge! Wie die Bojarin Morosowa*.«

»Und zweitens?«, fragte Fandorin beeindruckt.

»Und zweitens hat sie eine Blindenführerin, da, unterm Tisch.« Auf dem Fußboden saß tatsächlich ein schmuddeliges Mädchen von vielleicht dreizehn Jahren, es warf Fandorin mit braunen Augen kecke Blicke zu. Ihre Füße steckten in Bastschuhen, die Beine waren weit gespreizt. Um den Kopf war ein schmutziges Leinentuch gewickelt. Neben ihr lagen ein großer Bettelsack und ein langer Stecken, der wohl Kirilla gehörte.

»Polkaschka, sitz still!«, herrschte die Pilgerin das Mädchen an. »Da hast du!« Sie warf eine angebissene Pirogge zu Boden. Das Mädchen hob sie flugs auf, steckte sie in den Mund und verschlang sie, fast ohne zu kauen. Komischer Name, dachte Fandorin. Ob das von Polixena kommt?

»Warum bekommt das Kind Speisereste zu essen?,« rief Doktor Scheschulin empört. »Was ist das für eine Rückständigkeit?«

»Das muss so sein«, erklärte Jewpatjew halblaut. »Das Mädchen führt ja die Märchenerzählerin nicht nur, es durchläuft auch eine Prüfung. Die heißt ›Probezeit durch Erniedrigung‹. Die Erzieherin muss sie grob behandeln, schlagen, demütigen, sie hungern lassen. Kirilla ist sogar nachsichtig zu ihr. Haben Sie gesehen, die Pirogge war nur scheinbar angebissen. Schauen Sie, sie hat ihr noch eine zugeworfen, auch so gut wie unberührt.«

»Interessanter Brauch!«, sagte der Psychiater begeistert und notierte etwas in sein Büchlein.

Der Gottesnarr leckte die leere Schüssel aus und rülpste gesättigt. Auch Kirilla beendete das Essen, aber manierlich: Sie wischte den Löffel mit Brotkrume ab, warf ihn dem Mädchen zu und verneigte sich zurückhaltend.

---

* Morosowa, Feodossia Prokopijewna (1632–1675) – altgläubige russische Adlige, bekannt u.a. durch ein Gemälde von W.I. Surikow. (Anm. d. Übers.)

»Ich danke Gott dem Herrn und euch, gute Leute.«

»Wir danken euch, dass ihr gegessen habt«, erwiderte eine der Frauen, die älter war als die anderen. »Väterchen Lawrenti Iwanowitsch, was tut sich in der Welt? Erzähle.«

Aus dem ganzen Haus drängten Leute herbei – die Vorstellung sollte wohl beginnen; mit diesem nicht ganz passenden Wort benannte Fandorin im Stillen, was nun folgte.

Er trat vom Tisch zurück und ließ den Blick durch alle drei Bereiche gleiten. Folklore und Ethnographie waren ja sehr interessant, aber womit die anderen Expeditionsteilnehmer sich gerade beschäftigten, das zu erkunden konnte nicht schaden.

Kryshow und der Wachtmeister waren nirgends zu sehen. Nun, der Polizist war natürlich im Dienst, er streifte durchs Dorf, schnüffelte herum. Doch wo steckte Kryshow?

Kochanowski setzte dem Starschina fuchtelnd etwas auseinander. Der verzog das Gesicht, rückte schrittchenweise näher zu dem Gottesnarren, wollte wohl auch der Darbietung lauschen. Aber Kochanowski hielt den Langbärtigen am Ärmel fest.

Vater Vikenti tuschelte in einer Ecke mit zwei alten Männern. Was mochten sie bereden?

Diakon Warnawa hatte es sich beim Ofen gemütlich gemacht.

Bei dem Japaner war Gefahr im Anzug.

Um ihn drängten sich Weiber und junge Mädchen, die solch ein Wunderwesen noch nie gesehen hatten. Masa blickte unerschütterlich, gewichtig über die geblümten Kopftücher hinweg. Diesen Gesichtsausdruck kannte Fandorin bestens an ihm. In ihrer Situation und bei der Prüderie der Altgläubigen konnten sie jetzt nicht auch noch Komplikationen wegen des weiblichen Geschlechts gebrauchen. Fandorin wollte schon zu seinem Diener, um ihn zurechtzuweisen, doch dessen bedurfte es nicht.

Eines der Mädchen, die Mutigste, fasste sich ein Herz und fragte: »Von wo kommen Sie, so wie Sie aussehen?«

Kaum hatte Masa sich ihr zugewandt und die Augen eingekniffen zu dem Ausdruck, den er für unwiderstehlich hielt, als schon einer der Alten angestürmt kam, aufgeplustert, ärgerlich.

»Psst, dumme Gänse! Weg da! Ein Asiat ist das. Die leben in Turkestan. An Gott den Herrn glauben sie nicht, dafür hat der Erzengel Gabriel sie mit Schlitzaugen bestraft. Wenn ihr um ihn herumscharwenzelt, kriegt ihr auch solche!«

Da war das weibliche Geschlecht wie weggeblasen. Masa zischte den Alten ärgerlich an: »Selber Sslitzauge!«

Der spuckte nur aus und bekreuzigte sich, legte sich aber nicht mit ihm an.

Die Gefahr war vorüber, man konnte zur Vorstellung zurückkehren.

Das unterbrochene Konzert

Kirilla saß noch in derselben Haltung da. Die allgemeine Aufmerksamkeit zog der Gottesnarr Lawrenti auf sich. Er schien in der örtlichen Hierarchie höherzustehen als die Märchenerzählerin, darum sprach er als Erster.

Ein gruseliger Anblick. Der Gottesnarr stand keinen Moment still: Mal drehte er sich um die eigene Achse, mal lief er zu jemandem und beschnupperte ihn, mal stürzte er zu einer der Frauen, die sprang kreischend von ihm weg. Und murmelte, murmelte, immer lauter, immer schneller.

Fandorin verstand anfangs fast nichts, dann unterschied er einzelne Wörter.

Lawrenti schrie:

> Ich geh herum und zaubere!
> Gehe dahin, gehe dorthin,
> Such den Teufel, such den Teufel!

Er ließ sich auf alle viere fallen, schnupperte am Rock einer der Frauen – die Ärmste prallte jäh zurück, so dass die hinter ihr Stehenden sie auffangen mussten.

> Ich spür den Satan, spür den Bösen!
> Kann ihn riechen, riech den Schiechen!
> Satan kommt, tief ist sein Quersack,
> Darein will er Seelen raffen!
> Fürchtet, fürchtet, fürchtet euch!

Das musste er den Leuten nicht sagen, sie fürchteten sich schon. Selbst die Männer standen blass und finster da, die Weiber jammerten, die Kinder heulten aus vollem Halse.

Die Zaubersprüche des Gottesnarren wurden immer unartikulierter, von seiner Stirn troff der Schweiß. Endlich blieb er stehen, hob das eiserne Kreuz hoch und schrie: »Hüte dich, Satan! Ich finde dich, verbrenne dich mit Gottes Feuer! Du machst uns keine Angst! Die Welt geht unter, Christus trägt die Krone, und du, Gehörnter, kriegst Blei in den Hals!«

Er verstummte. Jemand brachte ihm Kwass; hastig atmend, trank er gierig.

Der Arzt wandte sich deutlich hörbar an Jewpatjew: »Effektvoll. Der Mann ist ohne Zweifel psychisch krank. Ich tippe auf hysteroide Paranoia, vielleicht epileptoiden Ursprungs. Doch welche Intensität, welche Wirkung auf die Menge! Selbst ich habe die von ihm ausgehenden nervlichen Wellen wahrgenommen. Gern würde ich mit diesem Exemplar arbeiten. Eine Wechseldusche. Vielleicht eine kleine Hypnoseseance ...«

Jewpatjew entfernte sich indigniert, das Gerede des Psychiaters war ihm unangenehm.

Sein Gesicht zeigte Erregung.

Die Dörfler aber wandten sich Kirilla zu.

»Sing, Mütterchen, tröste uns! Lawrenti hat uns erschreckt.«

»Was soll ich singen?«, fragte die Pilgerin ruhig, das Gesicht mit den verbundenen Augen zur Decke gerichtet. »Vom Zarewitsch Ioassaf? Von Alexej dem Gottesmann?«

Stimmen ertönten: »›Lob der Wüste‹!«

»Nein, ›Der Sarg aus Kiefernholz‹!«

»Halt, lasst den Starschina entscheiden!«

Der Starschina sagte: »Singe etwas Neues, was wir von dir noch nicht kennen. Vielleicht übernehmen wir's dann und haben den Nutzen davon.«

Sie verneigte sich und stimmte sogleich, ohne Einleitung, ein Lied an, mit starker und reiner Stimme, die sich mal mit voller Kraft entfaltete, mal fast nur flüsterte. Ihre schmale Hand war an das schwarze Gewand mit dem gestickten achtendigen Kreuz gepresst, die Finger bebten leicht.

»Dort am Fenster spinnt ein schönes Mädchen.
Spinnt ein schönes Garn und denkt Gedanken.
Früh am Morgen, als sie Wasser holte,
Kam'n zwei Tauben zu ihr hingeflogen.
Die graue setzt' sich links auf ihre Schulter,
Rechts setzt' sich die schwarze.
Alsdann sprach zu ihr die graue Taube:
›Abends, wenn die Sterne hell erstrahlen,
Komm zum frohen Fest am Rand des Dorfes,
Wo die Burschen mit den Mädchen spielen,
So wie Erpel mit den Enten turteln.
Geh zum Vogelbeerbaum, etwas abseits,
Denn dein Bräutigam wird zu dir kommen,
Seine Augen, kalt wie Eisesstückchen,
Werden so, wie in der hellen Sonne
Eisesstückchen schmelzen, sich erwärmen,
Sehen sie dich an, du schönes Mädchen …‹«

Es folgte eine lange Liste der Vergnügungen, welche die graue Taube den Verliebten in Aussicht stellte – keusch und hochpoetisch. Das Auditorium, namentlich die weibliche Hälfte, lauschte mit verschleierten Augen. Nur der Gottesnarr, der die Schöpfkelle hingelegt hatte, zuckte und blies die Nasenlöcher räuberisch auf. In seinen vorquellenden Augen glitzerten irrwitzige Funken. Fandorin lachte auf, denn dem Gottesmann schien der Neid des Schauspielers nicht fremd zu sein.

Das Lied strömte geruhsam weiter dahin:

»Endlich schloss der grauen Taube Rede,
Und nun hub die schwarze Taube an,
Voller Kummer war, was sie da sagte,
Ihre Stimme klang, als ob sie weinte:
›Gehe nicht zum Dorfrand zu den Burschen,
Hüll dich in ein Tuch gleich einer Nonne,
Folge mir dann in den tiefen Wald.
Gehst durch hohe Berge, durch die Wüste,
Wenn du Hunger hast, iss bitt're Kräuter,
Stille deinen Durst mit salzgen Tränen,
Deckst dich zu mit eiseskaltem Schneesturm,
Drehst im Tanz dich mit dem Wind im Reigen ...‹«

Es folgte eine Beschreibung der Unbilden, die das Mädchen erwarteten, wenn sie den Dienst an Gott als Nonne wählte. Die Zuhörer lauschten gespannt, ließen sich kein Wort entgehen. Aber der bedauernswerte Starschina fand keine Ruhe – kaum hatte der Statistiker von ihm abgelassen, da machte sich Vater Vikenti an ihn heran und flüsterte auf ihn ein.

»So wie üblich«, sagte der Langbärtige ungeduldig und ziemlich laut.

Man drehte sich missmutig nach ihm um.

Die Heldin des Liedes hatte unterdes das Spinnrad verlassen und ging die Eltern um Rat fragen. Sie verneigte sich tief, brach in Tränen aus, bat, sie zu lehren, auf wen sie hören und wem sie folgen solle – der grauen Taube oder der schwarzen. Der Vater antwortete ihr:

>»Wir haben dich gebor'n und aufgezogen,
>Doch deine Seele, die gehört uns nicht,
>Denn ihr Erzeuger ist Herr Zebaoth.
>Was er zu tun dich heißt, musst du befolgen.
>Nur für den Leib zu leben, das ist süß,
>Und angenehm, jedoch es währt nur kurz.
>Die Blume bald verblüht, bald verdorret,
>Ihre Schönheit wird so schnell zu Staub.
>Allein der Seele Schönheit währet ewig,
>Die Zeit, das Leid, sie haben ihr nichts an.
>Wer abtötet sein Fleisch, wird's nicht bereuen,
>Denn seiner ist das Reich der Ewigkeit.«

Die Mutter hat natürlich andere Argumente, denn die Tochter tut ihr leid, auch wünscht sie sich Enkel. Das Lied wollte kein Ende nehmen, doch erstaunlich, das Publikum konnte nicht genug davon kriegen.

Jewpatjew beugte sich zu Fandorin und raunte: »Das ist ja ein Gleichnis von der Freiheit der Wahl, nicht mehr und nicht weniger. Wie bei Kant und Schelling. Unsere Religion ist die freieste von allen, mit solch einer können keine Sklaven aufwachsen.«

Fandorin war selber neugierig, welcher Taube die Heldin folgen werde, allein, das blieb Geheimnis. Bei der Strophe: »Und da sagte ihnen das schöne Mädchen, welches nun ihr fester Wille sei«, brach das Lied plötzlich ab.

Es ertönte ein gellendes Geheul, so herzzerreißend, so schrecklich, dass die Frauen, noch ohne zu wissen, was passiert war, loskreischten und die Kinder in Geschrei ausbrachen. Erst im nächsten Moment sahen alle, dass der Gottesnarr Lawrenti einen Anfall hatte.

»Ich bin verloooren! O Gott, verlooren!«, heulte der Gottesnarr. »Aah, ich kann nicht mehr!«

Er stieß die zu ihm eilenden Bauern beiseite, und das mit solcher Kraft, dass zwei oder drei zu Boden stürzten, nahm Anlauf und rammte den Kopf gegen die Ofenkante.

Er fiel hin, von der aufgeschlagenen Stirn floss Blut, doch verlor er nicht die Besinnung.

»Schwach bin ich! Sündig!«, winselte der Gottesnarr kläglich. »Ich kann deine Menschen nicht retten! Belehre mich, Herr! Helft mir, ihr Erzengel Gabriel und Michael! Weh mir Nutzlosem!«

Niemand traute sich an ihn heran.

Der Unglückliche saß auf dem Fußboden, schlug immer wieder mit dem blutigen Kopf gegen den Ofen, rote Spritzer flogen nach allen Seiten.

Alle waren verwirrt, nur Scheschulin nicht. Wozu es verhehlen, als Fandorin den hochgelehrten Arzt unlängst über die »biologische Maschine« dozieren hörte, hatte er befunden, dass der nicht ganz ernst zu nehmen sei, doch jetzt sah er sich genötigt, seine Meinung zu ändern.

Scheschulin handelte schnell und sicher.

Er trat vor, herrschte die Weiber an: »Aufhören zu kreischen! Er bemüht sich ja für euch!«

Den Männern befahl er: »Wasser! Kaltes!«

Dann packte er Lawrenti bei den Schultern, drehte ihn zu sich herum und versetzte ihm – klatsch, klatsch! – zwei schwere Maulschellen.

Ein tiefer Seufzer ging durch den Raum, dann war es still.

Auch der Gottesnarr verstummte und glotzte den entschlossenen Herrn mit Brille groß an.

Man brachte Scheschulin einen Eisenkessel mit Wasser, und der goss es dem heiligen Mann über den Kopf. Rasch verband er die

Stirnwunde mit einem Taschentuch. Dann legte er ihm beide Hände auf die Schläfen und beugte sich zu ihm.

»Sieh mir in die Augen!«

Der hob gehorsam das Kinn.

»Ru-hig, ru-hig! Ja, sooo, guuut ...« Die Stimme des Arztes wurde schmeichelnd, die Vokale flossen wie Honig vom Löffel. »Gabriel wird dir helfen, auch Michael ... Erzengel Anatoli ist schon hier ... Alle wirst du retten, allen helfen ... Aber nicht schreien, nicht mit dem Kopf stoßen, nein? Nachdenken ... Erst nachdenken, dann handeln ... Dann wird alles gut ...«

So redete er lange auf den Kranken ein, zehn Minuten wohl.

Die Hypnose wirkte. Lawrentis Gliederzittern ließ nach, die Hände hingen hilflos herab, die Trübnis verschwand aus den Augen.

»Lasst, Herr, es reicht«, sagte er schließlich leise und vernünftig. »Hebt mich auf.«

Von zwei Seiten stellten sie ihn behutsam auf die Füße.

»Sei bedankt.« Er verneigte sich tief vor Scheschulin und sagte sehr ernsthaft: »Du hast mir geholfen. Du weißt selber nicht, wie sehr. Ich weiß es jetzt.«

»Was denn?« fragte der Psychiater verwundert.

Aber der Gottesnarr sagte nichts mehr. Er schüttelte sich wie ein Hund, befreite sich von den ihn haltenden Händen der Bauern und ging, ohne jemanden anzusehen, hinaus. Hinter ihm schlug die Tür zu.

Gott hat es gewollt

Wegen des lahmenden Deichselpferds musste man den Tag und die Nacht im Paradies verbringen. Es gab hier einen im ganzen Umkreis bekannten Rossarzt, der versprochen hatte, das Tier bis zum nächsten Morgen wieder auf die Beine zu bringen. Bis dahin ging jeder seinen Interessen nach.

Der Geistliche und der Diakon hatten sich einfallen lassen, im Bethaus einen Sonntagsgottesdienst abzuhalten. Dem widersetzte sich keiner, nur erschien aus der christlichen Herde allein der Wachtmeister. Er verharrte während des ganzen Gottesdienstes in der Habtachtstellung, trat dann linksum weg und machte sich auf einen Rundgang von Haus zu Haus, um zu erfragen, ob im Dorf ein selbsternannter Prophet aufgetaucht sei und aufwiegelnde Reden geführt habe.

Der Vorsitzende der statistischen Kommission instruierte zwei Zählhelfer, denen er Fragebögen und Aktentaschen überreichte, wobei die ersten mit Befürchtungen, die zweiten aber mit Vergnügen entgegengenommen wurden.

Fandorin streifte ziellos umher, beobachtete, horchte. Den Diener hatte er, um ihn vor Sünden zu bewahren, bei sich behalten. Er wusste, dass die Frauen hier – ob schlank, ob beleibt – genau Masas Ideal von weiblicher Schönheit entsprachen und dass der Teufelskerl es verstand, den Schlüssel zu fast jedem Frauenherzen zu finden.

Aber der Rundgang durchs Dorf erbrachte nichts Nennenswertes.

Jewpatjew und Scheschulin saßen beim Starschina und tranken Tee.

Kryshow unterhielt sich mit den Bauern. Worüber, das blieb Fandorin verborgen, denn kaum näherte er sich, verstummten sie alle. Immerhin verwunderte ihn, dass die Einwohner, die ja sehr argwöhnisch waren, mit dem gottlosen Kryshow so respektvoll sprachen, denn allein schon seinen Namen mussten sie als anstößig empfinden – mit »Krysh« bezeichneten die Altgläubigen das orthodoxe Kreuz.

Die Frauen waren zumeist im Volkshaus bei Kirilla geblieben. Fandorin ging dort aus Taktgefühl nicht hinein, denn die Damen haben stets Themen zu besprechen, die nicht für Männerohren bestimmt sind.

Das Mädchen, das die Blinde führte, hatte sich mit den Erwachsenen wohl gelangweilt, jedenfalls war sie nicht bei ihrer Herrin. Einmal traf Fandorin sie im leeren Flur des Versammlungshauses an. Dort hing neben der Garderobe ein Spiegel mit bemaltem Holzrahmen. Die arme Schmutzlise, die sich wohl unbeobachtet wähnte, betrachtete ihr Spiegelbild mal von der Seite, mal mit schielenden Augen. Sie tat Fandorin leid, und auch Masa seufzte. Er holte aus der Tasche einen Bonbon (in Wologda hatte er einen Vorrat besorgt) und wollte ihn ihr schenken, doch das Mädchen rannte wie ein wildes Tierchen davon.

Dann sahen sie sie noch einmal – am Dorfrand mit einer Schar Kinder, denen sie etwas erzählte; die Kinder lauschten gespannt, mit aufgesperrten Mündern. Ein Mädchen gab der Erzählerin einen Pfefferkuchen, den sie nicht zurückwies, sondern gleich in den Mund steckte. Sie verdient sich was dazu, nimmt sich ein Beispiel an Kirilla, dachte Fandorin schmunzelnd.

Der Gottesnarr war nirgends zu sehen.

Sie übernachteten im Volkshaus, das im Bedarfsfalle auch als Hotel genutzt wurde.

Die bunte Gesellschaft, ohne sich abgesprochen zu haben, verteilte sich auf die drei Stuben: in der untersten, gleich neben der Diele, Jewpatjews Kutscher, Masa und Wachtmeister Odinzow; in der mittleren mit dem Ofen das »bessere Publikum«; die obere war zuvorkommend dem schwachen Geschlecht zugesprochen worden – der Märchenerzählerin und Polkaschka. Diese hatten den langen Tisch samt Decke zum Diwan geschoben und befanden sich nun wie hinter einem Wandschirm, waren nicht zu sehen und zu hören.

Nach der nächtlichen Fahrt und dem eiskalten Tag waren alle rechtschaffen müde. Fandorin, dessen Schlaf mit den Jahren immer leichter und empfindlicher geworden war, schlief als Letzter ein; ihn störte das von allen Seiten rasselnde Schnarchen.

Dafür erwachte er als Erster.

Im Haus war es stockfinster.

Fandorin schlug die Augen auf; noch ungewiss, was ihn geweckt hatte, setzte er die Füße von der Bank auf den Boden.

Rauch! Es roch nach Rauch!

Er tastete sich zum Ofen, öffnete die Klappe. Nein, keine Flamme, die letzten Kohlen verglimmten.

»Irgendwas qualmt«, sagte in seiner Ecke Kryshow. »Was ist los?«

Plötzlich leckte vor dem winzigen Fensterchen eine dunkelrote Zunge hoch. Dann auch vor dem zweiten, dem dritten. Und auf der Gegenseite!

»Es brennt! Herrschaften, es brennt!«, schrie Kryshow.

Brandstiftung, wusste Fandorin, als er einen schwachen Petroleumgeruch wahrnahm. Anders hätte das Haus nicht so schnell Feuer gefangen, noch dazu von zwei Seiten. Er stürzte in die dunkle Diele, versuchte die Tür zu finden. Natürlich, von außen verschlossen!

»Masa, hierher!«, schrie er.

Hinter ihm setzte Panik ein. Alle hasteten brüllend umher. Kochanowski mahnte hysterisch zur Ruhe. Dann klirrte eine eingeschlagene Fensterscheibe, jemand versuchte hinauszuklettern, doch vergeblich, die Fenster waren, wie im Norden üblich, sehr klein, damit weniger Wärme entwich.

»Herrschaften, ihr stört! *Masa, kotira ni hairanai yoni!* *«, befahl Fandorin. »Odinzow, keiner darf rein!«

Er brauchte Platz zum Anlaufnehmen, sonst konnte er die Tür nicht auframmen.

Der Japaner, ohne viel Federlesens, schleuderte die Rettungsuchenden zurück in die Stuben. Der Wachtmeister nutzte aus, dass im Dunkeln alle Katzen grau sind, und verteilte Püffe nach rechts und links. Die Diele war frei.

* (jap.) Masa, keinen hierher lassen.

Fandorin bündelte die innere Energie *Ki*, von der es jetzt abhing, ob es gelang, die feste Eichentür einzuschlagen, rannte los, sprang hoch und trat wuchtig gegen die Tür.

Ob nun sein Vorrat an *Ki* sehr groß oder der Stützpfeiler etwas schwach war, jedenfalls stürzte das Hindernis schon beim ersten Versuch um.

»Herrschaften, jetzt raus!«, schrie er.

Niemand ließ es sich zweimal sagen. Alle waren blitzschnell draußen im Schnee, manche in Unterwäsche, andere barfuß, doch gottlob alle heil und gesund.

Und rechtzeitig!

An den Bohlenwänden des Hauses stiegen hurtig Flammen empor, angefacht von dem Schneesturm. Schon fing das Dach Feuer, glühende Späne fielen herunter.

»Brandstiftung«, flüsterte der Wachtmeister Fandorin heiß ins Ohr. »Hei, wie das lodert! Diese verdammten Altgläubigen! Wollten uns alle auslöschen, mit einem Schlag!«

Fandorin schob den Wachtmeister, der ihn störte, beiseite, hockte sich hin und hob den Knüppel auf, mit dem der oder die Übeltäter die Tür verkeilt hatten. Der war so morsch, dass er sich auch ohne die gebündelte Energie *Ki* hätte wegstoßen lassen. Sonderbar.

»Haltet sie fest, haltet sie fest!«, riefen plötzlich alle.

Die Blindenführerin, barfuß und ohne Kopfbedeckung, nur im Leinenhemdchen, wollte weinend zurück ins Haus.

»Mütterchen! Mütterchen ist noch drin!«, heulte sie verzweifelt und wand sich in den Händen der Männer. »Ich bin so gemein! Ich hab sie im Stich gelassen, hatte solche Angst!«

Und wirklich, Kirilla war nicht unter den Geretteten. In der Panik und dem Durcheinander war die Märchenerzählerin vergessen worden.

»Wo willst du hin? Kuck doch, wie es brennt!«, suchte der Wachtmeister sie zur Vernunft zu bringen.

Tatsächlich, die Vortreppe brannte bereits, niemand konnte mehr ins Haus.

Fandorin rannte an der Wand entlang, blickte in die Fenster.

In der unteren Stube war Kirilla nicht. In der mittleren auch nicht.

Da!

In der Heiligenecke, zwischen dem Tisch und der Ikonenwand, hastete die Pilgerin hin und her. Jetzt, da alle Wände brannten, war das Innere des Hauses hell erleuchtet.

Kirilla, die hilflos mit den weiten Ärmeln fuchtelte, erinnerte an einen verwundeten schwarzen Schwan. Ihr erhobenes Gesicht war wie erstarrt, nur die Lippen flüsterten unentwegt etwas, ein Gebet wohl.

»Die Binde, mach die Binde ab!«, brüllte Kryshow. »Und lauf in die Diele! Vielleicht schaffst du's!«

Aber sie schien nicht zu hören.

»Mütterchen, verzeiiih!«, kreischte Polkaschka schluchzend.

Auf der anderen Seite platzte von der Hitze eine Scheibe, Funken sprühten zu Boden, und sogleich begann eine Matte zu qualmen.

»Vergiss dein Gelübde! Du verbrennst!«, schrie Jewpatjew. »Nein, sie macht sie nicht ab. Wasser her! Eine Axt! Schlagt den Rahmen raus!«

Was sollten Wasser und Axt noch bewirken? Das Feuer kroch schon über die innere Wand, näherte sich den Ikonen. Das ewige Lämpchen zerbarst, das auslaufende Öl flammte auf.

Zum Haus kamen von allen Seiten Bauern gelaufen, manche mit Eimer, andere mit Hakenstange. Der Starschina humpelte herbei, den Schafpelz über der Leibwäsche.

»E-Erlauben Sie.«

Fandorin entriss dem Alten den Pelz, zog ihn über den Kopf.

Hauptsache, die Luft anhalten, keinen Rauch einatmen, befahl er sich selbst und stürmte zur Vortreppe.

»Masa, Wasser!«

Der Japaner verstand, er riss einem der Bauern den Eimer aus der Hand und begoss den Pelz mit dem eiskalten Wasser.

Über die brennende Treppe, durch den lodernden Türrahmen – das war schon der halbe Sieg.

Viel schlimmer war es drinnen, denn in dem Qualm war nichts zu erkennen.

Zehn Schritte nach links, dann die kleine Schwelle, sagte sich Fandorin und hatte sich doch verzählt, denn die Stufe, die die mittlere Stube von der unteren trennte, kam schon beim neunten Schritt. Er stolperte, stürzte zu Boden.

Das rettete ihn. Vor ihm brach mit entsetzlichem Poltern ein Deckenbalken herunter. Wäre Fandorin nicht gestolpert, so hätte es ihm den Schädel zertrümmert.

Er sprang über den qualmenden Balken hinweg und gelangte mit mehreren Sprüngen in die obere Stube. Hier war es heißer, aber nicht so rauchig.

Ohne mit überflüssigem Gerede Zeit zu verschwenden, packte er Kirilla quer um die Taille und warf sie sich über die Schulter. Sie war seltsam leicht, wie aus Stroh.

Er zog den Schafpelz über sie und sich und stürmte zurück.

Die Lungen lechzten nach Luft, aber Atmen wäre tödlich gewesen.

Ohne etwas zu sehen, nur nach dem Gedächtnis lief Fandorin in die Diele. Er stieß sich Schulter und Kopf am Türsturz, überwand im Sprung den Flammenbogen des Ausgangs und fiel von den Stufen in den Schnee. Kirilla samt Schafpelz flog in eine Schneewehe.

Jetzt durfte er atmen.

Um den rußgeschwärzten Fandorin, der mit Genuss die kalte Luft einsog, kümmerte sich Masa.

»Herr, Sie haben eine Brandwunde im Gesicht. Und der Bart ist angekokelt. Sie sehen ganz hässlich aus.«

Besorgt tastete Fandorin sein Gesicht ab. Lappalie. Es würde eine Brandblase geben, doch keine bleibende Narbe.

»Sie sind ein richtiger Held!«, krähte Kochanowski. »Ich war sicher, dass Sie nicht mehr lebend rauskommen aus dieser Hölle.«

Jewpatjew drückte ihm bewegt die Hand.

»Wie geht's ihr? I-Ist sie heil?«, fragte Fandorin und stand auf.

Mit Kirilla schien alles in Ordnung zu sein. Sie war umdrängt von ächzenden und schnatternden Weibern. Zu Füßen der Märchenerzählerin kroch schluchzend Polkaschka und schlug reuig mit der Stirn auf die Erde.

»Schon gut, lass nur.« Kirilla tastete nach dem Mädchen, griff nach ihrem dünnen Hals. »Nu, bist erschrocken, das macht nichts. Aber du bist ja nackt. Weiberchen, gebt ihr was, sie erkältet sich noch.«

Das Geschehene schien diese erstaunliche Frau nicht im geringsten erschüttert zu haben.

»Was für ein Mensch!«, sagte der Industrielle stolz zu Fandorin. »Russisches Urgestein! Sie wäre verbrannt, hätte aber nicht die Binde abgenommen, nicht ihr Gelübde gebrochen.«

»Haben Sie sich nicht verbrannt?«, fragte Fandorin, zu Kirilla tretend. »Schmerzt es irgendwo?«

»Schmerzen kann nur die Seele«, antwortete sie und wandte den Kopf in seine Richtung. »Meine Seele ist wohl und friedlich. Haben Sie mich herausgeholt? Sind Sie einer von uns, ein Christenmensch?«

»Ja, ein Christ«, antwortete er etwas verlegen, denn er konnte sich denken, dass sie mit diesem Wort ausschließlich Altgläubige meinte.

»Ja, er hat dich gerettet!«, lärmten die Frauen. »Ihm musst du danken!«

Aber Kirilla versetzte gleichmütig: »Gott hat es gewollt. Wenn er mich für würdig befunden hat, dem Feuer zu entrinnen, heißt das, ich werde noch gebraucht.«

Die alten und die jungen Männer standen schweigend und guckten in den Brand. Es war klar, das Gebäude war nicht zu retten, es würde gänzlich niederbrennen.

Fandorin sah, dass der Wachtmeister auf allen vieren im Schnee wühlte. Er fand etwas, führte es zu den Augen.

Fandorin trat unauffällig zu ihm.

»Feuerstahl«, meldete Odinzow halblaut. »Und Zunder, angekohlt. Wer von denen mag's gewesen sein?«

Er bohrte den Blick in die Dörfler.

»Schlecht suchst du«, sagte Fandorin und machte einen Schritt zur Seite. »Dabei bist du P-Polizist.«

Er scharrte den Schnee weg und fand einen schweren Gegenstand, der im Schein der Flammen matt blinkte.

Es war ein massives Eisenkreuz an einer Kette, an der ein Glied sich gelöst hatte.

Der rasende Satan

Am frühen Morgen, wie vorgesehen, ging es weiter.

Die Verluste nach dem nächtlichen Brand waren nicht gar so schlimm. Zum Glück war das ganze Gepäck in den Schlitten geblieben und hatte darum keinen Schaden genommen. Nur ein paar Kleidungsstücke waren verbrannt, da der eine und andere in Unterzeug ins Freie gesprungen war, doch das war ersetzbar. Den schlimmsten Verlust hatte Diakon Warnawa erlitten – Kappe und Leibrock, und nun besaß er nichts mehr zum Umziehen. Aber Kryshow gab ihm seine Reserve-Filzstiefel, Kochanowski einen Strickpullover, Jewpatjew einen Halbpelz, und um den Kopf wand der Brandgeschädigte ein Wolltuch wie ein Pirat und sah in diesem Putz geradezu malerisch aus.

Die wie durch ein Wunder gerettete Kirilla wurde mitgenommen, sie wollte auch flussaufwärts. Jewpatjew bat sie ehrerbietig in seinen Schlitten; Polkaschka wurde in eine Decke gewickelt und neben den Kutscher gesetzt.

Dann brach man auf.

Diesmal lief Fandorin nicht nebenher, er setzte sich zu Odinzow in den Schlitten. Es gab was zu bereden.

Als die Karawane sich auf dem Eis zu einem gemächlichen Tausendfüßler auseinanderzog, begann im hintersten Gefährt ein ernsthaftes Gespräch, das für fremde Ohren kaum verständlich gewesen wäre.

»Das war's dann«, sagte der Polizist, der zu Jewpatjews Schlittenkutsche vor ihnen einigen Abstand hielt.

»Wirklich?,« sagte Fandorin nachdenklich.

»Etwa nicht? Wer hat denn gezündelt?«

»Er.«

»Wozu, das ist klar. Er wollte uns Antichristen vernichten. Damit die Altgläubigen nicht gezählt zu werden brauchen. Hü, Schrat, beweg dich!«, rief der Wachtmeister seinem Pferdchen zu, das noch nicht recht wollte. »Haben Sie gehört, was er zu dem Doktor gesagt hat? ›Ich weiß es jetzt‹, hat er gesagt, ›ich weiß, wie man mit euch Nattern umzugehen hat …‹ Dieser rasende Satan! Zieht durch die Dörfer, wiegelt das Volk auf.«

Odinzow blickte Fandorin an und sah ihn sorgenvoll die Stirn runzeln.

»Ist es nicht so?«

»Doch doch, schon … Aber noch ist nicht alles klar. Wie konnte der Gottesnarr vor uns im Paradies sein? Erstens. Er wollte die Fremdlinge v-verbrennen, begreiflich, aber Kirilla und das Mädchen – wofür? Zweitens. Und schließlich das Schwierigste: Wo finden wir jetzt diesen P-Provokateur?«

»Ach, Erast Petrowitsch, das ist doch ganz einfach.« Der Polizist lachte gönnerhaft. »Dass Lawrenti vor uns dort war ist nicht erstaunlich. Wir sind ja auf dem Fluss gefahren, mit all seinen Windungen, und er hat den geraden Weg genommen, durch den Wald. Wer sich auskennt, verirrt sich nicht. Und dass er die Frau und das Mädchen nicht geschont hat – er ist eben wie ein tollwütiger Hund. Böse, wahnsinnig und obendrein neidisch. Haben Sie gesehen, wie es ihn krumm gezogen hat, als alle Kirilla zuhörten? Das konnte er nicht ertragen. Und was Ihre dritte Frage betrifft, sage ich: Der Übeltäter ist in den Dörfern am Oberlauf. Dorthin ist er gelaufen, bestimmt. Und er wird verrücktspielen, einschüchtern, schwache Seelen ins Grab treiben. Wir müssen ihn unbedingt abfangen, bevor er noch Schlimmeres anrichtet. Und wenn wir ihn haben, führen wir ihn in allen Dörfern am Fluss den Leuten vor. Schaut her, ihr Blödiane, was für einem Satan ihr geglaubt habt, freut euch am Anblick dieser Missgeburt, die ihr euch als Lehrer genommen habt.«

»Werden sie's denn g-glauben?«

»Wenn wir ihn auf frischer Tat ertappen und Zeugen dabei haben aus der Bevölkerung, bleibt ihnen nichts anderes übrig. Aber wieso fährt Kryshow so langsam, diese Schlafmütze? Wir sind doch in Eile!«

»Ich sag B-Bescheid.«

Fandorin sprang aufs Eis und lief zu dem vorderen Schlitten.

Nachdem Kryshow den Grund für die Eile erfahren hatte, knallte er wortlos mit der Peitsche, worauf die ganze Karawane das Tempo beschleunigte. Das vorderste Gefährt, heute von Kochanowski gelenkt, zog das zweite hinter sich her; das dritte mit dem Diakon und dem Japaner war etwas zurückgeblieben, doch Warnawa trieb sein Pferd mit schrillem Ruf an, worauf die langbehaarten Beine ihre Schnelligkeit verdoppelten.

»Herr«, rief Masa, »Wanawa-san ezählt von seine Frau, sehr intellessant.«

Warnawa sagte schüchtern zu Fandorin, der sich auf den Schlittenrand gesetzt hatte: »Ich habe Sehnsucht nach meiner Frau, der Diakonin. Wir haben letztes Jahr in Krasnaja Gorka geheiratet.«

»Ssön is sie«, meldete Masa beifällig und zeigte mit den Händen: »So. Lundes Gesicht. Alles an ihr is lund.«

Der Diakon, glücklich errötend, bestätigte: »Sie ist wunderschön.«

»Nun, ich g-gratuliere.«

Fandorin sprang wieder in den Schnee, drehte sich um und sah, dass es während seines Gesprächs mit Kryshow auf Jewpatjews Equipage eine Veränderung gegeben hatte. Neben dem Kutscher saß jetzt Jewpatjew im offenen Pelzmantel.

»Ich habe das Mädchen reingeschickt zum Aufwärmen«, rief er. »Schauen Sie doch mal, wie es denen da geht.«

»A-Ausgezeichnet«, sagte Fandorin, der sich auf die Kufe gestellt hatte und ins Fensterchen linste.

Wenn niemand in der Nähe war, hielt Kirilla die »Probezeit durch Erniedrigung« für ihre Führerin nicht allzu streng ein.

Polkaschka saß zwar auf dem Fußboden, hatte aber den Kopf auf den Schoß der Märchenerzählerin gelegt, die ihr das Haar strählte und dazu halblaut sang, ein Wiegenlied wohl:

> In dem Bett, dem weichen,
> Auf dem Pfühl von Seide
> Schlafe, ohne dich zu rühren,
> Bis zum sechsten Tag ...

Des Mädchens Mund stand ein wenig offen, die Augen waren geschlossen – sie schlummerte, und auch Fandorin fühlte sich schläfrig von der leisen, zarten Stimme, der langsamen Weise, den sanften Worten eingelullt.

Aber da hörte Kirilla auf zu singen und wandte den Kopf zum Fensterchen.

»Wer ist da?«

»Kusnezow, Erast Petrowitsch«, antwortete er durch die Scheibe. »Was bedeutet das – ›bis zum sechsten Tag‹?«

Nicht im Geringsten verwundert, antwortete sie ruhig:

»In den alten Büchern steht geschrieben: Die Seelen der Gerechten werden auferstehen nach dem Ende der Welt am sechsten Tag.«

»Also fürchten Sie sich auch vor dem baldigen E-Ende der Welt?«

»Warum sollte ich mich davor fürchten?«, fragte sie gleichsam verwundert. Sie sprach nicht wie die Leute in Stershenez, sondern sehr rein, auf städtische Art, zwar mit umgangssprachlichen Ausdrücken, doch gebildet. »Auch Sie brauchen sich nicht zu fürchten. Ihr Glauben ist nicht der von Nikon, Ihr Herz nicht verdorben – man hört es an der Stimme. Das Jüngste Gericht ist schrecklich nur für die Nichtswürdigen, die ihre Seele nicht behütet haben. Sie aber sind Gott dem Herrn lieb. Er wird Sie aufnehmen wie den geliebten Sohn, der nach Hause zurückkehrt.«

Verblüffend: Wenn der geisteskranke Lawrenti über das Ende der Welt redete, klang das unheimlich, hoffnungslos, doch Kirilla sprach selbst über das Jüngste Gericht tröstlich, träumerisch.

Fandorin wollte fragen, woher sie stamme und warum sie so anders sprach als hier üblich, doch da geschah etwas Unvorhergesehenes.

»He-he! He! Haaalt!" tönte es von der Seite her. »Anhaalten!«

Auf dem Hochufer stand, mit beiden Armen fuchtelnd, ein Bauer auf Skiern. Er stieß sich ab, sauste geschickt schräg den Hang herunter und eilte auf sie zu.

Kryshow zügelte schon sein Pferd, das folgende Tier stieß mit dem Maul dem schlummernden Vater Vikenti gegen den Hinterkopf – der fuhr hoch, verlor die Schapka.

Fandorin sah genauer hin und erkannte in dem Rufer einen der Zählhelfer aus dem Paradies.

Noch wusste er nichts, spürte nur, dass ein Unglück geschehen war, und eilte dem Skiläufer entgegen.

»Ein Unglück«, krächzte der, »ein Unglück.«

Er war wohl lange durch den Wald gelaufen, denn vom Kragen stieg Dampf, und der graue Bart war um den Mund bereift und mit kleinen Eiszapfen bedeckt.

»Red vernünftig!« schnauzte der hinzugekommene Odinzow.

Auch die Übrigen kamen angelaufen.

»Eingegraben ... die Ljapunows ... Nikita, seine Frau Marja und die drei Kinderchen«, stammelte der Mann in zitterndem Falsett. »Am Morgen ist die Nachbarin zu ihnen hin, keiner im Haus ... Im Garten die Erde aufgegraben, und da ...«

Er holte ein Blatt Papier hervor. Odinzow griff danach, warf einen kurzen Blick darauf und gab es Fandorin.

»Die gleiche Handschrift.«

Auch Fandorin erkannte Schrift und Text: *»Eure neue Verordnung nebst Stammregister entfremden uns vom wahren christlichen Glauben und führen uns zur Verleugnung des Vaterlands, unser Vaterland aber ist Christus ...«* Und weiter, Wort für Wort das gleiche, bis zum Abschluss: *»Euren neuen Gesetzen können wir niemals gehorsam sein, darum wünschen wir lieber für Christum zu sterben.«*

Er fasste den Boten an der Schulter. »Habt ihr sie retten können?«

»Ach, woher denn! Erstickt sind sie. Haben sich wohl schon in der Nacht, gleich nach dem Brand, ins Grab gelegt ...«

Odinzow packte den Bauern an der Brust.

»Lawrenti, der Gottesnarr, ist der abends noch durch die Häuser gegangen?«

Der Bauer glotzte verständnislos in das verzerrte Gesicht des Polizisten.

»Ja doch, Almosen sammeln.«

»War er auch bei den Ljapunows?«

»Ja, Marja freut sich immer über fromme Leute ... hat sich gefreut«, fügte der Bauer hinzu, und seine runzligen Wangen zitterten – gleich würde er weinen.

Der Polizist knirschte mit den Zähnen.

»Dieser Giftwurm! Hat zugeschlagen! Ich kenne die Ljapunows. Nikita war so ein Stiller, ein Pantoffelheld. Im Haus hatte Marja die Hosen an, sie war eine ganz Fromme. Ach, auch die Kinderchen haben sie nicht verschont!« Er drehte sich um, lief zum Schlitten. »Steigen Sie ein, Erast Petrowitsch, wir fahren zurück.«

Aber Fandorin rührte sich nicht vom Fleck.

»Fahr a-allein! Ich habe im Paradies nichts zu tun.«

»Wieso nicht?« Odinzow war stehen geblieben. »Wir müssen doch ermitteln, oder? Womöglich find ich nichts, wenn Sie nicht helfen.«

»Ermitteln können wir später. Jetzt müssen wir Menschen retten.«

Alle außer Kirilla und dem Mädchen, die im Schlitten geblieben waren, umstanden die beiden, aber den Sinn des Streits begriffen sie nicht. Nur Kryshow, dem Fandorin vorhin erklärt hatte, warum Eile geboten sei, hörte ohne Verwunderung zu.

»Ohne Sie komme ich nicht zurecht, Kryshow«, sagte Fandorin. »Fahren Sie weiter?« Kryshow nickte schweigend. »Ihr Pferd, schafft es drei Männer? Mein Diener muss ja mit. Er und ich können uns abwechseln.«

»Wovon ist die Rede?«, fragte Jewpatjew. »Was ist mit Lawrenti?«

Die Reisegefährten mussten über den Brandstifter aufgeklärt werden.

»Der Mann ist sehr gefährlich, er schreckt vor nichts zurück. Letzte Nacht hätten wir alle draufgehen können. Fahren Sie mit dem Wachtmeister zurück ins Dorf, H-Herrschaften. Dort wird sich Lawrenti bestimmt nicht mehr zeigen«, schloss Fandorin. »Jetzt ist nicht die Zeit für Zählungen und erst recht nicht« – er wandte sich Vater Vikenti zu – »für geistliche Besuchsfahrten. Wenn wir den Verbrecher unschädlich gemacht haben, dann soviel Sie w-wollen.«

Nach dem Brand kam es niemandem in den Sinn, dem »Touristen« aus der Hauptstadt das Entscheidungsrecht abzusprechen.

Jewpatjew sagte: »Richtig. Kehren Sie um, Herrschaften. Ich fahre mit Ihnen, Erast Petrowitsch. Einer muss schließlich den Bauern den Kopf zurechtsetzen, oder? Auf Sie wird keiner hören, Sie sind für die ein Fremder.«

»Na, den Kopf zurechtsetzen, das fällt eher in mein Gebiet«, bemerkte Scheschulin. »Besonders wenn wir den Gottesnarren finden. Ein klassischer Fall von paranoider Megalomanie mit stark ausgeprägter destruktiv-suizidaler Komponente. Sie werden ja bemerkt haben, dass ich mich auf solche Leute verstehe.«

Vater Vikenti bekreuzigte sich und sprach gewichtig: »Wann soll ein geistlicher Hirte bei seinen Schäfchen sein, wenn nicht in der Stunde der Prüfungen? Herr Kusnezow, ich möchte Sie begleiten. Mehr noch, ich bin dazu verpflichtet.«

Und selbst Aloisi Kochanowski wollte nicht zurückstehen.

»Erast Petrowitsch, ich habe dem Semstwo den Eid abgelegt, meine Pflichten getreulich zu erfüllen, ohne Ansehen der Person und ohne vor Hindernissen zurückzuweichen«, erklärte der Statistiker und nahm Haltung an. »Und es kränkt mich ein wenig, dass Sie glauben konnten, ich als Absolvent der Petersburger Universität würde aus Angst vor der Gefahr …«

»Ach was!«, unterbrach Odinzow das Gestammel und schleuderte seine schwarze Persianermütze zu Boden. »Ich fahr auch mit! Soll der Polizeichef mit dem Untersuchungsführer die Leichen ausbuddeln, ich will Lebende retten.«

Jewpatjew beendete die Diskussion.

»Also fahren wir weiter wie bisher. Aber denken Sie daran, Herrschaften: Niemand ist gezwungen worden.«

Die Pyramide

Nach diesem unvorhergesehenen Halt fuhren sie schneller als zuvor.

Jetzt, da das Ziel der Expedition sich geändert hatte, setzte sich wieder der Gesetzeshüter an die Spitze der Karawane. Odinzow peitschte sein Pferd gnadenlos, unter den Hufen hervor spritzten Sternchen gefrorenen Schnees, von den bereiften Flanken wölkte Dampf.

Das nächste Dorf, das man vor dem Unheilprediger erreichen musste, hieß Masilowo*, darin lebten *Kleckser*, also Künstler, aber nicht Ikonenmaler, sondern leichte, fröhliche Leute – Holzschneider. Fast in jeder nordrussischen Bauernkate, nicht nur bei den Altgläubigen, hingen ihre Holzschnitte: einfach gedruckte Bilderchen geistlichen und weltlichen Inhalts. Hausierer brachten alle diese Darstellungen wie »Alexej der Gottesmann«**, »Bowa der Königssohn«*** und »Finist der lichte Falke« in die Dörfer und auf die Jahrmärkte und boten sie für fünf oder zehn Kopeken feil. Es war ein bescheidenes Gewerbe, doch, in großem Umfang betrieben, durchaus einträglich.

Sie trafen vor Sonnenuntergang ein.

»Da ist es, dieses Masilowo.« Odinzow zeigte auf das dichtgedrängte Häuflein Katen, die, anders als in den ersten beiden Dörfern, klein und anheimelnd waren und lustige bunte Fensterläden hatten. »Gebe Gott, dass wir nicht zu spät kommen.«

Er stand auf, stieß einen aufmunternden Schrei aus, worauf der ermüdete Falbe den zottigen Kopf schüttelte und in raschen Trab fiel.

Am Dorfeingang waren ein paar junge Frauen und Mädchen mit

---

* Masilowo – etwa: Kleckserdorf. (Anm. d. Übers.)
** Heiliger, lebte von 360–411. (Anm. d. Übers.)
*** Held eines italienisch-russischen Volksmärchens. (Anm. d. Übers.)

grellbunten Kopftüchern mit etwas Seltsamem beschäftigt – sie sammelten Schnee in Töpfe.

»W-Wozu tun sie das?«, fragte Fandorin verwundert.

»Bei uns glaubt man, dass frisch gefallener Schnee gegen vierzig Krankheiten hilft«, erklärte Odinzow kurz, dabei reckte er den Hals und spähte ins Dorf. »He, Weiberchen, ist Lawrenti der Gottesnarr hier bei euch?«

Die Dörflerinnen starrten die Fremdlinge an. Eine etwas Ältere antwortete gemessen: »Am Morgen war er hier. Hat was gegessen, in den Häusern Almosen gesammelt und ist dann weiter.«

Der Polizist und Fandorin riefen zeitgleich: »Wohin?«

»Sind alle am L-Leben?«

»Gottlob ja«, sagte die junge Frau verwundert zu Fandorin, dann zu dem Polizisten: »Wohin schon, in den Wald!«

»Halten Sie mal!« Odinzow warf den Zügel seinem Begleiter zu. »Welchen Weg hat er genommen, hast du das gesehen? Hej, wer hat das gesehen? Zeigt mal.«

Da kam Jewpatjew angefahren.

»Christus behüte euch, ihr Schönen! Alles in Ordnung bei euch? Ich bin Jewpatjew.«

Sie verneigten sich tief vor ihm.

»Das wissen wir, Väterchen. Dem Herrn sei Dank, alles in Ordnung.«

»Bringt mich zum Starosta. Und ruft die Leute zusammen! Ich will sprechen.«

Eines der Mädchen nahm den Wachtmeister beiseite und erzählte ihm was im Gehen. Fandorin winkte Masa, sich bereitzuhalten, und ging hinterher. Die Übrigen begaben sich ins Dorf.

»Richtung Wilder Quell?«, fragte Odinzow das Mädchen. »Ist das nach Bogomilowo hin?« Er drehte sich zu Fandorin um.

»Vor einer Stunde erst ist er los. Den hol ich ein! Er kann nicht entwischen.«

»Ich komm mit.«

Odinzow ging zurück zum Schlitten, zog die an einer Kufe befestigten Skier heraus.

»Können Sie über Schnee laufen?«

»Ja, mit Stöcken nicht mal schlecht.«

»Wir benutzen keine Stöcke. Und auch die Skier sind anders, da braucht es Übung.« Der Polizist schnallte geschwind zwei kurze breite Bretter, mit Fell umnäht, an die Füße. »Bald ist Nacht, und wenn Sie zurückbleiben, sind Sie verloren. Lassen Sie man, Erast Petrowitsch, diesen Kerl schaff ich schon.«

Er stopfte eine aufgewickelte Leine in den Reisesack und warf den Karabiner über die Schulter.

»Na g-gut, Sie holen ihn ein, und dann?«

»Ich binde ihn, leg ihn auf einen verzweigten Tannenast und zieh ihn hinter mir her«, rief Odinzow und war schon unterwegs. »Ach, wenn bloß noch ein Stündchen Licht wär.«

Die kräftige Gestalt, mit einem Riemen umgürtet, entfernte sich rasch, die Arme militärisch straff schwingend, querüberfeld zum Wald, unter den Skiern hervor flogen weiße Klumpen.

Schon nach ein paar Minuten war der wackere Wachtmeister im dichten Tann verschwunden.

Das rotwangige Mädchen stand neben Fandorin und sah ihn seltsam an – mitleidig, vielleicht auch erschrocken. Er, der gewohnt war, dass Vertreterinnen des schönen Geschlechts bei seinem Anblick ganz anders reagierten, war erst ein wenig gekränkt, aber dann fiel ihm ein, dass sein Bart angekokelt und sein Gesicht von einer Brandblase, so groß wie ein Fünfkopekenstück, verziert war. Wahrlich ein schöner Mann!

Mit einem Seufzer wandte er der jungen Dörflerin die unversehrte Seite zu.

»Bring mich hin, wo sich das Dorf versammelt.«

Aber zum Versammlungsort gelangte er nicht gleich. Ob nun das Mädchen starken Anteil an ihm nahm oder ob seine unversehrte Seite ihr besser gefiel, jedenfalls führte sie Fandorin erst mal ins Haus und bestrich die Brandwunde mit einer duftenden Salbe, von der das Brennen sofort aufhörte.

»Lass mich deinen Bart stutzen, so siehst du aus wie ein räudiger Köter«, sagte die Wohltäterin (sie hieß Manefa) und stellte, mit einer riesigen Schere klappernd, die Symmetrie seines Bartes wieder her. »Bist du verheiratet?«

»Verwitwet.«

»Lügst du auch nicht?« sagte Manefa langgedehnt. »Schwör auf die Lestowka*.« Ihre Augen glitzerten nur so.

Was eine »Lestowka« ist, wusste Fandorin nicht, aber seine Stimmung hellte sich auf. Also konnte er jungen Mädchen, die von der Natur reich ausgestattet waren, durchaus noch gefallen.

»Meine Liebe, ich könnte dein V-Vater sein«, sagte er würdevoll. »Und einfach so schwören ist eine Sünde. Komm, wir gehen.«

Ein *Volkshaus* wie im Paradies gab es hier nicht, und die Dorfbewohner, an die hundert Menschen, drängten sich im Haus des Starosta. Die Winterräume des Hauses waren zu klein, die meisten mussten in den ungeheizten Sommerteil, den sie jedoch bald so warm atmeten, dass die Scheiben beschlugen.

Als Fandorin eintrat, kam Jewpatjew eben ans Ende seiner Ansprache. Am Ofen stehend, wandte er den Kopf hin und her, um jeden Einzelnen anblicken zu können. Er redete halblaut, aber gefühlvoll, um die Herzen zu erreichen: »Er droht mit dem Satan, dem Antichristen, dabei ist er selbst der Teufel. Wodurch unterscheidet sich denn der Teufel von Gott? Gott – das ist Liebe, der Teufel aber – das ist Hass. Gott – das ist Leben, der Teufel aber – das ist Tod. Wer Hass predigt und zum Sterben aufruft – von wem

* Lestowka – lederner Rosenkranz der Altgläubigen. Anm. d. Übers.

kommt der, von Gott oder dem Teufel? Na bitte. Ich weiß, der Dämon ist von Haus zu Haus gegangen, hat seinen Unkrautsamen in die Herzen gesät. Hört nicht auf ihn. Ihr seid Menschen von leichter Gemütsart, mit Lebensfreude, ihr seid Künstler ...«

Der Hausherr kam Fandorin eigentlich nicht besonders lebensfroh vor. Der finstere Großvater von alttestamentarischem Aussehen saß unter den Heiligenbildern, kerzengerade, in weißem Hemd, mit langem grauem Bart. Die struppigen Augenbrauen gerunzelt, hörte er zu, sah aber nicht Jewpatjew an, sondern blickte zu Boden. Rechts und links von ihm saßen seine Frau und die hüftlahme Tochter, eine alte Jungfer, beide in Schwarz und mit mürrischer Miene. Dafür zeigten die übrigen Dörfler von Masilowo wirklich lebhafte Gesichter und bevorzugten in der Kleidung bunte, fröhliche Farben. Die Männer waren in der Mehrheit dünnknochig und beweglich, die Frauen rosig und heiter, die Kinder drehten sich kichernd um sich selbst.

Wie Altgläubige sehen die nicht aus, dachte Fandorin nach kurzer Umschau. Allenfalls durch ihre Gewohnheit, keine Minute ohne Arbeit zu sein, mögen sie ihnen ähneln. Die Weiber und Mädchen flochten mit flinken Fingern aus Lederstreifen und Flicken eigenartige bunte Halsbänder, die alle in vier dreieckigen Plättchen endeten. Viele der Männer zeichneten, indes sie dem Redner zuhörten, etwas auf Papier, dazu benutzten sie moderne Bleistifte, die aus der Stadt stammten. Fandorin guckte neugierig auf das Blatt seines Nachbarn. Der zeichnete einen drolligen gehörnten Teufel, dem eine Flamme aus dem Rachen schlug und schwarzer Rauch unterm Schwanz hervorquoll.

An den Wänden hingen überall Holzschnitte, zumeist mit zoologischen Motiven. Fandorin sah verwundert ein Bildchen mit der Überschrift »Wie das Krokodil die Schildkröte betrog«, auf dem tatsächlich Krokodil und Schildkröte zu erkennen waren, noch dazu sehr ähnlich. Ein großes Blatt »Ein jeglicher Atemzug lobpreise Gott den Herrn« zeigte, wie sich das irdische Getier vor dem Allmächtigen verneigte; es enthielt nachgerade die gesamte Bevölkerung von Brehms Tierleben bis hin zu Nashörnern und Giraffen.

»Das hat Xjuscha die Hüftlahme gemalt«, raunte Manefa. »Ihr Papa hat ein gedrucktes Buch aus der Stadt mitgebracht, darin sind alle möglichen Tiere zu sehen. Die malt sie ab, gibt das Buch aber keinem andern. So was Geiziges!«

Das Mädchen wurde angezischt. Jewpatjew hatte seine Ansprache beendet, und der Starosta stand auf. Seine Rede war kurz. Im Raum wurde es sofort still.

Sicherlich brauchen die quirligen Leute solch einen Anführer – finster und zurückhaltend, dachte Fandorin. Man weiß ja seit alters: Schwätzer werden am besten von einem Schweiger geführt und Schweiger von einem Schwätzer.

Der Alte sagte: »Aus dem Mund des Narren spricht Gott. In Lawrenti ist nicht Hass auf die Menschen, sondern auf die Satan. Über die Zählhelfer werden wir nachdenken.«

Und setzte sich wieder.

Er hatte nur drei Sätze gesagt, doch die hatten den Effekt von Jewpatjews Rede zunichtegemacht.

Aloisi Kochanowski stürzte vor, um zu reden, doch ihm hörte kaum jemand zu. Zwar gingen nur wenige weg, aber es bildeten sich Grüppchen. Hier wurde lebhaft gestritten, dort laut gelacht. Die Leute waren hauptsächlich gekommen, um Kirilla zu hören.

»Da ist es, das wahre Russland«, sagte Jewpatjew bitter zu Fandorin und deutete auf die Märchenerzählerin. »Scharfer Verstand, uneigennützig, mit einer Binde um die Augen – sie braucht das Tageslicht nicht.«

»Was flechten die Leute?« fragte Fandorin.

»Das sind Lestowkas. Jeder Altgläubige hat eine. Ich auch.« Er holte unter dem englischen Hemd ein mit Perlen besticktes Band hervor. »Die vier dreieckigen Plättchen, das ist das Evangelium. Die kleinen Knoten heißen ›Böhnchen‹. Mit denen werden die Gebete und Verneigungen gezählt. ›Lestowka‹ oder ›Lestwiza‹ – das bedeutet ›Treppe‹. Bei uns glaubt man, dass diese Treppe in den Himmel führt. Kommen Sie, zuhören.« In der Menge, die Kirilla umdrängte, wurde gerufen, laut gelacht. »Was gibt es da? Mal sehen.«

Es zeigte sich, dass man bei Kirilla Märchen bestellte.

»Erzähl von der Zarin Katja!«

»Nein, Mütterchen, wie der Deutsche ins Dampfbad ging!«

»Vom fastenden Popen!«

Der Starosta wartete eine Pause ab und sagte gewichtig: »Erzähl ein Märchen, wonach man ein Bild malen kann.«

Andere pflichteten ihm bei, und einige der Männer legten Papier bereit, um zu zeichnen.

»Ihr kennt ja schon alles«, sagte Kirilla nachdenklich. Ihr mageres weißes Gesicht war leidenschaftslos, ohne den Anflug eines Lächelns, obwohl ihr Publikum sichtlich etwas Lustiges erwartete. »Vielleicht vom Zaren Petruschka? Habt ihr von der Pyramide gehört?«

Dieses Wort kannten die Dörfler nicht.

»Wovon, Mütterchen?«

»Eine Pyramide, das ist eine Art Osterkuchen aus Steinen, der im Altertum über den Gräbern der Zaren gebaut wurde, um ihre Seele zu retten«, erklärte Kirilla und zeigte mit den Händen: oben spitz, nach unten immer breiter. »Riesengroß, wie ein Berg. Hab ich in einem Buch gesehen. Also, soll ich erzählen?«

»Ja, erzähl!«

In demselben ernsten Ton hob Kirilla im Singsang an:

»Zar Petruschka, Katzenaugen, Schweinerüssel, war an einer bösen Kränke krepiert, und nun schleppten ihn die Teufel in die Hölle. Er brüllte, jammerte – glaubte, sie würden ihn mit dem Rüssel in Tabaksglut tunken, ihm den abrasierten Bart mit Nadeln ins

Gesicht nähen. Der garstige Kerl wusste, wie viel er gesündigt hatte.«

Die Zuhörer glucksten, doch die Märchenerzählerin ließ sich nicht beirren.

»Aber nein. Es empfing ihn der Fürst der Finsternis persönlich, erwies ihm Ehren. Soundso, tretet näher, Hoheit, wir warten schon sehnsüchtig auf Euer Gnaden.«

Wieder kurze Lacher voller Vorfreude.

»Petruschka sagte zaghaft: ›Hoheit war ich dort, hier bin ich gar nichts. Ich brauch bloß ein Eckchen, ein ruhiges Fleckchen.‹ Darauf der Satan: ›Nein, so nicht, bei uns geht alles redlich zu. Wer bei euch Zar war, ist es auch bei uns.‹ Nun wurde Petruschka ins freie Feld geführt. Und bekam eine große hölzerne Tischplatte auf die Schultern – halt sie fest. Da war nichts zu machen, er musste sie tragen. Obendrauf stiegen Petruschkas Fürsten und Minister, zwölf Mann. Der Zar hatte sich auch zur Fastenzeit den Bauch mit Fleisch vollgeschlagen, und seine Schultern waren breit wie ein Kleiderschrank, aber nun ächzte er und ging in die Knie. Die Minister auf ihm sprangen vor Freude. ›Hast du mit uns deinen Spaß gehabt, so schleppe uns jetzt.‹ Aber ihre Freude währte nicht lange. Die Teufel deckten einen ehernen Schild über sie, so groß wie ein Feld, darauf setzten sie Junker und Popen und Kaufleute. Na, die Fürsten und Minister krümmten sich bis zum Boden, und der Zar japste kaum noch. Na schön. Über das Feld wurde ein Silberspiegel gebreitet, so groß wie ein Meer. Darauf liefen ungezählte Bauern und Handwerker, tausend mal tausend Leute. Die Junker und Popen und Kaufleute wurden zum Fladen gepresst, die Minister zur Plinse, und aus dem Zaren wurde eine große Pfütze. Über die Bauern aber senkte sich vom Himmel ein Gitter aus Goldfäden, ganz leicht. Darauf spazierten nach Herzenslust umher Mönche, Waisenkinder und Fromme im Gebet. Über denen war gar nichts mehr, nur noch Sonne, Mond und Sterne …«

»Da haben wir das ganze sozialistische Programm in reinster Form.«Kryshow, der einen Blick Fandorins aufgefangen hatte, lachte. »Geben Sie uns Zeit. Mütterchen Russland wird von unten her durchgerüttelt und von den Füßen auf den Kopf gestellt.«

Aber Fandorin guckte nicht Kryshow an, sondern Masa.

Der Japaner hielt sich abseits, lauschte nicht dem Märchen, sondern betrachtete mit wichtiger Miene einen Gummibaum, der stolz unter die Heiligenbilder gestellt war. Fandorin bemerkte mit unwillkürlicher Gereiztheit, dass die rotwangige Manefa näher an den Japaner herangerückt war und ihn mit großen Augen ansah, sogar einen Zipfel ihres Tuchs vor den Mund hielt.

Der Erfolg Masas beim schwachen Geschlecht hatte wahrlich etwas Mystisches.

»Onkelchen, wer sind Sie?«, fragte Manefa schüchtern. »Warum kneifen Sie dauernd die Augen so schmal? Und Sie haben sich beim Eintreten nicht bekreuzigt.«

Der Asiat blickte nicht zu ihr hin, runzelte nur nachdenklich die Augenbrauen.

»Vielleicht sind Sie ein Dämon, der geschickt wurde, uns in Versuchung zu führen?« Das Mädchen wurde immer zaghafter. »Als Vorzeichen des Zeitenendes?«

Da warf er einen Seitenblick auf sie und sagte gleichsam widerwillig: »Als Versuchung. Ja.«

Manefa schlug ein winziges Kreuz.

»Aber ich lass mich nicht verführen. Lieber geh ich nach Haus und bete vor der heiligen Ikone.«

Na, bist du zufrieden?, dachte Fandorin schadenfroh.

Aber er hatte sich zu früh gefreut.

»Von der Versuchung weglaufen ist Sünde. Unehrlich«, sagte Masa streng. »Aushalten muss du.«

»Aushalten, wie denn? Und wenn das Fleisch schwach ist? Einem Dämon ist ja große Kraft gegeben.«

Der Japaner musterte sie aufmerksam von Kopf bis Fuß.

»Fleiss, das zählt nicht. Hauptsache, die Seele bleibt fest, geht nich vom alten Glauben ab.« Er bekreuzigte sich mit zwei Fingern. »Hast du starke Seele?«

»Seele ja«, antwortete das arme Opfer leise.

Manefa widersetzte sich nicht, als Masa sie beim Arm nahm und sie, während alle dem Märchen lauschten, sacht hinausführte.

Fandorin hätte natürlich sich einmischen und dem Kater die Butter versalzen können, aber er tat es nicht. Erstens hätte das nach kleinlicher Rachsucht ausgesehen. Und zweitens hatte er für Masa jetzt keine Aufgabe. Man konnte nur auf Odinzows Rückkehr warten.

Im Stillen den allgemeinen moralischen Verfall beklagend, der, nach Manefas Betragen zu urteilen, nun sogar schon die standfestesten Volksmassen ergriff, ging Fandorin hinaus ins Freie, um frische Luft zu schnappen, denn im Hause war die Luft zum Schneiden.

Bei der Vortreppe sah er eine Kinderschar, die sich um die junge Blindenführerin scharte. Die erzählte wieder etwas, ein schreckliches Märchen wohl: Grabesstimme, weit aufgerissene Augen, die Finger gespreizt wie Zangen. Die Kinder ächzten nur.

»Er geht – und hampelt – dreht den Kopf – und trampelt », verstand Fandorin und schmunzelte. Eine würdige Schülerin hatte Mutter Kirilla – schon mit eigener Zuhörerschaft.

Ein sommersprossiges kleines Mädchen mit roten Fäustlingen, die sie an einer Schnur um den Hals trug, damit sie nicht verlorengingen, entdeckte den Erwachsenen und zog die Nase hoch. Sie mochte acht oder neun sein, im offenen Mund standen die Zähne auseinander, waren noch nicht fertig entwickelt.

»Achtung!« rief sie laut.

Die Kinder wurden still und drehten sich nach dem Fremden um.

Sie hatten alle den gleichen Gesichtsausdruck: erschrocken und zugleich begeistert. Polkaschka nutzte die Pause, um einen Bonbon in den Mund zu stecken, wahrscheinlich das Honorar für das Märchen.

»Na, wasch glotscht du?«, sagte die Sommersprossige ärgerlich. »Geh deiner Wege.«

»Mach ich. Aber wisch dir den Rotz ab.« Fandorin lachte und putzte der Kleinen die Nase mit ihrem roten Handschuh.

Er ging zur Dorfmitte, blickte zum Himmel und erstarrte. So helle Sterne in so großer Zahl hatte er bislang nur über den südlichen Meeren gesehen. Hier aber war der Himmel, angeleuchtet vom Weiß des Schnees, nicht abgrundtief schwarz wie im Süden, sondern schimmerte bläulich. In diesen Breiten ist der Himmel lebendiger und wärmer als die Erde, dachte Fandorin und erschauerte vor Kälte.

Wie mochte es um Odinzow bestellt sein, ganz allein im dunklen Wald? Hoffentlich fand er den Gottesnarren.

Wenn er nur nicht selber umkam ...

Nach Bogomilowo!

Der Wachtmeister kehrte nach Mitternacht zurück, müde, böse, ganz mit Reif bedeckt.

Unter wüsten Flüchen, gar nicht nach Altgläubigenart, erzählte er, dass er Lawrenti gefolgt sei bis zu einem Waldsee, doch da sei plötzlich ein *Lichodui* aufgekommen, so heiße in dieser Gegend ein kurzer, doch ungestümer Schneesturm, wie eine Bö auf See, der habe ihm die Augen verklebt und ihn herumgewirbelt. Das habe keine zehn Minuten gedauert, aber die Skispur gänzlich zugeweht. Da habe er nicht mehr gewusst, wohin sich wenden, habe gesucht und gesucht, doch was könne man schon im Dunklen finden?

»Entwischt ist er, der Hund! Vielleicht wirklich nach Bogomilowo, wie die Dörfler meinten. Vielleicht aber auch stromauf nach Losma. Womöglich auch ins Danilow-Kloster, da wimmelt's von verrückten Weibern. Denen ist es egal, ob's in die Erde geht oder ins Feuer.«

»Verrückte W-Weiber? Im Kloster?«, fragte Fandorin rasch, während er in den Pelz schlüpfte.

Zum Übernachten waren die Besucher auf die Bauernhäuser verteilt worden. Fandorin mochte sich nicht hinlegen, darum war er im Stall bei den Pferden geblieben. Kirilla als Ehrengast übernachtete beim Starosta.

»In das Kloster retten sich verwitwete alte Frauen, um dort ihre letzten Tage zu verbringen. Sie beten von früh bis spät bei Kerzenlicht. Genau das Richtige für Lawrenti.«

»Und in Losma, was ist da?«, forschte Fandorin weiter, schon im Gehen. Bei einer Scheune blieb er stehen und stieß einen Pfiff aus.

»Da leben Fuhrleute. Sie fahren von Archangelsk bis Jaroslawl. Gewiefte Leutchen ... Aber warum bleiben Sie nicht hier? Ich fall beinah um vor Müdigkeit«, sagte der Wachtmeister ärgerlich.

Oben schaute der runde Kopf von Masa heraus, hinterm Ohr ein Strohhalm.

»Hayaku! Deru jo!«*, befahl ihm Fandorin. »Und in Bogomilowo?«

Missmutig brummend und ächzend, doch ohne sich zu widersetzen, kam der Japaner die angelehnte Leiter herabgestiegen.

»Das ist ein großes, reiches Dorf. Am Fluss. Schreiber leben da. Sie kopieren alte Bücher – Hefte mit Gebeten, Heiligenleben ... Wohin schleppen Sie mich?«

Fandorin schob ihn zum Pferdestall.

»Spann an. Wir f-fahren.«

»Wohin?«

* (jap.)Schnell! Wir fahren!

»Nach Bogomilowo. Wie weit ist das?«

»Auf dem Fluss vierzig Werst.«

»Dann e-erst recht.«

»Woher wollen Sie wissen, dass er nach Bogomilowo gegangen ist?«

»Alte Frauen lassen sich nicht lebendig ins Grab treiben, sie sind die falsche Adresse. Erstens«, erklärte Fandorin in Eile, wobei er half, das Pferd anzuschirren. »Bei den Fuhrleuten verfängt die Propaganda für das Selbsteingraben auch nicht. Zweitens. Aber Kopisten, das ist es, was er braucht. Die sitzen immer fest am Fleck und leben ausschließlich in der alten Z-Zeit. Und vergessen wir auch nicht den Abschiedsbrief. ›Euren neuen Gesetzen können wir niemals gehorsam sein, darum wünschen wir lieber für Christum zu sterben.‹ Weißt du noch? Drittens. Also nach Bogomilowo! Schnell!«

Aber so schnell ging es nicht. Odinzows Pferd, das tags zuvor den Weg gebahnt hatte, schaffte keine drei Männer mehr, denn es hatte sich die Fesseln wund gescheuert.

Sie gingen Kryshow wecken. Der wollte zunächst nichts davon wissen, weil sie in der Nacht in einen Schneesturm kommen könnten und es sowieso nicht bis Bogomilowo schaffen würden. In demselben Haus wie er war auch Jewpatjew mit seinem Kutscher untergebracht. Er wurde wach, beteiligte sich an der Diskussion und sagte entschlossen, er werde fahren, und man müsse auch den Statistiker Kochanowski wecken. Den Psychiater dürfe man ebenfalls nicht in Masilowo zurücklassen, das würde ihn kränken.

Sie gingen von Haus zu Haus und befragten die übrigen. Kryshow riet allen, bis zum Morgen zu warten, Jewpatjew meinte, den Schneesturm brauche man nicht zu fürchten, denn schlimmstenfalls könne man im Wald Schutz finden.

Alle diese Gänge kosteten mindestens eine Stunde Zeit, aber

schließlich brachen alle miteinander auf, auch der Dechant und der Diakon. Kirilla und das Mädchen mochte man nicht wecken, aber im Hause des Starosta brannte Licht, dort schlief niemand, darum schaute Jewpatjew hinein und fragte.

»Nach Bogomilowo? Ich fahre mit«, sagte Kirilla. »Da war ich noch nie, und es soll ein schönes, gottgefälliges Dorf sein. Polkaschka, nimm dein Bündel!«

Da hielt Kryshow es nicht mehr aus.

»Der Teufel soll euch holen! Dann sterben wir eben zusammen!«

Sie starben natürlich nicht, gelangten aber auch nicht ans Ziel. Kryshow behielt recht.

Lange vor Tagesanbruch, etwa nach der Hälfte der Wegstrecke, stürzte eine Schneebombe auf den Fluss nieder. Alles verschwand: der Himmel, der Wald, die Ufer. Fandorin konnte durch die rasenden weißen Flocken hindurch nur mit Mühe die Kruppe des Pferdes erkennen. Odinzow, der, mit einem Schafpelz zugedeckt, hinten schlief, war im Nu unter einer Schneewehe verschwunden.

Wohin lenken? Es war nichts zu sehen. Man musste anhalten.

Aus dem Nirgendwo schallte, das Heulen des Windes übertönend, die Stimme Kryshows: »Nach links! Nach links! Alle nach links!«

Links, unterhalb des Steilufers, war es in der Tat verhältnismäßig ruhig. Die Gefährte kamen eines nach dem anderen aus dem Schneegestöber hervor und stellten sich im Halbkreis auf.

»Na, was habt ihr nun erreicht?«, schrie Kryshow verärgert. »Lawrenti ist bestimmt längst dort, quer durch den Wald, und wir sitzen hier fest. Über zwanzig Werst sind es bis Masilowo und fast ebenso viel bis Bogomilowo!«

»Sind wir in Gefahr?«, fragte Doktor Scheschulin nervös und wischte sich den Schnee aus dem Bart. »Ich habe gelesen, solch ein Schneesturm kann zwei, drei Tage dauern.«

Jewpatjew sog die Luft durch die Nase ein.

»Nein, der dauert nicht lange. Vielleicht fünf, sechs Stunden. Macht nichts, warten wir ab. Dort am Hochufer werden wir ein Feuer machen, da wird es nicht ausgeweht. Außerdem können wir uns umschichtig in meiner Schlittenkutsche wärmen.«

Also richtete man sich ein.

Eine halbe Stunde später loderte in einer Ufereinbuchtung ein helles Feuer, um das auf Tannenzweigen, jeder mit etwas zugedeckt, die Männer lagen. Kirilla und das Mädchen durften in Jewpatjews warmer Kutsche beim Öfchen bleiben.

Während die Karawane sich über den Fluss bewegte, war Fandorin angespannt und konzentriert gewesen und hatte nur daran gedacht, nicht zu spät zu kommen. Jetzt aber, da er nichts tun konnte, befahl er seinem Geist und seinem Körper, sich zu entspannen. Ein chinesischer Weiser hatte vor zweitausend Jahren gesagt: »Wenn ein edler Mann alles getan hat, was in seinen Kräften steht, vertraue er sich dem Schicksal an.« Darum legte sich Fandorin auf den Rücken, deckte sich mit einem Plaid aus dem Schlitten zu und entschlummerte zum Wiegenlied des Sturms.

Er erwachte in der Morgendämmerung. Von einem Schrei.

Es schrie eine Frau.

Der Schneesturm hatte sich gelegt, offenbar gerade erst, denn über der Flussbiegung wölkte noch weißer Staub, aber Gottes Welt war friedlich und gütig. Wäre nur nicht die weinerliche Stimme gewesen: »Hier seid ihr also! Ich hab euch nicht gesehen und bin vorbeigelaufen! Uuu! Helft! Uuu!«

Auf dem schneeverwehten Eis, auch weiß, wie Schneewittchen, stand auf Skiern die Masilower Schönheit Manefa. Was sie schrie, begriff der schlaftrunkene Fandorin nicht sofort.

Seine Nachbarn rappelten sich nacheinander auf. Aus Jewpatjews Schlittenkutsche guckte Polkaschka.

»Was ist, Mädchen?« Kryshow sprang auf die Füße. »Ist was passiert?«

Da kannte Fandorin die Antwort. Er fragte nur: »Wer?«

»Der Starosta«, schluchzte das Mädchen, hockte sich hin und hielt die roten Hände über die glimmenden Kohlen. »Mit Frau und Tochter ... die arme Xjuscha , sie hat so schön Tiere gemalt ...«

Vater Vikenti brüllte:«Gott der Herr hat ihnen den Verstand genommen! Für ihren Irrglauben! Hab ich ihnen nicht gestern eingeschärft: ›Besinnt euch! Werdet sehend!‹ Sie haben die Ohren mit Wachs verstopft, und das ist die Strafe!«

Manefa wurde von allen Seiten mit Fragen bestürmt. »Wann hat er das gemacht?«

»Habt ihr sie ausgegraben?«

»Von wo kommst du jetzt?«

Manefa, Tränen schluckend, antwortete allen auf einmal: »Als ihr gestern weg wart, ist der Starosta von Haus zu Haus gegangen, sich verabschieden. ›Behaltet mich in guter Erinnerung, auch wenn ich mal grob war. Wir werden uns retten und beim Herrgott für die Gemeinde ein Wort einlegen. Ihr bleibt noch, nur habt auch ihr nicht mehr viel Zeit. Die Stunde ist nahe, also wozu warten.‹ Alle haben ihnen abgeraten, aber ihr Entschluss stand fest. Sie setzten sich in den Keller, wo der Kohl lagert, zündeten vierzig Kerzen an und dichteten die Tür von innen ab. Die Bauern haben gerufen, gerufen – doch keine Antwort, die haben nur Gebete gesungen.«

»Warum habt ihr sie nicht mit Gewalt gehindert?« Kochanowski stöhnte. »Das war doch eindeutig eine Geistestrübung!«

»Warum habt ihr mich nicht durch Boten zurückgeholt?«, fragte Odinzow drohend. »Das ist doch ein Verbrechen gegen das Gesetz.«

»Es gab eine Versammlung«, erklärte Manefa. »Die Alten urteilten so: Ein freier Mensch hat einen freien Willen, und sich zwischen den Menschen und Gott zu stellen, ist Sünde. Aber ich bin auf Skiern hinter euch her, heimlich ... Nur in dem Schneesturm hab ich euch in der Nacht nicht gefunden und bin vorbei. Und jetzt war ich schon wieder auf dem Rückweg ...«

»Mutiges Mädchen«, sagte Kryshow kopfschüttelnd. »Keine Angst vor dem Schneesturm und den Dorfnachbarn.«

Aber Fandorin hatte seine eigene Theorie, um diese Furchtlosigkeit zu erklären, und sie wurde bestätigt durch die Blicke, die Manefa dem Japaner zuwarf. Der sah sie gar nicht an, denn ein richtiger Mann darf seine Gefühle nicht zeigen, er wandte nur stolz den Kopf.

Jewpatjew rief voller Schmerz: »›Die Alten urteilten so‹! Wir verlieren Zeit, meine Herren. Wir müssen die Verrückten da herausholen, bevor sie erstickt sind. Sag doch, meine Liebe, wie weit ist es bis Masilowo, wenn man auf Skiern durch den Wald läuft?«

Aber Manefa hörte nicht. Sie war zu dem Japaner getreten und sagte errötend etwas zu ihm.

Die Antwort gab Odinzow, der die Gegend bestens kannte.

»Zehn bis zwölf Werst. Im Pulverschnee an die drei Stunden. Schneller geht's mit dem Schlitten übers Eis.«

»Spann an, dreh um!«, rief Jewpatjew dem Kutscher zu. »Wir fahren zurück! Und du, Wachtmeister, fährst mit mir. Ich werde dich brauchen!«

Das rührende tête-à-tête der Verliebten musste unterbrochen werden.

»Wie spät war es, als der Starosta sich im Keller einmauerte?«, fragte Fandorin und berührte das Mädchen am Ellbogen.

»Was?« Sie sah ihn mit verschleierten glücklichen Augen an. »Der erste Hahn hatte noch nicht gekräht.«

Also spätestens um zwei Uhr nachts, überlegte Fandorin.

»Wie groß ist der K-Keller?«

»Ganz klein. Wie zwei Kohlfässer.«

Sie zeigte die Größe: breitete die Arme aus und bückte sich ein wenig.

Fandorin verzog das Gesicht und rief Jewpatjew und Odinzow zu, die schon in die Schlittenkutsche gestiegen waren: »Ihr verschwendet eure Zeit! Wenn die Bauern sich nicht besonnen und sie rausgeholt haben, ist es zu spät, sie zu retten. Sie hatten etwa zweieinhalb K-Kubikmeter Luft. Wenn sie die Ritzen verstopft haben und obendrein vierzig Kerzen brannten, hat die Luft für drei Erwachsene höchstens anderthalb Stunden gereicht. Es sind aber mehr als sieben vergangen ... Manefa, hat der Starosta nicht einen Zettel hinterlassen?«

»Hat er, für die Behörden. Dass er nicht bereit ist, Christus zu verleugnen. Und dann hat er noch ein Papier mit ins Grab genommen, mit Gebeten wohl.«

»Da haben wir's«, sagte Fandorin kopfschüttelnd zu dem Wachtmeister. »Genau wie in Denisjewo und im Paradies.«

»Bei wem war denn der Gottesnarr Lawrenti zum Essen?« fragte Odinzow und trat zu dem Mädchen.

»Beim Starosta.«

Scheschulin ließ die Finger knacken.

»Die Pathogenese ist klar. Unser Patient hat ihn psychologisch bearbeitet. Deshalb hat der Alte am Abend so bedrückt dagesessen. Alle anderen waren fröhlich, lachten, doch er war finster wie eine Gewitterwolke. Tja, ich kann es kaum erwarten, den ehrenwerten Lawrenti wiederzusehen. Mich interessiert brennend der Mechanismus der obsessionogenen Hypnose. In einer deutschen psychiatrischen Zeitschrift habe ich gelesen ...«

Aber Fandorin hörte die gelehrte Sentenz nicht bis zu Ende an, er trat zu Kirilla. Jewpatjew, der nach Masilowo zurück wollte, hatte die Märchenerzählerin und ihre Führerin aus seiner Schlittenkutsche rausgesetzt. Die beiden waren niedergekniet und beteten – für die Verstorbenen wohl.

»E-Entschuldigung, dass ich störe«, sagte Fandorin und hockte sich neben sie. »Aber Sie haben doch bei dem Starosta übernachtet. Wie haben die sich gegeben? Warum brannte in der Stube Licht?«

»Als alle gegangen waren, standen sie selbdritt vor den Ikonen und begannen zu beten«, erzählte Kirilla mit trauriger, doch ruhiger Stimme. »Sie beteten eine Stunde, noch eine, eine dritte. Ich habe mich nicht eingemischt und auch Polkaschka geheißen, mäuschenstill zu sitzen. Nur einmal bin ich zu ihnen getreten, habe mich verneigt. Eine Freude ist es, solchen Glaubenseifer zu sehen, hab ich gesagt. Erlauben Sie mir, mit Ihnen zu beten. Da hat der Hausherr mir geantwortet: ›Wir sind hier und du bist dort. Gehe mit Gott.‹ Ich Sünderin dachte mir, der Alte ist vielleicht zu stolz, mit einer Bettlerin das Knie zu beugen. Aber er meinte es nicht so: Sie waren schon auf dem Weg ins Jenseitige, bereiteten sich vor auf das große Geheimnis ...« Kirilla bekreuzigte sich und wehklagte: »Die Augen hab ich mir verbunden, um besser mit dem Herzen zu sehen, und bin doch blind geblieben, hab's nicht ersehen können.«

Wenn sie's erraten hätte, würde sie auch nicht versucht haben, es ihnen auszureden, überlegte Fandorin und dachte daran, dass die Versammlung in Masilowo entschieden hatte, sich nicht einzumischen. Was lebten doch für Menschen in diesen Wäldern!

Ihm ließ der Zettel keine Ruhe, den die Selbstmörder für die Behörden hinterlassen hatten. Die ersten beiden hatte er bei sich. Sie stimmten Wort für Wort, Buchstabe für Buchstabe überein, und auch die Handschrift war dieselbe. Nach Manefas Beschreibung zu urteilen, hatte der Masilowoer Starosta, bevor er »sich eingrub«, seinen Mitdörflern auch einen solchen hinterlassen.

Ob die Bücherkopisten von Bogomilowo ihre Hand im Spiel hatten? Wer außer den altgläubigen Schreibkünstlern vermochte noch die vorpetrinischen Buchstaben zu zeichnen?

»Bald zehn«, sagte Fandorin sorgenvoll zu Jewpatjew und Odinzow. »Lawrenti hat einen großen Vorsprung. Wir müssen uns beeilen.«

Jewpatjew wandte sich den Übrigen zu und rief schallend: »Nach Bogomilowo!«

Von geheimen Teilen

»Das soll das Dorf Bogomilowo sein?«, fragte Fandorin mit Blick auf das klägliche Häuflein von Gebäuden: vier kleine Häuser und ein großes, dazu ein Kirchlein aus Holzstämmen.

»Es gibt zwei Bogomilowos«, erklärte Wachtmeister Odinzow. »Dies ist das Kirchdorf, weil hier die Kirche steht. Die wichtigsten alten Männer leben hier, es sind vier. Das andere Bogomilowo liegt hinter dem Tannenwald dort, anderthalb Werst von hier. Es ist groß, hat aber keine Kirche, darum heißt es nur ›Dorf‹.«

Und er erzählte, wie erstaunlich das Leben der Kopisten eingerichtet war.

Alte Bücher abzuschreiben, das sei eine nicht allein langwierige, sondern auch heilige Arbeit, zu der nur der Älteste einer Sippe zugelassen werde, ein Mann, »der aus dem sündigen Alter heraus« sei, wie Odinzow grienend erläuterte.

In Bogomilowo lebten lediglich vier Familien mit je einem Großvater an der Spitze. Dieser mache sich nicht mit gewöhnlicher Arbeit die Hände schmutzig, sondern stelle von früh bis spät »Abschriften« her. Das *Spinnen* des Papiers und das Einbinden der Schriften besorgten die Söhne, Schwiegersöhne und Enkelkinder. Die Frauen und Mädchen *rieben* die Tinte, die Kunstfertigen zeichneten auf den Rändern in Gold und Zinnober Blumen und *Dattelmuster*.

Den Alten würden Essen und saubere Kleidung ins Kirchdorf gebracht, sie würden auf jegliche Weise umhegt.

»Also wohnen hier nur vier P-Personen? Warum sind wir dann nicht ins Dorf gefahren, wo die eigentliche Bevölkerung lebt?«

»Weil die Großväter alles entscheiden. Was sie sagen, wird gemacht.«

Die Schlitten fuhren hintereinander den Hügel hinan, auf dem die Häuser standen. Niemand kam ihnen entgegen, niemand schaute heraus. Fandorin richtete sich beunruhigt auf, doch der Wachtmeister beschwichtigte ihn: »Da, der Rauch! Sie sitzen, schreiben.«

Die vier Häuser hatten winzige Fenster wie fast überall im Norden, damit die Wärme nicht entwich. Aber mittendrin erhob sich ein für diese Gegend ungewöhnlicher Bau aus Baumstämmen, mit großen Fenstern. Aus dem Schornstein stieg eine weiße Rauchfahne.

»Das ist das *Bücherhaus*.« Der Polizist zog die Zügel an und hielt bei der Vortreppe. »Da sind sie alle drin.«

Jewpatjew stieg die Stufen hinauf, bedeutete den anderen, draußen zu bleiben, und verschwand in der Tür.

Bald kam er wieder heraus.

»Wir müssen uns gedulden. Die Alten hören mit der Arbeit erst auf, wenn es dunkel wird. Sie reden auch nicht. Ich habe nur nach Lawrenti gefragt. Er war hier, am Morgen schon. Hat kurz verschnauft und ist dann weiter flussaufwärts. Da die vier Alten hier ruhig schreiben, wird wohl nichts Aufregendes passiert sein. Warten wir die Dämmerung ab.«

Es dauerte nicht lange. Der kurze Wintertag ging bald zur Neige.

Man begab sich in die Diele, um sich aufzuwärmen. Im Schlitten verblieb nur Masa. Er saß in sich gekehrt, teilnahmslos. Solange Manefa bei ihm gewesen war, hatte er männlichen Gleichmut gezeigt, doch nachdem das Mädchen sich verabschiedet hatte, war er in sich zusammengesunken. Unterwegs sprach er kein Wort, lutschte keine Bonbons, verweigerte das Mittagessen und bewegte nur unablässig die Lippen. Fandorin wusste, dass er ein Gedicht machte – ein Tanka oder Hokku. Unter der Trennung von der Liebsten zu leiden, das war zulässig, ja, würdig.

Aber Fandorin brauchte jetzt keinen Gesprächspartner. Er blickte hinüber zu dem fernen Wald, über dem sich der Himmel schon blutrot färbte, und versuchte sich vorzustellen, wie das ist: fern von den Menschen zu leben, am Fluss, und Bücher zu kopieren, die kaum jemand benötigt. Nun, im Alter mochte das nicht schlecht sein. Möglicherweise würde auch er es nicht ablehnen, den Lebensabend so zu verbringen: irgendwo an einem menschenleeren malerischen Platz zu siedeln und in Schönschrift weise Aussprüche zu kopieren. Und wenn man dann noch geehrt und verpflegt und umsorgt wird, ist das nicht das Paradies?

Die friedlichen Gedanken brachen ab, als Kryshow und Scheschulin auf der Vortreppe erschienen, um zu rauchen. Ihr Gespräch hatte wohl schon in der Diele begonnen, so dass Fandorin den Anfang nicht mitbekommen hatte.

»… gerät der ganze Norden in Bewegung«, sagte Kryshow lebhaft. »Lebendig in die Erde, das macht Eindruck. Und dann wird noch manches hinzugedichtet. Na, das gibt einen Aufruhr!«

»Und glauben Sie mir, das ist noch nicht das Ende«, erwiderte der Psychiater. »Schon jetzt elf Tote, dabei ist dieser Altgläubigen-Savonarola noch nicht gefasst, und wer weiß, ob er überhaupt gefasst wird. Denken Sie an mein Wort, er wird noch zahlreiche leicht beeinflussbare Menschen ins Grab bringen. Ach, was da für Material zusammenkommt! Wenn ich zurück bin, halte ich einen öffentlichen Vortrag. Ich sage Ihnen, das wird ein Ereignis!«

Der Rabe dem Raben zur Antwort schreit: Ich weiß ein Mahl für uns bereit[*], dachte Fandorin, schnitt eine Grimasse und wollte diesen Enthusiasten aus dem Weg gehen, aber da blickte Jewpatjew aus der Tür.

»Es ist so weit!«

[*] Zitat aus einem Gedicht von Puschkin. (Anm. d. Übers.)

Vier langbärtige Greise saßen an einem Tisch, auf dem sorgsam geschichtete Stöße gelblichen Papiers lagen; aus Messingtintenfässern, die mit der Zeit grün geworden waren, ragten Gänsefedern. Die Gesichter der Buchmänner waren zerknittert und streng; der Kopf des gebrechlichsten Alten zitterte auf dem mageren Hals, als ob er unentwegt etwas abstritte oder verweigerte.

Die Greise erinnerten an Richter oder an eine Prüfungskommission, und die Eintretenden fühlten sich irgendwie unbehaglich. Sie setzten sich linkisch auf die Bank an der Wand, in ehrerbietigem Abstand zu diesem Areopag. Polkaschka hatte sich hier nicht hereingetraut, sie lief durch den kleinen Wald ins Dorf, wohl um den Kindern Märchen zu erzählen und so etwas Essbares zu verdienen.

Jewpatjew hatte vor dem Eintreten gewarnt: »Sie müssen als Erste sprechen. Das ist der Brauch.«

Aber die Greise hatten es nicht eilig, das Gespräch zu beginnen. Das Schweigen lastete.

Die Buchmänner musterten die Besucher, ließen langsam den Blick von einem zum anderen wandern. Bei Kirilla verfinsterten sich ihre Mienen – offenbar hatte ein Weib, wenngleich von nonnenhaftem Aussehen, in dieser heiligen Halle nichts zu suchen.

Die Sonne war untergegangen, in der Stube wurde es dunkel. Jewpatjews Kutscher brachte aus dem Schlitten Kerzen, stellte sie auf den Tisch, zündete sie an. Die Greise beobachteten sein Tun mit Missbilligung.

»Kerzen sind gut fürs Gebet«, nuschelte der mit dem Zitterkopf. »Ein Kienspan hätte genügt.«

Wieder Stille. Endlich war die Musterung beendet.

»So, nun sprecht«, sagte wieder derselbe Alte, der wohl hier den Ton angab. »Was seid ihr für Leute, was führt euch her? Dich, Nikifor, kennen wir, dich haben wir öfter gesehen, doch wer sind die anderen?«

Er legte die Hand ans Ohr, war wohl auch harthörig.

Als Erster erhob sich der Wachtmeister als offizieller Vertreter der Macht. Respektvoll, doch streng sprach er von den Selbstmorden. Fragte, ob »der Verbrecher, der sich Gottesnarr Lawrenti nennt«, hier gewesen sei und ob er aufgerufen habe, dem bösen Beispiel zu folgen.

Die Buchmänner wechselten Blicke.

»Du selbst bist ein Verbrecher. Du scherst dir den Bart, trägst am Rock Knöpfe mit dem Siegel des Antichristen«, knurrte der Älteste. »Lawrenti aber lebt in Gott. Am Morgen war er hier. Und hat von den Selbstmorden erzählt.« Die vier Greise bekreuzigten sich wie auf Kommando. »Er hat die für Christum Entschlafenen beweint. Aber auch gescholten. Und er hat unsere Leute gemahnt, sich vor solcher Pein zu hüten und nicht auf schönrednerische Sendboten zu hören, so denn welche kommen.«

»Verstehe«, sagte Odinzow langgedehnt, setzte sich wieder und sah Fandorin bedeutsam an. Sein Blick bedeutete: Sie lügen, die morschen Baumstümpfe. Stecken mit Lawrenti unter einer Decke.

»Wer sind die ›ssönlednelischen Sendboten‹, Herr?«, flüsterte Masa interessiert.

»Die andere v-verlocken. Wahrscheinlich sind wir gemeint.«

Nach dem Polizisten unternahm es Kochanowski, die Buchmänner zu verlocken. Mit wohlgesetzten Worten beschrieb er die Vorzüge, welche die allgemeine Volkszählung Russland verhieß, zeigte eine Aktentasche und hielt sich wahrscheinlich für einen gewieften Diplomaten, als er sich entschieden abgrenzte von dem Antichristen, den der Semstwo als einen Feind des Menschengeschlechts ansehe und auf Leben und Tod bekämpfen werde.

Nachdem er seine Ansprache beendet hatte, blickte er die Gefährten stolz an, und die Gläser seines Kneifers blitzten.

Allein, das Urteil der Greise war hart. Der Zahnlose, der kurz mit den anderen drei getuschelt hatte, versetzte: »Wir geben nicht unsere Zustimmung zu eurem dämonischen Vorhaben. Wir wollen nicht aufgeschrieben werden. Wir sind selber Schreiber.«

Kochanowski sprang wieder auf, um hitzig zu streiten, doch es war vergebens.

Jewpatjew hörte schweigend zu und verfinsterte sich immer mehr.

»E-Erlauben Sie, Aloisi Stepanowitsch.« Fandorin stand auf und berührte den gestikulierenden Statistiker an der Schulter.

»Ja, ja, Erast Petrowitsch, sagen Sie's ihnen! Wenn die meinen Befragungsformularen nicht trauen, können sie selber welche verfassen. Ich passe sie dann schon an!«

»Ich meine nicht die Zählung.« Fandorin trat zum Tisch und holte die beiden fast identischen Blätter hervor: das eine aus der Mine in Denisjewo, das andere aus der im Paradies. »Wollen Sie, Geehrte, sich mal diese Urkunden ansch-schauen. Was sagen Sie zu dem Papier, auf dem sie geschrieben sind? Und zu der Tinte? Am meisten aber interessiert mich die H-Handschrift. Sehen Sie her, es ist dieselbe.«

Die Buchmänner lasen die beiden Abschiedsbriefe aufmerksam durch, ohne deren Identität zu beachten. Brillen galten hier wohl als Teufelswerk, da aber die Augen der Greise vom Kopieren schwach waren, hielten sie das Papier dicht vor die Nase. Das Studium der Beweisstücke dauerte eine gute halbe Stunde.

Fandorin wartete geduldig. Nur zu gern hätte er sich die Handschrift der Kopisten angesehen. Vor jedem lag ein Stoß der an diesem Tag geschriebenen Seiten, doch als Fandorin näher rückte, wendeten die Greise die Blätter mit der unbeschriebenen Seite nach oben, damit der Fremde das heilige Schreibwerk nicht mit seinem Blick entweihte.

Endlich waren die Alten mit dem Studium fertig. Sie wechselten Blicke. Der Älteste antwortete für alle: »Das Papier ist ganz gewöhnlich. Die Tinte auch. Von wem das geschrieben wurde, wissen wir nicht. Die Schrift ist langweilig, schmucklos.«

Die anderen nickten.

Diese stille Einmütigkeit missfiel Fandorin sehr.

»Besten D-Dank.«

Er sammelte die Beweisstücke ein und kehrte zur Bank zurück.

Der Besuch in Bogomilowo schien mit einem Fiasko an allen Fronten zu enden. Die Reisenden, ohne sich abgesprochen zu haben, standen auf und sahen einander unschlüssig an.

Was war jetzt zu tun? Abfahren? Aber wohin, in welche Richtung? Auch brauchten die Pferde Ruhe. Doch auf die Gastlichkeit dieser Methusalems war nicht zu hoffen ...

»Nun, ich will mal versuchen, sie zur Vernunft zu bringen. Mit Gottes Hilfe wird es vielleicht«, sagte Vater Vikenti zu dem verdrossenen Kochanowski.

Mit raschelnder Kutte ging er um den Tisch, beugte sich zu dem Oberbuchmenschen und flüsterte ihm etwas zu. Die drei anderen Greise rückten näher.

Der Kopf des Ältesten wackelte noch heftiger, auf dem Gesicht erschien eine angewiderte Grimasse, aber er hörte dem Dechanten aufmerksam zu. Ein paar Mal, wenn er nicht recht verstanden hatte, fragte er zurück: »Hä?«

Dann erhob der Geistliche ein wenig die Stimme. Fandorins scharfes Gehör fing diese lauter gesprochenen Worte auf.

Zuerst sagte Vater Vikenti: »Anweisung vom Bischof«. Dann: »Von Haus zu Haus mit der Ikone«. Und: »Sind wir uns nun einig oder nicht?«

Die Greise hörten dem Geistlichen zu, dann tuschelten sie untereinander. Der Älteste nahm ein Stück Papier, schrieb etwas darauf, zeigte es dem Dechanten. Der verdrehte entrüstet die Augen zur Decke.

Wieder tuschelten die Greise.

Fandorin hatte nicht nur ein scharfes Gehör, sondern auch scharfe Augen. Er machte einen Schritt vorwärts und erkannte auf dem Papier einen Buchstaben mit einem Schnörkel darüber. So wurden ja wohl in der altslawischen Schrift die Zahlen geschrieben.

Da fiel sein Blick auf den Diakon. Der guckte auch unverwandt auf seinen Vorgesetzten, doch im Gegensatz zu den anderen, die das seltsame Verhandeln mit Neugier beobachteten, sah er verwirrt und unglücklich aus. Sein längliches Gesicht war rot, die Augen hielt er gesenkt.

Fandorin nahm den Diakon beim Ärmel, führte ihn sacht zur Seite.

»Was ist das für ein H-Handel?«

»Sie haben's also auch bemerkt«, sagte Warnawa seufzend. »Der Vater Dechant ist gar zu habgierig. Eine Schande. Als er mich für würdig befand, an seiner Hirtenfahrt teilzunehmen, hab ich mich zuerst gefreut. Es war eine Ehre für mich. Dann aber hab ich begriffen, er hält mich für blöd und glaubt, sich vor mir nicht in Acht nehmen zu müssen, darum hat er mich ausgesucht. Wozu bereist er denn die Diözese? Um die Ketzer zum wahren Glauben zu bekehren, ihre Bethäuser zu schließen, die Ehepaare neu zu trauen. Das ist für die Altgläubigen schlimmer als Zwangsarbeit. Er redet mit dem Starosta oder mit den Alten, droht ihnen und lässt sich dann sein Nachgeben vergüten. Nicht gut ist das ...«

»Kommt drauf an, für wen«, sagte Fandorin und drehte sich nach dem geschäftstüchtigen Priester um.

Der Diakon hellte sich auf.

»Ich denke genauso. Im Nachbarkreis leben Altgläubige und Orthodoxe miteinander, dort nimmt der Dechant keine Zuwendungen an, ist ein unbestechlicher Eiferer. Wie der die Leute bedrängt! Etliche hat er schon ins Gefängnis gebracht! Da denk ich, Vater Vikenti ist doch viel menschlicher, denn Habsucht ist eine kleinere Sünde als Grausamkeit.«

Die Verhandlungen wurden eben abgeschlossen, wohl zur Zufriedenheit der Beteiligten.

»Also, ich komme später vorbei, bei jedem«, sagte der Dechant laut und segnete die Greise mit einem dreifingrig geschlagenen Kreuz.

Die Buchmenschen spuckten wie auf Befehl über die linke Schulter, aber das focht den Geistlichen nicht an.

Mit zufriedener Miene trat er zu Kochanowski.

»Ihre Gefährten wollten mich nicht mitnehmen, doch jetzt sehen Sie, welchen Nutzen ich bringe. Wir haben ausgemacht, dass ich von Haus zu Haus gehe und mit den Alten unter vier Augen rede, einfühlsam. Und nebenbei« – er zwinkerte –, »frag ich nach der Familie. Wer wie heißt und wann geboren. Das schreibe ich auf und gebe es Ihnen.«

Kochanowski nickte mit saurer Miene.

»Nun, und du, arme Nonne, wie ist dein Befinden?«, fragte der Älteste mit dem wackelnden Kopf Kirilla. »Warum gibst du dich mit den Unreinen ab?«

Die Pilgerin erhob sich, auf ihren Krummstab gestützt, und verneigte sich gemessen.

»Der Reine wird durch die Unreinen nicht schmutzig, der Unreine durch die Reinen nicht sauber. Ich habe ein Gelübde getan, Väterchen. Mit verschlossenen Augen ziehe ich durch die Welt, um die Seele zu retten. Eine Führerin begleitet mich. Ich ernähre mich von Almosen, erzähle uralte Legenden. Im Winter ist es schwer ohne Augen, darum habe ich mich guten Menschen angeschlossen.«

»Du willst Legenden erzählen?« Der Greis verzog das Gesicht. »Weibermärchen werden das sein, Histörchen.«

»Ich kenne die Viten von allen Heiligen, auch fromme Aussprüche«, entgegnete die Märchenerzählerin.

»Das ist ja noch schlimmer. Besser wär's, du plapperst alberne

Märchen daher, als heilige Bücher zu verdrehen. Von euch Bettlerinnen geschieht der alten Gnade nur Schaden.«

Kirilla stellte den Krummstab beiseite, verneigte sich wieder demütig.

»Kein Wort verdrehe ich, sondern erzähle alles so, wie es in den alten Büchern geschrieben steht. Glaube mir, Väterchen, du wirst es hören.«

Die Buchmänner kamen in Bewegung. Zum ersten Mal ließ sich ein anderer als der Älteste vernehmen, ein spitznasiger Greis mit etwas lebhafterem Blick.

»Kennst du die ›Handschrift von den alten Vätern‹?«, fragte er in dünnem Tenor.

»Ja, Väterchen.«

»Nein, sie soll lieber aus dem ›Goldstrom‹ erzählen!«, schlug der Dritte vor, ein kleiner Greis mit schiefer Schulter.

»Viel tschu leicht! Den ›Goldstrom‹ kennt doch jeder!«, warf der Vierte ein, der keine Zähne mehr hatte.

Kirilla hatte anscheinend den einzig möglichen Weg gefunden, die Bücherwürmer zu beleben.

Der Spitznasige kniff pfiffig ein Auge ein.

»Du prahlst, dass du alle Heiligenviten auswendig weißt? Auch die des Mönchs Jepifani?«

»Die kenne ich auch, Väterchen.«

»Nun, dann trag sie vor. Aber nicht von Anfang, sondern das dritte Heft. Wie Jepifani sich im Wald eine Klause baut und der Böse ihn mit Ameisen plagt. Warum sagst du nichts, erinnerst du dich nicht?« Der Examinator kicherte.

Kirilla reckte die Schultern und begann mit gleichmäßiger, ausdrucksloser Stimme: »›Zuzeiten hat der Teufel mich versucht, indem er mir in die Zelle viel Gewürm schickte, Ameisen geheißen, und das Gewürm, die Ameisen, hat mich in meine geheimen Teile gebissen, was sehr bitter gewesen und gschmerzt hat bis zu Tränen …‹«

Der Spitznasige erklomm überraschend flink die Bank, griff vom Regal ein in Leder gebundenes Buch und schlug es auf; die Greise steckten die Grauköpfe zusammen und lasen den Text mit. Da sie zustimmend nickten, musste Kirilla ihn wohl Wort für Wort genau wiedergegeben haben.

»›Ich sündiger Mensch habe sie mit Kochwasser gebrüht. Sie haben mich in meine geheimen Teile gebissen, nicht in die Arme und nicht in die Beine, nur in die geheimen Teile. Da habe ich sie mit Händen und Füßen zerquetscht. Aber sie haben sich durch die Wand meiner Klause gegraben und sind zu mir in die Klause und haben mich in meine geheimen Teile gebissen. Da habe ich meine Zelle mit Erde beworfen und alles festgestampft, doch sie, ich weiß nicht wie, haben sich durch die Erde und die Wand der Zelle gegraben und mich in meine geheimen Teile gebissen. Und sich ein Nest gebaut unterm Ofen, und von da sind sie gekommen und haben mich in meine geheimen Teile gebissen …‹«

Kochanowski hielt es nicht aus und prustete los – und presste die Hand vor den Mund. Der Wachtmeister griente. Jewpatjew beugte sich zu Fandorin und raunte begeistert: »Na? Alles auswendig!«

»›Und ich hatte gar viel Mühe mit ihnen: Was ich auch machte, sie bissen mich in die geheimen Teile. Ich gedachte einen Beutel zu nähen für meine geheimen Teile, aber ich habe ihn nicht genäht, sondern nur gelitten. Dann gedachte ich, die Klause woanders zu bauen, denn sie ließen mich nicht essen, nicht Handarbeiten machen und nicht die frommen Regeln befolgen …‹« Kirilla zählte gewissenhaft die Plagen auf, die der heilige Mönch von den zudringlichen Ameisen auszustehen hatte. Die Alten saßen da und guckten geil.

»*Danna*, ›geheime Teile‹ *wa are no koto des ka?*«, fragte Masa, der diesen Ausdruck noch nicht kannte.

»Ja ja, störe jetzt nicht.«

Fandorin beobachtete die Märchenerzählerin mit Interesse. Ihr leidenschaftsloses Gesicht zeigte nicht den Anflug eines Lächelns, in ihrer Intonation war kein Hauch von Ironie. Die geborene Schauspielerin! Wäre sie in einem anderen Milieu aufgewachsen, so wäre sie eine neue Sarah Bernhard oder Eleonora Duse geworden. Dazu dieses phänomenale Gedächtnis!

Endlich hatte Jepifani den Ansturm der Insekten bewältigt. Dazu hatte er nichts weiter tun müssen als anständig zu beten.

»›Und fortan hörten die Ameisen auf, in meine geheimen Teile zu beißen‹«, schloss Kirilla. »Soll ich auch noch das vierte Heft aufsagen, oder reicht es?«

Die Buchmänner, alle vier, standen auf und verbeugten sich vor ihr – tief, die Köpfe bis auf die Tischplatte.

»Eine Gottesgabe hast du, Mütterchen«, sagte der Älteste gerührt.

»Einen heiligen Geist«, fügte der Schiefschultrige hinzu.

Der Spitznasige wischte eine Träne weg und rief: »Mütterchen, bitte komm in mein Haus, essen, was Gott uns beschert.«

Aber die Übrigen mochten nicht zurückstehen, baten Kirilla zu sich, stritten.

Fandorin trat rasch zu der Pilgerin und bat sie leise: »Finden Sie heraus, wohin der Gottesnarr gegangen ist. Ihnen werden die Alten die Auskunft nicht verweigern.«

Kirilla gab keine Antwort, nickte nicht einmal, als hätte sie es nicht gehört. Das wäre auch nicht erstaunlich gewesen bei dem Lärm der ehrenwerten Schreibkünstler.

»Ich schaue bei allen vorbei, es ist mir eine große Ehre«, erklärte sie laut. Und setzte plötzlich hinzu: »Doch sagt mir, wohin ist der Gottesnarr Lawrenti von hier gegangen? Ich habe ihn in Denisjewo gesehen. Ein Mann von großer Kraft.«

Gleich mehrere Stimmen antworteten ihr bereitwillig: »Stromauf ist er gegangen.«

»Zum Grünen See.«

Die Expeditionsteilnehmer wechselten vielsagende Blicke.

»Wir übernachten, dann geht's weiter«, sagte Jewpatjew. »Die Pferde müssen sich ausruhen. Auch uns wird Ruhe gut tun. Essen wir zu Abend, meine Herren, einen kalten Imbiss, denn bewirten wird uns hier niemand.«

Zur Nacht blieben sie im Bücherhaus, woandershin bat man sie nicht. Vater Vikenti ging durch die Häuser, Spenden sammeln. Kehrte zurück, trällerte ein Liedchen.

Kryshow und Kochanowski machten auch einen Rundgang, in der Hoffnung, die Großväter einzeln anzutreffen. Um sie besser zu verlocken, trugen sie ganze vier Aktentaschen bei sich. Doch die brachten sie bei der Rückkehr wieder mit. Ganz zuletzt kam, geführt von Polkaschka, Kirilla ins Haus. Bewirtet war sie worden, doch zur Nacht hatte sie nirgends bleiben dürfen – das sei Sünde. Die Pilgerin und ihre Führerin nächtigten getrennt von den Männern in der Diele.

Alle legten sich schon in der neunten Stunde schlafen. Und wurden früh wach – halb fünf, für die Winterzeit noch mitten in der Nacht.

Jewpatjews Kutscher hantierte bereits klirrend mit dem Samowar.

Ein schwieriger Tag stand bevor, deshalb hatte man es eilig.

Am Grünen See, aus dem der Fluss Wyga entsprang, lagen vier Altgläubigendörfer. Schwer zu sagen, in welches Lawrenti sich gewendet hatte. Wahrscheinlich würden sie in allen vier suchen müssen.

Nach einem kargen Frühstück brach man auf.

Die Umkehr

Die fünf Fahrzeuge verließen das lautlose, wie ausgestorbene Bogomilowo geräuschvoll – mit Gewieher, Geklirr und Glöckchenklang. Der Fluss nahm die Schlitten in sein weiches weißes Bett auf und zwängte sie zwischen seine bewaldeten Ufer, was die Laute sogleich dämpfte. Die Fahrt über den frischgefallenen Schnee ging nicht schnell, doch der erfahrene Steuermann Kryshow wusste selbst im Dunklen, wo die Harschkruste härter war; sein Pferd trappelte flink mit den in Ledersäckchen gebundenen Hufen, fast ohne einzusinken, und die anderen hatten es in der gebahnten Spur leichter.

Der Schlitten von Wachtmeister Odinzow fuhr als Letzter, hatte somit die beste Position, sonst hätte das Pferd nicht die drei Männer ziehen können (den Japaner hatte Fandorin diesmal bei sich behalten).

Den Schlitten lenkte Fandorin, das hatte er sich ausbedungen. Wer als Letzter fährt, hat es am leichtesten, er muss nur zusehen, dass er nicht zurückbleibt.

Vor ihm tanzte die Laterne, die hinten an Jewpatjews Equipage hing – selbst wenn ein Schneesturm käme, würde man sich nicht aus den Augen verlieren.

Gleichwohl blieb der letzte Schlitten immer weiter zurück.

Odinzow, der mit Masa lebhaft über weibliche Schönheit plauderte (ihr Geschmack stimmte weitgehend überein), bemerkte es nicht gleich. Als er dann doch nach vorn schaute und das wegweisende Laternchen im Dunklen kaum noch sehen konnte, rügte er den nachlässigen Kutscher: »Erast Petrowitsch, warum so langsam? Legen Sie zu. Geben Sie ihm die Peitsche, die Peitsche.«

»Warum ein lebendes Wesen sch-schlagen?« antwortete Fandorin ungerührt und zog, statt das Tier zu peitschen, die Zügel straff, worauf der Schlitten stehenblieb.

Dann sagte er noch etwas auf japanisch. Masa holte die Reisetasche hervor und kramte darin.

Der Polizist war gespannt, den Grund dieses Halts zu erfahren. Seine Verwunderung wuchs noch mehr, als der Diener seinem Herrn eine Zigarre nebst Streichhölzern reichte.

»Was machen Sie denn?«

»Uff, wie hab ich's satt, A-Altgläubiger zu sein.« Fandorin entzündete die Zigarre und blies mit Genuss ein Rauchwölkchen aus.

»Die sehen doch nicht, dass wir zurückbleiben!« Odinzow wollte ihn zur Vernunft bringen.

»Erst wenn sie rasten«, pflichtete Fandorin ihm bei. »Aber das dauert noch. Suchen werden sie uns nicht – ich habe Jewpatjew einen Z-Zettel an den Schlitten geheftet.«

Der Wachtmeister klapperte mit den Augen.

»Was für einen Zettel?«

»Dass wir nach Bogomilowo zurückfahren. Ich rauche nur noch zu Ende, dann kehren wir um.«

Da verlor Odinzow die Redegabe. Er starrte den gelassenen Raucher an.

»Und … die Leute retten?«, stammelte er endlich.

»Deshalb kehren wir ja um. Ist Ihnen nicht aufgefallen, dass das Unglück immer erst geschieht, *nachdem* wir das jeweilige Dorf verlassen haben? Ich habe mich zweimal übertölpeln lassen. Ein drittes Mal – nicht mit mir. Wie wendet man Ihren Bucephalus?«

Er zog rechts am Zügel – da schüttelte das Pferd nur unwillig den Kopf. Er zog links – da gehorchte es.

»Aha, es ist Verfechter des L-Linksverkehrs«, sagte Fandorin fröhlich. »In Britannien würde es ihm gutgehen.«

»Verdammt, wieso bin ich nicht selbst darauf gekommen! Wir müssen nachsehen! Diese Großväter haben mir gleich nicht gefallen.«

Odinzow nahm dem Stadtmenschen die Zügel aus der Hand, schlug mit der Peitsche zu, und zurück ging es mit verdoppeltem Tempo.

Noch war keine halbe Stunde verstrichen, da tauchte aus dem Dunkel der sanft ansteigende Hügel mit der spitzen Silhouette des Kirchleins und den ebenerdigen Katen.

Die Abreise von Bogomilowo war geräuschvoll vonstatten gegangen, die Rückkehr geschah in aller Stille.

Die Männer banden das Pferd an einen Strauch unweit des Ufers und schlichen zu Fuß zum Hügel.

»Wo verstecken wir uns?« fragte der Wachtmeister flüsternd und gab selber die Antwort: »Im Bücherhaus, wo sonst? Es wird noch nicht ausgekühlt sein.«

Gesagt, getan.

Ohne mit den Stufen zu knarren oder mit der Tür zu klappen, traten sie in die Stube, machten aber kein Licht. Masa setzte sich ans Fenster auf der einen Seite, der Polizist auf der anderen, Fandorin an der dritten (das vierte Fenster blickte zum Fluss, dort brauchte nicht aufgepasst zu werden).

»Gebe Gott, dass ich mich geirrt habe«, sagte Fandorin seufzend. »Wenn sie kommen, um sich einzugraben, halten wir sie zurück. Na, und wenn es still bleibt, holen wir die Unseren ein.«

Still blieb es, sogar zu still. Der Schlaf alter Männer ist ja nicht so fest, aber es wurde sieben, dann acht Uhr morgens, und in keinem der vier Wohnhäuser wurde Licht gemacht. Freilich war es noch dunkel. Wann sollten sich die Schreibkünstler ein spätes Aufstehen gönnen, wenn nicht im Winter?

Fandorin wurde vorübergehend von seinen besorgten Gedanken abgelenkt, denn es zeigte sich, dass er bei der Wahl des Fensters Glück gehabt hatte – es blickte nach Osten.

Der Himmel zeigte in dieser Richtung ein unglaubliches Talent für eine Farbgebung in der Manier alter venezianischer Meister:

Aus Schwarz wurde Dunkelblau, aus Dunkelblau Hellblau, aus Hellblau Bordeauxrot. Dann folgten Himbeerrosa, Purpurrot, Orangegelb, und endlich kam über den spitzen Tannenwipfeln die Sonne hervor, anzuschauen wie ein Apfel, den ein Igel auf seine Stacheln gespießt hat.

»Die Alten haben wohl verschlafen«, sagte der Polizist Odinzow und riss Fandorin aus seiner lyrischen Stimmung. »Erst prahlen sie, dass sie mit dem ersten Licht am Tisch sitzen und Blätter vollschreiben, und dann grunzen sie ewig.«

Fandorin fuhr zusammen und prallte vom Fenster zurück. Er nahm den Pelz von der Bank und lief hinaus.

Masa und Odinzow stürzten ihm hinterher und schrien: »Was? Was?«

»Nan da? Nan des ka?«

Aber Fandorin war schon bei der ersten Kate. Er klopfte laut. Ohne eine Antwort abzuwarten, stieß er die Tür auf.

Sie öffnete sich, hierzulande wurde nicht abgeschlossen, vor wem auch.

Das Haus bestand aus einem einzigen, fast kahlen Raum, der einer Mönchszelle glich. In der Mitte ein Tisch. Darauf ein Kerzenstummel und ein Blatt Papier.

Ohne es berührt zu haben, wusste Fandorin, was daraufstand. Und richtig.

»Eure neue Verordnung nebst Stammregister entfremden uns vom wahren christlichen Glauben und wollen uns führen zur Verleugnung des Vaterlands, unser Vaterland aber ist Christus ...«

Der Text war der gleiche, nur die Schrift war anders, mit Schnörkeln und Verzierungen. Die Tinte frisch. Da stand auch ein Tintenfass mit eingetunkter Feder.

Zähneknirschend gab Fandorin das Blatt dem Wachtmeister und rannte zum nächsten Haus.

Das gleiche Bild: Kerze, Tintenfass, Abschiedsbrief.

Ebenso im dritten Haus.

Und im vierten.

Nur die äußere Form des Schreibens war jedes Mal anders – die Kalligraphen hatten wohl ein letztes Mal ihr Können zeigen wollen.

Die Buchmänner selbst waren nirgends zu finden.

»Sie sind ins Dorf gegangen, sich von den Angehörigen verabschieden«, äußerte Odinzow, keuchend vom schnellen Lauf. »Die Männer sind alt, gehen langsam. Wir holen sie ein! Wenn nicht, ziehen wir sie unter der Erde hervor!«

Er griff in der Diele nach Skiern, um sogleich die Verfolgung aufzunehmen.

»Worauf warten Sie, Erast Petrowitsch? Holen Sie Skier aus einem der Häuser! Wir müssen uns beeilen.«

»Sie sind nicht ins D-Dorf«, sagte Fandorin nach einem schnellen Blick in die Runde. »Masa, suche eine Grube oder einen Keller! Chika-o sagase!«

»Wieso Keller?« Odinzow schlug die Hände zusammen, er zitterte vor Ungeduld. »Wozu brauchen die Schreiber einen Keller? Ihnen wird doch alles aus dem Dorf gebracht! Na, dann geh ich allein!«

Und glitt von der Vortreppe.

Einen Keller gab es tatsächlich nicht – weder in diesem Haus noch in den übrigen. In den Höfen fanden sich keine Anzeichen für eine Mine, keine ausgeworfene Erde, keine Höhlung.

Fandorin und der Japaner waren eben mit der Untersuchung der Kirche fertig, da kam Odinzow zurück, außer Atem, bis an die Knie im Schnee.

»Bist ja schnell wieder da. Was gibt's?«, Fandorin drehte sich nach ihm um, indes er den Fußboden unter dem Analogion abklopfte. Es klang dumpf, hoffnungslos.

Der Polizist sah ihn finster an.

»Ich bin vielleicht ein bisschen dumm, aber kein Idiot. Wie ich übers Feld laufe, sehe ich plötzlich: keine Spuren. Sie sind nicht ins Dorf gegangen. Sie hatten recht, Erast Petrowitsch. Irgendwo hier haben sie sich eingegraben, die sturen alten Zausel.«

»Und ich hatte gehofft, du hättest recht.« Fandorin wischte sich die glühende Stirn. »Ich hatte nach Spuren im Schnee gekuckt. Auf der Straße ist ja alles zerwühlt und zertrampelt. Aber sonst nirgends, da ist nur die Spur von uns dreien vom Fluss herauf …«

Masa stieg auf den kleinen Glockenturm, obwohl die Todessüchtigen dort nicht sein konnten.

»Zum Himmel werden sie ja nicht aufgefahren sein?« Odinzow breitete die Arme aus. »Oder im Erdboden versunken?«

»Das ganz bestimmt. Nur wo? Wir haben doch alles abgesucht. Höchstens … Ach, verd-dammt!«

Wieder, ohne etwas zu erklären, rannte Fandorin die Dorfstraße entlang, gefolgt von Odinzow und Masa, der von der Leiter des Glockenturms gesprungen war.

»Was wollen Sie da?«, schrie Odinzow, als er Fandorin zum Bücherhaus laufen sah. »Dort haben wir doch gesessen.«

Fandorin hörte nicht, er stürmte in die Stube, drehte den Kopf nach allen Seiten und lief plötzlich zu der Wand, die dem Fluss zugekehrt war, hockte sich hin – und da, unter der Bank, kaum erkennbar im Halbdunkel, war eine kleine Tür im Fußboden.

Er riss sie auf – wacklige Treppenstufen führten hinunter.

»Masa, die Lampe!«

Nacheinander stiegen sie hinab ins Dunkle. Es roch nach Staub und Weihrauch.

Von oben kam Masa wie ein Gummiball gesprungen; seine Hand bewegte den Dynamo der amerikanischen Taschenlampe.

Der Lichtfleck huschte über den Erdboden und die Balkenwände und entriss der Dunkelheit das strenge Antlitz einer grob gezeichneten Ikone, dann einer zweiten, einer dritten.

»Eine geheime Betstube«, sagte Odinzow. »Bei uns im Dorf war auch so eine, unter der Korndarre. Damit man einen Ort hatte zum Beten, wenn die aus der Stadt kamen, um die Kirche abzureißen ...«

»Die Alten hatten längst alles entschieden!«, unterbrach ihn Fandorin. »Unsere Ankunft hat sie nur aufgehalten, wenn auch nicht für lange. Kaum waren wir weg, da sind sie hier runtergestiegen. Und ich Idiot hab noch die Z-Zigarre geraucht. Dann hab ich noch den Sonnenaufgang betrachtet, und sie waren derweil unter uns und warteten auf den Tod ...«

»Warte mal, Erast Petrowitsch!« Odinzow war in der Erregung zum Du übergegangen. »Sie sind doch gar nicht hier! Und dann, als wir ankamen, haben sie oben gesessen und still und friedlich ihre gewöhnliche Arbeit getan.«

»Hast du denn gesehen, w-was sie schrieben? Vielleicht gerade das von der ›Verleugnung des Vaterlands‹! Kaum waren wir weg, haben sie sich ins Grab gelegt ...«

»Herr!«, rief Masa und leuchtete mit der Laterne nach unten zur Wand.

In die Balken war eine Luke aus Brettern geschnitten. Alle Ritzen waren mit Moos kalfatert.

»Da ist sie, die Mine«, sagte Fandorin mit vor Erregung ersterbender Stimme.

Ein schwerer Tod

Die Luke war von innen verriegelt, aber ein Ruck von sechs kräftigen Händen riss das Türchen mitsamt den Angeln heraus.

Ihnen entgegen schlug eine stickige Welle verbrauchter Luft, genauer, *es gab gar keine Luft.*

Ein paar Erdstufen führten seitlich hinunter, denn die Mine war nicht unterm Haus gegraben, sondern ein wenig zur Seite.

Tief gebückt stieg Fandorin als Erster hinab.

Noch eine Tür.

Sie war auch sorgfältig kalfatert, hatte aber keinen Riegel – nach einem leichten Stoß ging sie leise knarrend auf.

Das Atmen wurde sehr mühsam, obwohl von oben Zugluft kam. Auf Fandorins Stirn traten Schweißtropfen.

Fandorin dachte: Das also ist der Geruch des Todes. Der Tod stank nach gefrorener Erde, geschmolzenem Wachs und Urin.

Masas Dynamolampe surrte, in die Höhle kam Licht.

Sie war ein winziges Kämmerchen.

Das niedrige Gewölbe, mit Brettern verkleidet, wurde von einem einzigen Holzpfahl getragen, an dem oben diagonale Stützen zusammenliefen wie die Stäbe am Stock eines Regenschirms.

»Leuchte mal t-tiefer!«

Vier reglose Körper in schwarzen Leichengewändern. Drei lagen auf dem Rücken, auf der Brust waren achtendige Kreuze eingestickt. Aber die runzligen Greisengesichter sahen nicht glückselig aus, sie waren von Qualen verzerrt.

Der vierte Tote lag verkrümmt bei dem Pfahl, die Finger waren in das Holz gekrallt.

Überall standen Kerzen, viele, sehr viele. Keine war über die Hälfte niedergebrannt, sie hatten den Sauerstoff verbraucht und waren erloschen.

»Herrgott, empfange die Seelen …«, flüsterte Odinzow und bekreuzigte sich mit zwei Fingern (er hatte wohl durch die Erschütterung vergessen, dass er schon längst kein Altgläubiger mehr war). »Lassen Sie mich hinein, Erast Petrowitsch, wir müssen sie rausholen …«

»Halt, bleib hier!«, stoppte ihn Fandorin und zeigte auf den Pfahl.

Der war in der Mitte dünngeschnitzt – wie von einem Biber benagt – und hielt das Gewölbe nur noch durch ein Wunder. Beim kleinsten Stoß würde er wegbrechen. Um diese fragile Konstruktion zu bauen, bedurfte es genauester Berechnung und großen Könnens.

Der Polizist, der schon halb in den Keller gekrochen war, erstarrte.

»Wozu das?«, fragte er.

»Hast du nicht vom leichten und vom schweren Tod gehört? Die drei hier haben den schweren gewählt, sie sind erstickt. Der dünngeschnitzte Pfahl ist für solche, deren Kraft nicht reicht, die Qual auszuhalten. Wenn die Stütze weggestoßen wird, ist es aus ...«

Masa richtete das Licht auf den verkrümmten Toten. Es war der spitznasige Schreiber – er hatte am längsten gelitten. Um die Qual nicht mehr ertragen zu müssen, hatte er den *leichten* Tod gewollt, war zum Pfahl gekrochen, hatte aber nicht mehr die Kraft gehabt, die Decke zum Einsturz zu bringen. Von ihm kam der Uringeruch. Unter seinen Nägeln war Schmutz und Blut, er hatte die Erde aufgekratzt. Ein Glück, dass sein Gesicht unter der Mönchskappe nicht zu sehen war.

»Ein schwerer Tod«, sagte Odinzow schaudernd und wich zurück. »Gott soll schützen. Der Zimmermann in Denisjewo hatte es seiner Familie erleichtert, erinnern Sie sich? Er hatte die Stütze zerbrochen ...«

Der Lichtstrahl glitt von dem Toten weg, huschte über die Erde und verhielt auf einem weißen Rechteck, das etwas abseits lag; auf die vier Ecken waren Kerzen gestellt.

Fandorin ließ sich auf alle viere nieder und kroch sehr vorsichtig, um nichts zu berühren, in die Mine hinein. Er streckte die Hand aus, griff das Blatt und kroch ebenso langsam zurück, ohne den Blick von dem eingekerbten Pfahl zu lassen.

»Leuchte mal her!«

Das Blatt war mit altertümlichen Buchstaben vollgeschrieben, die aber nicht kalligraphisch waren wie die der Buchmänner, sondern einfach, fast wie gedruckt. Die Handschrift war die gleiche wie die von den Abschiedsbriefen in den anderen Minen.

Aber der Text war ein anderer.

Fandorin, mühsam entziffernd, las laut, Silbe für Silbe: »Doch bis-wei-len ret-te-te ich mich in ein Klos-ter, das durch al-te Fröm-mig-keit leuch-te-te…«

Der Wachtmeister stieß einen wüsten Fluch aus, so laut, dass die Wände ein Echo zurückwarfen und der Stützpfahl gefährlich knarrte.

»Der Polizeichef! Dieser Halunke! Ein gebildeter Mann! Der … sollte Schweine hüten!«, setzte Odinzow flüsternd seine Flüche fort. »Erast Petrowitsch, wissen Sie nicht mehr? In Denisjewo habe ich ihm genau den gleichen Zettel gegeben, der in der Erde lag! Er hat den ersten Satz vorgelesen, dann den Zettel zusammengeknüllt und weggeworfen!«

Tatsächlich! Wäre Fandorin nicht so intensiv mit der Entschlüsselung des altslawischen Alphabets beschäftigt gewesen, so hätte er sich selbst daran erinnert. Der Wachtmeister hatte dem Polizeichef den in der Mine gefundenen Zettel gegeben, doch der hatte ihn als »Altgläubigenquatsch« bezeichnet und weggeworfen.

Also, bevor die Selbstmörder sich eingruben, hinterließen sie nicht einen Brief, sondern zwei! Den ersten für die Welt, aus der sie gingen, und einen zweiten, der nicht für fremde Augen bestimmt war und ins Grab mitgenommen wurde!

Ach, hätte er das von Anfang an gewusst!

Doch was half das Hadern? Besser spät als nie!

»Gehen wir, wir lesen ihn bei L-Licht!«

Der Grüne See

Als der Wachtmeister aus dem *großen* Bogomilowo zurückkehrte, das heißt, aus dem Dorf, folgte ihm eine Menge Menschen, die sich von ihren Alten verabschieden wollten. Unter ihnen waren auch Frauen und Kinder, doch niemand weinte. Vielleicht aus Erschütterung. Oder sie wollten ihre Gefühle vor dem Polizisten nicht zeigen. Die Buchmänner waren ein besonderes Völkchen, mit sonst niemandem vergleichbar.

»Fahren wir, Erast Petrowitsch. Mögen sie in Ruhe weinen«, sagte Odinzow eilig. Er schien sich der Kokarde an der Mütze und der Adlerknöpfe zu schämen.

Er hatte recht, sie mussten schleunigst weiter.

Schnee war nicht mehr gefallen, darum war die gestern von ihrer Expedition gefahrene Schlittenspur gut zu erkennen und ermöglichte schnelle Fahrt. Am frühen Nachmittag wurde die von der Sonne erwärmte Kruste hart, da stiegen Fandorin und Masa abwechselnd aus dem Schlitten und trabten eine oder anderthalb Stunden nebenher. Auch Odinzow versuchte es, aber da er es nicht gewohnt war, kam er schon nach einer Werst außer Atem.

Gerastet wurde nur einmal, und nur kurz, um das Pferd zu füttern. Sie mussten um jeden Preis den Grünen See vor Einbruch der Dunkelheit erreichen.

Und sie schafften es – buchstäblich mit dem letzten Schein des erlöschenden Tages.

Im Sommer mochte der See ja »grün« sein, doch jetzt, eine Woche nach dem Dreikönigsfest, war kein grünes Fleckchen zu erkennen. Da war eine weite weiße Ebene, am Rand standen kahle schwarze Bäume, aber kein einziger Nadelbaum.

Die Schlittenspur führte zu einem höhergelegenen Holzhäuschen, das von der untergehenden Sonne beschienen wurde.

»Das haben Jäger gebaut«, erklärte Odinzow. »Von hier gibt es im Winter vier Wege: links am Ufer entlang nach Salaskino, rechts am Ufer entlang nach Latynino, geradeaus über den See nach Bachroma und schräg rüber nach Bestschegda. Überall leben Altgläubige ohne Popen, sie ernähren sich vom Fischfang. Zu wem von ihnen die Unseren zuerst gefahren sind, kann ich nicht wissen.«

»Wenn sie gefahren sind, dann jedenfalls nicht a-alle.«

Fandorin hatte die Augen mit der Hand beschirmt und neben dem Haus einen Schlitten entdeckt – geschlossen, quadratisch, den von Jewpatjew wohl.

Als sie näher kamen, hörten sie gemessene Schläge und sahen den Kutscher Holz hacken.

Dann erschien auf der Vortreppe ein hochgewachsener Mann mit auf der Brust offenem Hemd – Nikifor Jewpatjew.

Als der die Ankömmlinge erkannte, verfinsterte sich sein Gesicht.

»Hei, ist der wütend«, murmelte Odinzow. »Wird uns wohl nicht über die Schwelle lassen.«

Über die Schwelle ließ er sie, verlangte aber sogleich eine Erklärung. Aus Fandorins Zettel hatte er lediglich ohne Begründung erfahren, dass die Reisenden im letzten Schlitten beschlossen hätten, nach Bogomilowo zurückzukehren.

Als sie ihm jedoch von dem Unglück erzählten, legte sich sein Zorn. Über die verstorbenen Buchmänner sagte er ohne Sentimentalität kurz und bitter: »Schlimm ist das, schlimmer geht's nicht. Sie besaßen große Autorität. An ihnen werden sich viele ein Beispiel nehmen. Ach, Lawrenti, Lawrenti. Den Schlag hat er gut berechnet...«

Dann sprach er über die anderen Teilnehmer der Expedition. Als sie ankamen und vier Wege vor sich sahen, hatten sie sich getrennt.

Aloisi Kochanowski war in das größte Dorf gefahren, nach Bachroma.

Sein Gehilfe Kryshow hatte sich nach Bestschegda begeben.

Der Dechant und der Diakon hatten sich erboten, auf Skiern nach Latynino zu laufen.

Der Psychiater war zu Fuß ins nahe Salaskino gegangen; dorthin führte ein gut ausgetretener Weg.

»Und ich bin hiergeblieben«, schloss Jewpatjew seinen kurzen Bericht. »Ich erwarte, dass die vier Starostas sich herbemühen. Wir werden gemeinsam beschließen, wie wir die Menschen vor dem Unheil bewahren.«

»Sehr vernünftig«, sagte der Wachtmeister. »Weitab von ihren Dörflern werden sie nachgiebiger sein.«

»Und wo sind die D-Damen?«, fragte Fandorin.

Jewpatjew, über das Wort »Damen« lachend, antwortete:

»Sie haben sich von uns verabschiedet. Kirilla hat ihre eigene Route. Sie ist durch den Wald zum Staroswjatski-Kloster gezogen.«

»Wer lebt da?«

»Niemand. Früher waren da alte Nonnen, aber die letzte ist so vor zehn Jahren gestorben. Das ist ein angesehener, frommer Platz. Dort gibt es eine kleine Kapelle der Praskewia Pjatniza, der Beschützerin des Familienlebens und des Kindeswohls. Die Weiber führen gern ihre Kinder hin. So auch Kirilla ihr Mädchen. Eigentlich führt ja das Mädchen sie hin ... Und was werden Sie unternehmen, meine Herren?«

»Was mich angeht, so werde ich über die Schafe lesen.« Fandorin setzte sich an den Tisch, zog die Petroleumlampe näher heran und holte das Blatt Papier aus der Tasche. »Lesen und n-nachdenken.«

»Was denn für Schafe?«

»Schafe mit w-weißem Fell. Sehr interessantes Dokument. Ich

habe es erst einmal überflogen. Jetzt will ich es richtig studieren. Ich lese laut vor. Hören Sie gut zu. Ich nehme an, dieser Text enthält den Sch-Schlüssel.«

Der Schlüssel

»*Doch bisweilen rettete ich mich in ein Kloster, das in uralter Frömmigkeit leuchtete*«, hob Fandorin an vorzulesen, nachdem er erklärt hatte, woher das Papier stammte, das mit dem aus der Denisjewoer Mine übereinstimmte. »*Dieses Kloster war fest gebaut, war reich an Ackerland und Vieh, vornehmlich weißwolligen Schafen. Und der Vater Abt trug mir als Glaubenstat auf, die überaus zahlreiche Schafherde zu hüten. Eines Tages hatte ich die Herde schön beisammen und setzte mich unter einen Eichenbaum und entschlummerte und hatte einen Traum. Ich sah das Land Dobro der Gerechten …*«

»Was, was?«, fragte der gespannt zuhörende Odinzow.

»›*Ich sah das Land Dobro der Gerechten*‹«, wiederholte Fandorin achselzuckend. »Keine Ahnung, was das bedeutet.«

Jewpatjew rief ungeduldig: »Lesen Sie weiter! Ich kenne den Text. Nachher erzähle ich's. Weiter!«

»»*Ich sah das Land Dobro der Gerechten. Und da wurde ich schwach und ängstlich. Mir träumte, ich säße auf einer großen Wiese unweit eines dunklen Waldes und schliefe und meine Schafe wären nach allen Seiten auseinandergelaufen. Und dann träumte mir, ich wäre aus dem Schlaf hochgefahren und sähe: O Unglück, meine weißen Schafe stehen überall verstreut. Manche am Waldrand, und der Schatten der Bäume lässt ihr Fell dunkel erscheinen. Andere sind schon im Dickicht, und von dort tönt Blöken und Geschrei, denn Riesenwölfe reißen meine Lämmer. Und die Sonne steht bereits niedrig, gleich geht sie unter, und dann springen die Wölfe aus dem Wald und reißen meine ganze Herde.*

Da kam eine große Angst über mich, und ich lief übers Feld, was konnte ich tun? Die Schafe einsammeln – nein, die waren weit auseinandergelaufen.

Da sah ich in der Nähe ein Grüppchen – Bock, Schaf und Lamm. Die peitschte ich mit einer Gerte zur Straße hin, sie liefen gottlob. Und brachten sich in Sicherheit.

Und fand jeste noch ein Grüppchen ...‹«

»Schon wieder unverständlich«, unterbrach nun Fandorin selbst seine Lesung. »Was bedeutet jeste?«

»Jeste ist ein altslawisches Hilfsverb, eine vergessene grammatische Form; ich verstehe nicht viel davon«, sagte Jewpatjew. »Vielleicht ist es ja auch ein Abschreibfehler. Das kommt öfter vor: Einer verschreibt sich, und die Nachfolgenden kopieren es mit Fleiß, sonst wäre es Sünde.«

»Schon wieder ein unbegreifliches Wort: ›Und danach glagolja noch ein drittes‹.«

»Nun, das ist klar: ›Glagolja‹ bedeutet soviel wie ›reden‹, ›sagen‹. Aber halten Sie nicht inne, lesen Sie weiter.«

»... und danach glagolja noch ein drittes. Und noch poluishe holte ich ein. Mehr war, sah ich, nicht zu schaffen. Die Sonne war schon zur Hälfte untergegangen hinterm Wald, die Wölfe und Wölfinnen zwischen den Bäumen fletschten die Zähne, es waren viele, an ihrer Spitze der Wolf-Antichrist mit dem Kreuz auf der Stirn, und sein Name war Sud. Der Tod war nahe! Was konnte ich dem Vater Abt sagen, wenn er mich fragte: ›Wo ist meine Herde?‹

Da bin ich Sünder auf die Knie gefallen und habe die Augen geschlossen, um nicht die Erde zu sehen, sondern den Himmel. Und ich habe gebetet zur Gottesmutter: ›Schütze mich, heilige Jungfrau, und lehre mich, wie kann ich die weißen Schafe und Lämmer retten?‹

Und da erbarmte sich die heilige Jungfrau und sprach von ihrer goldenen Wolke herab zu mir: ›Alle Schafe kannst du nicht retten, rette die weißen Lämmer.‹

Da bin ich aufgestanden und habe meine Hunde losgelassen, den Hund und die Hündin. Der Hund erschrak vor dem Wolfsgebrüll, zog den Schwanz ein und entfloh. Die Hündin aber ließ sich nicht ängstigen, sie trieb die Lämmer zusammen und scheuchte sie ins Kloster. Hinter mir aber erhob sich großes Schreien und Klagen – die Riesenwölfe rissen und zerfleischten die restliche Herde.

Der Abt kam heraus zu mir und fragte: ›Sage an, Mönch, wo ist meine große Herde?‹

Da warf ich mich ihm zu Füßen und sagte weinend: ›Herr, ich bin sündig, schwach, unwürdig. Die weißen Schafe, so ich retten konnte, habe ich gebracht, sehr wenige, auch etliche weiße Lämmer, doch die übrigen sind verloren.‹

Der Abt aber sprach: ›Weiße Lämmlein, fein und klein, nimmt Gott zu sich – als Engelein.‹

Und er verzieh mir. Und gab mir seinen Segen.«

»Das war's. Sch-Schluss. Na, Nikifor Andronowitsch, was sagen Sie?«

Jewpatjew verkündete mit Überzeugung: »In dieser Aufzeichnung ist nichts Geheimnisvolles. Es ist ein Auszug aus den ›Visionen des Mönchs Amwrossi‹, das ist ein recht bekanntes Werk aus der Epoche Peters. Amwrossi war ein Schüler des Protopopen Awwakum, über sein Leben gibt es nur sehr karge Daten. Da die ›Visionen‹ in einfacher Umgangssprache verfasst sind, ist anzunehmen, dass er ein Mann ohne kirchliche Bildung war, kein Geistlicher. Von dem Werk gibt es viele Abschriften. Wie ich schon sagte, enthält es abweichende Lesarten und unverständliche Stellen. Darf ich mal schauen?«

Jewpatjew nahm das Schriftstück und las es aufmerksam.

»Das ist erst vor kurzem abgeschrieben. Da sind Flüchtigkeiten, die heutigen Berufsschreibern nicht unterlaufen. Zum Beispiel der Name des Wolf-Antichristen ›Sud‹ ist ohne das altrussische Härtezeichen geschrieben.« Er gab das Blatt zurück. »Aber ansonsten muss ich Sie enttäuschen. Nichts Esoterisches. Den Traum des Mönchs Amwrossi von den Schafen und den Riesenwölfen kenne ich schon aus meiner Kindheit. Er ist eine poetische Allegorie von der Pflicht des Hirten, seine Herde vor dem Bösen zu behüten.«

»Aber was bedeutet die Metapher von dem entflohenen Hund und der m-mutigen Hündin?«

»Nun, die Tradition des Altglaubens stützt sich bekanntlich auf die Frauen. In der Zeit von Amwrossi war das anders, aber dafür ist er ja Prophet, dass er in die Zukunft schaut ... Na, und dass die Selbstmörder diesen Text in die Mine mitnehmen, ist kein Wunder, denn sie glauben ja, vor den Wölfen in das leuchtende Kloster geflohen zu sein.«

»Also nützt uns dieses Papier gar nichts? Verdammt!« Der Wachtmeister spuckte aus und ließ sich müde auf die Bank fallen.

Schweigen.

Fandorin trat ans Fenster, vor dem es im Gleichklang mit seiner Stimmung rasch finster wurde. Er holte die alte grüne Kette aus der Tasche und klackerte rhythmisch mit den Steinchen.

Masa beobachtete seinen Herrn mit Sorge und Hoffnung. Jewpatjew wollte etwas sagen, doch der Japaner zischte ihn an und legte den Finger an die Lippen.

Achselzuckend griff Jewpatjew eine schöne silberne Reiseflasche vom Tisch und nahm einen Schluck.

»Möchten Sie Rum?«, bot er an. »Sie sind gewiss müde von der Reise.«

Fandorins Kammerdiener ließ wieder einen ärgerlichen Laut hören, aber zu spät – der Deduktionsprozess war unterbrochen.

»Wie b-bitte?«

Fandorin drehte sich um und warf einen zerstreuten Blick auf den Industriellen.

»Ist Alkohol den Altgläubigen nicht verboten?«

»Sein Genuss ist eine Sünde, aber eine lässliche. Anders als das

Rauchen von Satanskraut.« Jewpatjew lächelte, wohl um den verdrossenen Gesprächspartner aufzumuntern. »Nehmen Sie einen Schluck? Ein echter Altgläubiger würde nicht mit einem Ketzer wie Ihnen aus einer Flasche trinken, aber ich riskier's«, fuhr er im gleichen Ton fort.

Auf der Flasche blinkte ein vergoldetes Monogramm:

Н. А.

М̃

»N. A. ist klar, es steht für Nikifor Andronowitsch, aber warum M?« fragte Fandorin, noch immer zerstreut, und nahm den Rum. »Ihr Nachname fängt doch mit J an?«

»Das ist kein Initial«, erklärte Jewpatjew. »Das ist eine Zahl. Sehen Sie das Häkchen über dem M? Es heißt ›Titlo‹ und ist in der kirchenslawischen Schrift das Abkürzungszeichen. Der Buchstabe M, der für Myslete steht, mit dem Häkchen darüber bedeutet ›40‹. Die Flasche haben mir meine Vorarbeiter zum Vierzigsten geschenkt.«

»Myslete?«, wiederholte Fandorin. Und noch einmal: »Myslete*? Ja, genau! Nachdenken muss man, nicht …«

Er ergriff das Blatt und bohrte den Blick hinein.

»Aber ja doch! Das sind Zahlen!«

»Wie?«, rief Odinzow.

Auch Masa beugte sich vor.

»Zahlen?«

»Wovon reden Sie?« Jewpatjew starrte ratlos auf die Flasche.

»Was bedeutet der Buchstabe ›Dobro‹ als Zahl?«, fragte Fandorin rasch, ohne von dem Blatt aufzublicken.

»Vier.«

»Ja, so steht es hier. Und ›Jeste‹?«

---

* Das altslawische Wort »myslete« bezeichnet den Buchstaben M, bedeutet aber auch »nachdenken«. (Anm. d. Übers.)

»Fünf.«

»Passt! Und ›Glagolja‹?«

»›Glagol‹ – das ist drei. Aber was soll eigentlich ...«

»Und ›Ishe‹? Ist das auch eine Zahl?«

»Ja. Die Acht.«

»Also ist ›Poluishe‹ die halbe Acht, mithin die Vier! Das ist es also! Nur ›Dobro der Gerechten‹, das verstehe ich noch nicht ...«

Da stürzten sie von drei Seiten zu Fandorin hin. Jewpatjew und Odinzow, sich verschluckend vor Erregung, überschütteten ihn mit Fragen. Masa starrte ihn nur an, doch mit solch brennender Ungeduld, dass Fandorin ein schlechtes Gewissen bekam.

»Entschuldigen Sie, meine Herren. Gleich erkläre ich, was mir aufgegangen ist. Das Weitere machen wir dann gemeinsam ...« Er zog das schöne Tuch mit den Sumoringern hervor und wischte sich damit die schwitzende Stirn. »Ich hatte recht. Dieses Fragment birgt tatsächlich den Schlüssel. Es ist eine Instruktion oder eine Weissagung. Genauer, eine Weissagung, die jemand als Instruktion oder Anleitung zum Handeln begriffen hat ...«

»Geht's nicht etwas verständlicher?«, flehte Jewpatjew.

»Alle Wörter, die im Text überflüssig erscheinen, sind einfache Zahlen. In seiner Vision rettet der Mönch Amwrossi ein *kleines Grüppchen* der Herde – Bock, Schaf und Lamm. Das heißt, die Eltern und das Kind – wie in Denisjewo, wo der Zimmermann, seine Frau und das Kind starben. Dann heißt es: ›*Und fand jeste noch ein Grüppchen*‹. ›Jeste‹ – das ist die Zahl fünf. In dem Dorf Paradies legten sich fünf Menschen in die Mine. ›*Und danach glagolja noch ein drittes.*‹ Glagolja ist die Drei! Das passt auf das Dorf Masilowo, wo drei Menschen starben: der Starosta mit Frau und Tochter. Weiter heißt es in der ›Vision‹: ›*Und noch poluishe holte ich ein*‹. Polu-ishe – die Hälfte von acht, also die Vier ...«

»Die vier Gloßväter!«, rief Masa, der seinen Herrn bewundernd anblickte.

»Geben Sie her!« Jewpatjew nahm Fandorin das Blatt aus der Hand. »Tatsächlich! Erstaunlich, dieses Zusammentreffen! Alles wie in der Weissagung! Aber das bedeutet ja ...«

»Moment!«, unterbrach ihn Fandorin, der gar nicht merkte, dass er die Jadekette klackernd durch die Finger gleiten ließ. »*Dobro der Gerechten* – die vier Gerechten, das sind die vier Altgläubigendörfer! Hier, am Grünen See!«

»Und ich füge noch etwas hinzu.« Jewpatjew zeigte mit dem Finger auf das Papier. »Wofür halten Sie das? Hier, vor dem Beinamen des Wolf-Antichristen? Sehen Sie den Krakel? Als Sie vorlasen, haben Sie ihn nicht beachtet, und ich habe ihn auch übersehen.«

Fandorin betrachtete das sonderbare Zeichen vor dem Namen ›Sud‹.

»Ich dachte, das wäre eine Streichung ...«

»Nein, keine Streichung!« Jetzt konnte Jewpatjew glänzen. »Es ist das Zeichen für Tausend – zusammen mit dem Wort Sud ist es die Zahl 7404. Moment, Moment ... Da haben wir die Lösung! Der Antichrist heißt 7404! Verstehen Sie?«, rief der Industrielle, erschüttert über die eigene Entdeckung.

»Nein, v-verstehe ich nicht ...«

»Nach dem altrussischen Kalender hat am ersten September bei uns das Jahr 7404 seit der Erschaffung der Welt begonnen! Die Abschrift fiel mit der Weissagung zusammen! Darum haben sich alle in die Erde gelegt!«

Fandorin, der blass geworden war, korrigierte leise: »Nicht alle. Der Deuter der Weissagung hat in dieses Geheimnis nur Auserwählte eingeweiht. Er hat den Leuten die Abschrift gegeben und ihren Sinn erklärt. So ›rettete‹ er drei, dann fünf, dann noch einmal drei und schließlich vier. Die von ihm Ausersehenen gingen ohne zu murren ins G-Grab. Sie mögen sogar stolz gewesen sein, in die kleine Zahl der Geretteten aufgenommen zu werden. Aber es waren noch etliche Lämmer, die Amwrossi ins Kloster führte. Wer ist das? Warum sind sie ihm besonders teuer, dem ›Vater Abt‹, das heißt, Gott? Gegen wen wird der nächste Schlag geführt werden?«

»Ergreifen wir den Gottesnarren, er muss es uns sagen.« Der Wachtmeister schüttelte drohend den Schopf. »Er steckt hier irgendwo, der verdammte Lawrenti. Na, wir finden ihn! Er entwischt uns nicht! Vom See kann er nicht weiter! Ich schnalle mir Skier an, suche in allen vier ...«

Fandorin fiel ihm ärgerlich ins Wort: »Sei still, Uljan! Du suchst den Falschen! Lawrenti hat g-gar nichts damit zu tun.«

Nach diesen Worten wurde es in dem Holzhaus wieder sehr still.

Schwarze und Weiße

»Wir haben geglaubt, dem Verbreiter der S-Seuche nachzujagen, doch in Wirklichkeit haben wir selbst sie verbreitet. Das Unglück lief nicht vor uns her, sondern folgte uns. Etwa nicht? Wir kommen in ein neues Dorf, da herrschen Ruhe und Frieden. Kaum aber sind wir weg, schon bricht der Tod ein. Erinnern Sie sich? Der Doktor hat unsere bunte Gesellschaft als ›Sanitätsabteilung für Epidemieschutz‹ bezeichnet. Doch unsere Abteilung schützte nicht vor der Epidemie, sondern sie hat sie verbreitet ...«

»Warte mal, Erast Petrowitsch!«, rief bestürzt der Wachtmeister; er ging, wie immer in Momenten großer Erregung, zum Du über. »Worauf willst du hinaus?«

»Der Deuter der W-Weissagung (nennen wir diesen Menschen einstweilen so) war unter uns.«

Jewpatjew fauchte: »Na, das ist ja ... Verdammt noch mal! Wer soll denn diese altgläubige Kassandra sein? Kirilla vielleicht?«

Fandorin überlegte und schüttelte den Kopf.

»Nein, die passt nicht. Sie sagten, Kirilla sei in ein leeres Kloster gegangen. Wie heißt es gleich?«

»Staroswjatski.«

»Ja, Staroswjatski. Da lebt niemand, aber der ›Retter der Schafe‹ braucht neue Opfer – die erwähnten L-Lämmer. Der Provokateur, der den Tod sät, muss keineswegs ein Altgläubiger sein.«

»Erast Petrowitsch, spanne uns nicht auf die Folter. Sag: Wer ist es?« bat Odinzow.

»Jeder kommt in Frage! Zum Beispiel Lew Kryshow, der von Sergej Gennadjewitsch sprach, dessen Gleichgesinnter er zu sein scheint ...«

»Wer ist Sergej Gennadjewitsch?«, fragte Jewpatjew.

»Netschajew, der Nihilist. Der hat vor dreißig Jahren Russland zum Aufruhr aufgerufen und einen ›Katechismus des Revolutionärs‹ verfasst. Ich kann dieses bemerkenswerte D-Dokument auswendig, weil es immer noch Unheil anrichtet. ›Der Revolutionär hat in der Tiefe seines Wesens jedwede Verbindung zu Gesetzen, Anstandsregeln, allgemein üblichen Übereinkünften und zur Moral dieser Welt gekappt. Er ist ihr gnadenloser Feind, und wenn er weiterhin in ihr lebt, dann nur, um sie zu zerstören.‹ Oder, hier schon ganz direkt: ›Die Verbindung der Genossen hat kein anderes Ziel als die vollständige Befreiung und das Glück des Volkes, das heißt, der schwer arbeitenden Menschen. Aber in der Überzeugung, dass die Befreiung und die Erlangung dieses Glücks nur möglich sind auf dem Wege der alles zerstörenden Volksrevolution, befördert die Verbindung der Genossen mit allen Kräften und Mitteln die Entwicklung und Verschärfung der Nöte und Übel, die das Volk endlich aus seiner Duldsamkeit herausholen und zum allgemeinen Aufruhr bewegen.‹ Vom Standpunkt des Nihilisten führt jede Erschütterung, welche die Volksmasse aus dem Gleichgewicht bringt, diese näher an die große Revolte heran. Je schlechter es dem Volk geht, desto schneller schlägt das Schiff der Staatsmacht leck, das Kryshow ›Schiff der D-Dummköpfe‹ nennt ...«

»Genau! Kryshow ist es!«, schrie der Polizist Odinzow. »Neulich hat der Herr Rittmeister von der Geheimpolizei ein Seminar abgehalten und uns alles erklärt über die Revolutionäre und Nihilisten. Sie sind tollwütige Hunde, die den Staat vernichten wollen!«

Jewpatjew wurde sehr ernst.

»Hm, wirklich ... Kryshow war häufig in den Dörfern. Die Einheimischen kennen ihn und haben Vertrauen zu ihm! Wir müssen schleunigst nach Bestschegda!«

»M-Moment mal. Auch unser Psychiater Anatoli Scheschulin gefällt mir nicht. Schon dass er aus der Hauptstadt hier angereist kommt, ist ziemlich verdächtig – direkt zum Schauplatz der Selbstmorde, die er mit unglaublichem Scharfblick vorausgesagt hat. Ich habe den Mann beobachtet. Er ist besessen von einem sehr starken Dämon, der Ehrgeiz heißt, noch dazu in einer äußerst krankhaften Form – dem wissenschaftlichen Ehrgeiz. Ist er womöglich der Versuchung erlegen, seiner Prognose ein wenig *n-nachzuhelfen*? Und extra deshalb hergereist? Er hat ja nur mühsam seine Freude verbergen können jedes Mal, wenn es neue Opfer gab. Erstens. Wir wollen auch nicht seine hypnotischen Fähigkeiten ignorieren, die er bei dem Anfall Lawrentis demonstrierte. Scheschulin erforscht den Mechanismus der Suggestibilität. Zweitens. Und nun drittens: Warum hat der glänzende Psychiater, der mühelos dem Gottesnarren seinen Willen aufzwang, kein einziges Mal versucht, uns von der falschen Version abzubringen? Nach dem Vorfall muss er doch begriffen haben, dass der Gottesnarr kein Hypnotiseur ist, sondern ein Hypnotisierter und somit wenig geeignet für die Rolle des Aufwieglers.«

»Richtig, richtig!« Jewpatjew schlug mit der Faust auf den Tisch. »Er hat auch mir von Anfang an nicht gefallen. ›Ich hab's vorausgesagt! Man hat mich verlacht! Mein Vortrag in Petersburg wird ein

Ereignis!‹ Doch was hat er für einen Blick? Er bohrt sich einem direkt in die Seele!«

Der Wachtmeister nahm seine Schapka.

»Meine Herren, wir verlieren Zeit! Wohin ist er? Nach Salaskino! Das sind nur fünf Werst. Wir müssen den Judas jetzt gleich festnehmen!«

»Oder der D-Dechant«, fuhr Fandorin nachdenklich fort, ohne Odinzow zu beachten. »Wenn wir nach dem Prinzip vorgehen: ›Wem nützt es?‹, dann hat Vater Vikenti größtes Interesse an der Ausbreitung der Epidemie. Gegenwärtig fristet er ein klägliches Dasein. Hirt ohne Herde, kleiner Erpresser, das meist verachtete S-Subjekt im ganzen Kreis. Er muss das Altgläubigentum und die Altgläubigen grimmig hassen. Was unternimmt er grade für eine sonderbare Rundfahrt? Wirklich nur wegen der Abgaben? Sie haben bemerkt, dass er in jedem Dorf von Haus zu Haus geht – *zum belehrenden Gespräch*? Oder um die ›Vision‹ herumzuzeigen und mit ihr abergläubige Menschen zu ängstigen? Wenn die Kunde von den Selbstmorden in Stershenez sich in Russland verbreitet, werden die Behörden mit Sicherheit schärfste Maßnahmen ergreifen, um den Alten Glauben in dieser Gegend auszurotten. Dann hat Vater Vikenti freie Hand!«

»Jawohl! Dieser Pope ist unser erster Feind«, bekräftigte Jewpatjew hitzig. »Was fürchtet er mehr als alles andere? Dass bei uns Altgläubigen das vernünftige, organisierte Prinzip die Oberhand gewinnt. Dass sich das Volk von der Popenlosigkeit zu einem zivilisierten Altglauben hinwendet, mit eigenen Geistlichen und Bischöfen. Dann ist Schluss mit ihm, dem Blutsauger. Nein, Kryshow und Scheschulin sind aufgeklärte Leute, doch bei dem Popen ist das Jesuitentum zu spüren!«

»Dazu noch dieser Diakon«, warf der Wachtmeister ein. »Wie Kletten hängen die beiden zusammen, und Warnawa wieselt und schnüffelt überall herum. Hat immer die Nase vorn, lässt die

Augen flitzen. Wenn der Pope irgendwas im Schilde führt, hilft ihm der Diakon. Ich weiß, was zu tun ist! Man hat es mir beigebracht. Beide festnehmen und einzeln verhören. Wenn sie dann Ausflüchte machen, uns was vorlügen wollen, sind sie dran.«

Jewpatjew sagte sorgenvoll: »Sie sind nach Latynino gegangen. Ich habe ihnen meinen Schlitten angeboten, mit Kutscher, sie wollten nicht. Wir laufen auf Skiern, haben sie gesagt. Der Dechant hat doch sonst nicht gern seinen Wanst bewegt.«

»Die Dörfler von Latynino werden bei uns als Weißköpfe verspottet!«, entsann sich der Wachtmeister. »Sie haben auch wirklich alle weißblonde Haare. Sie sind die weißen Lämmer! Ihretwegen sind die Popen hin! Fahren wir, ihr Herren, schnell!«

»Mitja!«, rief der Industrielle laut dem Kutscher zu, nachdem er die Tür etwas geöffnet hatte. »Spann an! Aber flink!«

»Apropos Mitja«, sagte Fandorin noch immer in demselben Ton. Der Industrielle erstarrte. »Ihr Kutscher – ist der nicht auch ein Kandidat? Während der ganzen Fahrt habe ich von ihm kein einziges Wort gehört. Er ist unauffällig, sieht einen nie an, gibt sich sichtlich Mühe, keine Aufmerksamkeit zu erregen. Wenn wir in ein Dorf kommen, verschwindet er jedes Mal irgendwohin. Dann ist er ebenso plötzlich wieder da. Was ist er für ein M-Mensch? Ist er fromm? Liest er gern alte Bücher?«

»So wie die meisten Altgläubigen«, murmelte Jewpatjew zerstreut, schloss die Tür und ließ sich auf die Bank sinken. »Mein Gott, sollen denn alle verdächtig sein?«

Die weitere Deduktion lief von selbst, ohne Teilnahme des verstummten Fandorin, der wieder das Papier zur Hand genommen hatte.

»Den Chefstatistiker haben wir vergessen!«, fiel plötzlich dem Wachtmeister ein. »Das sollten wir nicht!«

»Kochanowski? Lass das sein!« Jewpatjew lachte. »Da hast du ja einen Übeltäter gefunden! Was hast du an dem auszusetzen?«

»Ein Jud ist er! Die haben Christus gekreuzigt und sind böse auf die Christen!«

»Wer ist ein Jud? Kochanowski? Wie kommst du darauf? Du hast doch noch nie einen lebendigen Juden gesehen!«

»Ich vielleicht nicht, aber der Herr Rittmeister hat uns eine Instruktion gegeben. Die Juden haben schwarze Haare, eine krumme Nase und immer mit einer Brille darauf. Genauso sieht Kochanowski aus. Auch der Vorname klingt verdächtig – Aloisi.«

»Ach was! Wenn er Jakow, Boris oder von mir aus Semjon hieße, na gut. Aber Aloisi ... Ich meine, er ist ein Pole.«

»Auch schlecht.«

Während sie über Kochanowskis nationale Zugehörigkeit stritten, gab es zwischen Fandorin und Masa ein Gespräch auf Japanisch.

»Herr, den Popen samt Warnawa-san und den Statistiker samt seinem Gehilfen können wir aus dem Kreis der Verdächtigen ausschließen. Sie sind mit uns zusammen in das erste Dorf gekommen. Da waren bereits drei Menschen tot. Jemand hat ihnen angeboten, sich zu ›retten‹, und sie haben zugestimmt. Aber Doktor Ssessulin, der war schon im Dorf. Und die beiden anderen übrigens auch ...«

»Ich habe darüber nachgedacht. Aber wir dürfen keinen ausschließen.« Fandorin seufzte. »Der Dechant und die Statistiker sind oft in dieser Gegend. Sie konnten den Haken schon vorher auswerfen.«

Der Industrielle und der Wachtmeister waren verstummt und wechselten vielsagende Blicke. Japanisch verstanden sie nicht, doch sie waren wohl zu demselben Schluss gekommen wie Masa.

»Und dir, Jewpatjew, glaub ich auch nicht so recht«, sagte Odinzow mit ungutem Lächeln. »Die Popenlosigkeit der Altgläubigen ist dir doch ein Dorn im Auge. Du möchtest, dass sie auch einen Popen am Halse haben. Das hast du selber oft genug gesagt, und deine Zeitung schreibt täglich darüber. Du bist ein Mann mit Köpfchen und weitreichendem Verstand. Hast du dir vielleicht vorgenommen, die Gesellschaft aus Mönchen, Gesundbetern und Gottesnarren mit einem Schlag auf deine Seite zu ziehen? Schlau eingefädelt!«

»Was quatschst du da, du Vieh!« schrie Jewpatjew. »Vielleicht bist du der Provokateur? Es sähe dir ähnlich, du Wendehals! Für einen Altgläubigen gibt's keinen schlimmeren Feind als den Abtrünnigen! Diese dreckige Idee stinkt förmlich nach dem Geheimdienst! Unsern Glauben willst du untergraben? Ich weiß es! Das hat dir der Rittmeister eingeredet, den du andauernd im Munde führst! Gib's doch zu, du Judas!«

Der Industrielle packte den Wachtmeister am Schlafittchen und der ihn am Kragen, und im nächsten Moment wäre es zum Handgemenge gekommen, hätte nicht Masa eingegriffen.

Der Japaner schlug dem Wachtmeister sacht mit der Handkante gegen den Ellbogen, da sank dem der Arm gefühllos herab. Den Kapitalisten behandelte er etwas freundlicher, er presste ihm die Handgelenke zusammen, so dass sich dessen Hände wie von selbst öffneten.

»Weiße Schafe haben wir nicht«, sagte er friedfertig, »nur schwarze.«

Die Ordnung war wiederhergestellt. Die Streithähne atmeten noch schwer, fielen aber nicht mehr übereinander her, und Jewpatjew schien sich sogar zu schämen, dass er, ein solider Mann, Unternehmer, Zeitungsverleger, sich zu einem Handgemenge mit einem Wachtmeister hatte hinreißen lassen.

»Mitja kommt mit dem Brennholz nicht hinterher. Wir müssen einheizen, es ist kalt. Zur Nacht wird es frieren ... Hrm hrm.« Jewpatjew räusperte sich, blickte in die Runde. »Da, Kirillas Mädchen hat den Schal vergessen ...«

Er hob vom Fußboden den schäbigen wollenen Lappen auf, den man nur mit einigem guten Willen »Schal« nennen konnte.

»Wenn sie sich nur nicht verkühlt, sie hat ja so einen dünnen Hals. Probezeit hin und her, aber Kirilla könnte ihre Führerin ein bisschen wärmer anziehen. Bis zum Kloster ist es ganz schön weit, und das Mädchen hat nur abgetragenes Zeug und zerschlissene Schuhe ...«

»Mir fällt auf, dass Sie Polkaschka nie beim Namen nennen. Warum nicht?«, fragte Fandorin und blickte von dem Papier auf.

»Was ist es denn für ein Name?«

»Ich dachte, ein alter Name bei den Altgläubigen.«

Jewpatjew schüttelte beleidigt den Kopf.

»Sie haben ja eine schöne Meinung von uns. Wir geben doch Menschen keine Hundenamen! Das Mädchen wird wohl nur zeitweilig so genannt, zur Erniedrigung. Polkan ist ein Regimentshund*. So wurde ein Raskolnik genannt, der aus freien Stücken in den Staatsdienst trat, als Soldat oder Polizist.« Er warf Odinzow einen Seitenblick zu. »Polkaschka ist ein Schimpfname. Damit das Mädchen Demut lernt. Scheußliche Sitte! Ich finde, durch Erniedrigung kann niemand etwas lernen ...«

»Hündin!«, rief Fandorin.

»Was?«

»Hier heißt es: ›*Die Hündin aber ließ sich nicht ängstigen, sie trieb die Lämmer zusammen.*‹ O Gott ... Sollte ...«

Er schüttelte sich.

»Kirilla? Kirilla?«, riefen der Industrielle und der Wachtmeister gleichzeitig.

Fandorin schlug sich mit der Faust an die Stirn. »Darauf hätte ich früher kommen müssen! Meine Herren, ich weiß, wer die Lämmer sind! Während Kirilla von Haus zu Haus ging und mit den Erwachsenen sprach, hat ihre Hündin die Kinder bearbeitet. Ich habe es selbst gesehen und dem keine Bedeutung beigemessen. Ich ... T-Tourist!« Er benutzte ein nicht druckfähiges Attribut, das er, der

* Polk (russ.) – das Regiment. (Anm. d. Übers.)

einstige Staatsrat, in seinem Leben höchstens sechs Mal in den Mund genommen hatte. »Kirilla hat die Worte des Vater Abt ›*Weiße Lämmlein, fein und klein, nimmt Gott zu sich – als Engelein*‹ so gedeutet: Alle Erwachsenen sind ja doch nicht zu ›retten‹, dann wenigstens die unschuldigen Kinder! Darum also hat sie ihrer Führerin den *Hundenamen* gegeben! Und dann ... Darauf hätten wir auch gleich kommen müssen! ›*Kloster, das in uralter Frömmigkeit leuchtet*‹ – das ist ja das Staroswjatski-Kloster. Alles passt zusammen! Wie viel Zeit haben wir verloren! Hoffentlich kommen wir nur noch zurecht! Bestimmt waren Tag und Stunde vorher abgesprochen!«

Einander rempelnd, stürmten die vier Männer zur Tür.

Engelsgesang

»Ich kann es nicht glauben ...« Jewpatjew blieb stehen, japste, wischte den Schweiß von der Stirn. »Sie ist ja eine Teufelin! Wie virtuos sie sich verändert hat, wenn sie in ein neues Milieu kam! Mit den Bettlern im Paradies war sie gütig, mit den Künstlern von Masilowo hat sie gescherzt, die Buchmänner beeindruckte sie mit Gelehrsamkeit ... Und wie sie uns den Kopf verdreht hat! Ich will ehrlich gestehen: Sie hat mir außerordentlich gefallen ...«

»M-Mir auch«, gab Fandorin zu. »Was soll man zu den armen ›Schafen‹ sagen. Eine Frau mit Talent. Teufelin? Von unserm Standpunkt gewiss. Aber sie sieht die Welt anders.«

Odinzow drehte sich verärgert zu ihnen um.

»Warum bleiben Sie stehen? Jetzt ist nicht die Zeit zum Plaudern. Vorwärts, vorwärts!«

Der Schlitten brachte sie bis zum Wald, dann ging es auf Skiern weiter, immer der Fährte nach: die eine Spur größer, mit Löchern von dem Stab, die anderen kleiner, dazu ein ungleichmäßiger breiter Streifen, den die Kutte der Pilgerin gezogen hatte, als wäre eine riesige Schlange durch den Schnee gekrochen.

Für Masa waren keine Skier mehr da, er hätte auch gar nicht darauf laufen können. Aber mit dem Kutscher Mitja wollte er nicht zurückbleiben, darum stakste er, bis an die Knie einsinkend, hinterher.

»Ich lauf allein weiter!«, drohte Odinzow, der vornweg ging. »Ach, ihr!«

Flink die Beine setzend, verschwand er in der Dunkelheit. Er war gut dran, denn er lief öfter durch den Winterwald, und die Städter konnten nicht Schritt mit ihm halten.

»Ist es noch weit?«, fragte Fandorin; er beleuchtete mit der Taschenlampe den Weg.

»Zum Kloster? Odinzow hat gesagt, auf Skiern eine Stunde. Kirilla hat doppelt so lange gebraucht. Noch dazu mit verbundenen Augen ... Trotzdem müssen sie noch bei Tageslicht angekommen sein. Odinzow hat recht. Beeilen wir uns!«

Masa hatte sich gerade bis zu seinem Herrn geschleppt, sich zum Ausruhen in den Schnee gesetzt und einen Bonbon in den Mund gesteckt, da brachen die Skiläufer schon wieder auf.

Wiewohl sie langsamer als Odinzow liefen, hatten sie ihn in weniger als einer halben Stunde eingeholt.

Zuerst hörten sie aus der Dunkelheit einen Fluch, dann erblickten sie den Polizisten. Er humpelte auf nur einem Ski; den anderen, zerbrochenen, benutzte er als Krücke.

»Diese Hexe! Hat den Weg verzaubert! Auf glatter Strecke bin ich gestolpert! Der Ski ist zerknackt, obendrein hab ich mir den Fuß verstaucht«, klagte er weinerlich. »Wir kommen zu spät, schon wieder!«

Sie überholen ihn, beschleunigten den Lauf.

Schlimm war, dass es schneite. Die Fährte war immer schlechter zu erkennen. Wenn sie gar nicht mehr zu sehen wäre, würden sie auf Odinzow warten müssen. Nur er kannte den Weg durch den Wald zum Kloster.

Aber bald standen die Bäume spärlicher, der Lampenstrahl stieß ins Leere, griff nichts aus der Dunkelheit.

Eine Lichtung!

Die Spuren führten geradeaus und lösten sich nach einem Dutzend Meter auf – im offenen Gelände deckte der Schnee die Erde schneller zu als im Wald.

Die Skifahrer hielten inne.

»Da ist es, da! Ganz in der Nähe!«, rief Odinzow von hinten.

Er kam heran, sein Atem ging laut.

»Da steht die Kapelle! Los, hin!«

Zwischen den weißen Flocken war tatsächlich etwas Dunkles, Aufwärtsstrebendes zu erkennen.

»Wo sollen wir sie suchen? Wo könnte die M-Mine sein?«

Fandorin ließ seine Elektrizität nach allen Seiten leuchten. Jewpatjew zündete eine Laterne an, die er aus dem Jägerhäuschen mitgenommen hatte. Odinzow verschwand schon wieder in der Dunkelheit.

»Ich denke dauernd, vielleicht irren Sie sich ja auch«, sagte Jewpatjew hoffnungsvoll. »Was die Kinder betrifft. Na? Überlegen Sie doch: Wie sollen die aus ihren Dörfern hierherkommen? Wir sind ja mit dem Schlitten lange genug gefahren.«

Fandorin holte tief Luft.

»Das habe ich auch Odinzow gefragt. Er sagt, das ist ganz einfach. Der Fluss hat eine Menge Biegungen. Über das Eis sind es von Denisjewo bis hier an die hundertfünfzig Werst. Aber quer durch den Wald nur vierzig, fünfundvierzig. Von den anderen Siedlungen ist es noch näher. Für die hiesigen Kinder, die ans Skilaufen gewöhnt sind, ist das keine Entfernung. Wie viele die ›Hündin‹ hierhergelockt hat, das ist die Fr…«

»Ich hab's!«, schrie es aus der Dunkelheit. »Hierher!«

Jewpatjew stürmte so abrupt los, dass das Laternenflämmchen ausging. Fandorin vergaß, den Dynamohebel der Taschenlampe zu drücken, und sie erlosch.

Dafür flammte vorn ein helles Feuer auf – der Wachtmeister hatte einen Tannenzweig angezündet und so eine Fackel improvisiert.

Nun war die Kapelle zu erkennen, die sich an den steilen Hang eines bewaldeten Hügels duckte. Mitten auf dem Hang zeichnete sich dunkel eine kleine Brettertür ab.

Zu beiden Seiten der Tür lagen, mit Schnee bestäubt, Skier und kleine Schlitten.

Es waren viele, Dutzende.

»Psst!«, zischte Odinzow, das Ohr an dem Türchen.

Fandorin trat näher und vernahm kaum hörbaren Gesang.

Reine Engelsstimmen kamen aus weiter Ferne, wie aus dem Schoß der Erde.

»Herrgott, sie leben!« flüsterte Jewpatjew, er musste schluchzen. »Was stehst du da, Uljan? Verschlossen? Dann brich sie auf!«

Fandorin packte den Wachtmeister, der Anlauf nehmen wollte, an der Schulter und warf ihn zur Seite in den Schnee.

»Untersteh dich! Und wenn die Mine nach allen Regeln der Kunst gebaut ist? Hast du den ›leichten‹ T-Tod vergessen? Seid leise. Und was auch passiert, dringt nicht ins Innere.«

Er ging zur Tür und klopfte behutsam.

Dann rief er: »Mutter Kirilla!«

Und lauter: »Mutter Kirilla! Ich bin's, Erast Petrowitsch Kusnezow!«

Der Gesang brach ab.

»Lass mich auch ein, Mütterchen! Bitte!«, bat er gefühlvoll und machte den anderen heftige Zeichen, sich zu verstecken.

Der Polizist zertrampelte den brennenden Tannenzweig; die beiden Männer sprangen zur Seite, wurden verschluckt von der Dunkelheit und dem Schneetreiben.

Von drinnen kam keine Antwort, und Fandorin rief wieder, doch nicht mehr flehend, sondern drohend, er ließ sogar einen hysterischen Unterton mitklingen: »Lass mich rein! Ihr wollt wohl nur euch retten, und ich soll verderben? Das ist Sünde, Mütterchen! Ich habe dich aus dem Feuer geholt, und du schickst mich in die Hölle! Mach auf! Ich geh ja doch nicht weg!«

Hinter der Tür ein Rascheln.

Fandorin machte sich bereit.

Kirilla packen und rausziehen, das war das Wichtigste. Jewpatjew und Odinzow würden schon mit ihr fertig werden. Er selbst musste, ehe die Kinder etwas begriffen, den in der Mitte dünngeschnitzten Pfahl erreichen, wenn es da einen gab.

Der Riegel knackte. Die Tür knarrte.

Fandorin hob die rechte Hand, in der linken hielt er die Dynamolampe und begann sacht zu drücken. Wie sollte er den Pfahl finden, wenn es drinnen dunkel war?

Die Tür ging auf.

Der leichte Tod

Die Hände sanken herab – beide.

Die rechte, weil nicht Kirilla geöffnet hatte, sondern Polkaschka.

Die linke, weil die Lampe überflüssig war, denn drinnen brannten Kerzen. Viele.

»Kommen Sie rein«, sagte die kleine Bettlerin mit einer Verneigung.

Bettlerin? Nein, zerlumpt sah sie nicht mehr aus. Die Haare waren gekämmt, zu Zöpfen geflochten und mit Papierrosen geschmückt. Ein schmuckes Kleidchen mit Stickereien hatte sie an. Um den Hals trug sie eine Kette. Das magere Gesichtchen strahlte in festlicher Ekstase.

Er bückte sich und betrat den nach Erde riechenden engen Gang.

Hinter ihm kreischte der Riegel.

»Hierher, komm rein«, rief Kirillas Stimme.

Der kurze Gang mündete in eine runde Höhle, die auch niedrig, aber recht geräumig war. Wie geräumig war schwer zu bestimmen, aber an die zwanzig Fuß Durchmesser mochte sie haben.

In der Mitte des Raums ragte, wie Fandorin befürchtet hatte, ein hölzerner Pfahl. Auf halber Höhe war er dünn geschnitzt und dort nicht dicker als ein Bleistift. Wie mochte diese schwache Stütze die mit Brettern verkleidete und mit schrägen Querhölzern verstärkte Höhlendecke tragen? Die Konstruktion war sichtlich von einem Meister seines Fachs geschaffen worden.

Die Mine war viel solider gebaut als die andere, die Fandorin in Bogomilowo gesehen hatte. Wahrscheinlich war sie schon vor längerem errichtet worden, um die »weißen Lämmer« zu *retten*.

Die Kerzen steckten nicht im Erdboden, sondern in Leuchtern auf kleinen Regalen. In der Ecke stand ein Schränkchen mit dem ewigen Lämpchen. Überall hingen Girlanden von Papierblumen.

Aber Fandorin konnte all die Pracht noch nicht recht wahrnehmen. Aufmerksam studierte er den verhängnisvollen Pfahl, und erst dann ließ er den Blick zu Kirilla und den Kindern wandern.

Sie waren tatsächlich »weiße Lämmchen«: die Mädchen in weißen Kleidern, die Knaben in weißen Hemdchen. Von allen Seiten waren ihre kleinen Gesichter auf Fandorin gerichtet – viele blinkende Augen wie zusätzliche Kerzenflammen.

Polkaschka hatte sich rechtschaffen Mühe gegeben. Auf dem Erdboden saßen, eng aneinandergeschmiegt, vierzehn Knaben und Mädchen. Einige waren noch ganz klein – die älteren Geschwister mochten sie auf Schlitten hergebracht haben. Um sie vor dem Antichristen zu retten ...

Nachdem Fandorin die Kinder gemustert und gezählt hatte (mit Polkaschka waren es demnach neunundzwanzig), konzentrierte er sich endlich auf die Hauptperson.

Sie war ohne ihre Augenbinde! Das war das Erste, was ihn verblüffte.

Kirilla trug wie immer ihre Kutte. Sie hatte sich nicht herausgeputzt und nicht geschmückt, hatte nur die schwarze Augenbinde abgenommen.

Doch was hatte sie für einen Blick! Eindringlich, herrisch, schimmernd wie geschmolzener Stahl.

»Hast uns gefunden?«, sagte sie freundlich. »Du bist klug, das hab ich gleich begriffen. Das Herz hat es dir eingegeben. Du hast Glück, wirst dich retten. Setz dich dort in die Ecke. Setz dich!«

Ihre Stimme und ihr Blick besaßen eindeutig hypnotische Kraft – Fandorin wurde leicht schwindlig, die Muskeln erschlafften, und es drängte ihn unwiderstehlich, sich zu setzen, dahin, wo es die Märchenerzählerin geboten hatte.

Für einen Moment schloss er die Lider, schüttelte die Schlaffheit ab.

Sollte er sich in die Ecke setzen oder nicht?

»Erlaube mir, neben dir Platz zu nehmen, M-Mütterchen.«

Wenn sie's nur erlaubte! Dann war seine Aufgabe leichter.

Glücklicher Umstand: Kirilla saß nicht neben dem Pfahl, sondern in einiger Entfernung. Wenn er sie mit einem plötzlichen Schlag ins Genick betäubte, konnte sie nicht den Einsturz herbeiführen.

»Na, setz dich mir gegenüber«, stimmte sie leichthin zu. »Mit einem klugen Menschen plaudert man ja gern. Sieh an, bist gekommen, hast Luft reingelassen für eine Stunde mehr, wenn nicht noch länger. Mein Hündchen«, sagte sie sanft zu Polkaschka, »stell noch ein paar Kerzen dazu. Dann hat die Quälerei schneller ein Ende. Wenn's nicht mehr auszuhalten ist, kann ich Erleichterung geben.«

Danke, nicht nötig, dachte Fandorin.

Ihr gegenüber zu sitzen, das war nicht die beste Variante. Dann konnte er sie nicht mit der Hand erreichen. Wenn es keine andere Möglichkeit gab, würde er sie erschießen müssen. Den Revolver hatte er in der Tasche. Aus zwei Schritt Entfernung in die Stirn zu treffen, war kein Problem ... Nein, das ging nicht. Die Kinder würden erschrecken, Gedränge würde entstehen. Wenn sie den Pfahl umstießen, stürzte die Decke ein ...

Und dann bemerkte Fandorin noch etwas, was ihn zwang, die Absicht zu schießen endgültig fallenzulassen.

Im flackernden Kerzenlicht schimmerte eine Art Faden, der sich von Kirillas Handgelenk bis zu der verdünnten Stelle des Pfahls zog.

Draht, begriff Fandorin. Eine Handbewegung der Märchenerzählerin, und der »leichte« Tod trat ein.

Die Kinder rückten zur Seite, und er setzte sich auf japanische Art mitten unter sie. Von beiden Seiten und sogar von hinten schmiegten sich heiße Körper an ihn. Fandorin fühlte einen Kloß im Hals aufsteigen, er legte die Arme um seine beiden Nachbarn, einen Jungen und ein Mädchen. Die Schultern der zwei waren schmal und zart, die des Mädchens zitterten.

»Ich erkenn dich wieder«, nuschelte die Kleine. »Du warscht bei unsch in Maschilowo.«

Fandorin erkannte sie auch – an dem sommersprossigen Näschen, den Zahnlücken und vor allem an den roten Fäustlingen an der Schnur. Sie hatte damals zu dem fremden Onkel gesagt: »Na, was glotscht du? Geh deiner Wege.«

Als die Kleine seinen Blick auf die Fäustlinge gerichtet sah, sagte sie wie zur Rechtfertigung:

»Kalt hier. Die Hände frieren.«

»Halt's aus, mein Schwälbchen«, sagte Kirilla und lächelte ihr zu. »Bald haben wir die Luft warmgeatmet, dann wird dir heiß. Bruder Erast, sag an, wie hast du rausgefunden, wohin du gehen musst, um dich zu retten?«

Nach kurzem Zögern entschied er, dass es das Beste sei, dieser Frau die Wahrheit zu sagen.

»Aus den ›Visionen des Mönchs Amwrossi‹. In der Mine von Bogomilowo hab ich sie gefunden.«

Sie nickte.

»Ich sag ja, du bist klug ... Sind die Großväter gerettet?«

»Ja. Man hat sie zu spät ausgeg-graben. Als ich das P-Papier las, habe ich begriffen, was die P-Prophezeiung besagt, da ist es mir wie Schuppen von den Augen gefallen«, konstruierte Fandorin seine Version, dabei sah er Kirilla nicht in die durchdringenden Augen, sondern blickte zu Boden. Das war nicht verdächtig: Er leidet, wählt mühsam die Worte. Stottert sogar mehr als sonst.

»Du hast Glück gehabt. Wirst gerettet werden.« Die Märchenerzählerin lachte leise. »Auch mir hat Gott der Herr zu guter Letzt noch eine Gnade erwiesen. Soll ich's gestehen? Als du mich aus dem Feuer gezogen hast, wollte ich sehr gern sehen, was du für ein Mensch bist. Wenigstens mit dem Augenwinkel. Ich dachte, der Böse versucht mich ... Schön bist du, ein guter Mann. Mit solch einem aufzufahren gen Himmel, ist eine Freude.«

Er verbeugte sich ein wenig, wie um für das Kompliment zu danken. Was für eine gespenstische Situation! Ein liebenswürdiges Gespräch zu führen, während das Leben an einem dünnen Draht hing, den die wahnsinnige Fanatikerin buchstäblich in der Hand hielt.

»Ich habe nicht begriffen, warum der Gottesnarr das Haus angezündet hat«, sagte Fandorin, um das Gespräch vom Himmel zurück zur Erde zu lenken.

»Wirklich nicht?«, meinte sie erstaunt. »Er wollte mich irre machen. Seit langem zog er durch die Dörfer und redete den Leuten zu, sich nicht in eine Mine zu legen. Lawrenti hält sich für einen Gottesmann, doch er ist ein Laufbursche des Antichristen! Aber er hat eine große Begabung – scharfsichtig ist er, hat mich durchschaut. Und da ist ihm ein böser Einfall gekommen – er hat das

Haus von vier Seiten angezündet und die Tür leicht verkeilt. Er wusste, dass im Halbschlaf jeder nur an sich denkt. Alle springen hinaus, und keiner denkt an mich. Das war seine Berechnung.«

»Dass du verbrennst?«

»Nein, schlimmer. Er dachte, ich würde die Augenbinde abmachen, um die Tür zu finden. Hätte ich das getan, so würde ich das Gelübde gebrochen haben und wäre am Ende gewesen. Wie hätte ich da andere retten können? Lawrenti wollte die Kraft in mir zerstören. Aber Gott der Herr hat das nicht zugelassen, er hat dich geschickt.«

Fandorin konnte nur mit den Zähnen knirschen.

Das sommersprossige Mädelchen war, an ihn geschmiegt, eingeschlafen. Aber sein Schlaf war schwer, unruhig. Der Luftmangel machte sich allmählich bemerkbar. Viele der Kinder wischten sich den Schweiß ab.

Die Zeit ging hin. Viel blieb nicht mehr. Bald würde bei den schwächsten Kindern das Ersticken beginnen ...

»Wo stammst du her?«, fragte Kirilla und zupfte ihr Kopftuch zurecht. Bei dieser Bewegung spannte sich der Metallfaden, und Fandorin presste es das Herz zusammen. »Du sprichst so rein, nicht wie die Leute hier im Norden.«

»Aus Moskau. Und du, Mütterchen?«

Ihm war eingefallen, dass er sich nach der von Kryshow angebotenen Legende als Altgläubiger aus der Vorstadt Rogosha ausgeben sollte.

»Auch ich bin Moskauerin!«, rief Kirilla erfreut. »Kaufmannstochter aus Rogosha. Schon als Kind habe ich mich aus der Welt zurückgezogen. Ich habe am Meer in einer Klosterzelle gelebt, habe alte Bücher abgeschrieben und ausgemalt. Zweiundzwanzig Jahre lang. Und im vorigen Jahr hatte ich eine Offenbarung. Eines Nachts lag ich im Schlaf, da war plötzlich eine Stimme, streng, licht. ›Geh und lies „Amwrossis Vision", darin ist eine große Prophezeiung verborgen.‹ Ich habe die Weissagung gleich erkannt. Aber den dort genannten Ort konnte ich lange nicht finden. Von der Stadt Archangelsk bis zum Steinernen Gürtel hab ich alles zu Fuß abgesucht, bis ich vom Staroswjatski-Kloster hörte. Und als ich dann hierherkam, habe ich alles liebevoll für den großen Tag vorbereitet. Sawwati Chwalynow, der Zimmermann aus Denisjewo, hat mir diese Mine gebaut. Dafür habe ich ihn und seine Familie zur ersten Rettung ausersehen ... Heute bringe ich Gott dem Herrn die Engelchen dar, dann wird meine Seele Frieden finden. Ich erfülle alles gemäß der Prophezeiung ... Nur eines verwundert mich.« Sie runzelte plötzlich die Stirn und heftete ihren starren Blick auf Fandorin. »Die Schafe in der Vision sind gezählt. Es sind fünfzehn. Du bist aber der sechzehnte. Vielleicht war es ein Fehler, dich einzulassen? Warum siehst du mir nicht in die Augen, Bruder Erast?«

In diesem Moment begann in der Ecke ein Mädchen zu weinen.

»Mutter Kirilla, mir ist schlecht! Lass ein Weilchen die Tür öffnen!«

»Mir ist auch schlecht«, rief es von der anderen Seite.

»Mir auch. Es drückt auf die Brust!«

Eines der Kleinen schniefte, heulte dann los.

»Haltet aus, ihr Lieben! Haltet aus, ihr Guten!« redete Kirilla ihnen zu. »Haltet aus, solange ihr könnt. Wer viel leidet, den liebt Gott. Ich erzähl euch ein Märchen, ein leichtes, fröhliches. Und wenn ich fertig bin, zupf ich an der Silberschnur, dann fliegen die Seelchen leicht davon.«

Das Weinen verstummte, von allen Seiten kam nur qualvolles Hecheln.

Fandorin, ohne von den Knien aufzustehen, versuchte näher an die Wahrsagerin heranzugelangen.

»Mütterchen, was ich dir sagen wollte ...«

Sie hielt ihn mit einer Handbewegung zurück.

»Komm nicht näher. Vor der Begegnung mit Gott dürfen Mann und Frau nicht beieinander sein. Das wäre Sünde.«

»Nach der Sünde wollte ich dich grade fragen«, sagte er mit gesenkter Stimme.

Immerhin ein bisschen hatte er die Distanz verringert. Und die Stimme gesenkt hatte er mit Bedacht, denn in solcher Situation neigt sich der Zuhörer instinktiv dem Sprecher zu.

»Ist es nicht Sünde, sie alle mitzunehmen? Sie sind doch noch ganz klein und unvernünftig. Ich habe da Zweifel.«

»Ach, deshalb bist du hier.« Kirilla sah ihn böse an. »Als Fragensteller bist du hergeschickt, des letzten Zweifels wegen. So wisse denn: Ich selbst habe mich das viele Male gefragt. Ich habe gebetet und geweint. Die Antwort fand ich in dem heiligen Buch – Verstand und Unverstand. Dort heißt es: ›Der Verstand ist des Teufels, von Gott ist das Herz. Wenn das Herz es will, so höre darauf.‹«

»Und wenn es nicht w-will? Schau: Sie weinen, sind verängstigt. Wollen ihre Herzen etwa den Tod? Wenn du den Kindern erlaubst, hinauszugehen, wird keines zurückbleiben! Wie heißt es doch im heiligsten der heiligen Bücher – entsinnst du dich? ›Wer aber ärgert dieser Geringsten einen, die an mich glauben, dem wäre besser, dass ein Mühlstein an seinen Hals gehängt und er ersäuft würde im Meer, da es am tiefsten ist.‹«

Fandorin hatte noch nie an theologischen Disputen teilgenommen, und er zweifelte nicht, dass Kirilla sein Zitat, das ihm zufällig eingefallen war, mit einem Dutzend anderer, entgegengesetzter, beantworten würde.

Aber er hatte sich geirrt. Seine Argumentation wirkte. Nicht die altbekannten Worte Jesu an die Apostel beeindruckten sie, sondern etwas anderes.

»Du meinst, sie würden ins Freie laufen? Die himmlische Rettung verschmähen um der irdischen willen? Die weißen Lämmer? Die Engelchen Gottes?«, schrie sie gellend und reckte die Hände über die Köpfe der Kinder. »Meine Söhnchen, meine Töchterchen! Wer will weg von hier? Ich halte keinen! Wurde eines von euch mit Gewalt hergebracht? Wer nicht mit mir in den Himmel möchte, kann gehen! Na, wen von euch soll ich rauslassen? Dich? Dich? Dich?«

Sie zeigte mit dem Finger nacheinander auf jedes der Kinder, und alle, selbst die kleinsten, schüttelten verneinend den Kopf.

»Na, Fragensteller, hast du gesehen? Schäme dich! Vielleicht willst du selber dein Fleisch retten? Dann laufe! Schlüpfe hinaus wie ein Mäuslein, aber mach rasch die Tür zu, sonst kommt wieder Luft rein. Habe Mitleid mit den Kindern! Zum dritten Mal zu ersticken, würde ihnen schwer werden.«

Fandorin schüttelte den Kopf.

»Du brauchst mich nicht zu verhöhnen, Mütterchen. Ich gehe nicht weg von hier. Ich bin erwachsen und habe meinen Entschluss gefasst. Aber die Kinder sind unverständig. Sie wollen nicht gehen, weil du und deine Führerin ihnen nur von der einen Taube gesungen habt.«

»Was denn für eine Taube?«, fragte Kirilla verwundert.

»Wie in deinem Lied, weißt du nicht mehr? Von der grauen und der schwarzen Taube. Darin lässt du dem Mädchen die Wahl. Warum treibst du nun die Kinder mit Gewalt zur Heiligkeit? Unredlich ist das. Gott hat an solchem Opfer keine Freude.«

Die Wahrsagerin überlegte.

»Nun, du hast recht. Sollen sie nochmals auf ihre kleinen Herzen hören. Sprich du für die graue Taube, ich für die schwarze.«

Solch eine Wendung hatte Fandorin nicht erwartet. Einerseits musste er die Chance nutzen, wenigstens einen Teil der Kinder zu retten. Andererseits – wie sollte er die kunstfertige Märchenerzählerin mit ihrer eigenen Waffe schlagen? Sie besaß Übung, eine eindringliche Stimme und einen magnetischen Blick. Und er? Er verstand sich nicht darauf, mit Kindern vernünftig zu reden.

»Du schweigst? Nun, dann fange ich an.«

Kirilla senkte den Kopf und holte tief Luft. Alle sahen sie mit angehaltenem Atem an.

»Kein Märchen will ich erzählen, sondern eine wahre Geschichte«, hob sie an, leise, fast flüsternd. »Davon, wie die bösen Nikonianer* in ein Dorf kamen, um ihren Glauben einzuführen und den wahren Glauben auszurotten. Die Männer und Weiber, die Greise und Greisinnen ließen sich von den Verheißungen nicht verlocken noch von den Drohungen ängstigen, da gebot der Hund von Wojewode, sie alle in eine Scheune zu sperren und diese anzuzünden. ›Die kann ich nicht brauchen‹, sagte er. ›Die kleinen Kinder aber nehmen wir allesamt mit, kleiden sie ein auf unsere Weise, dann werden sie dem Zaren treue Diener sein.‹ Und sie sammelten alle Kinder ein, solche wie euch, setzten sie in einen finstern Kerker, marterten sie mit Hunger, mit Peitschenhieben, mit glühenden Eisen an Händen und Füßen und mit sonstiger Pein …«

Das Gesicht der Erzählerin war gesenkt. Ihr Flüstern wurde immer eindringlicher, es schien direkt aus der Erde zu kommen. Selbst Fandorin wurde es unheimlich, die kleinen Zuhörer aber begannen zu zittern. Es lag nicht an dem Erzählten und nicht an den Worten, sondern an diesem gedehnten, unheilvollen Zischen.

»Ein Knabe, zehn Jahre alt, hielt es nicht mehr aus, als sie ihm mit einer Peitsche, deren sieben Riemen mit rostigen Nägeln gespickt waren, den Rücken zerfleischten und Salzwasser darüber gossen. Er weinte und bekreuzigte sich mit dem dreifingrigen Teufelszeichen, da ließ der Wojewode ihn gehen. Die übrigen Kinder wollten nicht nachgeben, und der Wojewode befahl, sie mit Hunden zu hetzen. Die Riesenköter mit ihren scharfen Zähnen stürzten sich auf die armen Kinder und rissen sie in Stücke. Das also machen die Nikonianer mit Menschen, die stark im Glauben sind. Der

---

* Anhänger des Patriarchen Nikon, dessen Reformen im 17. Jh. die Spaltung der russischen Kirche auslösten. (Anm. d. Übers.)

Knabe aber, der Gott verraten hatte, lebte noch lange auf Erden. Nur war sein ganzes Leben bis ins hohe Alter erfüllt von quälender Scham. Und als er gestorben war, stießen ihm die Teufel eiserne Haken unter die Rippen, und bevor sie ihn in die Hölle warfen, schleuderten sie ihn hinauf bis zum Himmel. Und da sah er die Jungen und Mädchen, die von Hunden zerrissen worden waren, auf einer seidenweichen Wolke im hellen Sonnenschein sitzen, licht und froh, und bei ihnen waren Christus und die Gottesmutter. Der Abtrünnige aber stürzte in den tiefen schwarzen Abgrund auf spitze Pfähle. Wie er da brüllte!« Dies schrie Kirilla plötzlich mit furchterregender Stimme, riss den Kopf hoch und ließ den irrsinnig glühenden Blick durch die Höhle gleiten. Die Kinder kreischten erschrocken. »Danach packten ihn die Teufel am Ohr – und rein in die Bratpfanne! Dann in ein klebriges Spinnengewebe zu den langhaarigen Spinnen, jede riesengroß! Und dann in eine Grube, die von Giftnattern wimmelte! Und so bis ans Ende aller Zeiten! Denn«, schloss sie ruhig und belehrend, »wer kurze Qualen redlich erträgt, dem ist die ewige Seligkeit gewiss. Wer jedoch durch finsteren Verrat den Tod hinausschiebt, der bezahlt mit ewiger Pein … So, graue Taube, jetzt bist du an der Reihe. Sprich!«

Als Fandorin sah, wie sich die Kinder, von der grauslichen Erzählung verstört, aneinanderdrückten, war er nahe daran zu verzweifeln. Was konnte er dieser Ballung von Gräueln entgegensetzen, die noch dazu so meisterlich vorgetragen worden war?

Wie sollte er den kleinen Bewohnern dieser Waldeinöde erklären, dass die Welt groß und schön ist? Die Worte, die Fandorin beherrschte, würden sie nicht erreichen. Und über Ausdrucksmittel, die für sie fasslich waren, verfügte er nicht … Ach, Masa müsste hier sein. Der Japaner verstand sich bestens darauf, mit Kindern zu reden.

Es gab fast gar keine Atemluft mehr, über den Rücken und die Brust rann Schweiß.

»Also … in Moskau gibt es eine riesengroße G-Glocke«, begann Fandorin unsicher. »So groß wie ein Bauernhaus. Sie heißt Zarenglocke. Und dann ist da noch die Zarenkanone. Sie ist so schwer, dass z-zwanzig Pferde sie nicht von der Stelle bewegen können. Ja …«

Er verstummte und kam sich vor wie ein Idiot.

»Die Glocke schlägt wohl sehr laut?«, fragte seine sommersprossige Nachbarin, sie sah ihn von unten herauf mit noch tränennassen Augen an.

»Sie schlägt gar nicht, denn sie hat einen Sprung, weil sie vom Turm runtergefallen ist.«

»Und die Kanone, kann sie weit schießen?«, fragte einer der Knaben.

»Sie hat niemals geschossen …«

Weitere Fragen gab es nicht.

»Graue Taube« – von wegen, dachte Fandorin, böse auf sich selbst.

»Aber im Lande Afrika, da lebt ein Tier, das heißt Giraffe. Die läuft auf vier Beinen, ist gelb und schwarz gesprenkelt. Und sie hat einen ganz langen Hals. Wenn sie zu einem Baum geht, kann sie sich jeden Zweig holen.«

»Auch Äpfel?«, fragte es aus der Dunkelheit.

»Auch Äpfel, Birnen, Pflaumen«, bestätigte Fandorin. »Und dann lebt da noch ein riesengroßes Schwein, das heißt Nilpferd. Den ganzen Tag liegt es im Sumpf, begießt sich selbst mit Schlamm. Und ein anderes Schwein, viel größer noch, heißt Elefant. Es hat solche Ohren und eine Nase wie ein langes Rohr. Wenn es damit Wasser hochzieht und wieder ausspuckt, fallen alle um.«

Einer kicherte ungläubig.

Fandorin, ermutigt, sprach weiter: »In einem anderen Land, Australien, gibt es Bärchen, das sind die hübschesten Tiere auf der

Welt, klein und puschelig. Sie fressen nur Blätter. Sie kauen und kauen, dann legen sie die Pfoten um einen Ast und schlafen. Diese Bärchen heißen Koala. Ich war mal dort und hab so ein schlafendes Bärchen in die Hände genommen. Das war ihm ganz egal. Es hat mich umarmt und weitergeschlafen.«

Sie hörten zu, wahrhaftig, sie hörten zu!

Er sprach noch schneller, wischte den Schweiß von der Stirn.

»Im Land Japan gibt es einen Ringkampf, da kämpfen zwei dicke Männer gegeneinander, jeder dick wie eine Kugel. Sie treten in einen Kreis und stoßen einander mit den Bäuchen. Und wer besser schubst, hat gewonnen.«

Alle lachten, aber die Kleine mit den roten Fäustlingen sagte: »Na, mit den Dicken, dasch isch bestimmt Schwindel.«

»Was, ich schwindle?«, rief Fandorin beleidigt. »Da, schau s-selbst.«

Er holte Masas Geschenk hervor, das Tuch mit den Sumoringern, entfaltete es, zeigte es den Kindern. Die kamen, manche auf allen vieren, andere geduckt, herbei und bestaunten das Wunderding.

Die Kerzen begannen zu erlöschen, der Sauerstoff ging zu Ende. Fandorin leuchtete mit seiner Dynamolampe.

»Toll!«, riefen die Jungen. »Onkel, lass mich sie auch mal drücken!«

»Mich auch!«

»Mich auch!«

Die Sache schien gut zu laufen.

Plötzlich fühlte Fandorin wieder, wie ihn eine sonderbare Erstarrung befiel. Seine Zunge wurde schwer, die Glieder waren wie ertaubt. Kirilla sah ihn mit starrem Blick an, und er spürte physisch die mit Worten nicht zu beschreibende, doch eindeutige Wirkung dieser mesmerisierenden Kraft.

Er zwang sich, von der Wahrsagerin wegzusehen und nur die gesenkten Kinderköpfe wahrzunehmen, und die Erstarrung wich.

»In der weiten W-Welt gibt es viel zu sehen«, sagte er laut. »Hohe Berge, blaue Meere, grüne Inseln. Und die Menschen sind alle ganz verschieden. Manche sind böse, aber viele auch gut. Manche sind t-traurig, andere fröhlich. Mit manchen lässt sich fein reden, mit anderen gut arbeiten. Das alles hat Gott der Herr sich ausgedacht für euch! Wie könnt ihr weggehen, wenn ihr noch nichts gesehen und noch nichts ausprobiert habt? Ist das für den lieben Gott nicht kränkend?«

Fandorin verstummte, er wusste nicht, was er noch sagen sollte.

Der weißblonde Junge, der links von ihm saß, fragte: »Da wird erzählt, ist vielleicht Schwindel, es gibt so schwarzen Zucker, Schokolad. Soll unheimlich süß sein.«

»Gibt es«, rief Fandorin eifrig, dankbar für die Anregung. »Und es gibt M-Marmelade, die ist wie Saft, doch man kann sie kauen. Waffeln ...«

»Waffeln hab ich schon gegessen, mein Papa hat sie aus der Stadt mitgebracht.« Das weißblonde Jungchen wandte sich Kirilla zu und verkündete entschlossen: »Mütterchen, ich will nach Hause.«

»Ich auch. Heute ist Samstag, da bäckt Mama Kuchen.«

»Lass mich auch gehen!«

»Mich auch!«

Fandorin, der Wahrsagerin halb zugewandt, um ihr nicht in die Augen zu sehen, sagte möglichst ruhig: »Wer will, soll gehen. Wir bleiben.«

In der Höhle erhob sich Lärm. Die Kinder stritten untereinander. Die einen wollten bleiben, die anderen gehen. Einer der Jungen ereiferte sich so, dass er die Fäuste schwang. Es war ein Heidenspektakel: Geschrei, Geheul, Geschimpfe.

Und nun geschah das, was Fandorin am meisten gefürchtet hatte.

Als die Männer, die draußen warteten, den plötzlichen Lärm

hörten, beschlossen sie einzugreifen. Das war verständlich. War es etwa leicht, so lange in Ungewissheit und Tatenlosigkeit auszuharren?

Gegen die Brettertür dröhnten gewaltige Schläge, sie hielt nicht stand und zerbrach in zwei Teile. Frische frostige Luft flutete ins Innere. Sie gab den Ausschlag.

Das in die Höhle hereinwehende Leben wirkte stärker als alle Appelle und Argumente. Die Kinder, wie von einem mächtigen Magneten angezogen, drängten stoßend und drängend zum Ausgang.

»Halt, ihr Dummchen! Ihr seid verloren!«, schrie Kirilla gellend. Sie wollte zugreifen, festhalten, doch Fandorin hatte jede ihrer Bewegungen scharf ins Auge gefasst, und jetzt warf er sich in einem federnden Sprung auf die Wahrsagerin, packte mit festem Griff ihr Handgelenk, an dem der Draht befestigt war, und quetschte es zu Boden.

Fandorin hatte in seinem Leben viele Kämpfe ausgefochten, manchmal mit sehr ernstzunehmenden Gegnern. Aber noch nie war er auf solche Raserei gestoßen wie bei dieser schmalen, vom Fasten ausgedörrten Frau.

Ein Schlag mit der Handkante gegen ihr Genick blieb wirkungslos. Ein kurzer, kräftiger Haken gegen ihre Schläfe ebenso.

Kirilla, vor Wut knirschend, versuchte, am Draht zu ziehen, die andere Hand krallte sie dem Feind in die Kehle, so heftig, dass ihre Nägel ihm die Haut aufrissen und Blut auf sein Hemd floss.

Von der anderen Seite bohrten sich spitze Zähne in seine Hand, mit der er Kirilla die Kopfschlagader zudrücken wollte. Polkaschka!

»Geh weg!« stöhnte Kirilla. »Den Pfahl stoß um! Den Pfahl!«

Das Mädchen ließ von Fandorin ab, kroch schlangengleich zu dem Pfahl und warf sich mit dem ganzen Körper dagegen.

Der Pfahl knirschte, hielt aber stand; das magere Körperchen war nicht schwer genug.

Fandorin streckte sich und stieß die »Hündin« mit einem Fußtritt weg.

Er musste nur noch ganz kurz aushalten, denn die letzten Kinder zwängten sich eben hinaus.

»Schnell, beeilt euch!«, schrie er und presste nun endlich die richtige Stelle an Kirillas Hals zusammen.

Sie zappelte, zuckte mit den Beinen, verlor aber entgegen allen physikalischen Gesetzen nicht das Bewusstsein, sondern packte Fandorin plötzlich und zog ihn zu sich heran.

Dabei zischte sie: »Zerbrich ihn!«

Fandorin brauchte nur einen Moment, um sich zu befreien: Er warf den Kopf zurück und schlug der verdammten Hexe mit voller Kraft die Stirn gegen die Nase, da gab sie endlich auf und erschlaffte.

Aber der Moment hatte Polkaschka gereicht, um zur Wand zu springen, Anlauf zu nehmen und sich unter verzweifeltem Kreischen gegen den Pfahl zu werfen.

Das konnte Fandorin nicht mehr verhindern.

Das Einzige, was er noch schaffte, war, sich abzustoßen in Richtung des Ausgangs.

Das Holz krachte, die Erde erbebte, dann kam das Ende der Welt – es wurde schwarz und sehr still.

Wie Strahlen nach allen Seiten

Fandorin erwachte davon, dass ihm etwas Heißes ins Gesicht tropfte. Noch einmal.

»*Okiro, danna, okiro!**«, sagte eine Stimme schluchzend.

* (jap.) Aufwachen, Herr, Aufwachen!

Er hatte gar keine Lust aufzuwachen. Im Gegenteil, am liebsten wäre er wieder in Stille und Finsternis versunken. Schon wollte er das tun, da fiel von oben erneut ein heißer Tropfen.

Fandorin öffnete widerwillig die Augen und sah über sich die verheulte Physiognomie seines Dieners und dahinter, nicht mal sehr hoch, den grauroten Morgenhimmel.

In das Blickfeld Fandorins, der noch nicht wieder ganz bei sich war, geriet ein weiteres Gesicht – mit gezwirbeltem Schnauz und verwegener Haartolle.

»Er lebt! Also hab ich umsonst für sein Seelenheil gebetet«, sagte Odinzow fröhlich und streckte die Hand aus, um Fandorin den Staub von der Stirn zu wischen, aber Masa zischte ihn wütend an, stieß ihn weg und machte das selbst.

Die Fingernägel des Japaners waren hässlich – abgebrochen, schmutzig, voller Erde und angetrocknetem Blut.

Über den ins Leben zurückgekehrten Fandorin beugte sich ein Dritter – Jewpatjew.

»Wir hatten schon keine Hoffnung mehr. Nie hätten wir Sie ausgebuddelt ohne Ihren Asiaten. Der ist ja die reinste Ausgrabemaschine. Ohne Spaten, ohne alles, mit bloßen Händen hat er Sie ausgegraben.«

»Lieg ich schon lange?«, fragte Fandorin mit spröder, knarrender Stimme (die ihm selbst zuwider war).

»Oh, sehr lange, Erast Petrowitsch. Ich sag ja, ich hab schon für dich gebetet. War wütend auf deinen Schlitzäugigen: ›Geh weg, Heide! Lass den Toten in Ruhe.‹ Aber er hat dich dauernd geschüttelt, dir die Wangen gerieben, dir in den Mund geblasen.«

»In den Mund?«, fragte Fandorin verwundert. »Deswegen also hab ich diesen Geschmack auf der Zunge wie von Bonbons.«

Er schöpfte eine Handvoll Schnee und schluckte ihn hinunter. Das wirkte wie Lebenswasser. Er konnte sich aufsetzen und dann auch aufstehen. Er befühlte sich: nichts gebrochen, harmlose

Prellungen. Nur zwischen den Zähnen knirschte es. Er kaute noch mehr Schnee.

Ringsum kein Mensch.

Die große Lichtung. Die von der Zeit geschwärzte Kapelle. Das halb zerfallene Tor mit dem alten achtendigen Kreuz auf der Krone.

Der Schneefall hatte aufgehört. Die Welt war weiß und rein.

»Wo sind die K-Kinder?«

»Weggelaufen. Nach allen Seiten davongestoben wie auf der Flucht vor dem Teufel«, sagte Jewpatjew. »Ist da noch wer drin?«

»Nur Kirilla und ihre F-Führerin. Sonst niemand.«

»Wie weit vom Eingang?«

»So an die zehn Meter.«

Jewpatjew holte tief Luft.

»Zu weit. Mit bloßen Händen nicht zu schaffen.«

Der Polizist rief heftig: »Ist auch gut so. Tote darf man nicht stören. Besonders solche. Mögen sie liegen, wo sie sich hingelegt haben. Sie haben sich ihr Grab selber ausgesucht. Nur ein Kreuz stell ich ihnen hin.«

Er erklomm geschickt das Tor, nahm das Kreuz ab, sprang herunter.

»Selbstmördern steht das ja eigentlich nicht zu«, bemerkte Jewpatjew, dieweil er zusah, wie der Wachtmeister das Kreuz in den Abhang rammte, oberhalb der eingestürzten Mine.

»Wenn's für den Glauben ist, wird's wohl erlaubt sein.«

Er blickte auf das Kreuz und bekreuzigte sich inbrünstig mit drei Fingern. Jewpatjew tat es mit zwei Fingern. Masa legte die Hände zusammen, kniff die Augen zu und sprach singend eine Sutra, um Dämonen zu vertreiben.

Fandorin sah die interkonfessionelle Totenfeier nicht.

Mit dem Rücken zu den Betenden blickte er auf die Lichtung, von der sich Ski- und Schlittenspuren wie Strahlen nach allen Seiten zogen – links zum Fluss, rechts zum See, schräg zum Birkenhain, geradeaus zum Tannenwald.

Plötzlich zuckte er zusammen.

Im Schnee, wohl fünfzehn Schritt von der eingestürzten Mine, schimmerte ein roter Fleck. Sollte eines der Kinder verletzt sein?

Humpelnd ging er ein paar Schritte.

Blieb stehen. Lächelte.

Es war ein kleiner roter Fäustling an einer gerissenen Schnur.